Liliane Fontaine

Die Richterin und die Tote vom Pont du Gard

PIPER

Zu diesem Buch

Nach dem Anschlag vor dem Gerichtsgebäude und dem Mord an der jungen Hauptzeugin ist für Mathilde de Boncourt klar: Mit ihren bisherigen Ermittlungen hat sie nur an der Oberfläche gekratzt. Wurde das Mädchen zum Schweigen gebracht, um keine weiteren Schuldigen benennen zu können? Mathilde ist fest entschlossen, den skrupellosen Mitgliedern des Mädchenhändlerrings das Handwerk zu legen. Gemeinsam mit ihrem Partner Rachid Bouraada von der Police Judiciaire zieht sie das Netz um die Verdächtigen immer enger. Zur gleichen Zeit versucht der deutsche Reiseschriftsteller Martin Endress, in Südfrankreich herauszufinden, was mit seiner jüdischen Großmutter geschah, die 1941 nach einem Fluchtversuch bei einem vermeintlichen Unfall ums Leben kam. Die Wege von Mathilde de Boncourt und Martin Endress kreuzen sich auf schicksalhafte Weise, und die Untersuchungsrichterin muss bald feststellen, dass ihr eigener Großvater und seine Freunde offenbar mehr über das Schicksal von Martins Großmutter wissen, als sie zugeben wollen …

Liliane Fontaine, die in Saarlouis nahe der französischen Grenze geboren wurde und französische Wurzeln besitzt, ist Krimiautorin und Kunsthistorikerin. Sie promovierte an der Universität des Saarlandes in den Fächern Kunstgeschichte und Klassische und Vorderasiatische Archäologie. Mit ihrer Familie lebt sie in Bremen sowie mehrere Wochen des Jahres in der Nähe von Nîmes, wo sie Kultur, Land und Leute und das Savoir-vivre Südfrankreichs genießt.

Liliane Fontaine

DIE RICHTERIN

UND DIE TOTE VOM PONT DU GARD

Ein Südfrankreich-Krimi

PIPER

Mehr über unsere Autoren und Bücher:
www.piper.de

Wenn Ihnen dieser Südfrankreich-Krimi gefallen hat, schreiben Sie uns unter Nennung des Titels »Die Richterin und die Tote vom Pont du Gard« an *empfehlungen@piper.de,* und wir empfehlen Ihnen gerne vergleichbare Bücher.

Von Liliane Fontaine liegen im Piper Verlag vor:
Ein Fall für Mathilde de Boncourt:
Band 1: Die Richterin und die Tote vom Pont du Gard
Band 2: Die Richterin und die tote Archäologin
Band 3: Die Richterin und der Kreis der Toten
Band 4: Die Richterin und das Ritual des Todes

Unser Versprechen für mehr Nachhaltigkeit
• Klimaneutrales Produkt
• FSC®-zertifiziertes Papier
• Hergestellt in Europa

FSC www.fsc.org
MIX
Papier aus verantwortungsvollen Quellen
FSC® C083411

Originalausgabe
ISBN 978-3-492-31555-5
1. Auflage Mai 2020
3. Auflage Mai 2021

Redaktion: Sandra Lode
Umschlaggestaltung: FAVORITBUERO, München
Umschlagabbildung: GettyImages/Paul Williams – Funkystock
Satz: psb, Berlin
Gesetzt aus der Adobe Garamond Pro
Druck und Bindung: CPI Books GmbH, Leck
Printed in the EU

Prolog

Pont du Gard – Sommer

»Papa, schau, ein Engel. Er möchte fliegen. Papa, kann ein Engel auch ohne Flügel fliegen?«

Die Hitze dämpfte alle Geräusche. Der Aufschrei, der sich in den Kehlen fassungsloser Touristen geformt hatte, blieb dumpf, wie durch einen riesigen Wattebausch ausgestoßen.

Das kleine Mädchen hatte seine Hand aus der des Vaters gelöst und zeigte auf eine weiße Gestalt zwischen den oberen Arkadenbögen des Pont du Gard. Dort, wo niemand sein sollte, sein durfte. Da oben drohte Lebensgefahr.

Im Moment des kollektiven Aufschreis fiel die weiße Gestalt. Der Engel ohne Flügel war sofort tot.

Bei der Zeugenbefragung würde der Vater aussagen, er habe zunächst nichts bemerkt. Erst als Emily, seine Tochter, nach oben gezeigt habe, sei ihm die weiße Gestalt aufgefallen. Und da wäre es schon zu spät gewesen. Da habe er nur noch dieses flatternde Hemd vor Augen gehabt. Wie ein weißes Tuch an einer Wäscheleine habe es sich im Wind aufgebauscht.

Er habe immer gedacht, ein menschlicher Körper würde sich im Fall aus dieser Höhe drehen. Aber nein, die Gestalt habe irgendwie quer in der Luft gelegen, fast so, als wolle sie fliegen. Er habe seine Kleine daher auch in dem Glauben gelassen, ein Engel würde herabfliegen.

»Papa, kann ein Engel auch ohne Flügel fliegen?«, habe sie gefragt. Die Kleine habe ja sehr viel Fantasie.

»Papa, ob der Teufel den Engel heruntergeschubst hat?«

Ja, eine Menge Fantasie habe seine Tochter, würde der Vater nicht ohne einen gewissen Stolz den Polizisten berichten.

Nîmes – Frühling – Palais de Justice

Die Untersuchungsrichterin Mathilde de Boncourt verließ unmittelbar nach dem Urteilsspruch den Cour d'assises. Es war exakt 16.53 Uhr. Sie schlüpfte seitlich durch den Nebeneingang des Gerichtssaals über den Korridor hinaus aus dem alten Trakt des Palais de Justice in den neuen Flügel am Boulevard des Arènes. Sollte die wartende Pressemeute sich auf andere stürzen.

Die Urteilsverkündung hatte schon im Gerichtssaal auf der Seite der Verteidigung einigen Tumult ausgelöst. Die Presse hatte, sehr zur Verärgerung der berichterstattenden Zunft, vor dem Saal warten müssen. Immer wieder hatte man ungeduldiges Scharren und Gemurmel vor der Tür gehört, immer wieder mussten Gerichtsdiener die wartenden Reporter auffordern, Ruhe zu geben. Doch kaum war die große Saaltür geöffnet worden, waren die Pressevertreter nicht mehr aufzuhalten, drängten die Gerichtsdiener zur Seite, rempelten sich gegenseitig aus dem Weg und hielten Mikrofone und Kameras hoch. Jeder wollte als Erster einen der heiß begehrten Kommentare erhalten, egal ob von der Anklage oder aus dem Munde der Verteidigung. Handys wurden in Sekundenschnelle aus den Taschen gezogen, wieder eingeschaltet. Und so verbreitete sich die Nachricht von der Verurteilung blitzschnell im ganzen Land.

Mathilde de Boncourt war zufrieden. Der honorable Docteur Bernard Jalabert verschwand für viereinhalb Jahre hinter Gittern, seine ebenso ehrenwerte Gattin wurde wegen Beihilfe immerhin für achtzehn Monate aus dem Verkehr gezogen. Damit lag der Urteilsspruch nur geringfügig unter dem von der Staatsanwaltschaft geforderten Strafmaß von fünf Jahren. Vor einer Woche hätte Mathilde keinen Sou darauf verwettet, dass die beiden überhaupt verurteilt werden würden. Selbstsicher und blasiert saßen sie da, lächelten höhnisch bei jedem Wort, das von der Anklagebank kam. Sie waren sich sicher gewesen, diesen Prozess unbeschadet zu überstehen. Doch dann hatte sich das Blatt gewendet. Die drei Verteidiger des Arztes und seiner Gemahlin hatten noch kurz vor Beginn des letzten Prozesstages versucht, eine Verurteilung auf Bewährung zu erreichen. Doch der Staatsanwalt, Maître Lalande, hatte sich auf einen solchen Kuhhandel nicht mehr eingelassen. Nun, da die Beweislage so erdrückend geworden war, als das Opfer endlich bereit war, sein Schweigen zu brechen, wollte er, sehr zur Genugtuung Mathilde de Boncourts, diesen Mann und seine Gehilfin hinter Gittern sehen.

Aminata war dreizehn Jahre alt gewesen, als das Ehepaar Jalabert das Mädchen aus Mauretanien als Haussklavin »auserkoren« hatte. Dank ihrer mutigen Aussage und der Schilderungen ihres mehr als fünfjährigen Martyriums hatten die Geschworenen ihr Urteil einstimmig gefällt, und der Vorsitzende Richter, Juge Demongeot, hatte nicht eine Sekunde mit der Verurteilung und dem Verkünden des Strafmaßes gezögert.

Mathilde hatte vor mehr als einem Jahr begonnen, gegen die Jalaberts zu ermitteln. Aufmerksame Nachbarn, die neu in das noble Viertel gezogen waren, hatten als Erste den Verdacht ausgesprochen, dass im Hause Jalabert etwas nicht mit rechten Dingen zuging. Die exklusive Wohnung der beiden war observiert worden, und als man das Mädchen außer Haus schaffen wollte, hatte die Police Judiciaire unter der Leitung von Commandant Rachid Bouraada zugegriffen.

Bis zum Prozess war es noch ein weiter Weg gewesen, beharrlich hatte die junge Frau geschwiegen, aus Angst vor einem Racheakt der Jalaberts. Erst als man ihr zugesichert hatte, dass die beiden nach ihrer Aussage hinter Gittern verschwinden würden, hatte Aminata den Mut gefunden, gegen ihre Peiniger auszusagen. Für Mathilde de Boncourt war dieser Prozess nur die Spitze des Eisbergs. Sie war sich sicher, dass hier ein gut organisiertes Netzwerk sein Unwesen trieb, diskret und verschwiegen. Und wenn der wohlhabende Arzt tatsächlich nur ein kleineres Rädchen in diesem Getriebe war … Mathilde konnte sich ausmalen, was auf sie und ihre Kollegen von der Polizei noch an Ermittlungen zukommen würde. Doch vorerst war zwei von ihnen das Handwerk gelegt worden.

Mathilde raffte mit der linken Hand ihre schwarze Robe und ertastete gleichzeitig mit der rechten das noch prall gefüllte Päckchen Zigaretten in der Innentasche ihres Richtergewandes. Vom Konsum der mindestens zwanzig Zigaretten pro Tag war sie heute Nachmittag noch weit entfernt. Sie lechzte geradezu nach einer Zigarette, spürte schon den Geschmack im Mund, sehnte den Moment herbei, wo sich ihre Lungen mit dem köstlich-schädlichen Rauch füllten. Ja, Mathilde bekannte sich zu ihrem Laster, sie genoss jeden Zug, auch wenn ihr der Aufdruck auf der roten Verpackung verkündete, dass dieses Vergnügen tödlich enden konnte. Das Risiko nahm sie gerne in Kauf. Sie lebte mit der Gefahr, eine Tatsache, die letztendlich auch ihr Beruf mit sich brachte. Was sollten da ein paar Zigaretten bewirken? Lächerlich. Allerdings war das Rauchen im gesamten Palais de Justice verboten, und so eilte Mathilde dem Ausgang des Gebäudes am Boulevard des Arènes entgegen. Diesen kurzen Augenblick des Triumphes wollte sie alleine und mit der wohlverdienten Zigarette genießen. Erst dann würde sie sich, wenn es sich ergab, den Fragen der Presse und den Anfeindungen der Familie Jalabert stellen.

In seinem Glaskäfig saß der diensthabende Wachmann Bruno Gracia, der streng auf jeden ein Auge hatte, der das Palais de Justice betreten oder verlassen wollte. Fragend schaute er zu Mathilde hinüber, wollte wissen, wie der Prozess ausgegangen war.

»Zeigen Sie es diesen Schweinen, Madame le Juge«, hatte er Mathilde am Morgen zugerufen, als sie im eleganten grauen Kostüm das Gebäude betreten hatte.

Mathilde reckte Zeige- und Mittelfinger zum Victory-Zeichen und grinste. »Wir haben es geschafft, Bruno, der gute Doktor und seine Angetraute schmoren erst mal ein paar Jahre hinter Gittern.

Und das Schmerzensgeld kann sich sehen lassen. Juge Demongeot hat die beiden bluten lassen. Fast eine Million Euro, nicht schlecht, was? Zweihunderttausend Euro für jedes Jahr der Peinigung. Von mir aus hätte es noch höher ausfallen können, ich hätte das Pack am liebsten am Bettelstab gesehen, aber, mein lieber Bruno, ich will nicht klagen. Nein, ich will ganz und gar nicht klagen.«

Bruno nickte zufrieden. Er hatte gewusst, dass Mathilde als Siegerin aus diesem Prozess hervorgehen würde. Insgeheim war er ein wenig verliebt in sie. Elisa, seine Frau mit spanischen Wurzeln, die ihm fünf Kinder geschenkt hatte, liebte er aus tiefstem Herzen, aber die Untersuchungsrichterin, ja, zu der konnte man aufschauen – im wahrsten Sinne des Wortes. In ihrer Robe wirkte sie noch größer, und mit ihren knapp hundertachtzig Zentimetern überragte sie Bruno fast um Haupteslänge. Im Vorbeieilen griff sich Mathilde an den Kopf, löste den Knoten, zu dem sie ihr Haar geschlungen hatte, und schüttelte ihre rotblonde Mähne. Dazu diese wachen, grünen Augen – ja, für Bruno war Mathilde de Boncourt die Verkörperung der Göttin der Gerechtigkeit, die Mensch gewordene Justitia.

Es war kurz nach siebzehn Uhr, als die Untersuchungsrichterin das Gebäude verließ. Sie blieb am oberen Treppenabsatz stehen und atmete tief die frische Luft ein. Die Anspannung des Tages fiel von ihr ab, ihr Job war, zumindest für heute, erledigt. Es war ein düsterer Nachmittag, dieser Nachmittag im März. Leichter Nieselregen hüllte seit den frühen Morgenstunden die Stadt in unwirtliches Grau. *In ein paar Wochen ist Ostern,* ging es Mathilde durch den Kopf. Ab dann gäbe es für den Strom der Reisenden kein Halten mehr. Jetzt waren nur wenige Touristen in der Stadt unterwegs. Mathilde konnte auf Anhieb Einheimische von Auswärtigen unterscheiden, zumal wenn sie hier an dieser Stelle stand, denn sie blickte vom Palais de Justice direkt auf die berühmte Arena von Nîmes. Und hier liefen Tag für Tag zwei Gruppen von Menschen an ihr vorbei: die Touristen, die ihre Hälse reckten, um das mächtige Bauwerk genau betrachten zu können, und die Einheimischen, die meist achtlos vorbeischlenderten, die Arena kaum noch eines Blickes würdigten. Und wenn sie irgendwohin schauten, dann auf den Boden, um nicht in einen Hundehaufen zu treten.

Das riesige Oval des einstigen römischen Amphitheaters übte auf Mathilde immer wieder eine große Faszination aus. Vierundzwanzigtausend Menschen hatten darin Platz gefunden. Und hinter diesen mächtigen zweigeschossigen Mauern mit ihren imposanten Rundbögen hatte eine ganz eigene Art der Gerichtsbarkeit stattgefunden. Zum Tode Verurteilte wurden wilden Tieren ausgeliefert, die sie zerrissen, wurden gegen Gladiatoren in den Kampf geschickt, die selbst oft dem Tode geweiht waren. Mathilde seufzte. Sie liebte die Historie, die so grausig und doch so spannend war, bewunderte die Arena, gleichermaßen angefüllt von blutiger Geschichte und doch so wunderschön.

Noch heute wurde ihr Boden regelmäßig mit Blut getränkt, dem der Kampfstiere, die während der Feria im September ihr Leben lassen mussten. Auch wenn sie diese Art von blutigem Stierkampf nicht mochte, so konnte Mathilde den Stolz, den seine Anhänger für die Matadore empfanden, nachvollziehen. Sie bevorzugte die *courses camarguaises,* die sie, wenn es ihre Zeit erlaubte, besuchte. Mit lauten Rufen feuerte sie dann die in Weiß gekleideten Stierkämpfer an, die als *raseteurs* und *cocardiers* ihren Mut und ihre Geschicklichkeit beweisen mussten, wenn sie den Stieren die zwischen die Hörner gespannten Kokarden entrissen. Doch hier überlebte der Stier die Auseinandersetzung. Irgendwann landete er dann zwar trotzdem im Kochtopf, aber er hatte zumindest in der Arena eine Chance gehabt.

Allerdings pflegte Mathilde zu einem Matador eine besondere Beziehung. Auf dem Weg von ihrer Wohnung in der Rue Dorée zum Palais de Justice hielt sie regelmäßig bei El Nimeño inne, dem französischen »Matador de toros«, der seinem Leben im November 1991 mit nur siebenunddreißig Jahren ein Ende gesetzt hatte. Der in Deutschland geborene Christian Montcouquiol – so sein bürgerlicher Name – war nach Nîmes, Heimatstadt seiner Mutter, zurückgekehrt und hatte seinen Siegeszug als gefeierter

Matador angetreten. Nach seinem Tod hatte die Stadt ihrem großen Sohn eine überlebensgroße Bronzefigur gewidmet, die – wo auch sonst – vor der Arena aufgestellt worden war, in der er seine großen Triumphe gefeiert hatte.

Es war Mathilde zu einer lieben Gewohnheit geworden, ein kurzes imaginäres Zwiegespräch mit dem Stierkämpfer zu halten – für sie der Auftakt zu einem hoffentlich erfolgreichen und glücklichen Tag. Sie war ein kleines Mädchen gewesen, als sie El Nimeño kennengelernt hatte. Mit ihrem Großvater hatte sie den *manadier* Guillaume Rossignol besucht. Ein junger Matador war auf dem Hof gewesen, wollte sich von der Qualität der Kampfstiere, die Rossignol züchtete, überzeugen. Als Mathilde El Nimeño gefragt hatte, ob er niemals Angst vor den mächtigen Tieren verspüre, die ihn doch töten könnten, hatte er gelacht, den Kopf geschüttelt und ihr geantwortet: »*Il faut toujours aller jusqu'au bout de sa passion.*« Sie hatte zuerst nicht verstanden, was er damit meinte. El Nimeño hatte ihre Hand genommen, und ihr erklärt, man müsse immer bis zum Ende seiner Leidenschaft gehen, das heißt, man müsse seine Leidenschaft auch leben, bis in die letzte Konsequenz. Der Stierkampf sei sein Leben, seine Passion, und für diese Passion wäre er auch bereit, ohne Angst zu sterben. Als der Matador einige Jahre später nach einer schweren Verletzung, die ihm ein Stier in der Arena zugefügt hatte, nicht mehr in der Lage gewesen war zu kämpfen, hatte er sich das Leben genommen.

Mathilde war tief beeindruckt von diesem Mann gewesen und hatte die Worte des Stierkämpfers als Grundsatz ihrer eigenen Lebenseinstellung auserkoren. Was sie anpackte, verfolgte sie mit Leidenschaft und Hartnäckigkeit, für ihre Überzeugung würde sie bis zum Ende kämpfen.

Doch heute musste sie ihre Zwiesprache mit El Nimeño auf den Nachhauseweg verschieben. Mathilde war am Morgen die Zeit davongelaufen, als sie die passende Garderobe herausgesucht hatte. Es hätte zwar keine Rolle gespielt, was sie anzog, da ihre Richterrobe alles kaschierte, doch sie war in der Kleiderfrage bei

Gericht äußerst penibel. Nichts konnte sie mehr aufregen, als wenn sie unter dem Gewand eines Kollegen eine zerschlissene Jeans entdeckte oder die Falten der weißen, breiten Krawatte nicht exakt nebeneinander lagen.

Der Nieselregen wurde mittlerweile von einem starken Wind begleitet, der durch den Boulevard des Arènes strich. Mathilde griff in die Innentasche ihrer Robe und zog ihre Gauloises blondes und ein Feuerzeug hervor. Vor ein paar Monaten hatte sie noch überlegt, ihrer Lieblingszigarette untreu zu werden, als bekannt geworden war, dass man die Produktion von Nantes ins Ausland verlegen wolle. Aber keine andere Zigarette konnte mit der Blonden mithalten. Mathilde steckte sich die Zigarette zwischen die Lippen und entfachte ihr Feuerzeug. Ein Windstoß ließ die Flamme sofort wieder ersterben. Sie setzte erneut an, und wieder war die Flamme nach kurzem Aufflackern erloschen. Sie versuchte, das Feuerzeug mit der Hand abzuschirmen, doch die Windböen, die jetzt noch vehementer durch die Straße fegten, ließen ihr keine Chance. Mathilde wandte sich seitlich ab, versuchte, mit ihrem Körper das aufzüngelnde Flämmchen zu schützen. Nur dieser spontanen Drehung hatte die Untersuchungsrichterin ihr Leben zu verdanken.

Sie hatte das Motorrad, das sich von rechts mit rasender Geschwindigkeit näherte, nicht bemerkt. Der erste Schuss fiel um 17.06 Uhr, riss Mathilde von den Beinen, die Kugel hatte ihre Schulter durchschlagen. Den Bruchteil einer Sekunde später zerfetzte eine zweite Kugel ihre Oberschenkelarterie. Eine dritte Kugel schlug hinter ihr in den linken Pfeiler des Eingangs zum Palais de Justice ein, sie hatte Mathildes Schädeldecke nur um Millimeter verfehlt.

Vom Verlassen des Gebäudes bis zum ersten Schuss waren nach Aussage von Bruno Gracia nicht mehr als drei Minuten vergangen. Vom Zusammenbrechen auf den Stufen des Gebäudes bis zum Eintreffen der Rettungskräfte vergingen dank der schnellen Reaktion des Wachmanns keine sechs Minuten. Und seiner Geistesgegenwart verdankte Mathilde ihr Leben. Als die Rettungskräfte eintrafen, kniete Bruno neben ihr und hatte seine Finger so um ihren Schenkel gepresst, dass die Blutung zwar nicht gestoppt, aber vermindert worden war. Bevor sie das Bewusstsein verlor, galt ihr letzter Gedanke El Nimeño, dem sie heute nicht von ihrem Triumph erzählen konnte.

Les Milles, Aix-en-Provence – Herbst 1941

Lange hatte Dr. Alfons Reuter gehofft, man habe sie einfach vergessen. Sie waren jetzt bereits seit drei Monaten im Lager. In den letzten Wochen vor ihrem Abtransport hatte er jede Nacht und jeden Tag damit gerechnet, dass sie vor der Tür stehen würden mit dem Befehl in der Hand, ihn und seine Familie abzuschieben. Er hatte von dem Internierungslager bei Aix-en-Provence gehört, in das man unliebsame Personen brachte, um sie dann nach Deutschland abzutransportieren. Und was unter einer unliebsamen Person zu verstehen war, hatte auch er nun begreifen müssen.

Mehr als sieben Jahre hatte er als Mediziner und Professor für Anatomie an der Medizinischen Fakultät der Universität Montpellier einen untadeligen Ruf genossen. Er hatte sich ein neues Zuhause geschaffen, als er 1935 von Heidelberg nach Frankreich gekommen war, um hier einen vakanten Lehrstuhl einzunehmen. Dr. Reuter war der jüngste der Professoren gewesen, hatte sich bereits in Heidelberg als Spezialist für Wirbelverletzungen einen Namen gemacht. Seine Familie hatte ihn mit gemischten Gefühlen in das unbekannte Frankreich ziehen lassen. Er hatte seine Entscheidung nie bereut, war schnell heimisch geworden und hatte einen engen freundschaftlichen Kontakt zu seinen einheimischen Kollegen. Der großgewachsene, schlaksige Deutsche überzeugte durch sein Können und nicht zuletzt dadurch, dass er nach nur wenigen Monaten die französische Sprache fast perfekt beherrschte.

Nachdem er drei Jahre ein eher unspektakuläres Liebesleben geführt hatte, wurde ihm ein besonderes Glück zuteil. Er lernte seine Frau kennen, Sarah, eine französische Jüdin, deren Vater als

Direktor der Opéra National de Montpellier höchstes Ansehen genoss. Im offenen Haus seiner Schwiegereltern gingen Wissenschaftler, Intellektuelle und Künstler ein und aus. Ein Kollege hatte ihn zu einem Literaturabend in die Villa von Benjamin Leopold mitgenommen, und er war mit offenen Armen empfangen worden. An diesem Abend brillierte Lion Feuchtwanger mit Auszügen aus »Die Geschwister Oppermann«, dem Roman, den er in seinem Exil in Sanary-sur-Mer verfasst hatte. Die nachfolgende Diskussion der Gäste um Feuchtwangers »Blindheit« gegenüber Russland interessierte Alfons schon nicht mehr. Er hatte nur Augen für Sarah. Die älteste Tochter Benjamins und Kunststudentin hatte sich rührend um ihn gekümmert, ihn mit den anderen Gästen bekannt gemacht. In die zierliche Person mit dem dunklen Haar, das sie zu einem Chignon geschlungen hatte, und den großen, fast schwarzen Augen, verliebte er sich auf den ersten Blick unsterblich. Sie hatte ein rotes Kleid mit weißen Punkten getragen, und der Ohr- und Halsschmuck aus Korallen hob sich von ihrer gebräunten Haut warm ab.

Noch im selben Jahr heirateten Alfons Reuter und Sarah Leopold kurz vor Weihnachten. Seine Familie in Deutschland litt darunter, nicht dabei sein zu können. Sein Vater war schwer erkrankt, und die politischen Verhältnisse hielten sie davon ab, eine Reise nach Frankreich zu wagen. Auf Befehl Hitlers waren deutsche Soldaten in Österreich einmarschiert, und in der Nacht vom 9. auf den 10. November waren in ganz Deutschland jüdische Geschäfte und Synagogen in Schutt und Asche gelegt worden. Seine Mutter schrieb ihm, der Vater verzweifle geradezu an dieser Welt. Einer seiner Kollegen am Gymnasium, Wilhelm Abrahams, sei von hinten mit einem Stein fast totgeschlagen worden, Wilhelm, der niemandem auch nur irgendwann etwas zuleide getan hatte.

Auch im Hause Leopold wurden die politischen Ereignisse zum Hauptdiskussionspunkt eines jeden Abends. An einem dieser Abende verbreitete es sich wie ein Lauffeuer: Deutschland hatte Polen angegriffen. Bald wurden die ersten unliebsamen Ausländer aufgefordert, Frankreich zu verlassen. Alfons Reuter steckte in der tiefsten Krise seines Lebens. Er bangte um seine Familie in Deutschland, von der er nach Kriegsbeginn nichts mehr gehört hatte. Nur durch die Ehe mit einer Französin war es ihm überhaupt noch möglich, weiterhin im Land zu bleiben, und allein dem immer noch großen Einfluss seines Schwiegervaters war es zu verdanken, dass er seiner Arbeit an der Universität weiter nachgehen konnte.

Der Tag, an dem ihm Sarah mitteilte, sie sei schwanger, war der einzige, der in ihm das gleiche wilde Glücksgefühl entfachte, wie er es an jenem Tag verspürt hatte, als sie seinen Heiratsantrag angenommen hatte. Am 1. Juni 1940 erblickte Anne Reuter das Licht der Welt, nur drei Wochen vor der Kapitulation Frankreichs. Vier Wochen später gelang es Benjamin Leopold, seiner Frau und Sarahs Schwester im letzten Augenblick, offiziell das Land zu verlassen und in die USA zu reisen. Alfons Reuter und Sarah blieben mit ihrer vier Wochen alten Tochter zurück.

Seinen Lehrauftrag hatte Alfons aufgeben müssen, und er verließ kaum noch die Wohnung. Nur ein enger Freund war ihnen geblieben, Docteur Philippe Sagard, bei dem sie einmal in der Woche zu Abend aßen. Wie überall waren der Krieg und die politischen Verhältnisse das allumfassende Thema. Nach der Kapitulation gehörte Südfrankreich zwar zur unbesetzten Zone, doch was nun folgte, erfüllte viele Franzosen mit großer Wut. Bereits kurz nach der Gründung des »État Français« im Juli 1940 wurden viele jüdische Franzosen ihrer Ämter enthoben, verloren ihre Arbeit. Keinen Tag zu früh hatte Benjamin Leopold mit seiner Familie das Land verlassen. Sagard warnte seinen Freund Reuter, dass es nicht mehr lange dauern würde, bis auch sie in das Internierungslager Les Milles abgeschoben werden würden, von dort sei der Weg nach Deutschland nicht mehr weit. Man munkle, dass die Deutschen die Juden in den Osten verschleppen würden, und sie würden nicht mehr zurückkehren.

Als Sarah zum Stillen mit Anne das Esszimmer verlassen hatte, vertraute Sagard Reuter an, er habe gehört, dass man die Juden zu Tausenden töte, Reuter müsse sich etwas einfallen lassen. Les Milles sei im Moment voll von Ausländern, hauptsächlich Deutsche. Einigen sei bereits die Flucht gelungen. Man solle es kaum für möglich halten, zurzeit wären sogar Leute wie der Künstler Max Ernst inhaftiert. Und ob er von der Geschichte von Lion Feuchtwanger gehört habe. Der sei aus einem anderen Lager bei Nîmes in Frauenkleidern geflohen, angeblich hätte die amerikanische Botschaft in Marseille ihm dabei geholfen. Es sei einfach unglaublich, was sich im Moment im Land abspiele.

In derselben Nacht hatten Alfons und Sarah beschlossen, alle Hebel in Bewegung zu setzen, um mit Hilfe von Benjamin Leopold Frankreich verlassen zu können. Doch es war bereits zu spät. Am Nachmittag des nächsten Tages hielt ein Fahrzeug vor der Wohnung, und zwei Männer in schwarzer Uniform forderten Reuter höflich, aber bestimmt auf, das Wichtigste zu packen, man würde ihn und seine Familie nach Les Milles bringen, von wo es in absehbarer Zeit nach Deutschland gehen würde. Reuter hatte nur hoffen können, dass Sagard seinen Schwiegervater über die nun lebensbedrohliche Lage informieren würde.

Die Tage im Lager vergingen mit einer Eintönigkeit, die bald – es war vollkommen absurd – eine Normalität suggerierte, für die man fast schon eine Art Dankbarkeit empfand. Es gab genügend zu essen und zu trinken, man ließ die Insassen in Ruhe. Das Lager, das in einer alten Ziegelei untergebracht war, schien allerdings mit jedem Tag voller zu werden, und die hygienischen Verhältnisse wurden immer katastrophaler. Wie Reuter mittlerweile erfahren hatte, waren bereits direkt nach Kriegsbeginn Anfang September 1939 die ersten Häftlinge, deutsche und österreichische, aber auch osteuropäische Juden und Intellektuelle, die vor Hitler oder Stalin geflüchtet waren und in Frankreich jetzt als »feindliche Ausländer« galten, nach Les Milles gebracht worden. Reuter wurde jedes Mal von einer Angst, die ihm fast das Herz zerriss, überwältigt, wenn er nur daran dachte, wie viele Menschen er schon hatte ankommen sehen, die mittlerweile wieder verschwunden waren. Die Worte seines Freundes Sagard kamen ihm in den Sinn. Er behielt seine Ängste für sich, wollte Sarah nicht damit belasten. Sie kümmerte sich hingebungsvoll um Anne, und wenn die Kleine schlief, dann verschwand sie, um sich an der Arbeit an dem großen Wandbild zu beteiligen. Keiner wusste so recht, wer es begonnen hatte, aber zahlreiche Künstler, die in Les Milles auf ihre Abschiebung warteten, hatten sich schon an der malerischen Gestaltung der Wand beteiligt.

Wie Alfons Reuter später erfahren sollte, fuhren von Les Milles fünf Züge mit zweitausend Juden über das Sammellager Drancy bei Paris nach Auschwitz in den sicheren Tod.

Nîmes – Polyclinique du Grand Sud – Frühling

Mathilde de Boncourt stand vor der alten Hauptfassade des Palais de Justice. Von der Esplanade Charles-de-Gaulle hatte man einen guten Blick auf die prächtige Fassade, die der Architekt Gaston Bourdon in Anlehnung an die Front des antiken römischen Tempels in der Innenstadt von Nîmes, dem Maison Carrée, 1836–46 erbaut hatte. Majestätisch erhob sich der mächtige Eingangsbereich, zu dem eine Freitreppe führte. Sechs kannelierte korinthische Säulen trugen den Dreiecksgiebel, dazwischen im Architrav die Inschrift »Palais de Justice«. Links anschließend der historische Trakt des »Tribunaux«, rechts der »Cour d'apell«.

Mathildes Blick blieb an dem großen Giebelfeld hängen. In der Mitte thronte Justitia, ihr linker Arm wies zu einer Schar Menschen, ihre rechte Hand reckte hoch erhoben ein Schwert. Daneben standen und kauerten ebenfalls Menschen, nackte und bekleidete, die ihren Urteilsspruch erwarteten. Mathilde fröstelte plötzlich, obwohl die Sonne mit ihrer ganzen Kraft von einem Himmel schien, dessen Blau, je weiter das Auge schaute, in ein intensives Violett überging. Sie blickte an sich herab und stellte entsetzt fest, dass sie vollkommen nackt war. In dem Moment, als sie mit den Händen ihre Blöße bedecken wollte, erhob sich Justitia, breitete Schwingen aus, von denen Mathilde gar nicht gewusst hatte, dass sie überhaupt existierten, und stürzte sich mit einem ohrenbetäubenden Kreischen und erhobenem Schwert auf Mathilde. Mathilde stieß einen Schrei aus. Justitia war neben ihr gelandet. Nun aber klang ihre Stimme, es war nur noch ein Flüstern, beruhigend, vertrauenerweckend.

»Sie ist wieder bei uns.«

Was sollte das heißen, natürlich war sie da, wo sollte sie gewesen sein?

»Mathilde, Mathilde, hören Sie mich?« Nur ein Wispern. Aber ja, verdammt, sie hörte doch.

»Mathilde, Madame de Boncourt, Sie haben sehr lange geschlafen. Wir sind froh, Sie wieder bei uns zu haben.«

Was hieß hier geschlafen, wo war sie, wer sprach zu ihr? Mühsam versuchte Mathilde, ihre Augen zu öffnen. Es gelang ihr nicht, es fühlte sich an, als wären die Augenlider zusammengeklebt.

»Befeuchten Sie das Papiertüchlein, tupfen Sie ihr sanft über die Augen, dann fällt es ihr leichter.«

Wohltuende Kühle, erfrischender Balsam strich über ihre Augen. Nun konnte sie blinzeln, langsam die Augen einen Spalt öffnen. Ihr Blick fiel auf eine rein weiße Fläche, sonst war da nichts. Vielleicht war sie blind, konnte nichts mehr sehen, nur noch weißes Nichts, vielleicht hatte Justitia sie mit dem Schwert geblendet. Sie schloss die Augen wieder. Da, erneut dieses Wispern.

»Mathilde, Sie hören uns. Sie verstehen uns. Versuchen Sie noch einmal, langsam Ihre Augen zu öffnen.«

Sie folgte der Stimme, gab sich alle Mühe, befahl ihren Augen, sich zu öffnen, doch ihre Lider waren bleischwer. Wieder brachte ein sanftes Tupfen ihren Augen Entspannung, und wieder gelang ihr danach ein schwaches Blinzeln. Nichts hatte sich verändert, immer noch sah sie nur diese weiße große Fläche. Eine Wand? Langsam bewegte sie den Kopf nach links, ihr Nacken war verspannt vom langen Liegen. Die Stimmen wisperten aufmunternd. Ihre Augen tasteten sich von der weißen Wand zu etwas, was sich bewegte, wie durch einen Windstoß sich aufbauschte, wehte wie ein Banner. Aber es war keine Fahne, es war ebenfalls weiß. Ein Vorhang? Der Blick glitt weiter, mühsam, blieb an einem großen Fenster hängen, endete an einem weiteren Vorhang. Gut, sie war in einem Zimmer mit weißer Wand und weißen Vorhängen. An was erinnerte sie das nur? Unendlich langsam drehte sie den Kopf wieder in seine Ausgangsposition, dann nach rechts, weg von der

Wand. Wieder etwas Weißes, ein Schrank, dann eine Tür, eine andere weiße Wand.

Jemand hatte ihre Hand ergriffen, streichelte sie behutsam, knetete dann ihre Finger. Unwillig wollte sie ihre Hand entziehen, doch der Griff blieb fest, dann entspannten sich ihre Finger, das Kneten tat doch gut. Nun glitten ihre Augen, leichter als eben noch, weiter, blieben an einem Gesicht, nein, zwei Gesichtern hängen. Eines davon kam ihr vage bekannt vor, das andere war fremd. Sie wollte etwas sagen, doch kein Ton kam aus ihrem Mund. Eine plötzliche Erinnerung durchzuckte ihr Gehirn. Sie sah sich erschossen auf den Stufen des Palais de Justice liegen. War sie tot? Aber wurden einer Toten erfrischende Tücher aufs Gesicht gelegt, massierte man ihre Finger? Wohl kaum. Noch einmal versuchte Mathilde zu sprechen, die erste, nahe liegende Frage zu stellen.

»Wo bin ich?«, krächzte sie. In ihren Ohren hallten diese drei Worte wie unartikulierte Laute eines Tieres. Doch die beiden Gesichter hatten sie offensichtlich verstanden.

»Sie sind im Krankenhaus, in der Polyclinique du Grand Sud. Mein Name ist Docteur Michel Villeneuf. Ich werde Ihnen ganz kurz erklären, was geschehen ist. Bitte sprechen Sie nicht, das alles hat Zeit. Neben mir sitzt Commandant Rachid Bouraada. Er wird mit Ihnen reden, aber erst, wenn Sie dazu in der Lage sind. Mathilde, Sie sind nach dem Prozess gegen Bernard Jalabert angeschossen und schwer verletzt worden. Sie lagen fast fünf Wochen im künstlichen Koma, das heißt, wir haben Sie operiert und gleichzeitig in eine Art Dauernarkose versetzt. Nun sind Sie über den Berg. Wir haben Sie langsam wieder aufwachen lassen, aber Sie werden gleich wieder tief und fest schlafen. Mathilde, wir sind froh, dass Sie es geschafft haben.«

Fest schlafen. So viel hatte Mathilde de Boncourt noch gehört, dann verlangten Körper und Geist wieder nach ausgiebigem und heilendem Schlaf.

Les Milles, Aix-en-Provence – Herbst 1941

Es war ein sommerlich heißer Oktobertag, als Alfons Reuter aus seinen Gedanken gerissen wurde. Die Luft war wie Blei, schwer drückte sie auf das alte Ziegeleigebäude. Er lag mit Anne im Arm auf seiner Pritsche. Die Kleine fieberte bereits seit einigen Tagen. Mit Wadenwickeln hatten sie versucht, das Fieber zu senken, doch heute glühte das Kind mit der Sonne um die Wette. Vor ihm stand einer der wachhabenden Soldaten, er war plötzlich, wie aus dem Nichts, aufgetaucht. Er legte einen Zeigefinger an seine Lippen und bedeutete Alfons zu schweigen.

»Hören Sie genau zu, Reuter. Heute Nacht, Punkt ein Uhr, gehen Sie mit Ihrer Frau und dem Kind zum westlichen Tor. Draußen wartet ein Wagen auf Sie. Der Schlüssel steckt. Im Handschuhfach liegen Papiere, die Sie und Ihre Frau als Paul und Suzanne Petit ausweisen. Das Kind ist ebenfalls eingetragen. Eine Passage von Sète nach Tanger liegt ebenfalls dabei, für Sie drei. Sie werden im Hafen von Tanger erwartet und in Sicherheit gebracht. Bei der ersten sich bietenden Möglichkeit werden Sie mit einem Frachtschiff in die USA reisen können. Viel Glück.«

Der Mann verschwand im Schatten, noch ehe Reuter begreifen konnte, was hier geschehen war. Als Sarah eine halbe Stunde später von ihrer Arbeit an dem Wandbild zurückkehrte, war er immer noch fassungslos, konnte nur mit stammelnden Worten seiner Frau von den Anweisungen zur geplanten Flucht berichten.

»Dein Vater hat es geschafft, Sarah, er hat immer noch seine Kontakte. Vielleicht auch über die amerikanische Botschaft, wie bei Feuchtwanger.« Er umarmte seine Frau und drückte sie heftig an sich. Sarah schob ihn ein Stück von sich weg.

»Und du glaubst nicht, dass das eine Falle sein könnte? Kaum haben wir uns mit der Kleinen davongeschlichen, erschießen sie uns, vielleicht um ein Exempel zu statuieren. Sie zeigen, wie es einem ergeht, wenn man zu flüchten versucht. Alfons, ich habe Angst.«

»Sarah, dazu waren die Angaben zu konkret.«

»Natürlich waren sie konkret, es muss alles Hand und Fuß haben, sonst würden wir uns doch nicht darauf einlassen.«

»Vielleicht hast du ja recht«, gab Alfons Reuter nach, »aber es ist unsere einzige Chance. Wenn wir bleiben, werden wir abtransportiert, vielleicht voneinander getrennt, vielleicht ist es unser sicherer Tod. Aber wenn uns wirklich eine Fluchtmöglichkeit geboten wird, die dein Vater organisiert hat, haben wir wenigstens eine Chance zu überleben. Wir müssen es wagen. Ich weiß, du ängstigst dich auch wegen Anne, wegen ihres Fiebers. Sarah, ich bitte dich, wir müssen es versuchen, und wir werden es schaffen.«

*

Es war totenstill in dieser Nacht. Die meisten Lagerinsassen schliefen einen tiefen Schlaf, ermattet von der ungewöhnlichen Hitze des Tages oder gefangen in der Ohnmacht, dem Schicksal auf diese unerbittliche Weise ausgeliefert zu sein. Auch Sarah war eingeschlafen, nur Anne wimmerte ab und zu leise vor sich hin. Alfons Reuter weckte seine Frau, und ohne aufgehalten zu werden, schlichen sie zum angegebenen Tor. Für Alfons stand fest, dass dies nur möglich war, weil nicht nur dieser eine Wachmann bestochen worden war. Das Tor stand einen Spalt offen, eben breit genug, dass Reuter mit dem Kind auf dem Arm und Sarah mit einem kleinen Koffer aus Hartpappe, der das Notwendigste enthielt, hindurchschlüpfen konnten. Kaum waren sie hindurch, schloss sich das Tor leise hinter ihnen. Ein Automobil stand in zweihundert Meter Entfernung, ein Renault Vivaquatre, ein bequemer Reisewagen. Es war Reuter unerklärlich, dass niemand auf den Wagen aufmerksam geworden war. Wahrscheinlich war er erst vor Kurzem hier abgestellt worden, denn ein solches Auto wäre ansonsten im Handumdrehen konfisziert worden. Er legte das Kind auf den Rücksitz, es schlief nun tief und fest, doch der kleine Körper glühte. Im Handschuhfach lagen die Papiere. Die Passfotos zeigten tatsächlich ihre Gesichter. Reuter hatte keine Zeit, sich darüber zu wundern. Sie mussten los.

Holpernd setzte sich der Wagen auf der unbefestigten Straße in Bewegung. Die Stille war geradezu gespenstisch. Niemand verlor ein Wort. Konzentriert lenkte Reuter das Auto bis zur Landstraße. Für die Strecke vom Lager über Arles, Aigues-Mortes bis Sète würden sie mindestens fünf Stunden brauchen. Die Nacht war verhangen, es grenzte an ein Wunder, dass niemand ihren Weg kreuzte. Die Menschen waren froh, wenn sie sicher in ihren Häusern saßen.

Nach drei Stunden hatten sie die Höhe von Arles erreicht. Anne war mittlerweile aufgewacht, und ihr anfängliches Wimmern hatte sich zu einem Gebrüll gesteigert, das den ganzen Wagen ausfüllte. Sarah saß nun hinten bei ihrer Tochter und versuchte, sie zu beruhigen.

»Alfons, sie glüht, das Fieber muss sehr hoch sein. Wir müssen etwas unternehmen. Ihre Händchen sind schon ganz vertrocknet. Sie braucht eine Medizin, Alfons, bitte, lass dir etwas einfallen.«

Reuter hielt an. Die feuchten Lappen, die Sarah eingepackt hatte, waren nicht mehr zu gebrauchen. Das kleine Gesichtchen war krebsrot, und tatsächlich sah die Haut aus wie die eines runzeligen Apfels. Alfons Reuter fasste einen Entschluss.

»Sarah, du erinnerst dich an Docteur Barbier in Saint-Gilles? Ich habe zwar schon lange keinen Kontakt mehr zu Claude gehabt, aber er wird uns helfen.«

»Mir ist alles recht. Lange hält Anne das nicht mehr durch.« Mit Tränen in den Augen drückte sie das kleine Bündel an sich.

Reuter fuhr in Richtung Norden. Von Arles waren es vielleicht zwanzig Kilometer bis nach Saint-Gilles. Er fand das Haus des Landarztes auf Anhieb. Das eiserne Gartentor quietschte in den Angeln. Erschrocken blickte Reuter auf die Nachbarhäuser, aber alles blieb dunkel. Mit dem Türklopfer in Form einer kleinen Hand pochte er an die Haustür. Claude Barbier hatte entweder einen leichten Schlaf, oder er hatte wach gelegen, denn schon nach einer Minute öffnete er. Er war es gewohnt, in der Nacht an ein Krankenbett gerufen zu werden. Als er Alfons Reuter erkannte, schien er nicht im Mindesten überrascht.

»Herein mit euch. Ich habe schon von Sagard gehört, was passiert ist. Keine Angst, ich stelle keine Fragen. Nur die, wie ich euch helfen kann?«

Sarah hielt dem Arzt das Kind entgegen, das erneut in einen tiefen, unruhigen Schlaf gefallen war. Barbier fackelte nicht lange. Er weckte seine Haushälterin und seinen jungen Gast, dem er auftrug, Eis aus dem Eiskeller zu holen und Handtücher nass zu machen. Er hatte den Jungen vorübergehend in seinem Haus aufgenommen, da dessen Mutter, eine Patientin Barbiers, in ein paar Tagen ihr drittes Kind bekommen würde, und der Junge, ein Wildfang wie er im Buche stand, seinen Eltern gehörig auf die Nerven ging. Barbier, der ein großes Herz besaß, hatte sich bereit erklärt, den Bengel für ein paar Tage bei sich aufzunehmen, bis das Kind da wäre und sich die Situation im Hause der Eltern wieder normalisiert hatte.

Rose bat er, ein stärkendes Mahl zuzubereiten, das sie später wohl alle gut gebrauchen könnten. Der Junge verschwand, und Rose machte sich umgehend in der Küche zu schaffen.

Bald waren die Beinchen des Kindes in nasse Tücher gehüllt. Barbier hörte es ab, klopfte auf den schmächtigen Rücken. Dann nahm er ein kleines flaches Hölzchen und öffnete ihm den Mund. Er lachte aufatmend. »Ich kann euch beruhigen. Es ist zwar außergewöhnlich, aber sie bekommt bereits ihren ersten Zahn. Ich werde ihr ein wenig Aspirinpulver verabreichen, um das Fieber zu senken, es wird auch die Schmerzen lindern. In ein, zwei Tagen hat sie es überstanden. Eine echte kleine Französin, hat es eilig mit den Zähnchen. Wusstet ihr, dass Napoleon mit einem Zahn und Louis XIV. sogar mit zwei auf die Welt gekommen ist?«

»Claude, dass ich das nicht selbst bemerkt habe. Mein Gott, wer rechnet denn damit.« Alfons Reuter wusste nicht, ob er lachen oder weinen sollte.

Sarah hingegen schluchzte hemmungslos. Die ganze Anspannung fiel von ihr ab, und sie zitterte nun am ganzen Körper. Claude legte Alfons seine Tochter in den Arm. Er führte Sarah zu einem Sessel und drückte sie sanft hinein. Aus einem cremefarbenen Medizinschrank holte er ein Fläschchen, ließ ein paar Tropfen auf einen Löffel fallen und schob in ihr einfach in den Mund.

»Das wird dir guttun, du brauchst dir keine Sorgen mehr zu machen. Mit der Kleinen kommt alles wieder in Ordnung«, brummte er beruhigend.

»Ich habe uns den Eintopf von heute Mittag heiß gemacht. Wenn es nicht reicht, Brot und Käse sind auch noch da.« Rose war aus der Küche aufgetaucht, hinter ihr stand der Junge, der die kleine Gesellschaft misstrauisch beäugte.

Die Haushälterin hatte im Esszimmer gedeckt, und trotz des Drangs weiterzukommen, das Ziel in Sète zu erreichen, ließen sich Alfons und Sarah dankbar nieder, um die kräftige Gemüsesuppe zu löffeln. Auf Wein verzichteten sie, Claude dagegen langte kräftig zu. Der Junge hatte sich ebenfalls zu ihnen an den Tisch gesetzt, aber noch keinen Bissen angerührt. Unverhohlen starrte er Alfons feindselig an.

»Junge, was ist mit dir, du bist unhöflich. Wenn du keinen Hunger hast, dann ab ins Bett mit dir, es ist spät.« Roses strenge Stimme ließ keinen Widerspruch zu.

Der Junge zerkrümelte unentschlossen ein Stück Weißbrot, stand dann auf und nickte, immer noch ohne ein Wort zu sagen, den am Tisch Sitzenden zu. Statt in sein Zimmer zu gehen, trollte er sich in die Küche. Irgendetwas stimmte mit diesen Leuten doch nicht. Als Rose hereinkam, um die Teller in die Steinspüle zu stellen, fragte er neugierig: »Sag mal Rose, was ist mit den Leuten los? Und der Mann, er hat einen merkwürdigen Akzent. Ist er etwa Deutscher?«

Rose setzte eine geheimnisvolle Miene auf. »Psst, das geht dich alles nichts an. Es sind Freunde des Doktors, und mehr brauchst du nicht zu wissen.«

»Aber der Mann ist Deutscher, ich bin mir sicher. Was hat ein ›Boche‹ in seinem Haus, an seinem Tisch zu suchen?«

»Jetzt reicht's aber. Auch wenn er Deutscher ist, er ist der Freund des Doktors und braucht Hilfe. Basta. Und jetzt ab mit dir, bevor Docteur Barbier solche Sprüche noch zu Ohren kommen. Ein ›Boche‹, ich fasse es nicht. Alfons ist ein guter Mann. Tss, tss, ein ›Boche‹ …«

Sie verließ die Küche mit einer luftgetrockneten Salami und einem halben Laib Brot, beides in ein Geschirrtuch gewickelt. Für Alfons und Sarah kam die Zeit, sich zu verabschieden. Das Baby schlief nun fest und ruhig. Alfons standen die Tränen in den Augen. Er umarmte Rose.

»Soll ich euch nicht noch etwas Veilchenwurzel aus dem Garten holen. Die Wurzeln lindern die Schmerzen beim Zahnen, lasst Anne einfach ein wenig darauf herumbeißen.«

»Rose, hab Dank, aber wir müssen los. Wir haben das Pulver von Claude, es wird genügen.«

Sarah hielt bereits Anne auf dem Arm. Auch ihr liefen die Tränen übers Gesicht.

»Wir sind euch so dankbar. Wir versuchen, uns zu melden, sobald wir angekommen sind. Wir wissen nicht, wann dies sein wird oder ob wir überhaupt unser Ziel erreichen. Aber die Gewissheit, so treue Freunde zu haben, wird uns Kraft geben.«

Alfons legte das schlafende Baby auf den Rücksitz, dann stiegen er und Sarah in den Wagen, winkten noch einmal kurz und fuhren los. Langsam verloren sich die beiden Gestalten, die zurückgeblieben waren, in der schwindenden Nacht. Gegen acht Uhr würde die Sonne aufgehen, doch dann hätten sie den Hafen von Sète erreicht. Kaum fünf Minuten später war auch Sarah eingeschlafen. Alfons schüttelte die auch ihn überfallende Müdigkeit ab, durch das Seitenfenster, das er ein Stück heruntergelassen hatte, drang erfrischende kühle Luft ins Wageninnere. An dieser Stelle musste er achtgeben. Die Strecke war hier leicht abschüssig, sehr kurvig und eng. Er bremste ab, doch das Auto verlangsamte nicht, im Gegenteil, es wurde immer schneller. Alfons trat wieder auf die Bremse.

Um Gottes Willen, was ist das?

Die Bremsen versagten erneut. Schon geriet der Wagen ins Schlingern, driftete auf die Gegenfahrbahn. Alfons konnte nur mühsam gegenlenken. Sollte das das Ende ihrer Flucht in die Freiheit sein, sollten an dieser Biegung mit den Platanen am Wegesrand ihre Träume enden? Noch einmal trat er vehement auf die Bremse. Jetzt brach der Wagen komplett aus, raste auf einen Baum zu. Alfons riss das Lenkrad herum, das Auto grub sich mit den Vorderreifen in einen Graben, der die Straße von einem Feld trennte, und kam zum Stehen. Anne war vom Rücksitz gefallen und brüllte aus Leibeskräften. Die Beifahrertür war aufgesprungen und Sarah mit voller Wucht aus dem Innenraum katapultiert worden. Alfons lag benommen mit dem Oberkörper über dem Lenkrad.

Oh Gott, das Baby, Sarah.

Alfons kroch aus dem Auto, beugte sich in den Fond des Wagens. Anne war so fest in dicke Decken gehüllt gewesen, dass sie offensichtlich nicht zu Schaden gekommen war. Wie ein Kokon lag sie hinter dem Fahrersitz. Alfons hob sie auf, sie atmete ruhig und tief, hatte nur geschrien, weil sie so erschrocken war. Er war unsäglich erleichtert. Er legte das Kind zurück, eilte zur Beifahrertür. Sarah lag zusammengekrümmt drei Meter entfernt, sie bewegte sich nicht, stieß leise wimmernde Laute aus.

»Sarah, Liebling, bleib ruhig liegen, ich bin bei dir.«

Alfons beugte sich über seine Frau. Ihr Gesicht war leichenblass, sie blutete aus einer Kopfwunde.

»Alfons, was ist mit Anne. Ich wollte zu ihr, aber ich spüre meine Beine nicht, sie sind nicht mehr da«, wisperte sie.

»Sarah, Anne geht es gut. Sie schläft, hörst du, unserem Baby geht es gut. Hab keine Angst, deine Füße sind noch da. Das ist nur der Schock.«

Doch Sarah hörte ihn nicht mehr, sie war bewusstlos geworden. In diesem Moment näherte sich ein Automobil aus der Richtung, aus der sie gekommen waren. *Hoffentlich fährt der Wagen vorbei,* betete Alfons. Doch das Auto hielt direkt an der Straße auf ihrer Höhe.

»Alfons, Sarah? Ich bin's, Claude. Um Gottes willen, was ist passiert? Wartet, ich komme.« Im Licht des Schweinwerfers näherte sich Claude Barbier.

»Claude, was machst du hier? Wir hatten einen Unfall. Plötzlich haben die Bremsen versagt. Ich weiß nicht, was mit Sarah ist. Dem Kind und mir geht es gut, aber Sarah, sie hat kein Gefühl in den Füßen. Sie ist bewusstlos.« Alfons' Stimme versagte.

»Rose hat mir keine Ruhe gelassen, ich wollte euch für Anne von der Veilchenwurzel bringen. Sie hat sie extra ausgegraben. Ich bin hinter euch her gerast, so schnell ich konnte. Aber, oh Gott, wer konnte denn so etwas ahnen. Wer rechnet denn damit, dass so etwas Schreckliches passiert.« Er schluchzte auf. Dann riss er sich zusammen. »Ihr müsst hier weg, so schnell wie möglich. Euer Wagen ist nicht mehr fahrtüchtig. Nehmt meinen.«

»Sarah muss in ein Krankenhaus, Claude, sie muss untersucht werden.«

»Weißt du, was dann passiert? Wenn jemand herausfindet, wer sie ist, dass sie eine Jüdin ist, verheiratet mit einem Deutschen. Und das werden sie, egal welches Krankenhaus du aufsuchst, irgendjemand wird dich erkennen. Wenn ihr abgeschoben werdet, ist das euer sicherer Tod. Ihr habt nur diese eine Chance. Nehmt meinen Wagen, ich bitte dich. Versucht, bis nach Sète durchzukommen. Wenn ihr in Tanger seid, seid ihr in Sicherheit, die Spanier schieben euch nicht ab. Bitte!«

Nach einem kurzen Moment des Zögerns, willigte Alfons ein. Dasselbe hatte er vor Stunden zu Sarah gesagt, es war ihre einzige Chance. Mithilfe von Claude legte er Sarah, die immer noch nicht zu sich gekommen war, auf den Rücksitz von Claudes Wagen, fixierte sie mit Riemen, die im Kofferraum lagen. Anne packte er in den Fußraum vor dem Beifahrersitz, gut gepolstert mit weiteren Decken. Ein letztes Mal umarmte er seinen Freund.

»Claude, ich wüsste nicht, was wir ohne dich getan hätten.«

Dann stieg Alfons Reuter ein und fuhr in den anbrechenden

Morgen einem ungewissen Schicksal entgegen. Mit hängenden Schultern stand Claude Barbier am Straßenrand und blickte ihnen nach. Er hatte das Gefühl, als müsse ihm jeden Moment das Herz zerspringen.

Nîmes, Polyclinique du Grand Sud – Frühling

In den Tagen, nachdem man sie aus der Dunkelheit des künstlichen Komas befreit hatte, wachte Mathilde de Boncourt für immer länger werdende Phasen auf, ermuntert durch flüsternde Stimmen, die ihr zuraunten, alles werde gut, man sei glücklich, dass sie es geschafft habe. Sie konnte die Stimme ihres Großvaters Rémy erkennen, dessen beruhigender Bass sie schon als Kind in den Schlaf gewiegt hatte. Dann die klare und angenehme Stimme des Arztes und den kehligen Ton, der so charakteristisch für die Stimme Bouraadas war.

Nach einer Woche fühlte sich Mathilde so weit wiederhergestellt, dass sie darum bat, das Kopfteil ihres Bettes höher zu stellen. Auch ihr Appetit war zurückgekehrt. Nach den Tagen mit leichten Brühen, verlangte es sie nach festen Mahlzeiten, und das Hühnerfrikassee, das man ihr brachte, verschlang sie so gierig, dass ihr übel wurde. Noch behinderte ein weicher Schulterverband ihre Bewegungsfreiheit, aber endlich konnte sie sich genauer umschauen. Die Wände waren immer noch weiß, ein Fernseher auf einem Gestell, das an der Decke befestigt ist, war komplett zur Seite geschoben. Vor dem Fenster stand nun jedoch ein kleiner Tisch, auf dem mehrere Vasen mit Blumensträußen verteilt waren. Wie ihr die Krankenschwester erzählte, waren Dutzende von Blumengebinden geliefert worden, aber erst gestern hatte Docteur Villeneuf erlaubt, die schönsten und frischesten in ihr Zimmer zu bringen. In den Gärten und den Parks sei alles in voller Blüte, und diese Sträuße würden ihr den Frühling ins Zimmer bringen.

Bis jetzt hatte Mathilde noch nicht erfahren, was sich auf den

Stufen zum Palais de Justice tatsächlich abgespielt hatte. Und immer, wenn sie ihre Erinnerung daran abrufen wollte, war es, als würde ein Vorhang fallen und ihrem Gedächtnis den Zugang zum Geschehenen verwehren. Wenigstens würde sie heute Nachmittag von Docteur Villeneuf etwas über die Art und Schwere ihrer Verletzungen und über ihren aktuellen Zustand erfahren.

Es klopfte, und Mathilde ertappte sich dabei, dass sie sich zum ersten Mal, seit sie hier bewusst in diesem Krankenhausbett lag, Gedanken um ihr Aussehen machte. Mit ausgebreiteten Armen und schräg geneigtem Kopf, als würde er sie gleich in die Arme schließen wollen, steuerte der Arzt auf sie zu.

»Ahh, meine Liebe. Es ist schön, Sie so wohlauf zu sehen. Wie Sie bemerkt haben, haben wir Ihre Schulter immer noch in Watte gepackt.« Er grinste. »Das war, Gott sei Dank, ein glatter Durchschuss, und fast alles ist wieder verheilt. Schlimmer war die Kugel, die Ihre Arteria femoralis durchschlagen hat, ihre Oberschenkelarterie«, ergänzte er, als er Mathildes fragenden Blick sah. Sie hatte den Begriff schon öfter gehört, konnte aber heute nichts damit anfangen. Hoffentlich hatte ihr Gedächtnis keinen Schaden genommen.

»Sie haben unglaubliches Glück gehabt, dass der Wachmann wusste, wie man das Bein abdrückt, um die Blutung zu mindern. Sonst wären Sie an Ort und Stelle innerhalb weniger Minuten verblutet. Hätte der Schütze Sie am Kopf getroffen, Sie wären wahrscheinlich sofort tot gewesen. Dieser dritte Schuss ging meines Wissens in einen der Pfeiler am Eingang des Gebäudes. Aber darüber wird Sie Commandant Bouraada aufklären. Haben Sie Fragen?«

Mathilde hatte tausend Fragen. »Wie lange muss ich noch im Krankenhaus bleiben?«

»Ich habe mir schon gedacht, dass das Ihre erste Frage sein wird. In zwei Tagen werden wir die Schiene, die Ihren Oberschenkel stabilisiert, entfernen, dann werden Sie bei uns mit Rehamaßnahmen beginnen. Wenn Sie so weit sind, dass Ihre Muskulatur wieder einigermaßen einsatzbereit ist, werden Sie entlassen, natürlich nur unter der Bedingung, dass Sie in den nächsten Wochen und Monaten Ihr Bein weiterhin trainieren, sich ansonsten aber schonen. Sie können sich dafür in ein Rehabilitationszentrum begeben, Sie können aber auch eine Praxis für Krankengymnastik aufsuchen, oder noch besser, jemand würde dafür zu Ihnen nach Haus kommen. Das Haus Ihres Großvaters bietet ja genügend Platz, Sie könnten für diese Zeit sogar eine feste private Kraft einstellen, die bei Ihnen wohnt und Ihnen so jederzeit zur Verfügung steht.«

»Das heißt, ich bin für diese Zeit krankgeschrieben, kann nicht zum Dienst?« Mathilde bemerkte, wie ungehalten ihre Stimme klang. Es tat ihr leid.

»Commandant Bouraada hat mich schon vor Ihnen gewarnt. Er wusste, dass dies Ihre zweite Frage sein wird. Nein, und ich sage nochmals Nein, Sie können nicht zum Dienst. Sie müssen auch mental zuerst einen gewissen Abstand gewinnen. Und bis Ihr Bein wieder richtig belastbar sein wird, da werden schon noch etliche Wochen ins Land gehen. Genießen Sie doch einfach diese unfreiwilligen Ferien, die Sie bei Ihrem Großvater verbringen können. Lesen Sie, schlafen Sie viel, entspannen Sie sich mit Musik, machen Sie bald kleine Spaziergänge, um Ihre Muskeln zu trainieren, und lassen Sie sich einfach verwöhnen.«

Mathilde de Boncourt war kein Mensch, der lange mit seinem Schicksal haderte. Sie musste das Beste aus der Situation machen. Und es gab Schlimmeres, als ein paar Wochen auf dem Weingut zu verbringen. Odile, die Haushälterin ihres Großvaters, würde sie mit Freuden verwöhnen, und wenn ihr doch der Sinn nach Arbeiten stand, nun, sie wusste schon, wie sie an ihre Akten kommen würde. Doch das brauchte sie dem guten Doktor nicht auf die Nase zu binden.

»So weit alles klar? Dann wären wir uns ja einig. Wir werden hier die Reha langsam angehen lassen. Am Anfang werden Sie noch starke Schmerzen empfinden, scheuen Sie sich nicht, um weitere Schmerzmittel zu bitten. Sie werden auch mit Kreislaufproblemen zu kämpfen haben. Aber auch dafür sind wir gerüstet, meine Liebe. Und je fleißiger Sie trainieren, desto eher werden Sie auch die ersten Erfolge verspüren. So, das war's für heute. Wenn Sie keine weiteren Fragen haben, draußen sitzt Commandant Bouraada. Er möchte Sie besuchen. Übrigens, er saß fast täglich an Ihrem Bett. Ein treuer Mitarbeiter, den Sie da haben. Und keine beruflichen Gespräche mit ihm! Haben Sie mich verstanden. Keine Aufregung, die tut Ihnen nicht gut.«

Docteur Villeneuf tätschelte Mathilde die Hand, dann verabschiedete er sich. Kaum war der Arzt aus der Tür, als sich die schlanke Gestalt Rachid Bouraadas verlegen dem Bett näherte.

»Madame le Juge, ich soll Sie von allen grüßen, Bruno kann es nicht erwarten, Sie zu besuchen, er hat Ihnen Blumen schicken lassen. Sind sie angekommen? Wir alle sind überglücklich, dass es Ihnen schon wieder so gut geht, wir …«

»Bouraada, waren wir nicht schon bei ›Mathilde‹?«, unterbrach sie seinen ungewohnten Redefluss.

Die Worte waren aus Bouraadas Mund nur so herausgesprudelt. Einerseits war er erleichtert, sie heute so munter vorzufinden, auf der anderen Seite machte es ihn nervös, an ihrem Bett zu stehen und sich nach all den Wochen wieder mit ihr unterhalten zu können. Als Mathilde noch im Dauerschlaf gelegen hatte, war es für ihn einfacher gewesen. Er hatte reglos an ihrem Bett gesessen, ab und zu beruhigend mit ihr geredet, so wie der Arzt es ihm aufgetragen hatte. Jetzt aber lag sie wach vor ihm, und die Frau, die er als stark und durch nichts zu erschüttern kennengelernt hatte, erschien ihm klein und verletzlich. Ihre Haare waren zu einem Pferdeschwanz zusammengebunden, die grünen Augen schauten ihn aufmerksam an, jedoch ohne den ihnen eigenen Glanz. Und blass war sie, dünn war sie geworden, fast durchsichtig kam sie ihm vor. Die winzige Narbe über ihrer rechten Augenbraue, die normalerweise kaum auffiel, schimmerte rosa. Gott sei Dank hatte sie nicht mehr eines dieser Krankenhauskittelchen an. Sie trug ein Nachthemd, das mit Rosen übersät war. Verlegen starrte er darauf. Das hätte er nicht erwartet, diesen üppigen Blumendruck, eher etwas mit einem schlichten Muster, oder noch eher ein Nachthemd mit gar nichts drauf. Er riss sich zusammen.

Mathilde bemerkte seinen Blick und zog die Bettdecke ein Stück höher. »Bouraada, was ist passiert?«

Er hatte es gewusst. Sie würde sofort wissen wollen, was geschehen war und wie weit die Ermittlungen schon gediehen waren. »Also, Mathilde, ich darf Sie nicht aufregen. Wollen wir nicht wenigstens warten, bis Sie etwas kräftiger geworden sind?«

Das braune Gesicht Bouraadas überzog ein rötlicher Schimmer. Noch nie hatte er der Untersuchungsrichterin geraten, sich mit irgendetwas zu gedulden. Er fuhr sich mit den Händen über die kurz geschorenen dunklen Haare, eine fast verzweifelte Geste.

Mathilde betrachtete den Polizisten. War sein kantiges Gesicht etwa schmaler geworden?

»Darf ich?« Bouraada zupfte an seiner Jacke. Es war schwül im Krankenzimmer, die Blumen verströmten einen nicht unangenehmen, aber intensiven Geruch. Durch das gekippte Fenster drang der Ton einer Sirene.

»Natürlich, legen Sie ab.«

Der Commandant hängte seine Jacke über den Besucherstuhl. Mathilde hatte ihn noch nie anders gesehen als in schwarzen Jeans, weißem Hemd und dunklem Jackett. Ein angenehmer Anblick, wenn sie an die Blousons aus braunem oder schwarzem Kunstleder dachte, die die meisten männlichen Beamten in ihrer Umgebung wie eine Art zweite Uniform trugen.

Die Untersuchungsrichterin hatte vor drei Jahren das erste Mal in einem Fall mit Rachid Bouraada zusammengearbeitet. Damals noch Capitaine der Police Judiciaire, einer der Zentraldirektionen der Police Nationale in Nîmes, war der Polizist seitdem als Ermittler immer wieder an ihrer Seite. Er war intelligent, zuverlässig, loyal und ehrlich, Eigenschaften, auf die Mathilde den größten Wert legte. Dass er auch seine Launen hatte, damit konnte sie gut leben. Mit seiner oft ungestümen Vorgehensweise eckte er immer wieder an. Gereizt reagierte er vor allem dann, wenn irgendjemand ihn spüren ließ, oder er diesen Eindruck hatte, dass er ein »Beur«, ein Franzose mit algerischen Wurzeln war. Augenblicklich fühlte er sich benachteiligt und missverstanden und konnte – leider auch gegenüber Vorgesetzten – schroff werden. An solchen Tagen war es schwierig, an ihn heranzukommen, und noch schwieriger, mit ihm zu arbeiten. Doch Mathilde ignorierte einfach diese Launen, arbeitete weiter, als wäre nichts geschehen.

Manche Kollegen, und vor allem Kolleginnen, hatten anfangs gemunkelt, dass sich zwischen den beiden etwas abspielen würde. Bouraada war in der Tat ein attraktiver Mann. Erneut ertappte sich Mathilde dabei, sich zu fragen, wie sie wohl im Moment aussah. Als ob sie keine anderen Sorgen hätte. Sie strich eine Strähne, die sich aus ihrem Pferdeschwanz gelöst hatte, hinters Ohr. Sie musste zu ihrer alten Professionalität zurückfinden.

Strenger als beabsichtigt sagte sie: »Rachid, was soll das? Sie sollten mich doch kennen. Wenn Sie hier schon auftauchen und ich wieder einigermaßen bei Verstand bin, dann möchte ich umgehend wissen, was geschehen ist. Ich bin nicht nur das Opfer, sondern wahrscheinlich auch Ihre Hauptzeugin. Also, informieren Sie mich, befragen Sie mich, machen Sie Ihre Arbeit.«

Bouraada seufzte resigniert. »Gut, Sie haben gewonnen. Der Wachmann Bruno Gracia hat ausgesagt, es seien drei Schüsse gefallen, kaum dass Sie das Palais de Justice verlassen hatten. Ein erster hat Ihre Schulter durchschlagen, ein zweiter Ihren Oberschenkel, der dritte ging Gott sei Dank an Ihrem Kopf vorbei. Anhand der Projektile konnten wir die Waffe als eine Glock 19, 9 Millimeter identifizieren. Das Ding hat normalerweise fünfzehn Schuss, da hätte man noch ganz schön was anrichten können. Allerdings waren die Kerle schnell an Ihnen vorbei. Eigentlich müssten Sie die Maschine gehört haben. Die Typen kamen von rechts mit dem Motorrad angerast. Ein Tourist ist fast von denen umgenietet worden, er hat die Maschine zweifelsfrei als Suzuki Hayabusa identifiziert. Hayabusa heißt übrigens Wanderfalke, nur so nebenbei, aber Sie wollen ja alles wissen. Er wollte sich das Kennzeichen merken, das Nummernschild war jedoch total verdreckt. Er hat auch ausgesagt, dass Fahrer und Beifahrer in schwarzen Lederkombis steckten, auch die Helme und Stiefel seien schwarz gewesen. Keine Abzeichen auf der Kombi, nichts. Die Typen sind dann entlang der Esplanade stadtauswärts getürmt. Von den beiden und dem Motorrad haben wir bis heute keine Spur. Natürlich geht uns die Frage nicht aus dem Kopf, ob das Attentat auf Sie eine unmittelbare Reaktion auf die Verurteilung der Jalaberts war.«

Mathilde blieb eine Weile stumm, biss sich auf die Lippen und schloss die Augen. Diese Frage hatte sie sich noch nicht gestellt. Ihr Mund war plötzlich trocken, und sie musste sich zweimal räuspern, ehe sie antwortete: »Ich weiß nicht. Dann müssten der Fahrer und der Schütze auf dem Motorrad quasi um die Ecke gewartet haben. Und sie sind erst gestartet, als man ihnen übermittelt hatte, dass die Jalaberts verurteilt worden sind. Ich kann es mir zwar kaum vorstellen, aber auszuschließen ist es nicht. Ist jemand ängstlich geworden, befürchtet weitere Ermittlungen? Oder war es ein reiner Racheakt?« Mathilde trank einen Schluck Wasser. Ein dumpfer Schmerz begann sich in ihrem Kopf auszubreiten.

»Im Gegensatz zu anderen Attentaten kam bis heute auch kein Bekennerschreiben. Es gab zwar einige anonyme Anrufe, die wir aber alle als Spinnereien ad acta legen konnten. Wer käme überhaupt für einen Racheakt infrage? Einer der großen Bosse? Die Drogengeschichte um Il Mocco ist zwei Jahre her. Ich glaube nicht, dass nach so langer Zeit von dieser Seite ein Rachefeldzug gegen Sie geplant worden ist. Die hätten früher agiert. Was haben wir sonst zeitnah an spektakulären Fällen? Die Ermittlungen gegen den Manager des Zementwerks hatten Sie abgegeben, ansonsten haben wir im Moment doch nur Kleinkram. Der Anschlag auf Sie muss in direktem Zusammenhang mit der Verurteilung der Jalaberts stehen. Allerdings hat der Präfekt mich angewiesen, weiterhin in alle Richtungen zu ermitteln. Nur bis jetzt haben wir keinerlei konkrete Anhaltspunkte. Es ist absolut frustrierend. Und wenn wir nicht bald herausfinden, wer dahintersteckt … Denn wer damals kein Glück hatte, wird es vielleicht wieder versuchen.«

»Im schlimmsten Fall, ja. Im besten Fall hoffen die, die für den Anschlag verantwortlich sind, dass das Attentat mir eine Warnung gewesen ist. Dass ich ab jetzt die Finger von Jalabert und Konsorten lasse.«

Mathilde richtete sich in ihrem Bett so weit wie möglich auf. Sie ignorierte die immer stärker werdenden Kopfschmerzen. »Rachid, wir sollten keine Zeit verlieren. Was als mögliche Warnung gedacht war, ist doch der Beweis, dass wir nur an der Spitze des Eisbergs gekratzt haben. Wir müssen es bis zum Fuß des Berges schaffen. Ach, und wenn Sie wiederkommen, Rachid, bringen Sie mir bitte ein Päckchen Zigaretten mit. Ich befürchte, der gute Docteur Villeneuf hat meine im Müll entsorgt.«

Mathilde hatte ihren Worten einen festen Klang verleihen wollen, aber Bouraada kannte sie besser, als sie ahnte. Ihm war das Zittern in ihrer Stimme nicht entgangen.

Bonn – Südfrankreich – Sommer

Martin Endress war voller Vorfreude. Dieser Auftrag erschien ihm wie ein Wink des Schicksals. Er fuhr konzentriert, doch seine Gedanken schweiften immer wieder ab, schlugen Kapriolen, sprangen hierhin, sprangen dahin, wie ein Fohlen auf der Weide.

Er war am späten Vormittag in Bonn losgefahren. Eigentlich wollte er bereits seit acht Uhr auf der Straße sein, um noch bei Tageslicht und Sonnenschein in Saint-Gilles anzukommen. Immerhin musste er fast zehn Stunden reine Fahrzeit einplanen. Doch es hätte ihn selbst gewundert, wenn er einmal pünktlich gewesen wäre. Meist lag es an ihm, wenn er mit Verspätung irgendwo eintrudelte, er hatte einfach kein Zeitgefühl. Doch genau an diesem Montag hatte sich alles und jeder gegen ihn verschworen.

Zuerst hatte sein Radiowecker verrückt gespielt, wahrscheinlich hatte seine Putzfrau beim Staubwischen bei dem alten Ding – die orangefarbene Kuriosität stammte noch aus seiner Jugendzeit – den Lautstärkeknopf verstellt, sodass die Siebenuhrnachrichten, die ihn wecken sollten, sich ungehört in sein Schlafzimmer schlichen. Um halb neun war er dann aufgewacht, das Prasseln von Regentropfen an seine Fensterscheibe hatte ihn aus einem fernen Traumland, über das er eben berichten wollte, in die Realität befördert. Als er nach einem schnellen Frühstück schon in der Wohnungstür gestanden hatte, um nun endlich seine Reise anzutreten, hatte ihn seine jüngste Schwester Emma auf dem Festnetztelefon angerufen.

»Gott sei Dank, ich hab schon befürchtet, du wärst bereits weg, ist ja doch eine lange Fahrt.« Aha. Zu der er verspätet aufbrechen würde. Sie hatte ihn ermahnt, all die Köstlichkeiten mitzubringen, die man nur in Südfrankreich kaufen könne, ein spezielles Olivenöl, »aber nur das Öl aus dieser Mühle, du weißt schon, die in der Nähe von Avignon«, eine besondere Stiersalami, roten Reis aus der Camargue. Natürlich hätte sie sich all diese Spezialitäten auch im Internet bestellen können, aber wenn man einen Bruder hatte, der quasi da unten wohnen sollte, dann konnte er einem auch schon den Gefallen tun, zumal die Qualität bei den vor Ort gekauften Produkten ganz sicher viel besser sei. Emma hatte ohne Punkt und Komma gequatscht, und ihm war die Zeit noch weiter davongelaufen.

Kaum hatte er sie endlich abgewürgt und den Hörer aufgelegt, klingelte es erneut. Dr. Zimmer, sein Auftraggeber, wollte ihm noch einmal persönlich eine gute Reise wünschen. Was war heute nur in die Leute gefahren?

Seinen Wagen hatte Martin bereits am Vorabend gepackt. Keine Maus hätte mehr in den Golf hineingepasst. Kofferraum, Rücksitz, Beifahrersitz und sämtliche Fußräume waren vollgestopft mit Koffern, Büchern, Kamerataschen und Laptop. Er wollte mindestens den August und September in Südfrankreich verbringen, wollte das Languedoc bereisen, und ganz am Ende seiner Arbeit würde der deutsche Leser Land und Leute genauso gut kennen und lieben wie er, dessen war sich Martin Endress sicher. Er sah das fertige Buch schon vor sich: eine Mischung aus traumhaften Bildern, Tipps für den Besuch von Weingütern, Ölmühlen und Käseherstellern, dazwischen die gängigen Sehenswürdigkeiten, beschrieben unter ganz neuen Aspekten. Martin hoffte, auf das ein oder andere unbekannte Objekt zu stoßen, das abseits der normalen Touristenpfade lag, eine Art Dornröschenschloss vielleicht, dessen Geschichte er als Erster aufschreiben würde. Doch vor allem lagen ihm die Bauwerke der Antike und des Mittelalters am Herzen, diese steinernen Geschichtsbücher, die noch heute von der immensen Wichtigkeit dieser Region Zeugnis ablegten. Von den üblichen Restaurant- und Hotelempfehlungen würde er wohl Abstand nehmen. Schon mehrfach hatte er die Erfahrung machen müssen, dass ein von ihm im Reiseführer hochgelobtes Lokal nach nur wenigen Monaten wieder geschlossen hatte, vor allem, wenn es in einer ländlichen Gegend lag und die Gäste ausblieben. Wütende Briefe und Mails von Reisenden, die seinen Empfehlungen gefolgt waren, hatten ihn dazu bewogen.

Mittlerweile war Martin seit sieben Jahren als Reiseschriftsteller unterwegs, und er hatte noch keinen Tag davon bereut. Nach zahlreichen Volontariaten bei verschiedenen Zeitungen und Zeitschriften hatte es ihn zum Cella-Verlag verschlagen, einem kleinen, aber feinen Verlag, der sich auf außergewöhnliche Reiseliteratur spezialisiert hatte. Der Inhaber und Verleger, Dr. Wigbert Zimmer, war finanziell unabhängig. Seine Frau, die dem Lebensmittelimperium Schlönz entstammte, besaß Millionen, und Zimmer konnte seiner Leidenschaft für gute und schöne Bücher frönen, indem er seinen eigenen Verlag gründete und für diesen nur die besten Mitarbeiter anheuerte.

Die Idee, einen Reiseführer über das Languedoc und seine Schönheiten schreiben zu lassen, war von Sigrun Schlönz ausgegangen. Mit Begeisterung hatte sie das Büchlein von Louis Stevenson »Reise mit einem Esel durch die Cevennen« verschlungen. Die Cevennen und das Languedoc sollten es sein, diese Gegend wollte sie in einem Cella-Buch wiederfinden. Ihr Gatte griff den Faden auf und erteilte Martin den Auftrag, sich dieser Reiseliteratur zu widmen.

Eine Woche, bevor er seine Reise anzutreten gedachte, hatte Martin sich zu seinem großen Kummer einige Tage Sonderurlaub nehmen müssen. Seine Mutter Anne war nach einem längeren Krebsleiden mit dreiundsiebzig Jahren verstorben. Sein Vater Robert hatte direkt nach der Beerdigung Martins ältere Schwester Esther und ihrer Familie nach München begleitet, um dort im Kreise seiner Enkel Ablenkung zu finden. Er wusste, dass er nicht die Kraft aufbringen würde, sich nach seiner Heimkehr von Annes persönlichen Dingen zu trennen. So hatte er seinen Sohn und seine jüngste Tochter gebeten, bis auf die wichtigsten gemeinsamen Erinnerungsstücke, alles auszusortieren und wegzuschaffen.

Zu groß sei der Schmerz für ihn, in jedem Zimmer immer wieder auf die Spuren seiner geliebten Frau zu stoßen.

Dies betraf vor allem die Dinge, die Annes kleines Lesezimmer – ihr Refugium – beherbergte, ein winziges Erkerzimmer, das von außen den Eindruck vermittelte, als hätte es jemand an die Hauswand gespuckt. Hier hatte sie gesessen, um in Ruhe zu lesen, hatte sich an Aquarellen versucht, die jedoch nie den Grad an künstlerischer Qualität erreichten, den ihre Mutter Sarah in den wenigen Skizzen, die sie hinterlassen hatte, erahnen ließ. Hierher hatte sie sich zurückgezogen, wenn die Kinder eine ihrer berühmten Partys feierten oder wenn ihr Mann Robert einen seiner berüchtigten Herrenabende mit Rotwein und Käseigeln veranstaltete.

Martin war das Herz bei jeder Entscheidung immer wieder aufs Neue schwer geworden: Von was sollte man sich nun trennen, was wollte man behalten, oder vielleicht einer Freundin Annes als kleine Erinnerung an sie schenken? Emma war bei allem, was sie in die Hand nahm, in Tränen ausgebrochen, sodass sich Martin meist alleine den Kisten und Kästchen, den Schubladen und Regalen, auf denen es von Andenken nur so wimmelte, gewidmet hatte. Lediglich die Klappe des Biedermeier-Sekretärs hatte er verschlossen vorgefunden. Doch er kannte seine Mutter. Anne hatte den Schlüssel in einer kleinen Dose versteckt, die sie von ihren Kindern vor mehr als fünfunddreißig Jahren geschenkt bekommen hatte, von den Geschwistern beklebt mit Wildblumen, von denen jetzt nur noch Reste zu erahnen waren. Darin lag der kleine Messingschlüssel des Sekretärs. Martin hatte den Deckel hochgeklappt. Briefmarken, Umschläge und ein altmodisches handgeschriebenes Adressbüchlein lagen links im Fach. Rechts verlor sich eine flache Kiste, es war eine alte Zigarrenkiste, die augenblicklich sein Interesse auf sich gezogen hatte. Sie war mit einem zerfaserten gelben Geschenkband umwickelt. Auf der Kiste war ein großer Aufkleber, darauf standen in Annes Schrift zwei Worte: Papa – Maman.

Martin wusste von seinen Großeltern so gut wie nichts. Sein

Großvater Alfons, ein renommierter Mediziner, war gestorben, als Martin fünf Jahre alt gewesen war. Er hatte kaum noch eine Erinnerung an ihn. In den Fotoalben klebten Bilder von einem Mann mit noch im Alter vollem Haar, von schlaksiger Gestalt, die Martin immer wieder an den Schauspieler James Stewart erinnerte. Auch das verschmitzte Lächeln war ihm in Erinnerung geblieben. Sein Großvater war ein liebevoller und gütiger Mann gewesen, der viel durchgemacht hatte, wie man sagte. Aber was er durchgemacht hatte, darüber hatte sich seine Mutter all die Jahre ausgeschwiegen, und irgendwann hatte Martin das Interesse verloren, nicht mehr gefragt. Jetzt bereute er es, dass er so wenig hartnäckig gewesen war. Mit dem Tod seiner Mutter waren die letzten Wurzeln zur Vergangenheit des Großvaters gekappt. Von seiner Großmutter Sarah wusste er noch weniger. Sie sei jung gestorben, mehr hatte Anne nie erzählt. Zuerst hatte Martin, als er etwas älter war, vermutet, sie sei vielleicht im Kindbett gestorben, bei der Geburt von Anne. Aber seine Mutter hatte daraufhin nur den Kopf geschüttelt. Von Sarah gab es auch nur zwei Fotos: ein altes Passfoto und das Hochzeitsfoto mit Alfons. Sie war, daran konnte sich Martin vage erinnern, ein hübsches Mädchen gewesen, mit dunklen Haaren.

Nachdenklich strich er mit dem Finger über die raue Seite des Holzkistchens. Warum stand hier nicht »Mama«, sondern »Maman«? Er hatte die Kiste in eine Tüte gepackt, in der schon ein altes Fotoalbum zum Abtransport verstaut war. Das Album würde er genauer studieren, ein paar der Familienfotos nachmachen lassen, und vor allem musste er seinen Vater fragen, wer die Personen waren. Ihm war bewusst geworden, dass er wirklich überhaupt keinen Schimmer hatte, was seine Vorfahren und deren Leben betraf.

Noch am selben Abend hatte er seinen Vater in München angerufen. Einerseits war er nun wirklich neugierig geworden, andererseits tat Ablenkung jeder Art seinem Vater sicherlich gut. Sein Erstaunen war groß gewesen, als er von Robert erfuhr, dass er einen längst verstorbenen französischen Urgroßvater gehabt hatte, der während des Krieges von Montpellier in die USA ausgewandert und dort in den Fünfzigerjahren verstorben war. Martins Großmutter Sarah war seine älteste Tochter gewesen, die, so viel wusste er ja bereits, jung gestorben war. Ein Unfall. Sarahs Schwester sei mittlerweile auch schon lange tot, diese hätte keine Kinder gehabt, und so gäbe es in Amerika auch keine Verwandten mehr. Martin hatte seinen Vater gefragt, ob dieser etwas von dem Kistchen wüsste, das Anne im Sekretär aufbewahrt hatte. Nein, sein Vater hatte es nicht gekannt, aber er dürfe es gerne öffnen. Martin hatte Robert eine Gute Nacht gewünscht und sich an den Esszimmertisch gesetzt, das Kistchen wie eine Schmuckschatulle, die etwas Wertvolles beinhalten könnte, gespannt betrachtend. Dann hatte er das gelbe Band abgezogen und den Deckel hochgeklappt.

Im Kistchen lagen zwei Fotografien. Eine zeigte ein stattliches weißes Haus, eine Villa, davor stand ein gut aussehender Mann, an seiner Seite eine zierliche Frau, vor den beiden, Arm in Arm, zwei Mädchen im Teenageralter, die die Augen zukniffen, weil sie wohl in die Sonne schauen mussten. Auf einem zweiten Foto stand eindeutig sein Großvater, tatsächlich ein Ebenbild des jungen James Stewart. Er hatte den Arm um eine dunkelhaarige junge Frau gelegt, die zu ihm aufschaute, ohne Zweifel seine Großmutter Sarah. Unter den Bildern lag lediglich ein Umschlag, darin ein Brief aus dem Jahre 1967, geschrieben zwei Jahre bevor Martin zur Welt gekommen war. Diese Schrift kannte er nicht, die Buchstaben waren gestochen scharf, fast wie mit einer Schreibmaschine getippt, so exakt lagen sie nebeneinander auf der feinen Schreiblinie. Immer wieder starrte er auf die Unterschrift »Dein dich liebender Papa«, gerichtet war der Brief an seine Mutter Anne. Martin hatte sich einen Cognac eingeschenkt, das Papier behutsam glatt gestrichen und zu lesen begonnen.

Ma petite, meine liebste Anne,
nun, da du bald deinen geliebten Robert heiraten wirst, ist es an der Zeit, dir ein paar Dinge zu sagen, die mir heute noch das

Herz schwermachen. Du bist nun erwachsen, und Robert wird zukünftig an deiner Seite sein, um das Leben gemeinsam mit dir zu meistern. Er ist ein großartiger junger Mann.
Es gibt viele Fragen, die du mir immer wieder gestellt hast. Und oft hast du vergeblich gefragt, denn ich hatte keine Antworten. Oder aber, das Aussprechen der Antwort hätte mir das Herz gebrochen.
Nun aber ist die Zeit gekommen, jetzt, wo du eine starke Schulter zum Anlehnen haben wirst, einiges Licht in das Dunkel deiner Vergangenheit zu bringen.
Mein geliebtes Kind, es gab einen Tag, an dem du allein mir die Kraft gegeben hast, weiterzuleben. Es war der Tag, als deine Maman, meine über alles geliebte Sarah, von uns ging. Noch immer überwältigt mich der Schmerz, wenn ich an diese Zeit vor mehr als fünfundzwanzig Jahren denke, eine Zeit, die für mich so glücklich begonnen hatte.
Als ich deine Maman im Hause deines Großvaters Benjamin zum ersten Mal sah, war es Liebe auf den ersten Blick. Benjamin Leopold, Grand-père Benjamin – du warst noch so winzig, als er dich in Amerika ein erstes Mal in den Armen gehalten hat. Als Sarah mir mitgeteilt hat, dass du, meine kleine Anne, bald das Licht der Welt erblicken wirst, war ich der glücklichste Mensch auf Gottes Erde. Doch das Licht wandelte sich bald zum Dunkel, als die Deutschen die Welt in Schmerz und Tod versinken ließen.
Du wirst dich fragen, warum ich mit dir nach Sarahs Tod hierher nach Deutschland zurückgekehrt bin. Auch ich habe hier meine Familie, deinen Großvater, deine Großmutter, deine Tanten, liebe und gütige Menschen, wie so viele hier. Weißt du, es sind tatsächlich Wurzeln, die den Halt geben. Und das ist bei uns Menschen nicht anders als bei Sträuchern und Bäumen.
Doch auf die Frage, warum deine Maman den Tod gefunden hat, kann ich dir bis heute keine Antwort geben. Ich habe dir immer erzählt, dass Grand-père Benjamin uns nach Amerika geholt hat. Doch es war nicht einfach eine Reise, die wir drei angetreten hatten. Es war eine Flucht. Details zu kennen, wird dir nichts nutzen,

doch es war eine Flucht auf Leben und Tod. Viele unschuldige Menschen waren in Frankreich in Lagern gefangen, wer wollte es den Franzosen auch verübeln, sich von den Ausländern zu trennen, die dem gleichen Volk entstammten, deren Machthaber Tod und Verderben über die Welt brachte. Doch das ist ein anderes Kapitel, meine kleine Anne.
Deine Maman, du und ich, wir waren im Lager von Les Milles, doch wir mussten befürchten, von dort nach Deutschland deportiert zu werden. Wir alle hätten dort den sicheren Tod gefunden, Sarah, die Jüdin, ich, ihr Ehemann, und auch vor dir hätten sie nicht Halt gemacht, wie wir jetzt, so viele Jahre später wissen.
Dank Benjamin gelang uns die Flucht, es war alles bestens organisiert und vorbereitet. Du hattest in der Nacht unserer Flucht stark gefiebert, und wir suchten einen lieben Freund auf, einen Arzt bei Saint-Gilles, der uns half. Was dann passierte, ist mir immer noch unbegreiflich. Wir fuhren kurz vor Morgengrauen los. In einer Kurve versagten plötzlich die Bremsen unseres Autos, es kam zu einem Unfall, bei dem Sarah aus dem Wagen geschleudert wurde. Ihre größte Sorge galt dir, doch du hattest alles gut überstanden. Wir mussten weiter. Wir schafften es tatsächlich bis Sète, von dort nach Tanger. Schon auf dem Weg von Tanger nach Casablanca ging es Sarah immer schlechter. Und ich konnte ihr nicht helfen. Es hatte mit Lähmungserscheinungen in den Beinen begonnen. Die Flucht war von Benjamin bis ins kleinste Detail vorbereitet gewesen. Du kennst den Film »Casablanca« mit Ingrid Bergmann und Humphrey Bogart. Es war in der Realität wie in diesem Film. Ein Flugzeug erwartete uns. Doch es war kaum möglich, deine Maman sitzend zu transportieren. Sie litt unter unsäglichen Schmerzen, und sie konnte ihre Beine nicht mehr spüren. Sie lebte noch zwei Wochen, nachdem wir in Amerika angekommen waren. Sie hatte durch den Unfall nicht nur Verletzungen der Wirbelsäule erlitten, sondern auch schwerste innere Verletzungen. Wir konnten nichts mehr für sie tun. Deine Großeltern sind fast daran zerbrochen, und mich hielt nur die Liebe zu dir am Leben.
Liebste Anne, ich weiß, dass dir diese Zeilen das Herz schwer-

machen werden. Aber ich weiß auch, dass du die Kraft besitzt, mit dem Wissen um die Vergangenheit unserer kleinen Familie zu leben.
Deine Maman hat dich mehr geliebt als das Leben, und dies werde auch ich bis zu meinem letzten Atemzug tun.
Dein dich liebender Papa

Und nun wollte es der Zufall, dass er auf dem Weg ins Languedoc war, in die Heimat seiner unbekannten Großmutter. Neben der Vorfreude, die er immer wieder beim Antritt einer neuen Reise empfand, machte sich dieses Mal auch ein leises Kribbeln in Martins Magengegend bemerkbar. Er stellte sich, seitdem er den Brief gelesen hatte, zum wiederholten Mal die Frage, ob es ihm wohl gelingen würde, etwas Licht in das Dunkel des Schicksals seiner Großmutter Sarah zu bringen.

Château de Boncourt – Sommer

Mathilde erwachte vom Motorengeräusch eines Traktors. Sie hob den Kopf, drehte ihn, um auf ihren Radiowecker zu schauen. Ein stechender Schmerz fuhr ihr durch den Schädel, breitete sich im Nacken aus, lähmte ihre Schultern. Und dieser Schmerz hatte nichts mit ihren Verletzungen zu tun. Den hatte sie sich selber zuzuschreiben. Noch einmal quälte sie ihre Augen in Richtung Leuchtziffern. Schon halb zehn. So lange hatte sie seit Wochen nicht mehr geschlafen.

Sie streckte den Arm aus dem Bett, ließ ihn herunterhängen und wedelte mit der Hand in der Luft herum. Normalerweise schnupperte Babou sofort daran, leckte darüber. Als er noch jünger gewesen war, sprang er, sehr zum Missfallen von Odile, die mit den Hundehaaren in der Waschmaschine zu kämpfen hatte, sofort auf ihr Bett und kuschelte sich an sie. Doch kein Babou weit und breit. Ihre Schlafzimmertür stand einen Spalt weit offen, eben breit genug, dass der alte Hund hindurchschlüpfen konnte. Wahrscheinlich hatte er sich schon auf den Weg in die Küche gemacht, um bei Odile seine erste Mahlzeit einzufordern.

Mathilde schluckte schwer, ihre Zunge fühlte sich pelzig an, lag wie ein Fremdkörper in ihrem Mund. Sie richtete sich auf, ließ sich aber sofort wieder in ihr Kissen sinken. Was war nur gestern Abend in sie gefahren? Ihr Großvater hatte sich bereits zu Bett begeben, Odile noch in der Küche herumgewerkelt. Mathilde hatte sich in die Bibliothek zurückgezogen, sie war auf der Suche nach einem Buch, das sie seit ihrer Kindheit nicht mehr in der Hand gehabt hatte, eine Art Bilderbuch mit Fotos aus einem Film, der sie immer wieder zu Tränen gerührt hatte. Mathilde war weit davon entfernt, melancholisch zu sein, aber an diesem Abend war ihr danach, sich einfach fallen zu lassen, sie hatte das Bedürfnis, hemmungslos zu weinen.

Dieser Film erzählte die Geschichte eines Jungen in der Camargue, der mit einem wilden Hengst Freundschaft schließt und ihn zähmt. Pferdehirten hatten ihm versprochen, dass er ihn behalten dürfe, wenn ihm dies gelänge. Als man ihm, trotz der Versprechungen, den wunderschönen Schimmel wegnehmen will, flüchtet sich das Kind mit ihm ins Meer und verschwindet am Ende in der Weite des Ozeans. Sie hatte das Buch schnell gefunden, an der Stelle, an der sie es wahrscheinlich vor Jahrzehnten abgelegt hatte, »Crin-Blanc« von Albert Lamorisse. Sie hatte sich in den tiefen Sessel geschmiegt, dessen Polster durch die vielen Hundegenerationen, die ihn zu ihrem Lieblingsplätzchen erkoren hatten, vollkommen zerschlissen war. Ihr Großvater hatte ihn nie neu beziehen lassen, damit jeder neue vierbeinige Mitbewohner sich seiner Vorgänger erinnern konnte.

Die Bibliothek war ein riesiger Raum mit Holzregalen bis unter die Decke, in denen sich Buchrücken an Buchrücken reihte. An einer Seite öffnete sich eine zweiflügelige Tür, die zur Eingangshalle führte, gegenüber reichten Fenster bis zum Boden, von denen aus man einen herrlichen Blick in den Park hatte. Herzstück des Raumes war jedoch der mächtige Kamin, in dem man leicht einen Ochsen hätte braten können. Er stammte noch aus dem Vorgängerbau des jetzigen Châteaus, der im 17. Jahrhundert erbaut worden war. Im Scheitel der Rahmung des Kamins prangte das Familienwappen, in Stein gehauen und ehemals farbig gefasst. Es war unspektakulär. Das Wappen war diagonal geteilt, links ein Hundekopf, rechts zwei schräg angeordnete Bienen, die eine Lilie rahmten.

Die Bibliothek war die Kommandozentrale ihres Großvaters gewesen. Von hier aus hatte er mit strenger Hand den gesamten Guts- und Weinbaubetrieb geleitet. Der große schwere Schreibtisch mit dem Ledersessel davor war für Mathilde der Inbegriff des Arbeitsplatzes eines echten Patrons, der jederzeit über alle Tätigkeiten informiert war, seine Befehle gab, seine Geschäftspartner empfing, seine Mitarbeiter maßregelte oder lobte. Das einzige Zugeständnis in diesem Raum an die Gegenwart war der Computer, auf den auch Rémy de Boncourt irgendwann nicht mehr hatte verzichten können, auch wenn es Monate gedauert hatte, ihn davon zu überzeugen, dass er mit der Zeit gehen müsse.

Mathildes Onkel Philippe hatte bereits vor fünf Jahren offiziell die Leitung der Weindomäne übernommen, doch so ganz hatte ihr Großvater die Zügel nie aus der Hand gegeben. Philippe nahm es Rémy jedoch nicht übel, zu wertvoll waren dessen persönliche Kontakte, sein Wissen und die Wertschätzung, die er bei seinen Geschäftspartnern genoss. Philippe Maréchal war der Sohn von Rémys schon lange verstorbener jüngerer Schwester. Er lebte mit seiner Frau Lucette und den Kindern auf der Domäne. Als das zweite Kind geboren worden war, hatte Rémy den alten Pferdestall zu Wohnzwecken umbauen lassen. Das Gebäude lag in der Nähe des Châteaus, jedoch weit genug entfernt, dass Philippe mit seiner Familie sein eigenes Leben führen konnte.

Als Pendant zur ehemaligen Stallung ergänzte die alte Remise den Komplex. Hier hatte Rémy auf Drängen Lucettes schon vor Jahren einen »Caveau de vin« eingerichtet, wo die Kunden direkt vor Ort die Weine kosten und kaufen konnten. Lucette leitete ihn mit geschickter Hand, hatte über den Weinverkauf hinaus seit dem letzten Jahr das Angebot auf eingelegte Feigen, Brotaufstriche aus Oliven oder getrockneten Tomaten ausgeweitet, alles zubereitet, in Gläser gefüllt, etikettiert und handbeschriftet von Odile, die seitdem nicht müde geworden war, neue Produkte für den Hofladen zu entwickeln.

Außer Philippe arbeiteten vier fest angestellte Mitarbeiter im Gutsbetrieb. Sie waren bis auf die Wintermonate täglich ab fünf Uhr auf den Beinen. Ein letztes Mal mussten in diesen Wochen die Reben überprüft und eventuell neu gebunden werden. Die Trauben hingen bereits schwer an den Weinstöcken, prall gefüllt warteten sie darauf, bald geerntet zu werden.

Philippe war mit dem Traktor zum Château zurückgekehrt,

hatte für sich und seine Leute das zweite Frühstück, das *casse croûte,* abgeholt. In vier Wochen würden die Erntehelfer eintreffen. In diesem Jahr hatte man dreißig Helfer eingestellt, die die Trauben noch von Hand pflückten. Darauf bestand Rémy de Boncourt. Erntemaschinen kamen für ihn nicht in Frage. Da blieb er stur, es war Tradition, von Hand zu ernten, und nur so war, dank Menschenhand und Sonnenkraft, ein hervorragender Wein zu erwarten. Philippe hatte das Thema Erntemaschine nur ein einziges Mal angeschnitten.

»Philippe, die Dinger sind für mich kein Thema. Hätten wir sie schon vor Jahren eingesetzt, was wäre dann wohl aus dir geworden.«

Damit war die Sache erledigt. Recht hatte Rémy, denn vor vierzehn Jahren hatte so ein menschlicher Ernteeinsatz Lucette auf die Domäne gespült. Im wahrsten Sinne des Wortes. Lucette stammte aus Metz und hatte sich vorgenommen, in ihrem Urlaub eine Weinlese zu erleben. An einem Tag, an dem die Welt unterzugehen drohte – in vier Stunden fielen die Regenmengen von zwei Monaten eines normalen Herbstes –, kam sie mit ihrem roten Kleinwagen angetuckert, landete im Entwässerungsgraben, wurde mit dem Traktor und Philippes Muskelkraft herausgezogen. Niemand hatte zu dieser Zeit mehr geglaubt, dass Philippe noch unter die Haube kommen würde. Ein halbes Jahr später war es jedoch so weit. Aus Lucette Hess wurde Lucette Maréchal.

Das Geräusch des Traktors entfernte sich. Mathilde schob sich aus ihrem Bett. Ihr Kopf brummte, sie hatte einen ausgewachsenen Kater, und bei jeder Bewegung hatte sie das Gefühl, ihr empfindliches Hirn schlage mit Gewalt an die Innenwände ihres Schädels. Sie versuchte, sich zu erinnern. Sie war mit dem Buch im Sessel versunken, musste nach den ersten Bildern bereits schluchzen. Ja, dann hatte sie eine Flasche Rotwein entkorkt und, was für ein Sakrileg, den teuren Wein direkt aus der Flasche getrunken. Die halbe Packung Zigaretten, die sie sich dazu gegönnt hatte, trug wahrscheinlich nicht wenig zu ihren Kopfschmerzen bei, wenn man bedachte, dass sie für beides keine zwei Stunden gebraucht hatte. Sie hatte ganz offensichtlich ihren Moralischen gehabt.

Mathilde konnte sich nicht erinnern, wann sie zuletzt vor dem Attentat in einem solchen Gefühlschaos gefangen gewesen war. Sie musste unbedingt zurück an ihren Schreibtisch. Herumzusitzen und das Gefühl zu haben, die Hände wären ihr gebunden, nein noch mehr, sie trage zusätzliche Fußfesseln, wurde ihr allmählich zu viel. Gott sei Dank hatte sich für den Nachmittag Rachid Bouraada angemeldet. Die Ablenkung tat ihr gut, und vielleicht hatte er endlich etwas Neues zu berichten. Mittlerweile waren fast fünf Monate vergangen, und noch immer keine heiße Spur. Mathilde wusste aus Erfahrung, dass nach so langer Zeit meist nur der Zufall eine Ermittlung weiterbringen konnte. Und davon hatte es in ihrem Berufsleben noch nicht allzu viele gegeben.

Sie zwang sich aus dem Bett und tastete sich mit halb geschlossenen Augen in das angrenzende Badezimmer. Obwohl die dicken Mauern des Châteaus die Sommerhitze lange abhalten konnten, hatten sich die Räume mittlerweile aufgeheizt, doch auf die Abkühlung durch Klimageräte wurde auf Château de Boncourt verzichtet – auch in dieser Frage hatte sich Mathildes Großvater als Sturkopf erwiesen. Sie zog sich das verschwitzte T-Shirt über den Kopf, das sie zum Schlafen getragen hatte. Das kühle Wasser unter der Dusche erfrischte und belebte sie zwar, doch die kleinen Monster in ihrem Kopf mit den winzigen Hämmerchen blieben fleißig bei der Arbeit. Sie schlüpfte in ein leichtes Sommerkleid.

Wegen der Stechmücken, die allabendlich in Geschwaderstärke in ihr Zimmer flogen, hatte sie nur eine der breiten Balkontüren einen Spalt geöffnet gehabt. Nun riss sie sämtliche Türen auf, doch kein erfrischendes Lüftchen wehte ins Zimmer, sondern ein würziger und heißer Windhauch bauschte die hellen Vorhänge auf.

Mathilde war immer wieder aufs Neue ergriffen, wenn sie in die weite Landschaft blickte. Vor der Hauptfassade des Châteaus erstreckten sich, so weit das Auge sehen konnte, die Weinfelder. Lediglich der Zufahrtsweg, eine von hohen Zypressen gesäumte geschotterte Allee, unterbrach den Blick. Die Sonne flirrte. Allerdings hatte es in der Nacht offensichtlich geregnet, wovon sie nichts mitbekommen hatte, denn noch glitzerten auf den Reben winzige, regenbogenfarbene Perlen, dort, wo die Sonnenstrahlen auf die letzten verbliebenen Regentropfen trafen. Immer wieder machten ihre Augen Rast bei den Farbtupfern, die vor jeder vierten Reihe der Weinstöcke das Einheitsgrün belebten. Auch diese Idee stammte von Lucette. Rosenstöcke waren vor Jahren gepflanzt worden. Ihre Funktion als Warner vor dem gefährlichen Mehltau hatten sie mittlerweile eingebüßt, sie waren um ihrer selbst willen gepflanzt worden, und um die Bewohner der Domäne, Freunde und Kunden zu erfreuen.

Mathilde schmunzelte. Auf dem gekiesten Vorplatz tobte der alte Babou wie in jungen Jahren mit seinem Kollegen Henri, der immer wieder den alten Hund ansprang, um ihm spielerisch ins Fell zu beißen. Doch geschickt wich Babou den Attacken Henris aus. Eine Hundeschule brauchte Henri nicht, Babou war Freund und Lehrmeister in einem. Dazu genoss der junge Hund die Ausbildung zum Jagdhund durch Rémy, der Babou in den wohlverdienten Ruhestand mit Extrahäppchen durch Odile entlassen hatte.

Mathilde streckte sich, und ein tiefes Gefühl der Dankbarkeit durchströmte sie, wieder einmal wurde sie sich des Privilegs bewusst, an einem so wunderschönen Ort leben zu dürfen.

Sie öffnete die Zimmertür und rückte im Herausgehen das Foto ihrer Eltern auf dem Nachttisch zurecht. Eng umschlungen standen die beiden da, blickten voller Optimismus in die Kamera. Doch vier Jahre später war alles vorbei gewesen. Ein Flugzeugabsturz löschte ihr Leben aus. Und das Schicksal schlug noch einmal zu. Ihre Großmutter starb an gebrochenem Herzen, ein Herzinfarkt mit nur fünfundfünfzig Jahren. Und so zog ihr Großvater Rémy seine Enkelin, die mit drei Jahren Waise geworden war, mit Liebe, Strenge und klaren Wertvorstellungen groß.

Mathilde folgte dem Duft von Kaffee und frischen Croissants. In der Küche war Odile schon wieder im Einsatz, schob eine Ladung Bleche mit Aprikosentartes in den Backofen, der doppelt so breit war, wie ein herkömmlicher.

»Hmm, lecker, kannst du mir für heute Nachmittag ein paar Stücke da lassen? Bouraada kommt vorbei.«

Die Tartes waren für die Männer in den Weinfeldern bestimmt, der Rest ging dann nach der Arbeit mit zu ihren Familien. Mathilde goss sich eine Schale Kaffee ein, löffelte eine Überdosis Zucker dazu und füllte das Ganze mit kalter Milch auf.

»Mach dir die Milch heiß, dann ist er bekömmlicher. Ich habe den Eindruck, das sollte er heute Morgen auch sein.« In Odiles Stimme schwang eine gehörige Portion Ärger mit. »In der Bibliothek riecht es wie in einer Räucherstube. Und dass du neuerdings den Wein aus der Flasche trinkst, unfassbar. Wenn das dein Großvater wüsste.«

Mathilde hatte den Anstand, rot zu werden. »Du brauchst es ihm ja nicht direkt auf die Nase zu binden. Und überhaupt, woher weißt du das?«

»Na hör mal, ich hab schließlich Augen im Kopf. Wo war denn wohl das Weinglas. Unauffindbar. Ich habe extra noch den Müll durchforstet, in der Hoffnung, du hättest es an die Wand geschmissen oder es sonst wie demoliert und dann entsorgt. Aber nichts. Da folgert die alte Odile also, dass Mademoiselle aus der Flasche getrunken hat. Was sind das nur für Manieren.« Ungläubig schüttelte sie den Kopf.

Mathilde zog Odile an sich, schnurrte wie eine Katze. »Odile, wenn ich dich in meinem Team hätte, kein Verbrecher würde mir durch die Lappen gehen. Also, ein paar Stücke von deiner Tarte, und wir sind glücklich.«

Odile schob sie liebevoll von sich. »Dir kann man nichts abschlagen. Sonst noch einen Wunsch?«

»Nein, mehr nicht. Bouraada kommt nicht, um sich vollzustopfen. Wir haben ein Arbeitstreffen, wie immer. Nur langsam gebe ich die Hoffnung auf, dass jemals etwas dabei herauskommt. Ich muss einfach zurück ins Büro, ich werd noch verrückt, wenn ich länger hier herumsitze.« Sie schlürfte von ihrem Kaffee, obwohl er nicht mehr heiß war.

»Schlürf nicht so, das gehört sich nicht.«

Mathilde sog absichtlich mit lautem Geräusch den Kaffee in sich hinein, so wie sie es als Kind immer mit ihrem Kakao gemacht hatte.

»Wo ist eigentlich Grand-père? Die Hunde sind beide da, aber ich habe ihn noch nicht gesehen.« Normalerweise war Rémy de Boncourt um diese Zeit zu einem ausgiebigen Spaziergang mit den Hunden unterwegs.

»Rémy ist zu Vincent gefahren. Wir haben in diesem Jahr mehr Erntehelfer als sonst, und dein Großvater will Vincent dazu bewegen, ihm für drei Frauen aus Deutschland Zimmer zur Verfügung zu stellen. Er kann sie ja schlecht mit den Männern in den Scheunen unterbringen. Platz hat Vincent ja genug. Aber du weißt, wie eigen er ist. Für zwei Wochen fremde Leute im Haus zu haben, ich weiß nicht, ob er da mitmacht.«

»Hast du eine Ahnung, wo die Zeitung abgeblieben ist?« Mathilde goss eine zweite Portion Kaffee in ihren *bol.*

Odile nickte Richtung Tellerschrank, wo die aktuelle Ausgabe des *Midi Libre* lag. Rémy hatte sie wohl bereits ausgiebig studiert, so zerfleddert, wie sie war. Odile nahm den Faden wieder auf. »So toll scheint es den Deutschen ja auch nicht zu gehen, wenn ihre jungen Frauen bei uns die Knochenarbeit in den Ferien machen. Die Körbe mit den Weintrauben wiegen doch mindestens an die fünfzig Kilo.«

»Odile, wie lange bist du schon bei uns? Dreißig, fünfunddreißig Jahre? Auch Lucette ist in ihren Ferien gekommen. Die Leute empfinden das nicht als Arbeit. Es bereichert ihr Leben. Wo kannst du besser Land und Leute kennenlernen?«

Mathildes Blick blieb auf der Seite mit Veranstaltungstipps hängen. »Ah, schau, das wird dich interessieren. Nächste Woche ist Keramikmarkt in Uzès, mehr als dreißig Töpferwerkstätten stellen ihre Waren aus. Ich werde hinfahren. Vielleicht nehme ich Sébastien mit. Zwei Wochen Urlaub in Schweden mit seiner Mutter … da kann er sicher etwas Abwechslung gebrauchen. Genau wie ich. Soll ich irgendwas mitbringen?«

»Schau dich mal um, ob du kleine Töpfe mit Deckel findest,

besser noch mit einem großen Korken. Dann kannst du mir ein paar als Muster mitbringen. Ich brauche sie für die Kräutermischungen. Und diese handgemachte Keramik ist einfach was Besonderes. Bring irgendwas in rotbraunen Tönen, nicht so grelle Farben. So, und jetzt halt mich nicht weiter von der Arbeit ab. Ich muss nach oben. Wenn Vivienne und Sébastien am Wochenende wiederkommen, soll alles ordentlich sein. Unglaublich, wie die Zeit vergeht. Die zwei Wochen sind ja nur so verflogen. Und wenn die Backofenuhr klingelt, schau nach, ob die Tartes goldgelb sind, dann schalt aus. Nicht, dass sie mir noch verbrennen.«

Odile verschwand, um das Apartment von Vivienne und Sébastien »auf Vordermann« zu bringen, wie sie es nannte, und dies obwohl, da war sich Mathilde ganz sicher, die Zimmer weder einer Reinigung noch einer Aufräumarbeit bedurften.

Mathilde blieb auf der Holzbank an dem langen, blank polierten Refektoriumstisch sitzen. In diese Küche würde ihre ganze kleine Wohnung, in der sie unter der Woche normalerweise in Nîmes wohnte, hineinpassen. Die Küche war modern eingerichtet und funktionell ausgestattet, allein der Holztisch, ein breiter alter Tellerschrank und die Kupferkasserollen, die neben dem Herd hingen, erinnerten an Zeiten, in denen dienstbare Geister mit langen Röcken, gestärkten Schürzen und weißen Häubchen die Küche bevölkert hatten.

Vivienne, Philippes Schwester, war eine schwierige und unnahbare Person. Sie war nicht immer so gewesen. Nachdem ihr Sohn Sébastien mit dem Downsyndrom auf die Welt gekommen war, hatte es kein Jahr gedauert, und ihr Mann hatte sie verlassen. Kurz darauf hatte sie die Scheidung eingereicht und fortan ihr Leben ihrem Sohn gewidmet. Sébastien war ein sonniges Kind gewesen, und jetzt mit zweiundzwanzig Jahren war er zu einem sanftmütigen jungen Mann herangereift. Doch statt ihn ein wenig in die Freiheit zu entlassen, ihn nach seinen Möglichkeiten zu fördern, hatte seine Mutter ihn nur weiter verhätschelt und ihm das Leben außerhalb des Châteaus so weit wie möglich vom Leib gehalten. Niemand hatte dafür Verständnis. Doch mit Vivienne war nicht darüber zu diskutieren. Nur sie wüsste, was für Sébastien das Beste sei. Mutter und Sohn wohnten ebenfalls im Château, hatten dort ihre eigene abgeschlossene Wohnung mit vier Zimmern und einer kleinen Küche.

Wenn es Mathildes Zeit zuließ, schnappte sie sich einfach Sébastien, fuhr mit ihm auf Märkte, ging mit ihm ins Kino oder ins Theater oder besuchte eine der fast in jedem südfranzösischen Ort stattfindenden *courses camarguaises*. Vivienne ließ es zähneknirschend zu, auch sie erkannte, wie viel Freude ihrem Sohn diese Ausflüge bereiteten. Im letzten Jahr hatte Rémy ihn sogar mit zur Jagd genommen. Allerdings ohne Waffe. Mathilde hatte erst davon erfahren, als sich Vivienne bei ihr darüber ausgiebig, und wie Mathilde zugeben musste, zurecht beschwert hatte.

»Das ist nichts für ihn, dafür ist er viel zu sensibel. Ihm bricht das Herz, wenn er die toten Tiere sieht.« Vivienne hatte vergeblich versucht, Rémy von seinem Vorhaben abzubringen. Doch auch Sébastien zeigte sich erstaunlich störrisch. Er wollte unbedingt mit, und am Abend legte er seiner Mutter voller Stolz einen toten Fasan in die Küche. Er hatte ihn zwar nicht selbst geschossen, doch Babou hatte ihm den Vogel gebracht und ihn treuherzig zu seinen Füßen abgelegt. Es war Sébastiens Beute. In diesem Jahr wollte Rémy ihm erstmals eine Flinte in die Hand drücken.

»Nur keine Aufregung, ich werde neben ihm stehen, da wird nichts passieren. Sébastien hat in seinen Genen genug von einem de Boncourt, und er ist mittlerweile ein Mann geworden. Da sollte er schon einmal seinen eigenen Vogel geschossen haben. Außerdem, was soll passieren? Wir jagen auf eigenem Grund und Boden, das ist eben der Vorteil einer *chasse privée*, ich nehme mit, wen ich möchte.« In diesem Punkt besaß Rémy de Boncourt die Mentalität seiner Vorfahren, ein Mann hatte in dieser Familie traditionsgemäß der Jagd zu frönen. Auch wenn das Gesetz es vielleicht anders sah.

Noch bevor sich Mathilde über diesen Umstand, der ihr einige Sorgen bereitete, weitere Gedanken machte konnte, meldete sich ihr Handy mit einem schnarrenden Laut, der entfernt an den

Teil der Marseillaise erinnerte, in dem »aux armes, citoyens …« geschmettert wurde, allerdings hörte sich der Klingelton an, wie auf dem Kamm geblasen.

»Ja, Rachid. Nein, schon in Ordnung. Wo soll ich denn sonst sein?«

Mathilde hörte einen Augenblick schweigend zu. Dann beendete sie das Gespräch. Minutenlang saß sie reglos am Küchentisch. Aminata, das Mädchen aus Mauretanien, das Mädchen, das den Mut aufgebracht hatte, gegen die Jalaberts auszusagen, war tot.

Nîmes – Ein Apartment – Frühsommer

Das junge Mädchen lag auf dem Bett, die leichte Decke war bis über den Bauchnabel gezogen, der Kopf ruhte auf dem Kopfkissen, die langen, dunklen Locken umgaben ihr ebenmäßiges Gesicht. Es schien, als würde sie schlafen. Die Hände lagen gefaltet über der Decke, am linken Handgelenk trug sie ein geflochtenes buntes Lederarmband. Auf dem Nachttisch stand ein leeres Glas, an dessen Innenseite ein schmieriger weißer Film haftete. Die Lippen des Mädchens schienen entspannt, waren jedoch blutleer, die Farbe war aus ihrem ehemals hellbraunen Gesicht gewichen. Sie trug ein Schlafshirt, pinkfarben mit dunkelblauen Kringeln. Das Zimmer wirkte aufgeräumt. Bis auf ein paar weiße Jeans und eine gelbe ärmellose Bluse, die auf einem Sessel lagen, war kein Kleidungsstück zu sehen. Hellgelbe Sandalen waren ordentlich direkt neben das Bett gestellt worden. In der winzigen offenen Küche stand und lag nichts herum, kein Topf, kein Teller, kein Tuch, kein Korb, keine Flasche, einfach nichts.

Auf dem halbrunden Esstisch, der an der Wand befestigt war, registrierte Commandant Rachid Bouraada ein paar Brotkrümel, aber ansonsten auch dort penible Ordnung. Er hatte Lieutenant Tourrain aus dem Zimmer geschickt. Der junge Kollege erwartete dort die nächsten Anweisungen seines Vorgesetzten. Bouraada drehte sich um die eigene Achse, sog die Luft ein, die in dem kleinen, kaum zwanzig Quadratmeter großen Raum stand. Nichts, kein Geruch nach Essen, kein Alkohol, kein Parfum, kein Schweiß. Die Luft war unauffällig, unauffällig war das ganze Zimmer, unauffällig bis auf die junge Frau, die tot in ihrem Bett lag.

Auf einem rechteckigen Tischchen an der Wand stand ein altmodischer Fernseher, daneben eine Fernsehzeitung für den Zeitraum von vier Wochen, aufgeschlagen beim gestrigen Tag. Daneben ein Roman, das Lesezeichen steckte auf Seite 22. Ein Frauenroman, »Au bout du chemin« von Patricia Hespel. Bis jetzt der einzige Hinweis darauf, dass in diesem Zimmer eine junge Frau gelebt hatte. Bouraada öffnete den Kühlschrank: Obst, Joghurt, abgepackter Käse, eine Plastikschachtel aus dem Supermarkt – Tabouleh mit Hähnchen und Rosinen, ungeöffnet –, vier Flaschen Wasser ohne Kohlensäure. In den Wandschränken das Geschirr, Gläser, sauber, akkurat gestapelt. Seine Hände fingen an, in den engen Plastikhandschuhen zu schwitzen.

Seine Schritte führten ihn zum angrenzenden Bad. Ein leichter Hauch von Vanille erreichte seine Nase. Zwei lilafarbene Handtücher hingen an einem Handtuchring, die Seife auf der kleinen Glasablage war kaum benutzt. Noch konnte man den eingeprägten Markennamen darauf erkennen. Shampoo und Duschgel auf dem weißen Regal neben der Dusche dagegen gingen fast zur Neige. Auf dem Regal lagen fein säuberlich aufeinandergestapelt vier graue Handtücher, daneben ein einzelnes Handtuch im gleichen Lilaton wie die Handtücher neben dem Waschbecken. Suchend schaute sich Commandant Bouraada nach einem vierten Handtuch in dieser Farbe um. Der Waschkorb war leer bis auf zwei Geschirrtücher, einen Büstenhalter, ein T-Shirt. Ganz unten lag das Handtuch. Der Polizist wandte sich dem Schränkchen über dem Waschbecken zu. Im Spiegel registrierte er sein eigenes angespanntes Gesicht. Ein Becher mit einer Zahnbürste darin, Bürste, Kamm, Zahnpasta, eine Tube mit Gesichtscreme, zum Schminken lediglich ein Lippenstift, eine Schachtel Tampons, ein Schraubglas mit Aspirin und zwei Schachteln Triazolam. Dass das Mädchen zu einem Schlafmittel griff, wunderte ihn nicht wirklich. Er nahm die beiden Packungen heraus, leer.

Die zerknüllten Blister entdeckte Bouraada im Treteimer unter dem Waschbecken. Für einen Moment schwankte er, musste sich am Rand des Waschbeckens festhalten. Ein ungläubiges Stöhnen entfuhr ihm. Dann kehrte er zurück in den Wohnraum. Eine Wespe, ihr Summen war ihm bisher nicht aufgefallen, näherte sich dem Bett. Mit einer Handbewegung verscheuchte der Commandant das Insekt, das auf seiner Flucht gegen die geschlossene Fensterscheibe flog. Noch einmal kniete er sich neben das Bett, näherte seinen Kopf dem des Mädchens, als würde er hoffen, dass Aminata ihm eine Antwort auf seine Fragen geben könnte.

»Kind, warum hast du das gemacht?«

Am liebsten hätte er ihre Hand genommen, ihr übers Gesicht gestreichelt. Sein Blick fiel wieder auf das leere Glas. Es war bis oben gefüllt gewesen, der Schleier, den die offensichtlich aufgelösten Tabletten hinterlassen hatten, ließen es fast undurchsichtig erscheinen. Bouraada nahm das Glas vorsichtig in seine Rechte, hob es hoch und hielt es gegen das Licht. Auf dem Boden des Glases lag etwas, ganz winzig, kaum sichtbar. Er drehte das Glas erneut, das winzige helle Teil rutschte auf den Rand zu. Bouraada drehte das Glas um und ließ den Krümel, oder was es war, auf seine linke Handfläche fallen. Das Teilchen hob sich farblich kaum von seinem Handschuh ab. Er führte seine Hand dicht an die Augen, kniff sie zu, um besser sehen zu können. Er ließ das Teilchen zurück in das Glas gleiten, das er wieder auf dem Nachttisch abstellte.

Nach zwei bis vier Stunden setzte die Leichenstarre bei Zimmertemperatur an den Kaumuskeln ein. Und es war sehr warm in dem kleinen Apartment. Vorsichtig schob er die Lippen der Toten nach oben und unten. Aminata konnte, in Anbetracht der Wärme, die im Zimmer herrschte, höchstens fünf Stunden tot sein. Gespannt kontrollierte er ihre Zähne. Am oberen rechten Schneidezahn war ein winziges Stück, für das Auge kaum wahrnehmbar, abgebrochen, das Stückchen Zahn, das nun im Glas lag. Jemand hatte dem Mädchen gewaltsam das Glas an die Lippen gehalten, hatte es gezwungen, den Inhalt zu trinken.

Für einen Moment schloss Commandant Bouraada die Augen. Dann stand er auf. Im Flur wartete Lieutenant Tourrain auf seine Befehle. Er lehnte an der weiß gestrichenen Wand. Seine rote

Armbinde mit der Aufschrift »POLICE« war der einzige Farbfleck im kahlen Korridor.

»Tourrain, schaffen Sie die Spurensicherung her und treiben Sie umgehend jemanden von der Gerichtsmedizin auf. Und ich will wissen, wer verdammt noch mal den Abzug des Personenschutzes angeordnet hat.«

Bonn – Südfrankreich – Sommer

Martin Endress war zunächst zügig vorangekommen. Doch das dicke Ende würde noch kommen, da war er sich sicher. Der ADAC hatte gewarnt, dass sich an diesem Reisetag spätestens ab Dijon Stau an Stau reihen würde. Lyon solle weiträumig umfahren werden, und auf der Rhôneautobahn müsse man bis Orange mit dem Schlimmsten rechnen. Martin hatte die Strecke über Luxemburg gewählt, wo er noch einmal günstig tanken wollte. Dann weiter an Metz vorbei, dessen Kathedrale nur schemenhaft durch eine Regenwand zu erkennen war. Er war die Strecke durch Lothringen von Thionville bis Nancy auf dieser vierspurigen Straße schon öfter gefahren, die sich A31 nannte, jedoch weit davon entfernt war, die Annehmlichkeiten einer Autobahn zu besitzen. Maximal Tempo hundertzehn, die Bodenbeläge marode, die Spuren eng und überlastet. Ihm kam es vor, als habe er noch nie so viele Radarfallen gesehen. Fest installierte Geschwindigkeitsmesser wechselten sich in bester Eintracht mit ihren mobilen Gefährten ab. Wenigstens hatten die festen Blitzer den Vorteil, dass man mit einem freundlichen *Rappel* gewarnt wurde, kurz bevor der Blitz dann doch ausgelöst wurde, falls man diesen *Rappel* für einen Scherz gehalten hatte.

Martin angelte nach einer Flasche Cola, die auf dem Beifahrersitz lag, und trank einen großen Schluck. Im Moment kam er nur noch schleichend vorwärts, der Regen peitschte auf die Windschutzscheibe. In Höhe von Pont à Mousson ließ der Starkregen dann gnädigerweise nach, und kurz vor dem ersten *péage* hinter Nancy blinzelten die ersten Sonnenstrahlen vorsichtig zwischen den schweren Wolkengebilden hervor, die den lothringischen Himmel noch beherrschten.

Bis jetzt hatte Martin Radio gehört, zuletzt einen saarländischen Sender, dem allmählich die Luft ausging. Immer öfter wurde er von einem französischen überlagert, der eine Werbung nach der anderen von sich gab, gesprochen in einer Geschwindigkeit, die es sogar Martin, der der französischen Sprache mehr als mächtig war, fast unmöglich machte zu erkennen, für welches Produkt hier geworben wurde. Er schaltete um auf CD, und augenblicklich erfüllte die Stimme von Jacques Brel den Golf. Martin hatte sich mehr als fünfzig Alben der unterschiedlichsten Chansonniers auf eine MP3-CD gebrannt, Chansons von Trenet über Brassens, Moustaki und Brel bis hin zu den modernen Vertretern des französischen Chansons wie Benjamin Biolay oder der entzückenden Zaz. Die Chansons wurden in einer zufälligen Reihenfolge abgespielt, und so fuhr Martin begleitet von der sonoren Stimme Serge Reggianis auf den Zahlbereich des *péage* zu.

Er stöhnte auf, denn bereits hier stauten sich die ersten Fahrzeuge. Er schob sich in die Mitte, wo ihm das Vorwärtskommen noch am zügigsten erschien. So ein Mist, der Fahrer des Campingbusses vor ihm, ein älterer VW-Bus, dessen Rückseite mit bunten Aufklebern übersät war, hatte übersehen, dass durch diese Zahlstelle nur mit Kreditkarte ein Durchkommen möglich war, und hatte den Rückwärtsgang eingelegt. Er zwang so die dahinter wartenden Wagen zurückzustoßen, was ein unwilliges Hupkonzert nach sich zog. Endlich hatte auch Martin grünes Licht und schoss auf die breite Fahrbahn, die sich dann wieder auf drei Spuren verengte. Von ganz links kamen zügig hintereinander Autos aus der Zahlstelle, die mittels eines Chip, der an der Windschutzscheibe steckte, registriert wurden. Für sie öffnete sich die Schranke mit der Kennzeichnung *télépéage* im Sekundentakt.

Es rollte eine Zeit lang besser, als Martin befürchtet hatte. Erst als Holländer, Belgier und zu guter Letzt kurz hinter Dijon noch die Bewohner von gefühlt ganz Paris auf die Autobahn geströmt waren, war zu ahnen, was der ADAC mit seiner Warnung gemeint hatte. Vor Lyon ging es nur noch im Schritttempo weiter. Martin hatte den Verkehrshinweis, Lyon zu umgehen, geflissentlich ignoriert und war mit Tausenden anderer Ignoranten in einen Megastau geraten. Sein Golf stand, kam ab und an ein paar Meter voran, und nach kurzer Zeit kannte er seine Nachbarn auf den Nebenspuren: links von ihm ein junges Paar aus Holland in einem SUV, dessen ständiger Spurwechsel gar nichts brachte, rechts eine Familie aus England mit drei Kindern auf den Rücksitzen, die ihm immer wieder Grimassen schnitten. Dank Dalida, Jean Ferrat und Co überstand Martin auch diese Herausforderung, und plötzlich platzte der Stauknoten, und die Fahrt verlief bis Valence zügig.

Die *autoroute du soleil* machte ihrem Namen alle Ehre. Schon vor Lyon war die Temperatur gestiegen, und bei Valence hatte das Außenthermometer in Martins Golf einunddreißig Grad angezeigt. Bis jetzt hatte er noch keine Pause eingelegt. Doch nun musste er die Hitze und den leichten Wind einfach spüren, den wolkenlosen unbeschreiblich blauen Himmel ungefiltert sehen, die Luft schmecken. Er fuhr auf eine der zahlreichen *aires*, parkte neben einem alten Renault, der noch eins der alten Nummernschilder hatte, und öffnete die Wagentür. Die Hitze stand wie eine Wand vor ihm. Martin war viel zu warm angezogen, er war bei siebzehn Grad in Bonn losgefahren. Er zog den Pullover über den Kopf und warf ihn auf den Beifahrersitz, dann streckte er sich und atmete tief durch. Trotz der vielen Fahrzeuge auf dem Rastplatz und der danebenliegenden Autobahn war die Luft würzig, der Duft der Pinien setzte sich gegen sämtliche Abgasgerüche durch. Direkt über ihm hatte sich, für das Auge unsichtbar, eine Zikade im Schutz der Pinienzweige niedergelassen und gab Martin zu Ehren ein ohrenbetäubendes Konzert. Er schloss die Augen. Schlagende Autotüren, kreischende Kinder, bellende Hunde, nichts erreichte ihn. Seine Sinne waren fokussiert auf den Geruch des Südens, auf die Stimme des Südens, auf dieses Geräusch, das ein einziges kleines Wesen hervorbrachte.

Von Valence waren es, wenn wenig Verkehr herrschte, noch knapp zwei Stunden bis zu seinem Ziel Saint-Gilles. Es war an der Zeit, endlich anzukommen. Es war Zeit, endlich Antworten auf seine Fragen zu finden.

Saint-Gilles – Sommer

Martin wurde von einem Gepolter und blechernem Scheppern geweckt. Im ersten Moment war er vollkommen orientierungslos. Er drehte sich nach rechts, und sein Blick fiel auf ein großes Holzkreuz an der Wand. Richtig. Am späten Abend hatte er nach einem schier endlosen Stau, mit dem er nicht gerechnet hatte, Saint-Gilles erreicht. Es hatte schon gedämmert. Seine Unterkunft, eine bescheidene Auberge, lag mitten im Ort, direkt gegenüber der Abteikirche. La Pause du Pèlerin war hauptsächlich eine Unterkunft für Pilger auf dem Weg nach Santiago de Compostela. Martin hatte sein Zimmer sofort geordert, nachdem er wusste, dass seine erste Station im Languedoc Saint-Gilles sein würde. Er hatte die Abteikirche vor zwanzig Jahren zuletzt gesehen, als er als Student der Kunstgeschichte den gesamten Süden Frankreichs von der spanischen bis zur italienischen Grenze bereist hatte, mit Rucksack und kleinem Zelt, meist per Anhalter. Damals hatte er während eines Unwetters Zuflucht in dieser Herberge gesucht. Ein Sturm hatte so stark getobt, dass es unmöglich gewesen war, das Einmannzelt auf einem der Campingplätze aufzuschlagen, es wäre gnadenlos weggeweht worden. An der Einrichtung der Zimmer hatte sich nichts geändert, spartanisch, uralt. Als Student war es ihm wie ein Viersternehotel erschienen. Und auch jetzt entbehrte das einfache Zimmer nicht eines gewissen Charmes. Die Matratze war zwar durchgelegen, aber Martin hatte in seiner Kuhle geschlafen wie ein Vogel in seinem Nest.

Immer noch schlaftrunken angelte er nach seiner Armbanduhr, die auf dem wackligen Nachttisch lag. Halb sieben. Mitten in der Nacht. In diesem Moment drängte sich ein Sonnenstrahl zwischen den beiden Fensterläden in sein Zimmer. Martin seufzte wohlig. Er war angekommen. Nirgendwo sonst konnte ein Sonnenstrahl in ihm ein solches Glücksgefühl auslösen. Er blieb ruhig liegen, beobachtete den Sonnenstrahl, der den Staub im Zimmer tanzen ließ. Schon gestern hatte ein Blick auf seine Wetter-App verraten, dass es ein heißer Tag werden würde, mit dreiunddreißig Grad war zu rechnen. Wenn er schon einmal wach war, würde er die frühe Morgenstunde auch nutzen, während der noch angenehme zweiundzwanzig Grad herrschten.

Martin schob sich aus seiner Kuhle und ging barfuß über die groben Holzdielen zum Fenster, das er in der Nacht offen gelassen hatte, auch auf die Gefahr hin, dass sich eine Stechmücke auf der Suche nach Nahrung auf seine Haut verirren würde. Er stieß die Fensterläden auf und schaute auf den kleinen Platz vor seiner Herberge. Hier war also die Ursache des Weckrufs zu finden: Ein altersschwacher Transporter hatte Kisten und Kästen vor seinem Domizil abgeliefert, und mit einer Sackkarre wurden in diesem Moment Cola-Dosen in das Innere der Auberge verfrachtet.

Und da lag sie vor ihm, die Fassade mit den drei Portalen der Abteikirche von Saint-Gilles, noch strahlte sie nicht im Licht des Tages, die hellen Heiligenfiguren, ein wahrer Kunstschatz Südfrankreichs, fristeten noch ein Schattendasein. Trotzdem erkannte Martin auf den ersten Blick, dass der Zahn der Zeit weiter an den wunderbaren Skulpturen genagt hatte. Der Umweltdreck, der größte Feind vieler Kunstwerke, war auch hier dabei, sein zerstörerisches Werk fortzusetzen. In den vergangenen Jahrhunderten hatten allerdings Religionskriege und die Französische Revolution bereits dafür gesorgt, dass den Figuren so manches Detail abhandengekommen war. Martin war gespannt, wie sich die Figuren bei näherer Betrachtung präsentieren würden. Doch zunächst musste er mit einem *café au lait* munter werden und den Tag mit einem Biss in eines der unvergleichlichen Buttercroissants beginnen.

Er duschte flink in dem Minibadezimmer hinter einem etwas stockfleckigen Duschvorhang und schlüpfte in eine bequeme Leinenhose und ein kurzärmeliges Poloshirt. Im Gastraum herrschte bereits ein reges Treiben. Eine Handvoll Pilger mit Rucksäcken und Stöcken war im Aufbruch begriffen. Irgendwann würde auch er diesem Pilgerweg nach Spanien folgen.

Martin nahm sein Frühstück gleich an der Theke ein, tunkte sein Croissant in den dampfenden Kaffee, der in einem grün glasierten *bol* serviert wurde, sodass sich darin Krümel und buttrige Fettäuglein sammelten. Der Wirt war nicht mehr derselbe wie vor zwanzig Jahren. Damals war es ein behäbiger, dickleibiger Mann gewesen, dessen Schnurrbart formvollendet seine Oberlippe begleitet hatte. Vielleicht war der aktuelle Inhaber, er hatte sich am Vorabend als Pascal vorgestellt, sein Sohn, vom Umfang her etwa die Hälfte, ohne Schnurrbart, aber mit demselben aufmerksamen und ehrlichen Lächeln wie sein Vorgänger. Als Martin zahlen wollte, winkte er ab, zog einen Stift hervor und machte auf einem Blatt, auf das er eine drei kritzelte – Martins Zimmernummer – einen Strich. Hier wurde also immer noch angeschrieben.

Martin hatte sich, was die zu besuchenden Kulturschätze anging, im Verlag bereits bestens vorbereitet. Es ging ihm nicht darum, die Geschichte der Abteikirche zum hundertsten Mal niederzuschreiben. Das hatten Kollegen bereits in ausreichendem Umfang getan. Er wollte auf Besonderheiten aufmerksam machen, auf Kleinigkeiten hinweisen, die dem Auge des Betrachters entgehen würden, wenn er nicht explizit darauf aufmerksam gemacht wurde. Martin hängte sich seine Fotokamera um, ein zweites Objektiv befand sich ebenso wie ein Laptop und ein wissenschaftlich geprägter Kunstreiseführer aus den neunziger Jahren in seiner Umhängetasche. Seit dieser Zeit war leider an tiefschürfenden Kunstführern nicht mehr viel dazugekommen. Die meisten modernen Reiseführer beschränkten sich darauf, auf die verrücktesten Gastronomie, die verstecktesten Strände und die aufregendsten Feste aufmerksam zu machen. Der klassische Reiseführer mit Schwerpunkt auf Kunst und Kultur war eine aussterbende Spezies.

Vor den Stufen der ehemaligen Benediktiner-Abteikirche, die einst neben Jerusalem, Rom und Santiago de Compostela zu den vier großen Wallfahrtszielen christlicher Pilger gehört hatte, blieb

Martin stehen. Gegründet worden war die Abtei bereits im 7. Jahrhundert, Ende des 12. Jahrhunderts wurde die kostbare Fassade mit ihrem reichen Figurenschmuck fertiggestellt.

Noch stand Martin ganz alleine vor der Kirche. Es herrschte nun eine tiefe Stille. Die knatternden Fahrzeuge, die die Gastronomie und die kleinen Geschäfte, die um den Platz angesiedelt waren, mit Vorräten beliefert hatten, waren verschwunden. Es war kaum zu glauben, dass Saint-Gilles während seiner Blütezeit mehr als vierzigtausend Bewohner gezählt hatte. Dazu kamen Tausende von Pilgern. Was musste hier für ein Treiben geherrscht haben. Doch mit dem Versiegen der Pilgerströme kam der Niedergang der Stadt. Hugenottenkriege und die Revolution ließen nur wenig von der Kirche übrig, bis ihr Wert im 19. Jahrhundert wiedererkannt wurde.

Martin begann, jede einzelne Figur bis ins Detail zu fotografieren. Als das Sonnenlicht zwei Stunden später die Fassade überblendete, brach er ab. Mittlerweile war das Quecksilber schon auf sechsundzwanzig Grad geklettert, und er hoffte, in der Kühle der Krypta weiterarbeiten zu können. Er hatte Glück. Die Kirche öffnete zwar erst um zehn Uhr, doch eine ältere Frau, beladen mit einem großen Strauß Sonnenblumen, schloss eben das rechte Portal auf. Er erklärte ihr seine Mission, und die verständnisvolle Madame begleitete ihn in die Kirche. Martin steuerte die Krypta aus dem 11. Jahrhundert an, eine Unterkirche, die alleine schon aufgrund ihrer Größe eine architektonische Meisterleistung war. Hier ruhten in einem Steinsarg die Gebeine des Heiligen Ägidius, Begründer der Kirche, und hier war das Grabmonument von Pierre de Castelnau, Gesandter von Papst Innozenz III., der 1208 in Saint-Gilles ermordet worden war, eine Tat, die den verheerenden Kreuzzug gegen die Katharer zur Folge hatte. Unter anderem ihrer Vernichtung war es geschuldet, dass das Languedoc seine Eigenständigkeit verlor.

Urplötzlich fröstelte ihn, er war hier unten mit seinem kurzärmeligen Poloshirt eindeutig zu dünn angezogen. Martin ging zurück in die Oberkirche, wo die Frau dabei war, die Sonnenblumen in große Vasen am Hauptaltar zu verteilen. Sie nickte ihm freundlich zu, als er beim Verlassen der Kirche einen Euro in eine in die Steinwand eingelassene Kasse warf und dafür eine Kerze anzündete, die er in einen Metallständer steckte. Sie war zum Gedenken an seine verstorbene Mutter und an Sarah, seine unbekannte Großmutter.

Draußen empfing ihn die Hitze eines Sommers im Languedoc mit all ihrer Wucht. Die ersten Touristen hatten sich mittlerweile vor der Kirche versammelt, die nun offiziell geöffnet war. Martin umrundete die Klosterkirche, von den Gebäuden der Abtei war bis auf wenige Reste nichts mehr vorhanden. Lediglich die südlichen Begrenzungsmauern des Kreuzgangs und das untere Geschoss eines Konventgebäudes waren noch erhalten sowie in der Nordmauer des einstigen Chores die »Vis de St. Gilles«, eine Spindeltreppe aus dem 12. Jahrhundert. Sie war ein Meisterwerk der Steinmetzkunst und bis zum heutigen Tag eine Etappe für Steinmetzgesellen auf ihrem Weg von Sainte-Baume nach Toulouse.

Bis auf einen struppigen kleinen Hund, der an jeden Stein pinkelte und dabei eine sich sonnende Eidechse aufgeschreckt hatte, war Martin alleine. Eine Tafel wies ihn darauf hin, dass die Besichtigung der Spindeltreppe extra kostete und erst ab vierzehn Uhr möglich war. Dann eben am Nachmittag oder in den nächsten Tagen, Martin hatte geplant, mindestens drei Wochen in Saint-Gilles zu verbringen. Von hier aus würde er seine weiteren Ziele ansteuern.

Schon kroch ihm der Schweiß aus allen Poren, und er kehrte zurück in seine Auberge, nahm sich eine Flasche Wasser aus der Kiste neben der Theke und warf zwei Euro in die danebenstehende Kasse. Die Gaststube, die gleichzeitig als Rezeption diente, war leer. Allerdings zählte Martin sechs ehemals gelbe, klebrige Fliegenfallen, die spiralförmig von der Decke hingen und gut besucht worden waren, obwohl die kleinen Opfer am Betreten des Raumes durch einen Plastikvorhang aus bunten Streifen gehindert werden sollten. Hier schien die Zeit stehen geblieben zu sein.

»Ah, Martin, schon wieder zurück?« Pascal war aus der

Schwärze hinter der Theke aufgetaucht. Hinter seinem Ohr klemmte ein Stift, den er nun in die Hand nahm und sich damit am Rücken kratzte.

Martin war gestern nicht ins Bett gekommen, bevor er dem jungen Patron nicht genau erklärt hatte, weswegen er überhaupt in Saint-Gilles war. Pascal hatte sich geehrt gefühlt.

»Mon ami, wenn du Hilfe brauchst, der Maire ist mein Cousin. Ich kenne hier im Umkreis von fünfzig Kilometern *jeden*. Meinst du, du könntest in deinem schlauen Buch die ›Pause‹ erwähnen? Gegen ein wenig Werbung hätte ich nichts einzuwenden.«

Eigentlich wollte Martin gleich weiter, aber da der hilfsbereite Pascal schon mal aufgetaucht war … »Ja, warum nicht. Eine preisgünstige Unterkunft, zumal wenn sie eine Pilgerstation darstellt, ist immer eine Erwähnung wert. Aber ich bin sozusagen gleich wieder weg. Ich habe mir eine Flasche Wasser genommen, das Geld ist in der Kasse. Heute habe ich mir lediglich einen ersten Eindruck verschafft, ich bin ja noch eine Zeit lang hier. Die Kirche läuft mir nicht weg. Aber Pascal, eine Frage. Ich bin auf der Suche nach einem Arzt.«

»Oh là là, kaum hier, schon krank?«

»Nein, mir geht's gut. Aber mein verstorbener Großvater hat in der Nähe oder direkt in Saint-Gilles einen Freund gehabt. Der war Arzt. Ich glaube nicht, dass er heute noch lebt, das war in den Vierzigern.«

»In den Vierzigern? Ein Deutscher hatte hier einen französischen Arzt zum Freund? Wie das denn? Oder meinst du Ende der Vierziger, nach dem Krieg?«

»Nein, es muss während des Krieges gewesen sein. Mein Großvater war Deutscher, ja, aber er hat als Arzt und Professor in Montpellier an der Universität gearbeitet, und meine Großmutter war Französin.«

»Du hast ja eine spannende Vergangenheit. Meine Familie kommt von allen Seiten aus dieser Gegend, nur ein einziger Ausrutscher aus Italien.«

Pascal grinste und verwies voller Stolz auf seine aristokratisch wirkende Nase, die Martin in dieser Ausformung nur von Porträts Kaisers Augustus' kannte.

»Aber lass mich überlegen. Docteur Roux ist eine Frau, keine fünfzig. Sie hat die Praxis von ihrem Vater, dem alten Roux, übernommen. Könnte hinhauen. Sonst haben wir noch eine Gemeinschaftspraxis, ganz modern, keine zehn Jahre alt, die Ärzte alle zwischen dreißig und vierzig. Und es gab da noch einen Arzt, ich komm jetzt nicht auf seinen Namen. Er hat noch bis in die Neunziger praktiziert, da war er selbst schon weit über siebzig. Hatte noch so seine Stammkunden. Ich kann mich gerne schlaumachen für dich.«

»Das wäre prima. Andere Frage: War dein Vater schon vor zwanzig Jahren der Patron hier? Ich bin als Student auf der Durchreise mal in deiner Herberge gestrandet.«

»Nein, aber du bist dicht dran. Mein Onkel war hier der Chef. Er ist vor drei Jahren gestorben, und seitdem kümmere ich mich um den Laden. Hab vor, demnächst mal ein wenig zu investieren und zu erneuern, aber …« Er rieb Daumen und Zeigefinger seiner rechten Hand aneinander. »Alles nicht so einfach. Aber was soll's. Dann bleibt's halt, wie es ist. Und wegen deiner Arztsuche, vielleicht hab ich den Namen für dich schon heute Abend. Bis dann.«

Pascal verschwand so lautlos in der Schwärze hinter der Theke, wie er aufgetaucht war, und Martin machte sich auf den Weg nach Montcalm.

Perlen des Midi – Sommer

Die Reste von Château de Montcalm waren Martins erste Station in einer Reihe von weniger bekannten oder gar unbekannten Schlössern im Gard. Wenn er sich in seine Leser hineinversetzte – kulturinteressierte, belesene Südfrankreichreisende –, konnte er sich sehr gut vorstellen, dass für diese Klientel die kleinen, oftmals privaten Schlösser einen Halt wert waren. Er hatte sich von der französischen Denkmalbehörde eine Liste der denkmalgeschützten Gebäude besorgt und zehn der attraktivsten Schlösser, die auch öffentlich zugänglich waren, herausgesucht. Ihnen sollte das Kapitel *Unbekannte Perlen des Midi* gewidmet werden. Er musste nur achtgeben, dass er in seiner Euphorie nicht zu viele dieser Perlen in seinen Reisebericht packte. Seine Zeit war leider nur allzu begrenzt. Die beiden Schlösser Château d'Avignon und Château de Montcalm hatten ursprünglich demselben Besitzer gehört, dessen Name Martin direkt ins Auge gesprungen war: Louis Prat, zu seiner Zeit Inhaber der Firma Noilly-Prat, die den berühmten gleichnamigen Wermut bis heute produzierte.

Bis wenige Kilometer vor dem kleinen Städtchen Vauvert war der Verkehr sehr rege gewesen. Dann waren die Fahrzeuge in einem Kreisverkehr sternförmig in alle Himmelsrichtungen auseinandergestoben. Martin hatte kurz hinter dem Ortseingang an einem der zahlreichen Obst- und Gemüsestände gehalten, die zurzeit entlang der Straßen ihre frisch geernteten Früchte, Tomaten aus eigenem Anbau und unglaubliche Mengen Melonen anboten. Er hatte sich ein Kilo Aprikosen und ein großes Stück einer saftigen *pastèque* einpacken lassen, deren rotes Fruchtfleisch ihm sofort das Wasser im Munde hatte zusammenlaufen lassen. Als er kräftig hineinbiss, lief ihm der Melonensaft das Kinn hinunter. Köstlich, erfrischend, genau das Richtige an einem schweißtreibenden Arbeitstag in Südfrankreich.

In Montcalm, einem winzigen Weiler in der Petite Camargue, war Martin offenbar der einzige Besucher. Auch wenn das Château de Montcalm schon bessere Zeiten gesehen hatte – nur noch wenige Jahre ohne Pflege, und es wäre eine Ruine – war er von dem, was von diesem Schloss noch übrig war, begeistert. In ausgewogenen Proportionen stand es vor ihm, mit schlichtem Dekor, das auf den Mittelbau beschränkt war. Blieb zu hoffen, dass das ehemalige Jagdschloss bald eine gründliche Restaurierung erhalten würde.

Von Montcalm fuhr er weiter zum Château d'Avignon in der Nähe von Saintes-Maries-de-la-Mer. Jetzt, wo er dem Schloss gegenüberstand, erkannte er, dass dieses größere Gebäude sicherlich Vorbild für Prats Jagdschloss in Montcalm gewesen war. Derselbe Stil, nur alles etwas größer. Es wirkte wie ein Fremdkörper, dieses repräsentative Schloss inmitten der Camargue, dieser seltsamen, großartigen, verwundbar schönen, kargen und zugleich so reichen Landschaft zwischen zwei Armen der Rhône.

Martin hatte sich auf einen Findling im Schatten einer riesigen immergrünen Steineiche gesetzt und machte sich Notizen. Eine Eidechse huschte vor seinem Rucksack vorbei und verkroch sich dahinter in einem niedrigen Gestrüpp, das er als eine Art Heidekraut identifizierte. Er griff nach seiner Flasche und trank durstig einen Schluck Wasser.

Dann schaute er auf seine Uhr. Aigues-Mortes und die Reste der Benediktinerabtei von Psalmody, die zuletzt auf seinem Heimweg nach Saint-Gilles lag, standen noch auf der Liste für den heutigen Tag. Martin leerte seine Wasserflasche. Schweiß lief ihm den Rücken hinunter, die leichte Brise vom Meer her brachte keine Erfrischung. Warum nur hatte er keine Badesachen eingepackt? Bis zu den Stränden von Saintes-Maries-de-la-Mer waren es nur ein paar Kilometer, und eine Erfrischung hätte ihm jetzt gutgetan.

Er stieg in seinen aufgeheizten Golf und fuhr in einer Kolonne mit Campingmobilen auf die Stadtmauer von Aigues-Mortes zu. Er glaubte zwar nicht, der Stadt noch ein Geheimnis entlocken zu können, aber sie gehörte einfach zu den Städten im Languedoc, die man gesehen haben musste. Aigues-Mortes, die »Toten Wasser«, war ein touristischer Anziehungspunkt, der das ganze Jahr hindurch attraktiv für Reisende war, im Sommer allerdings fast aus allen Nähten platzte. Martin suchte sich eine ruhige Ecke abseits der Touristenströme. Aigues-Mortes war in den gängigen Reiseführern gebührend gewürdigt und beschrieben. 1240 brachte Ludwig der Heilige die Stadt in seinen Besitz, um einen direkten Zugang zum Mittelmeer zu erhalten. Heute kaum noch zu glauben, denn die nicht aufzuhaltende Versandung des Gebietes führte mit den Jahren dazu, dass die Stadt jetzt sechs Kilometer vom Meer entfernt lag.

Als das Ende als Hafenstadt gekommen war, gewannen der Weinanbau und die Salzgewinnung an Bedeutung. Das Haltbarmachen von Lebensmitteln durch Salz in einer Zeit ohne Kühlschränke war lebenswichtig, kein Wunder, dass sich Städte das Monopol der Salzgewinnung immer wieder sichern wollten. Heute war es das aus der Küche nicht mehr wegzudenkende Fleur de Sel, das auch in Aigues-Mortes gewonnen wurde, und der Stadt etwas von ihrer ehemaligen Bedeutung zurückgegeben hatte.

Martin nippte an seinem Glas eisgekühlten Wein. Wenn er schon hier in dieser von buntem Treiben erfüllten Stadt saß, musste es auch ein Wein aus dieser Gegend sein, ein *vin de sable*, der eher grau als roséfarben in seinem Glas schimmerte und so erfrischend trocken war, wie sein Name es vermuten ließ. Gerne hätte er ein zweites Glas getrunken, aber schon jetzt spürte er die Wirkung des Alkohols.

Er zahlte und ließ sich mit den Touristen durch die Stadt treiben. Vor der Tour de Constance reihte er sich in die Schlange, die den dreißig Meter hohen Rundturm besichtigen wollte. In diesem Festungsturm mit seinen sechs Meter dicken Mauern waren achtzig Tempelritter eingekerkert gewesen, die hier drei Jahre auf ihre Hinrichtung warteten. Ein ungerechter Prozess mit den übelsten

Foltermethoden war ihrem Tod vorangegangen. Fröstelnd verließ Martin den Turm. Hatte er nicht inmitten des Stimmengewirrs aus aller Welt ein Wispern vernommen? Ein Wispern, das von den Qualen Zeugnis ablegte, die hier erlitten worden waren. Qualen der Foltern, die die Ritter Taten gestehen ließen, die sie nie begangen hatten. Der Klang der Glocken der Kirche Notre Dame des Sablons riss Martin aus seinen Fantasien und erinnerte ihn daran, dass er sich sputen musste, wollte er sein Programm heute noch durchziehen.

Sein Wagen stand auf einem Parkplatz außerhalb der Stadtmauern. Auf dem Hinweg hatte er einen schmucken kleinen Laden entdeckt, in dem er noch ein wenig stöbern wollte. Den Eingang zu diesem Geschäft, das ausschließlich Produkte aus der Region anbot, schmückten Zikaden aus Keramik in allen Größen und Farben. Kitschig, aber irgendwie doch schön. Mit Fleur de sel, abgepackt in bunten Steintöpfchen, rotem wilden Reis aus der Camargue und drei Gläsern Lavendelblütenhonig verließ Martin die Festungsstadt und machte sich auf den Weg zu seinem nächsten Ziel.

Er fuhr in Richtung Saint-Gilles direkt auf die *Tour Carbonnière* zu, Reste einer Befestigungsanlage aus dem 14. Jahrhundert, die, wie auf einer Insel liegend vor den Toren von Aigues-Mortes erbaut worden war. Links vom Turm lag ein Parkplatz, den Martin spontan ansteuerte, ein Hinweisschild verhieß einen Blick auf die Naturwunder der Camargue.

Über einen hölzernen Steg näherte er sich sumpfigem Terrain, auf dem eine kleine Herde von Pferden weidete. Auf dem Rücken eines Schimmels entdeckte Martin einen weißen Vogel, vielleicht hatte er sich dort niedergelassen, um das Pferd von Stechmücken oder ähnlichem Ungeziefer zu befreien. Mehrere Hinweistafeln beschrieben die ansässigen kleineren Lebewesen wie Krebse oder Blindschleichen, und erklärten die jetzt im Sommer für das Auge nicht wirklich wahrnehmbare üppige Flora. Interessiert erfuhr Martin, was eine *manade* war. Er hatte das Wort unterwegs ein paarmal gelesen, auf Schildern, die zu einem Hof führten. Merkwürdig, als er vor Jahren in dieser Gegend gewesen war, waren sie ihm nie aufgefallen. *Manades* waren also die Herden der Stiere und Pferde. Ihre Zucht war nicht vergleichbar mit der auf einem deutschen Bauernhof, denn hier in der Camargue führten die Tiere ein nahezu freies Leben in den Sumpflandschaften oder auf den ausgedehnten Weiden. Für einen Moment sah er noch verträumt einem jungen Pferd zu, das einen Schritt in das feuchte Nass, das an den von der Sonne ausgetrockneten Sumpf grenzte, machen wollte, dann jedoch zögerte.

»Na, hopp, mein Kleiner«, ermunterte Martin den Jährling. Doch der blieb stehen und ließ sich die Sonne auf sein Fell scheinen. Martin hätte es ihm gerne gleichgetan, doch die Pflicht rief.

Etwas außerhalb der kleinen Stadt Saint-Laurent-d'Aigouze hatte er auf einer Karte den Hinweis auf die Reste der ehemaligen Benediktinerabtei von Psalmody entdeckt, deren Ursprünge bis ins 5. Jahrhundert zurückgingen. Mehrere Zerstörungen hatten immer wieder einen Neuaufbau nach sich gezogen, heute jedoch waren von der einst reichen und mächtigen Abtei nur noch ein paar Steine übrig. Trotzdem hatte er sich entschlossen, diese Reste in seinen Reiseführer aufzunehmen. *Relikte klösterlichen Lebens*, auch hierin war das Land reich an Zeugnissen.

Die Abtei war auf seiner Karte lediglich als kleiner Punkt markiert. Doch nirgendwo am Straßenrand fand sich ein Hinweis auf sie. Wahrscheinlich waren die kärglichen Reste noch nicht einmal mehr ein Schild wert. Martin bog in eine Art Feldweg ein. Hier musste das Kloster irgendwo gestanden haben. Halb im Gebüsch lagen fünf Fahrräder. Also doch, wo Menschen in dieser Einsamkeit waren, gab es sicherlich auch etwas zu sehen. Martin fuhr vorsichtig, der Weg wurde immer unwegsamer und holpriger. Sicherlich nur ein Weg für Traktoren oder andere Nutzfahrzeuge, die links und rechts der Spur beim Durchfahren Äste und Zweige des Buschwerks geknickt oder abgerissen hatten. Der von wilden Brombeerhecken gesäumte Weg machte eine leichte Biegung. Martin erschrak. Hinter der Kurve standen zwei Fahrzeuge der Gendarmerie Nationale und ein Kastenwagen mit der Aufschrift *Identification criminelle* – Kriminaltechnik. Ein paar Meter entfernt versperrte ein gelbes Band mit dem schwarzen Schriftzug *gendarmerie nationale – zone inderdite* den Weg zu den Resten der alten Abtei. Martin quetschte sich neben eines der Einsatzfahrzeuge und stieg aus. Unschlüssig, wie weit er an die Absperrung herangehen sollte, näherte er sich mit langsamen Schritten und blickte gebannt auf das Abteigelände, wo Polizisten in Uniform mit kurzärmeligen hellblauen Polohemden und Mitarbeiter der Spurensicherung in hochgeschlossenen weißen Overalls ihre Arbeit verrichteten.

Ein kleiner Gegenstand, der unter einem der verwilderten Sträucher hervorlugte, stahl für einen Moment Martins Aufmerksamkeit. Er war ihm nur deshalb aufgefallen, da in diesem Moment ein Sonnenstrahl darauf gefallen war, der in seinen Augen reflektierte. Er bückte sich und hielt eine kleine Brosche in der Hand, vorne eine Art Wappenbild, hinten die Nadel zum Anstecken. Martin steckte sie in seine Hosentasche, er würde sich später darum kümmern, und trat an das gelbe Flatterband heran.

Ein Notarztwagen stand auf dem Gelände. Erst jetzt bemerkte Martin die Gruppe junger Leute, die sich am Ende der Absperrung eng zusammendrängten und angespannt auf das blickten, was sich dahinter tat. Sie reckten die Köpfe, steckten sie zusammen, tuschelten miteinander. Es war normalerweise nicht Martins Art, sich wie ein Schaulustiger aufzuführen. An einer Unfallstelle, die bereits gesichert war, fuhr er zügig vorbei, um nicht noch einen Stau zu provozieren, wie es leider so viele Gaffer fertigbrachten. Er wollte lediglich in Erfahrung bringen, wann das Terrain wieder freigegeben werden würde. Er konnte auch nächste Woche noch einmal vorbeischauen, von Saint-Gilles aus waren es nur wenige Kilometer bis nach Psalmody.

Martin ging auf die jungen Leute zu. Sie waren kaum älter als fünfzehn oder sechzehn. Das Mädchen hatte ein verheultes Gesicht, die Wimperntusche hatte schwarze Schlieren auf ihren Wangen hinterlassen. Ein junger Mann hatte einen Arm um sie gelegt, mit der rechten Hand streichelte er ihr immer wieder übers

Haar. Zwei Jungs standen kreidebleich daneben. Sie beobachteten ihren Freund, der innerhalb der Absperrung eben von einer Polizistin befragt wurde. Irgendetwas Schlimmes war hier geschehen. Ein Unfall?

Martin räusperte sich, und die jungen Leute wandten ihm erschrocken die Köpfe zu. »Was ist hier passiert, alles in Ordnung mit euch und eurem Freund?«

Sie nickten, das junge Mädchen begann zu schluchzen.

»Mit uns ja, aber mit dem Mädchen nicht.« Ein stämmiger Junge in abgeschnittener Jeans mit raspelkurzen Haaren zeigte auf die Gruppe von Uniformierten, die neben eine Plane getreten waren. Martin erschauerte. Unter der Plane schien ein Körper verborgen zu sein.

»Wir hatten uns hier verabredet, wollten einfach nur dasitzen und abhängen, hier kommt ja nie ein Mensch hin. Und dann hat Julie zuerst so ein zerrissenes dünnes Armband gefunden, mit einer silbernen Namensplakette, wissen Sie, so ganz dünn ...«

Sein Freund schubste ihn an, bedeutete ihm, den Mund zu halten. »Sind Sie Journalist, Monsieur? Dann sollten wir nicht mit Ihnen sprechen.«

»Nein, nein, ich wollte mir die Reste des Klosters anschauen, ich schreibe Bücher, aber nein, ich bin kein Journalist.«

Der Junge starrte ihn weiterhin misstrauisch an. »Ein Kloster? Was für ein Kloster? Hier liegen nur alte Steine rum. Und kein Mensch verirrt sich hierher. Ich wohne in dem Mas da hinten«, er machte eine vage Handbewegung in Richtung Norden, »aber hier hat noch keiner nach einem Kloster gefragt. Das hier ist der einsamste Fleck auf der Welt. Also, was soll der Mist mit dem Kloster? Was wollen Sie?«

»Jetzt lass ihn doch. Er hat dir doch nichts getan. Entschuldigen Sie, aber uns geht es so richtig scheiße. Wir haben die Leiche gefunden, es war einfach nur gruselig.« Die Stimme des Jungen, der Julie den Arm um die Schulter gelegt hatte, war heiser.

»Noah hat sie gefunden, sie lag einfach da. Zuerst dachten wir, ihr ist schlecht geworden, oder sie schläft. Aber die dicken Fliegen, diese schrecklichen dicken Fliegen …« Julie schlug die Hände vor den Mund und ließ ihren Tränen freien Lauf.

»Hallo, Monsieur? Ja, Sie da. Was machen Sie hier?«

Eine Polizistin in einem eng sitzenden Rock und mit einem Hut, der schief auf ihren verschwitzten, zu einem Zopf geflochtenen Haaren saß, kam mit strammen Schritten auf ihn zu.

Hoffentlich dachte sie nicht, der Täter sei zurück an den Tatort gekehrt, der Täter, der in diesem Fall Martin Endress heißen würde. Das wäre das Letzte, was er wollte, im Ausland in das Räderwerk einer Polizeiermittlung zu geraten. Instinktiv griff er nach seinem Personalausweis.

Die Lage war schnell geklärt. Die junge Beamtin notierte trotzdem seine Personalien, die Adresse seiner Auberge. Dann bat sie ihn, das Gelände zu verlassen und den Weg freizumachen für den Leichenwagen, der jeden Moment eintreffen würde.

Saint-Gilles – Eine erste Spur – Sommer

Als Martin in seine Auberge zurückkehrte, war es bereits nach acht Uhr. Den ganzen Weg von Psamoldy nach Saint-Gilles war ihm das Zusammentreffen mit den jungen Leuten nicht aus dem Kopf gegangen. Er hatte sie noch ein letztes Mal gefragt, ob er nicht noch etwas für sie tun könne, doch sie hatten abgewinkt und auf den Krankenwagen gezeigt. Wenn sie Hilfe benötigten, da wäre ein Arzt drin. Sie wollten nur noch auf Noah warten, der noch ein paar Fragen beantworten musste, und dann wollten sie nur noch nach Hause. Martin hatte sich von den jungen Leuten verabschiedet. Noch klangen Julies Worte in seinen Ohren.

»Das Mädchen war vielleicht so alt wie ich. Oh mein Gott. Und die Fliegen, ich hab sie zuerst nicht gesehen. Das Mädchen hat lange schwarze Haare, und plötzlich waren da überall diese Fliegen.«

Müde und verschwitzt stieg Martin die Treppe zu seinem Zimmer hoch. Obwohl die Fensterläden den ganzen Tag über geschlossen gewesen waren, hatte sich in dem kleinen Raum eine enorme Hitze aufgestaut. Er legte seine Arbeitsmaterialien auf das Bett und zog sich aus. Hose und Hemd landeten auf dem Fußboden. Eine kalte Dusche, ein gutes Abendessen und dann hoffentlich erholsamer Schlaf.

Doch ein leises Pling lenkte ihn vorerst ab. Während seine Hose auf dem Flug in Richtung Holzboden gewesen war, war die kleine Brosche aus der Tasche gefallen. Martin hob sie auf und betrachtete sie näher. Wenn ihn nicht alles täuschte, war dies ein Militärabzeichen, kein Schmuckstück, wie er beim ersten flüchtigen Hinsehen gedacht hatte. Das Abzeichen war rechteckig, in den Ecken je eine bourbonische Lilie. Die Mitte nahm ein Rhombus ein. Oben war die Zahl 74 eingestanzt, darunter ein fein modellierter silberner Drache, der mit nach hinten gewandtem Kopf Feuer spuckte.

Martin zog sein Laptop heran. Nach ein paar Mausklicks hatte er das Rätsel gelöst. Es war ein Abzeichen des 74. Infanterieregiments aus dem Algerienkrieg, der 1962 sein Ende gefunden hatte. Er steckte das Abzeichen in eine Plastikdose, in der er seine Kleinfunde aufbewahrte – hier die Scherbe eines antiken Pithos, da ein Stück eines dunkelgrün glasierten mittelalterlichen Gefäßes.

*

Leicht beschwipst kletterte Martin vier Stunden später in sein Bett. In der ersten Nacht hatte er noch so tief und fest geschlafen, dass er nicht gemerkt hatte, wie der Schweiß ihm über Gesicht und Rücken gelaufen war und sein Laken durchfeuchtet hatte. In dieser Nacht wachte er um halb drei auf. Ein unangenehmer Druck auf seine Blase und mindestens sechs juckende Insektenstiche in seine rechte Wade – er hatte ein Bein unklugerweise in die Freiheit entlassen, während der Rest seines Körpers in ein dünnes Laken gewickelt war – ließen ihn die Toilette aufsuchen und anschließend das Bein mit einer lindernden Salbe einreiben. Plötzlich verspürte er Hunger. Typisch für ihn, wenn er am Abend zu viel Wein getrunken hatte. Das Wasser lief ihm im Mund zusammen, als er an das Abendessen in der kleinen Auberge dachte. Nichts Aufwändiges, aber köstlich, eine wunderbar nussige Paté mit groben Schweinefleischbröckchen darin, in einem großen Steingefäß serviert, schwarze Oliven, klein und aromatisch und ein Teller mit gebratenem dunklem *boudin* mit süßen Zwiebelscheiben. *Boudin*, eine Blutwurst, die in Frankreich häufig auf dem Tisch zu finden ist, schien Martin in Deutschland irgendwie aus der Mode gekommen zu sein. Hier in der altmodischen Auberge zusammen mit einem Stück Landbrot und einem einfachen Landwein rangierte sie für ihn unter dem Begriff »Hochgenuss«.

Pascal hatte ihn zu einem zweiten, dritten, vierten Glas ermuntert, und in der Nacht bekam er nun die Quittung dafür. Martin öffnete das Fenster und ließ die kühlere Nachtluft hereinwehen. Die lästigen Blutsauger schienen satt geworden zu sein, denn am nächsten Morgen erwachte er ohne weitere juckende Stellen am Körper. Wieder war es verdammt früh, doch heute war es nicht der Lärm eines Lieferanten, sondern das knatternde Mofa eines alten Mannes, der mitten auf dem kleinen Platz gehalten hatte, um ein Schwätzchen mit einem anderen Alten zu halten, der mit zwei Broten unter dem Arm wohl auf dem Weg zu seinem Frühstückstisch gewesen war.

Nach einer ausgiebigen Dusche und seinem Frühstück an der Theke, heute mit einem *pain au chocolat*, das er nicht in den Kaffee tunkte, machte er sich mit einem Stadtplan auf den Weg zu Docteur Roux. Vielleicht war sie ja tatsächlich die Tochter des Arztes, mit dem sein Großvater befreundet gewesen war. Pascal hatte der Ärztin Martins Erscheinen bereits angekündigt. Sie hatte ihm mitteilen lassen, er solle einfach während der Sprechstunde vorbeikommen, sie würde ihn dazwischenschieben, in den Sommerferien sei sowieso nicht so viel los. Dazu hatte Pascal Martin noch den Namen und die Adresse des mittlerweile verstorbenen Docteur Barbier gegeben, der seine Praxis in seinem Wohnhaus etwas außerhalb der Stadt in der Route de Beaucaire 325 betrieben hatte.

Martins erstes Ziel lag jedoch in der Rue Guinoir 112. Er hoffte, dass die Ärztin, Docteur Roux, ihre ersten Patienten schon um acht Uhr erwartete, denn sonst würde er womöglich zu früh bei ihr auftauchen. Um noch etwas Zeit zu schinden, spazierte er am Maison Romane vorbei, einem im 19. Jahrhundert restaurierten romanischen Gebäude, in dem Papst Clemens IV. angeblich geboren worden war und das heute ein Museum mit Fragmenten und Skulpturen der Abteikirche von Saint-Gilles beherbergte.

Ein glänzendes Messingschild in der Rue Guinoir 112 wies Docteur Roux als *médecin généraliste* aus, als Allgemeinmedizinerin. Ihre Sprechstunde begann tatsächlich um acht Uhr. Nach einer halben Stunde wusste Martin, dass er sich diesen Weg hätte sparen können. Nachdem Docteur Roux ihren ersten Patienten empfangen hatte, bat sie ihn in ihr Sprechzimmer. Die Ärztin hatte die Statur eines Schranks, keine zierliche Kommode, keine Vitrine für edles Kristall, sondern das Format eines Wäscheschranks. Ihr Händedruck war kräftig, ihre Art unverblümt. Pascal habe ihr bereits gesagt, weswegen Martin sie sprechen wolle. Sie könne sich allerdings beim besten Willen nicht vorstellen, dass ihr Vater einen Deutschen, auch wenn er ein Kollege gewesen sein solle, zum Freund gehabt hätte. Auch ihre Mutter, die zwar hochbetagt, aber noch bei klarem Verstand sei, könne sich an einen solchen Freund nicht erinnern. Martin war während des kurzen Gesprächs wieder einmal bewusst geworden, mit welchem unsäglichen Schuldpaket er als Deutscher immer noch herumlief. Doch nein, vergessen konnte und durfte man diese Zeit nicht.

Frustriert marschierte er zurück zur Auberge, um seine Arbeitsutensilien zu holen. Im Anschluss an seine Suche nach der Vergangenheit in der Route de Beaucaire 325 wollte er nach Maguelone fahren, wo die ehemalige Kathedrale und Abteikirche Saint-Pierre-et-Saint-Paul auf ihn wartete.

Seinen Wagen hatte er auf einem Parkplatz außerhalb der Altstadt abgestellt. Er wusste selbst nicht, was er sich als Nächstes erhoffte, aber vielleicht hatte jemand aus der Nachbarschaft Docteur Barbier so gut gekannt, dass er sich erinnerte, ob dieser einen deutschen Kollegen zum Freund gehabt hatte. Dieser Nachbar musste zwar alt wie Methusalem sein, aber vielleicht hatte er ja Glück. Wenn nicht, musste er seine Suche wohl früher einstellen als gedacht. Im Auto war es bereits brütend heiß, und Martin ließ alle Fensterscheiben hinunter. Bis zur Route de Beaucaire hatte die Klimaanlage das Wageninnere auf angenehme zweiundzwanzig Grad heruntergekühlt. Die lang gezogene Straße hatte offensichtlich in den letzten Jahrzehnten ihr Gesicht stark verändert. Läden für Pools wechselten mit Geschäften für Baustoffe und Fliesen. Der Anteil an handwerklich Begabten in der französischen Bevölkerung schien enorm zu sein, denn Martin zählte mindestens sechs unterschiedlich große Baumärkte. Die Ausstellungsflächen davor waren oft ein wildes Durcheinander von gestapelten

Dachpfannen, aufgereihten Balustern für Balkone oder senkrecht an Holzplatten angebrachten Wand- und Bodenfliesen. Dazwischen behauptete sich vereinzelt hier und da ein altes Haus. Martin schätzte, dass sie aus den frühen Zwanzigern stammten. Die altmodischen Villen, die einst alleine die Straße gesäumt hatten, waren mit großem architektonischem Aufwand errichtet worden. Sie alle lagen weit auseinander und etwas zurückgesetzt und waren von parkähnlichen Gärten umgeben, manche gepflegt, manche in einem erbärmlichen Zustand.

Martin fuhr langsam die Straße entlang. Von hinten drang Gehupe an sein Ohr, und ein junger Schnösel schoss mit laut aufheulendem Motor an ihm vorbei. Eines dieser Häuser musste das von Docteur Barbier gewesen sein. Martin parkte in der Nähe eines Obsthändlers, bei dem er sich später noch mit einem Stück Melone eindecken würde, und machte sich auf die Suche nach der Hausnummer 325. Die Nummern waren nicht wie in Deutschland in einer klaren Abfolge – gerade Nummern auf der einen Seite, die ungeraden auf der gegenüberliegenden. Er marschierte an einem Laden mit Elektroartikeln vorbei, Hausnummer 290. Und dann stand er vor dem Haus Route de Beaucaire 325. Er hatte es befürchtet. Das Haus, das früher dem Arzt gehört hatte, war offensichtlich seit Langem nicht mehr bewohnt. Die umgebende Mauer war brüchig, der Garten verwildert, das Einfahrtstor und der Zugang für die Fußgänger verrostet. Martin spähte durch die Gitterstäbe des Tores und entdeckte eine zugemauerte Haustür und Fenster, vor die Bretter genagelt worden waren.

»Das Haus ist nicht zu verkaufen, Monsieur. Da müssen Sie sich noch ein wenig gedulden.«

Martin fuhr herum. Eine dicke Frau, beladen mit Einkaufstüten, hatte ihn angesprochen. Sie stellte schnaufend ihre Tüten ab, wobei sie darauf achtete, dass diese sich gegenseitig stützten. Aha, sie hatte sich wohl auf ein längeres Gespräch eingestellt.

»Das ist doch das Haus von Docteur Barbier?«

»Ja, aber der ist schon einige Jahre tot. Er hat noch lange praktiziert, mir war da drin aber alles zu altmodisch. Ich gehe lieber zu Docteur Roux, also, zur Tochter vom alten Roux. Interessieren Sie sich für das Haus? Wollen Sie eine Praxis einrichten? Würde ich nicht, es gibt nicht mehr viele Leute, die hier wohnen. Lohnt sich nicht. Aber wie ein Arzt sehen Sie mir sowieso nicht aus. Und überhaupt, wer sind Sie eigentlich?«

Martin hatte den Redefluss, der durch mehrfaches tiefes Schnauben unterbrochen worden war, nicht stören wollen. Solche Leute musste man reden lassen, um sie nicht zu verprellen.

»Nein, nein, ich möchte das Haus nicht kaufen. Ich brauche nur eine Auskunft. Mein Großvater hat in der Nähe gelebt, er war ebenfalls Arzt, und er war mit Docteur Barbier befreundet. Er war Deutscher.«

»Der alte Barbier soll mit einem deutschen Arzt befreundet gewesen sein? Wann? Ich lebe hier seit zwanzig Jahren.« Sie wies mit ihrem Doppelkinn auf das übernächste Haus mit akkurat geschnittener Hecke. »Wenn Besuch aus Deutschland gekommen wäre, hätte Rose mir das erzählt. Nein, hier war kein deutscher Arzt. Aber dann sind Sie ja auch Deutscher. Ich hab schon gedacht, was hat der Monsieur für einen merkwürdigen Akzent.«

»War Rose die Frau von Docteur Barbier?«

»Aber nein, oder ja, wie man's nimmt.« Die zur äußeren Statur passenden Schweinsäuglein zwinkerten belustigt. »Rose Poignet war seine Haushälterin, über all die Jahre, die ich die beiden kannte, und davor. Sie hat das Haus auch geerbt. Rose muss an die hundert sein, aber sie lebt noch. Wenn Sie tot ist, wird das Haus an irgendeinen Neffen gehen, und der wird es dann verkaufen. Aber Sie wollen es ja gar nicht, das Haus, meine ich. Nun, wo war ich stehen geblieben? Ja, bei Rose. Sie lebt in einem Altersheim in Arles. Also, wenn Sie mit ihr reden wollen, dann sollten Sie sich beeilen. À propos beeilen, ich muss meine Einkäufe ins Haus bringen. Bonne journée, Monsieur.«

Sie packte geschickt ihre Tüten und watschelte zum benachbarten Haus.

Rose Poignet. Martin notierte sich den Namen. Der Faden in die Vergangenheit war noch nicht gerissen.

Château de Boncourt – Sommer

Sanft schob Mathilde Odile aus dem Arbeitszimmer.

»Danke, Odile, für den Moment ist alles da, was wir brauchen. Und achte bitte darauf, dass Sébastien nicht permanent an die Tür klopft.«

»Du brauchst nur laut genug zu rufen, dann bin ich gleich wieder da. Ihr sollt mir ja nicht verhungern oder verdursten.« Odile strahlte Commandant Rachid Bouraada an. Nicht zu fassen, erst jetzt fiel Mathilde auf, dass sie sich die Lippen geschminkt hatte. Für Bouraada? Wann hatte sich Odile das letzte Mal so auffällig zurechtgemacht? Beim Aperitif, den der *maire* zu Weihnachten für seine Bürger gegeben hatte? Mathilde schmunzelte.

»Danke, aber das reicht für eine ganze Kompanie.« Sie schloss die Tür hinter Odile und setzte sich dem Polizisten gegenüber. Sie hatte ihren Arbeitstisch leer geräumt, die eine Hälfte des antiken *bureau plat* nahm ein großer Teller ein, auf dem Odile *paté de Campagne*, rohen Schinken, in Olivenöl eingelegte gegrillte Auberginen und frisches Brot angerichtet hatte. Für den Commandant hatte sie, wie sie ihn wissen ließ, vier extragroße Stücke ihrer Aprikosentarte abgeschnitten.

»Keine Sorge, der Schinken ist vom Rind, da können Sie getrost zugreifen.«

Mathilde war der argwöhnische Blick Bouraadas nicht entgangen, den dieser auf Odiles Köstlichkeiten geworfen hatte.

»Jetzt erzählen Sie aber mal, Rachid. Wie konnte das passieren?«

Der Polizist hatte auf die andere Hälfte des Tisches zwei dünne Ordner gelegt. Er öffnete einen und zog mehrere Blatt

Papier heraus. Auf einem davon erkannte Mathilde den Stempel der Präfektur in Nîmes. Noch immer hatte Bouraada kein Wort gesagt. Aufmunternd sah sie ihn an. »Rachid, Sie können für das, was geschehen ist, absolut nichts. Aminata ist tot. Die Geschichte nimmt damit eine ganz neue Wendung. Wir fangen am besten wieder von vorne an. Also, was haben wir?«

»Eh bien. Wir können bis jetzt immer noch nicht nachweisen, dass das Attentat auf Sie irgendetwas mit der Verurteilung der Jalaberts zu tun hatte. Fakt ist jedoch, dass ohne die Aussage Aminatas keine Verurteilung der Eheleute erfolgt wäre. Wenn der Anschlag auf Sie jedoch in direktem Zusammenhang mit der Verurteilung stand, war womöglich auch das Leben von Aminata in Gefahr. So die Überlegungen des Staatsanwalts und daher folgerichtig seine Anordnung, das Mädchen zunächst an einem unbekannten Ort unterzubringen und ihm Personenschutz zu gewähren. Den Sie ja für Ihre eigene Person abgelehnt hatten«, fügte er mit einem vorwurfsvollen Blick hinzu. »Der Staatsanwalt ist weiterhin davon ausgegangen, dass, wenn auf Sie kein neuerliches Attentat verübt werden würde, ein Zusammenhang zwischen Anschlag und Verurteilung der Jalaberts ausgeschlossen werden könne. Dann würde Aminata ebenfalls keine Gefahr drohen. Sie hätte nach einer gewissen Zeit ein normales Leben führen können. Wenn ein Leben nach solchen Torturen überhaupt noch normal verlaufen kann. Diese Fakten und Überlegungen kennen Sie alle.«

Die Untersuchungsrichterin hatte sich auf die Ausführungen Bouraadas konzentrieren müssen. Dann nickte sie. Sie hatte nur knapp überlebt, war vollkommen aus der Bahn geworfen worden. Um wie viel schwieriger musste für eine junge Frau, die einen solchen Leidensweg hinter sich hatte, die Rückkehr in ein Leben ohne Angst sein. Und nun war Aminata tot.

»Überlegen wir weiter.« Bouraada hatte eine kurze Pause eingelegt und ein Stück von der Tarte gegessen. Jetzt pickte er mit den Fingern die letzten Krümel auf. »Was ist überhaupt ein Motiv für ein Attentat? Rache? Ja, natürlich. Übereifrige Staatsdiener daran zu hindern, im Dreck zu wühlen? Auch das. Jemanden zum

Schweigen zu bringen? Ganz sicher. Bei Ihnen, Mathilde, kommen die beiden ersten Punkte in Frage, bei Aminata Punkt eins und drei. Hat sie doch noch etwas gewusst, was sie uns verschwiegen hat? Wahrscheinlich. Erinnern Sie sich, wie lange es gedauert hat, sie zum Reden zu bringen. Und ich hatte immer das Gefühl, dass sie uns nicht alles gesagt hat.«

Mathilde hatte bis jetzt geschwiegen. Der Schreibblock, der vor ihr lag, war unberührt. »Sie gehen also davon aus, auch wenn die Rechtsmedizin keinen Anhaltspunkt dafür gefunden hat, dass Aminata von fremder Hand getötet worden ist, dass man sie zum Schweigen gebracht hat? Der Präfekt hat vier Wochen vor Ablauf der mit der Staatsanwaltschaft ausgehandelten Frist den Abzug des Personenschutzes angeordnet, das Mädchen ist keine achtundvierzig Stunden später tot. Und ein winziges Stück vom Zahn in einem Glas ist alles, was wir haben. Kann sie nicht doch selbst das Glas zum Mund geführt haben?«

Commandant Bouraada schob das Weinglas, das Odile zusammen mit einer Karaffe Rotwein auf den Tisch gestellt hatte, nach hinten und griff demonstrativ nach seinem Wasserglas. »Haben Sie gesehen, wie ich das Glas angefasst habe? Es ist hoch und schwer. Ich habe es in der Mitte gegriffen, so ist es am besten auszubalancieren. Das Glas, in dem das Schlafmittel aufgelöst worden war, hat fast dieselbe Größe, ist ähnlich schwer. Aminata war ein zartes, zierliches Mädchen mit Handgelenken nicht dicker als eine Aprikose. Ihre Fingerabdrücke waren am unteren Ende des Glases. Es ist natürlich nicht auszuschließen, dass sie es so gegriffen hat, aber …« Er ließ den Rest des Satzes unausgesprochen. »Und was den Personenschutz angeht, man hat es nicht für notwendig befunden, mich oder Sie, Madame le Juge, über die Beendigung zu benachrichtigen. Eh bien, warum auch? Genau das hat mir Monsieur le Préfet auf meine Frage geantwortet. ›Warum auch‹. Die Kosten im Staat explodieren, es war an der Zeit, den Schutz abzuziehen. Der politische Druck, verstehen Sie? Der Präfekt stand unter politischem Druck.« Der Commandant schnaubte angewidert durch die Nase.

»Die Sache mit dem abgebrochenen Zahn, was hat es damit genau auf sich?« Mathilde spielte mit ihrem Kugelschreiber. Sehnsüchtig starrte sie auf die Packung Zigaretten, die in Reichweite lag. Aber solange noch das Essen auf ihrem Arbeitstisch stand und Bouraada jeden Moment wieder zugreifen konnte, musste sie schweren Herzens auf den Genuss verzichten.

Commandant Bouraada klopfte sich mit dem Zeigefinger an seinen Schneidezahn. »Hier, an dieser Stelle, fehlte dieses winzige Stückchen Zahn. Nicht größer als ein Fliegenschiss«, erläuterte er anschaulich. »Meiner Meinung abgebrochen, als jemand ihr mit aller Gewalt das Glas zwischen die Zähne geschoben hat. Laut Untersuchungsbericht der Gerichtsmedizin ist das Zahnpartikel tatsächlich von ihrem rechten oberen Schneidezahn. Aber das ist kein Indiz für Fremdverschulden. Es könnte auch abgebrochen sein, weil Aminata, in dem Moment, als sie das Glas freiwillig an die Lippen hob, nervös, voller innerer Ängste war, vor dem Schritt, den sie nun tun wollte. Dabei haben ihre Hände dann so stark gezittert, dass sie sich selbst das Stückchen abgeschlagen hat.«

Der Polizist hob hilflos die Hände.

»Natürlich kann es so gewesen sein. Aber ich glaube es nicht. Ich weiß, dass es nicht so war. Und dann dieser lila Fussel. Frottee, von einem ihrer Handtücher. Jemand, der Mörder, hat ihr mit einem lilafarbenen Handtuch den Mund abgewischt. Sie hat sich gewehrt, als man ihr das Glas aufzwang, dabei müssen Spritzer des Wassers mit dem aufgelösten Schlafmittel auf ihr Gesicht gelangt sein. Jemand hat es weggewischt, der Mörder hat ihr den Mund mit dem Handtuch abgewischt. Eine klitzekleine Faser ist in ihrem Mundwinkel entdeckt worden. Aber auch das ist kein Beweis. Sie kann sich mit dem Handtuch selbst den Mund abgewischt haben. Auf dem Handtuch sind Spuren des Schlafmittels gefunden worden. Aber, ich bitte Sie, Mathilde, wer nimmt eine tödliche Dosis Schlafmittel zu sich, wischt sich dann den Mund ab, deponiert das Handtuch unten im Waschkorb, legt sich dann ins Bett und wartet auf den Tod? Die ganze Geschichte stinkt zum Himmel.«

»Und sonst keine offensichtlichen Spuren, die uns irgendeinen Hinweis geben?«

»Nichts, das Zimmer vollkommen sauber, das Bad aufgeräumt, nur Aminatas Fingerabdrücke. Das Apartment war nicht abgeschlossen. Jeder hätte rein oder raus gekonnt. Nichts, einfach nichts. Docteur Florin, der zuständige Gerichtsmediziner, hat sich erst auf mein Drängen hin intensiv mit Aminata befasst. Ja, Zahnpartikel, die Faser, er hat alles bestätigt, doch es ist nichts verwertbar. Es reicht nicht aus. Hier hat jemand Hand angelegt, der einen Selbstmord perfekt vorgetäuscht hat. Ich glaube nicht an Zufälle« Bouraada schlug mit der flachen Hand auf den Tisch, sodass Mathilde, die hoch konzentriert zugehört hatte, erschrocken auffuhr.

»Mathilde, von diesem Mädchen erwartete man ja geradezu einen Selbstmord. Niemand scheint darüber verwundert. Und wir haben, um etwas anderes zu beweisen, nichts in der Hand.«

Mathilde hatte sich ein Stück Baguette gegriffen und begann es nachdenklich zu zerkrümeln, ehe sie ein Stück abbiss. »Wir sind also machtlos. Zumindest in diesem Fall.«

»Ich bin mir sicher, bei Jalaberts haben Personen verkehrt, die Aminata hätte identifizieren können. Doch sie hat aus Angst geschwiegen. Für diese Leute wäre es gefährlich geworden, wenn sie doch irgendwann den Mund aufgemacht hätte. Man hat sie vorsichtshalber zum Schweigen gebracht, ihren Tod als Selbstmord inszeniert. Jeder Psychologe würde bestätigen, dass nach dem, was man dem Kind über Jahre angetan hat, ein Suizid immer im Bereich des Möglichen lag. Man hat damit rechnen können, aber nicht unbedingt rechnen müssen, werden sie sagen. Und wen interessiert es überhaupt. Kein Hahn kräht nach ihr oder nach dem, was mit ihr passiert ist.«

»Uns, Rachid, es interessiert uns. Und dieser Fall ist kein Einzelfall. Wir waren uns von Anfang an darüber im Klaren, dass wir mit der Festnahme und der Verurteilung der Jalaberts lediglich an der Spitze des Eisbergs gekratzt haben. Was glauben Sie, wie viele ehrenwerte Männer und auch Frauen sich Kinder, junge

Mädchen als Sklavinnen halten, sie missbrauchen, sie untereinander herumreichen. Und irgendwann werden diese Mädchen älter, könnten anfangen, sich zu wehren, zu reden, auf sich aufmerksam zu machen. Und was passiert dann, Rachid, was passiert dann mit ihnen? Sie werden mundtot gemacht. Im besten Fall vielleicht mit ein wenig Geld in ihre afrikanische Heimat, oder wo auch immer sie herkommen, abgeschoben. Und wenn sie trotzdem Gerechtigkeit einfordern, dann, Rachid, dann ergeht es ihnen wie Aminata. Wir müssen die Todesfälle junger Mädchen ausländischer und auch inländischer Herkunft überprüfen. Wir konzentrieren uns zunächst auf Mädchen zwischen zwölf und zwanzig. Und ich meine nicht nur die als Mord oder Totschlag eingestuften Todesfälle, sondern ganz besonders Unfälle und echte Suizide. Wir haben in ein Wespennest gestochen, die Kugeln die mich getroffen haben, waren die ersten Stiche. Und das Nest ist größer und gefährlicher, als wir uns vorstellen können. Fangen wir also an, es auszuräuchern, mon commandant.«

Hôtel de police – Sommer

»Tourrain, und kein Wort dazu, zu niemandem.«

Felix Tourrain nickte. Fast hätte er salutiert, doch Rachid Bouraada war kein Freund des militärischen Gehabes. Er wusste, dass er sich auf Tourrain hundertprozentig verlassen konnte, seitdem er diesen aus einer mehr als unglücklichen Situation herauslaviert hatte. Der Lieutenant hatte sich inmitten einer Ermittlung im Prostituiertenmilieu von Nîmes mit einer Zeugin eingelassen, einer Zeugin aus ebendiesem Prostituiertenmilieu. Schon dieser Umstand hätte ihn den Kopf kosten können. Hinzu kam allerdings erschwerend, dass die Dame ihr freizügiges Geschenk nur dazu eingesetzt hatte, um von Tourrain, dem Ahnungslosen, Informationen zum Stand der Ermittlungen zu bekommen, Informationen, die für sie als Gattin von *Petit Vittorio* – Zuhälter und Autoschieber mit einem Faible für Jean Gabin und dessen Filme – äußerst wichtig waren. Tourrain hatte sich, nachdem ihm ein Licht aufgegangen war, an Commandant Rachid Bouraada, der die Ermittlungen geleitet hatte, gewandt. Der hatte daraufhin den Spieß umgedreht und Madame mit falschen Informationen füttern lassen, Informationen, deren Weitergabe letztendlich dazu geführt hatte, den ganz großen Coup zu landen und einen nicht ganz so exklusiven Callgirl-Ring zu sprengen.

Seit dieser Zeit stand der Commandant auf Tourrains Hitliste direkt hinter Fabien Barthez, ebenso glühend wie dieser verehrt. Hätte sein Chef dies gewusst, er hätte sich geschmeichelt fühlen dürfen, denn Tourrains Hitliste setzte sich ausschließlich aus der ehemaligen und aktuellen Crème de la Crème der *équipe tricolore* zusammen. Schon ein paar Mal hatte Felix überlegt, ob er den

Commandant nach Dienstschluss auf ein Glas einladen sollte. Doch bis jetzt hatte er es noch nicht gewagt. Schließlich stand er zwei Rangstufen unter ihm. Und eine Zurückweisung wollte er nicht einstecken müssen. Trank der Commandant überhaupt Bier? Eigentlich wusste Felix kaum etwas über seinen Vorgesetzten. Und Persönliches schon gar nicht. Nur so viel, dass dessen Vater in Frankreich aufgewachsen war und Bouraada keine Geschwister hatte. Mehr hatte sein Chef noch nie von sich preisgegeben.

»Chef, das muss doch auch einfacher, effizienter zu machen sein. Sie wollen doch nicht die gesamten Akten durcharbeiten, der größte Teil ist noch nicht mal digitalisiert. Das wird Wochen dauern. Mit der Durchsicht werden Sie ja noch einigermaßen vorankommen. Aber dann, Zeugen erneut zu befragen, die Zeugen müssen vorher zum Teil erst wieder aufgespürt werden, das dauert.«

»Tourrain, natürlich geht das auch effizienter. Wir sind ja immerhin zu zweit.«

Das hieß, sie waren zu dritt. Aber, dass Madame le Juge Mathilde de Boncourt mit im Boot saß, wollte Bouraada seinem jungen Kollegen erst mal noch nicht auf die Nase binden.

Er selbst war noch übrig geblieben von der Truppe ermittelnder Beamter nach dem Anschlag auf die Untersuchungsrichterin. Je dünner die Spurenlage wurde, je weniger die Zeugenaussagen und die Ermittlungen brachten, desto mehr Personal hatte Bouraadas Vorgesetzter, Commissaire Poulain, von dem Fall abgezogen. Am Ende war der Commandant allein zuständig – der Polizist, der Mathilde de Boncourt beruflich am engsten verbunden war. Aber auch ihm blieb nur noch eine knappe Frist. Wenn bis Ende des Jahres nicht der kleinste Anhaltspunkt gefunden wäre, wer der Untersuchungsrichterin warum nach dem Leben getrachtet hatte, würde der Fall vorläufig zu den Akten gelegt werden. Und so lag die letzte Möglichkeit, doch noch die Hintermänner des Attentats zu ermitteln, für Rachid Bouraada darin, den Vorschlag Mathildes aufzugreifen. Hinter jedem toten Mädchen stand ein Peiniger, und wenn sie diesen und die weiteren Hintermänner hatten, hatten sie auch die Verantwortlichen für das Attentat. Es war wie ein großes Puzzle, zwei bereits vorhandene Teile waren das Ehepaar Jalabert und das tote Mädchen Aminata. Wenn es so war, wie Mathilde und er befürchteten, würden sich aus den Akten, die sie nun aufarbeiten mussten, weitere Puzzleteile ergeben. Und dann musste »nur« noch das große Ganze erkannt werden, die Zusammenhänge in einem Fall, der noch gar kein Fall war.

Ungläubig starrte der junge Polizist seinen Vorgesetzten an. »Zu zweit?«, echote er.

»Schauen Sie nicht so ungläubig. Sie sind offiziell freigestellt. Im Rahmen der Ermittlungen zu den Überfällen auf die Tankstellen ist für Sie noch einiges zu tun. Das ist die offizielle Version. Das können Sie hinterher noch locker dranhängen. In drei bis vier Wochen, schätze ich. Bis dahin sind wir beide mit dem Material durch. So, und jetzt zeigen Sie mal, was Sie schon alles zusammengetragen haben.«

Tourrain wies mit einem Seufzer der Verzweiflung auf einen Stapel Akten, den er links auf einem Tisch, den Bouraada zusätzlich in sein Büro hatte bringen lassen, gelegt hatte. »Mon commandant, ich habe mich nur auf die Fälle mit Mädchen und jungen Frauen aus nicht französischen Gebieten beschränkt. Ich schätze, das erleichtert uns die Suche nach potenziellen Opfern. Die Leute, denen wir das Handwerk legen wollen, halten sich ›Exoten‹, verzeihen Sie den Ausdruck. An die kommen sie einfach leichter ran. Auch den Radius habe ich eingegrenzt, das erleichtert eventuell unsere Recherchen. Die Toten stammen aus den Départements Lozère, Hérault und Gard, wobei der größte Teil auf das Gard entfällt.«

Bouraada nickte anerkennend. »Sie haben mitgedacht, Tourrain. Das ist es, was ich erwarte. Eigeninitiative. Engagement. Mitdenken.«

Tourrain wurde rot, so rot, wie ein rothaariger, hellhäutiger junger Mann nur werden konnte. Wieder juckte es ihn kurz in den Füßen, die Hacken zusammenzuknallen.

»Alors. Was haben wir. Hier links, angebliche« – er betonte

das Wort »angebliche« und machte eine bedeutsame Pause – »Suizide, Mädchen zwischen fünfzehn und neunzehn Jahren, ihre Herkunft: vier aus Afrika, drei mit ungeklärter Herkunft, wahrscheinlich Osteuropa, ein Mädchen aus den Niederlanden. Alle innerhalb der letzten vier Jahre aufgefunden, alle, bis auf die Holländerin, ohne Nachweis ihrer exakten Herkunft, ohne Papiere, bis heute nicht identifiziert. Auf der rechten Seite der Stapel der Unfälle mit Todesfolge. Auch hier die Toten der letzten vier Jahre. Unfallursache: überfahren, gestürzt, ertrunken. Wir haben hier wenigstens ein paar Namen. Aussortiert habe ich wieder die Mädchen französischer Herkunft. Auffällig ist, dass die meisten wieder aus Afrika und Osteuropa stammen. Die Zahl dieser Opfer ist noch um einiges höher. Insgesamt aus Afrika und offensichtlich Osteuropa siebzehn Mädchen. Einen Badeunfall bei La Grande Motte, bei dem eine junge Deutsche ums Leben kam, habe ich ebenso aussortiert wie den Absturz eines Gleitschirms, bei dem sich eine neunzehnjährige Belgierin das Genick brach, und einen Verkehrsunfall, bei dem eine kleine Engländerin ums Leben kam. In den Bereich Mord oder Totschlag könnten drei Mädchen gehören, eine Tote – auf den ersten Blick eine Beziehungstat – in Montpellier, ein weiteres Mädchen, das von seinem Zuhälter erschlagen wurde, ebenfalls in Montpellier, und eine erst Vierzehnjährige, die Opfer eines Sexualverbrechens wurde. Alles Opfer, nach denen meist kein Hahn gekräht hat. Schauen Sie nur, wie dünn die Akten sind. Alles hopp, hopp abgewickelt. Dieser Fall hier kam erst vor ein paar Tagen rein. Er ist der jüngste.«

Tourrain griff nach einem roten Pappschnellhefter und fischte ein Blatt Papier heraus. »Ein Unfall, wie es heißt. Das Mädchen ist schätzungsweise vierzehn oder fünfzehn Jahre alt gewesen. Gefunden haben sie ein paar Jugendliche aus Saint-Lauren-d'Aigouze dort, wo die Reste der Abtei von Psalmody liegen. Ich muss gestehen, ich hab davon noch nie was gehört. Also, das Mädchen war bereits tot, als es entdeckt wurde. Die Kleidung war billig und stammte aus Frankreich, das Mädchen ist wahrscheinlich aus Rumänien. Ein Armband mit einer Namensgravur – Arjona – hat in ihrer Nähe gelegen. Im vorläufigen Bericht steht, dass auf den ersten Blick kein Fremdverschulden vorliegt. Das Gelände ist voll von alten Steinen, über die man stürzen kann. In unmittelbarer Nähe zur Toten entdeckte die Spurensicherung eine Schlangenhaut, wie hier steht, ein Natternhemd. Die Kollegen gehen im Moment davon aus, dass sich das Mädchen erschrocken hat, über einen der Steine gestolpert und dann mit dem Kopf aufgeschlagen ist, tja, und das war dann die Todesursache.«

»Und niemand hat sie als vermisst gemeldet?«

»Nein, die Kollegen haben natürlich alles in die Wege geleitet, um sie identifizieren zu können. Aber ohne Erfolg. Natürlich konnte auch nicht geklärt werden, was sie dort überhaupt wollte.«

»Das Armband gehörte ihr? Warum lag es zerrissen in der Nähe?«

»Das Armband gehörte ihr. Die zweite Frage kann ich Ihnen nicht beantworten. Aber, so wie es aussieht, sollte diese rote Akte ganz oben liegen, die Spuren sind noch nicht ganz so kalt.«

Bouraada nickte. Wie hieß es so schön? Man muss das Eisen schmieden, solange es heiß ist. »Machen Sie sich direkt morgen auf den Weg zu den zuständigen Kollegen. Und schauen Sie sich genau um.«

Der Commandant griff nach einer weiteren Akte. Er zog aus der gelben Pappe ein Foto heraus. Das Foto eines toten jungen Mädchens, ein Anblick, der ihn zusammenzucken ließ. Der Körper des Mädchens lag verzerrt und zerbrochen an der Stelle, wo er aufgeschlagen war. Das Mädchen war dreizehn oder vierzehn Jahre alt. Es trug ein weißes langes Gewand, vielleicht eine Art Nachthemd oder ein langes Herrenhemd. Sie hatte sich vor den Augen Hunderter Touristen vom Pont du Gard gestürzt. Weiß Gott, wie sie da überhaupt hinaufgelangen konnte. Bouraada legte die Akte wieder auf den Stapel. Sein Gesicht hatte einen harten Zug angenommen. Müde strich er sich mit der Hand über die Augen.

»Was ist mit den Opfern, die einen Unfall oder einen Suizid überlebt haben?« Der Lieutenant schaute ihn fragend an.

»Tourrain, ich befürchte, wir haben es noch mit viel mehr Opfern zu tun. Stellen Sie sich vor, ein Mädchen versucht, sich die Pulsadern aufzuschneiden. Und das im Haushalt eines Arztes. Man verbindet ihr die Handgelenke, und das Leiden geht weiter, nur, dass sie jetzt unter ständiger Beobachtung steht. Wir könnten solche Überlegungen endlos weiterspinnen. Das ist ein Fass ohne Boden. Es bleibt uns nichts anderes übrig, als uns vorerst auf das vorliegende Material zu konzentrieren.«

Er klopfte mit der Hand auf einen der Aktenstapel.

»Ich fasse noch einmal zusammen, Tourrain. Acht Suizide, siebzehn Unfälle mit Todesfolge, drei weitere Tote durch Gewalteinwirkung, bis auf die Holländerin, die niemand vermisst, alles Mädchen aus Afrika oder Osteuropa. Unsere erste Aufgabe wird sein, Unfälle und Suizide zu untersuchen. Sind es echte Selbstmorde, also haben die Mädchen selbst Hand an sich gelegt, oder hat irgendjemand nachgeholfen. Dasselbe gilt für die tödlichen Unfälle. Echte Unfälle, oder auch hier Einwirkung durch Dritte. Zuerst allerdings machen Sie mir von jeder Akte eine Kopie, von den Fotos brauche ich Abzüge. Wenn Sie das erledigt haben, machen Sie sich auf die Suche nach Anzeigen. Auch hier zunächst die letzten vier Jahre. Vielleicht hatte ja eines der Mädchen den Mut, seinen Peiniger anzuzeigen. Viel wird dabei nicht herauskommen, aber wer weiß. Wenn wir, neben dem der Jalaberts, vielleicht noch zwei, drei Namen hätten, würde uns das vielleicht schneller weiterbringen. Lassen Sie mir nur die oberste Akte da, die gelbe, von der mach ich dann selber eine Kopie. Die Fotos lassen wir später anfertigen.«

Felix Tourrain packte die Akten in eine große Plastiktüte, in der er sie, so unauffällig wie möglich, in Bouraadas Büro geschleppt hatte.

»Das wird ein wenig dauern, mon commandant, von den drei Kopierern auf unserer Etage funktioniert im Moment nur einer. Ständig steht eine Schlange davor. Die Kollegen werden sich beschweren, wenn ich eine Akte nach der anderen kopiere. Und sie werden neugierig werden«, fügte er bedeutsam hinzu.

»Dann wandern Sie mit Ihrer Monstertüte eben nach oben ins Archiv. Dort stehen sowieso die besten Kopierer, und soweit ich weiß, sind die da oben fast alle im Urlaub. Da haben Sie Ruhe, und keiner schaut Ihnen vorwitzig über die Schulter.«

Da, jetzt hatte er es doch gemacht. Die Schuhe des Lieutenants knallten hörbar zusammen. Mit hochrotem Kopf und Einkaufstüte verließ er das Zimmer.

Remoulins – Spätsommer, ein Jahr zuvor

Sie saß zusammengekauert auf dem Bett. Das Zimmer lag unter dem schlecht isolierten Dach, und die Hitze schien ihr unerträglich. Das Dachfenster hatte sie nach oben gedrückt, doch durch den schmalen Spalt kroch die Hitze unerbittlich in den winzigen Raum. Das ehemals weiße Metallbett war schäbig, die Farbe abgeplatzt, daneben stand ein Wäscheschrank aus Pressspan. Die Tapete war mit einem Blumenmuster aus verblichenen gelben Rosen bedruckt. Im Schrank lagen etwas Unterwäsche, ein paar Pullover und Blusen zum Wechseln. Die Kleider und Hosen, billiges Zeug, hatte ihr Madame mitgebracht. Das Mädchen hatte die Sachen vorher nicht anprobieren können, und so waren die zwei Hosen zu weit, die Blusen zu eng. Nur die beiden weißen Hemden hatten ihre Größe und passten.

Das Mädchen hatte die Knie angezogen und hielt sie mit ihren Armen umschlungen. Sie lauschte angestrengt. Im Schlafzimmer in der Etage unter ihr hörte sie Madame und Monsieur miteinander sprechen. Die ruhige, brummige Stimme von Monsieur war zwar zu hören, doch die Worte verstand sie nicht. Was Madame sagte, drang jedoch bis in die Dachkammer hinauf, herrisch und unerbittlich.

»Alles ist für heute Abend vorbereitet. Aber um eines bitte ich dich. Sprich in Zukunft mit mir ab, wen du einlädst. Auch wenn dir Avocat Ledoux empfohlen worden ist, so sollten wir uns vorher bei einem kleinen Abendessen mit ihm bekannt machen. Du kannst mir nicht einfach die Gästeliste präsentieren und mich dabei vor schon längst vollendete Tatsachen stellen. Hörst du mir überhaupt zu?«

Ihre Stimme war eisig. Das Mädchen konnte sie sich genau vorstellen, wie sie dastand, vor ihrem kleinen drahtigen Mann, der kein einziges Haar mehr auf dem Kopf hatte. Sie überragte ihn um Haupteslänge, die blonden Haare aufgesteckt, gekleidet in ein enges Kostüm, das sie noch größer erscheinen ließ. Madame trug ausschließlich Kostüme. An den Handgelenken, es war wie ein Markenzeichen, glänzten schmale silberne Armreifen.

Ihr Mann hatte geantwortet, doch das Mädchen konnte wieder nicht verstehen, was er gesagt hatte. Wahrscheinlich hatte er ihr entgegnet, dass er einladen würde, wen er wolle, denn die Stimme seiner Frau überschlug sich.

»Die Spieleabende waren deine Idee, mon cher. Und das Risiko, Gäste zu haben, die den Mund nicht halten können, ist immer gegeben. Wir alle können uns aufeinander verlassen, wir sitzen im selben Boot. Da solltest du jedes Risiko ausschließen und die Gäste vorher einer genauen Prüfung unterziehen. Was passiert, wenn ...«

Weiter kam sie nicht. Ihr Mann hatte die Schlafzimmertür geöffnet und war offenbar ohne eine Antwort die Treppe ins Erdgeschoss hinuntergegangen. Die Holzstufen knarrten unter seinem Gewicht. Dann fiel die Schlafzimmertür mit einem lauten Knall zu, und die Absätze von Madame näherten sich über die schmale Stiege, die zum Dachboden führte.

»Monsieur und ich sind für eine Stunde weg. Heute Abend erwarten wir zehn Gäste zum Spieleabend. Wasch dich und zieh das weiße Hemd mit der Spitze an«, rief sie, ohne die Tür zu öffnen. Dann verschwanden ihre Schritte wieder in Richtung Treppe.

Das Mädchen wusste, noch einen Spieleabend würde sie nicht überstehen. Sie musste hier raus. Ihr wurde übel bei dem Gedanken an den dürren Monsieur Yves. Er war der Erste gewesen, der sie gewonnen hatte. Wie Spinnenbeine waren seine dürren Finger über ihren Körper geglitten. Und er war noch einer der harmlosen Gewinner. Am schlimmsten war jedoch der Cousin von Madame. Madame hatte ihren Cousin schon einige Male zu Gast gehabt.

Er kam, wann er wollte, meist, wenn Monsieur nicht zu Hause war, und bewegte sich mit einer Selbstverständlichkeit durch die Zimmer, auch durch Madames Schlafzimmer, als würde ihm dies alles gehören. Eigentlich durfte das Mädchen nicht wissen, wie all diese Menschen hießen, die hier in regelmäßigen Abständen Gast waren. Sie sprachen sich vorsichtshalber nur mit Madame und Monsieur an. Sie durfte auch nicht wissen, was diese Menschen, wenn sie nicht am Spieleabend teilnahmen, sonst machten. Doch sie hielt die Ohren auf. Wenn sie es jemals schaffen würde, von hier wegzukommen, hätte sie wenigstens etwas in der Hand. Sie wusste, wo das Haus stand, in dem sie seit ein paar Monaten lebte, sie hatte einige Namen aufgeschnappt. Einer der Spieler war Arzt, er hatte ihre Wunde versorgt, als sie sich den Kopf an einem Schrank angeschlagen hatte. »Mon cher docteur, wir sind Ihnen zu Dank verpflichtet.« Und zufällig hatte sie mit angehört, als Madame einen Gast nach einem Prozess befragte, der in Nîmes und im Haus offensichtlich für Aufregung sorgte. Vielleicht arbeitete dieser Gast bei Gericht.

Das Mädchen sammelte die wenigen Informationen in einem kleinen karierten Heft. Irgendwann würde sie es den Leuten draußen zeigen, die dann vielleicht dafür sorgen konnten, dass die Spieleabende ein Ende fanden. Das Heft hatte sie gut versteckt. Wenn man das Dachfenster öffnete und sich auf den Stuhl stellte, konnte man mit der Hand an einen Dachziegel reichen, der sich verschieben ließ. Hier lag ihr Geheimnis, unter dem Ziegel vor Wind und Regen geschützt. In großen Druckbuchstaben notierte sie jetzt den Namen LEDOUX, dann versteckte sie das Heft wieder, schob den Ziegelstein darüber.

Sie hörte den Wagen wegfahren. Eine Stunde blieb ihr, um sich weiter im Haus umzuschauen, Namen und Hinweise zu entdecken, die sie ihrem Heft anvertrauen würde. An Flucht war bis jetzt nie zu denken gewesen. So viel hatte sie schon herausgefunden, dass alle Fenster außen mit hohen kunstvollen Gittern geschützt waren. Die Tür von der Küche zum Garten hatte Klappläden, die geschlossen wurden, wenn Madame und Monsieur das Haus verließen. Die Eingangstür zur Straße hin besaß eine Alarmanlage, ein rotes Licht blinkte in einem kleinen Kästchen, sobald sich der Schlüssel in der Haustür drehte.

Das Mädchen zog eines der Kleider an, das Madame ihr mitgebracht hatte. Es sah eher aus wie ein Herrenhemd, weiß mit einem Kragen und Manschetten an den Ärmeln. Alles, was man ihr zum Anziehen hingelegt hatte, war weiß. Sie schlüpfte in ihre Espadrilles, nahm all ihren Mut zusammen und lauschte an der Tür. Sie waren wirklich weg. In den ersten Wochen hatte Madame sie immer eingesperrt, aber mit der Zeit war sie nachlässiger geworden. Und seit dem letzten Spieleabend blieb die Tür immer offen. Zuerst hatte sie Angst, dass Monsieur sie dann in ihrem Zimmer heimsuchen würde. Aber er schien sich nichts aus ihr zu machen. Sie wusste auch nicht, ob er immer verlor oder ob er auf seinen Gewinn verzichtete.

Die Tür öffnete sich mit einem lauten Knarzen. Erschrocken hielt das Mädchen inne. Nichts im Hause rührte sich. Langsam schlich sie die schmale Holztreppe hinunter in die erste Etage. Hier lagen die Zimmer von Madame und Monsieur und ein riesiges luxuriöses Badezimmer, wo das Wasser aus goldenen Schwanenschnäbeln kam. Die Treppe hinunter in die große Eingangshalle war ebenfalls aus Holz. Geschnitzte Baluster trugen den polierten Handlauf, und ein cremefarbener Läufer schützte das blanke Holz. Das Mädchen hatte gestern den ganzen Tag gebraucht, die Flecken und Fleckchen aus dem hellen Gewebe zu entfernen, nun lag der lange Teppich wieder wie neu auf den Holzstufen.

Sie erstarrte. Das rote Licht in dem hellen Kästchen blinkte nicht. Vorsichtig den Kopf nach links und rechts wendend, als würden jeden Moment die Spielegäste aus den angrenzenden Zimmern stürmen und sie packen, schlich sie auf die schwere dunkle Eingangstür zu. Sie drückte die Klinke nach unten. Nichts geschah, weder öffnete sich die Tür, noch brach der Alarm los. Ihr Herz klopfte bis zum Hals. Sie konnte fliehen. Alle Schlüssel wurden in der Küche an einem kleinen Bord mit fünf Haken aufbewahrt. Hier hingen auch die Schlüssel zu verschiedenen Wohnungen, die Madame und Monsieur besaßen. Diese Wohnungen waren zum Teil vermietet, das wusste das Mädchen. Aber manchmal war in einer der Wohnungen auch nur ein Gast über Nacht untergebracht. Auch diese Gäste waren Gewinner, denn Monsieur hatte sie den Gästen immer wieder als ersten Preis gebracht.

In der Küche roch es nach Kaffee. Madame kochte nie selbst. Entweder gingen die beiden zum Essen außer Haus, oder die Speisen wurden ihnen gebracht. An Spieleabenden wurde meist ein komplettes Buffet geliefert. Das Mädchen griff sich den größten der Schlüssel. Es musste der für die Haustür sein. Hoffentlich. Hoffentlich ein Ersatzschlüssel für ihren Weg in die Freiheit. Sie griff danach, umschloss ihn fest in ihrer kleinen Faust. Doch was war das, was war das für ein Geräusch? Knirschte nicht der Kies in der Einfahrt, rollten nicht Wagenräder über die kleinen Steine? Kamen die beiden etwa schon wieder zurück? Eine Autotür wurde zugeschlagen, Schritte näherten sich der Eingangstür, ein Schlüssel wurde ins Schloss gesteckt.

»Ich bin sicher, du hast vergessen, die Alarmanlage einzuschalten.« Die schrille Stimme von Madame. »Und geh nach oben, ich habe so ein ungutes Gefühl, schließ die Tür ab.«

Wenn die beiden sie jetzt entdecken würden, mit dem Schlüssel in der Hand. Madame würde die Peitsche aus dem Schlafzimmer holen. Sie war erst einmal damit geschlagen worden, als sie hinaus in den Garten gegangen war. Monsieur war wütend geworden, die Gäste wollten keine Striemen und Wunden sehen, hatte er seine Frau ermahnt, doch Madame hatte ihr die Peitsche quer über den Rücken gezogen. Das Mädchen traf im Bruchteil einer Sekunde eine Entscheidung. So leise wie möglich öffnete sie die Tür zu der kleinen, durch die Küche zu erreichenden Kammer, in der Vorräte lagerten und das Putzzeug stand. Hinter einem Putzeimer war ein weiterer niedriger Verschlag mit einer Schiebetür, kaum größer als ein Stuhl hoch und breit war. Hier waren die Dinge untergebracht, die am seltensten gebraucht wurden. Zwei Rattenfallen, ein paar alte, mit Erde verdreckte Blumentöpfe. Das Mädchen schob die Tür zur Seite, quetschte sich in den Verschlag, schob die Tür wieder zu. Keine Sekunde zu früh. Monsieurs stampfender Schritt erreichte die Treppe, und das Holz knarrte.

»Verdammt, Eleonore, das Mädchen ist weg.«

Sie hörte ihn keuchend die Treppe hinunterpoltern, dann von draußen seine Stimme, die etwas zischte. Nur einen Moment später die klackenden Absätze von Madame.

»Ich suche oben, du hier unten, wo soll sie denn sein, du Idiot?«

Sollte sie jetzt versuchen, ihr Versteck zu verlassen? Die Haustür stand offen, das konnte sie an den Geräuschen erkennen, die von außen ins Haus drangen. Doch da war Madame auch schon wieder unten.

»Oben ist sie nicht, auch nicht in den Wandschränken. Wie sieht es hier unten aus?«

»Nichts, keine Spur. Warte, die Kammer neben der Küche, der kleine Verschlag. Schau dort nach.«

Ihr Herz blieb fast stehen.

»Der Ersatzschlüssel ist weg. Sie ist weg, sie hat den Schlüssel genommen, sie ist weg, weil du Crétin vergessen hast, die Alarmanlage einzuschalten. Setz dich in den Wagen, fahr die Straßen ab, ich werde zu Fuß nach ihr suchen. Ich zieh mir noch rasch etwas anderes an.«

Nach ein paar Minuten war es ruhig im Haus. Der Wagen hatte knirschend und Madame wutentbrannt das Grundstück verlassen. Das Mädchen schob sich aus seinem Versteck. Immer noch hielt sie den Schlüssel in ihrer Faust. Sie hatte ihn so fest umklammert, dass sie jetzt ihre Finger nur mit Mühe von ihm lösen konnte. Doch sie brauchte den Schlüssel nicht mehr. Die Eingangstür stand sperrangelweit offen. Das Mädchen schlüpfte hinaus, rannte über den Kies zum großen schmiedeeisernen Tor. Sie lief und stolperte, lief weiter und die Tränen strömten über ihr Gesicht. Sie wusste, dass sie um ihr Leben rannte.

Château de Boncourt – Sommer

Am Vorabend hatte es geregnet wie seit vielen Wochen nicht mehr. Der Wettergott hatte die Schleusen geöffnet, sicherlich in bester Absicht. Doch das Land war so ausgetrocknet, dass sich auf den Feldern wahre Seen bildeten, die kleinen Bäche sich zu reißenden Strömen aufschwangen und die Trauben sich fast dem Druck der immensen Wassermengen beugen mussten. Trotzdem waren Höfe, Dörfer und Gemeinden noch einmal glimpflich davongekommen. Schon am nächsten Tag waren die Seen versickert, die Bäche hatten sich in ihre Betten zurückgezogen, und die meisten Trauben hingen prall an ihren Stängeln.

Die Temperatur war nur um wenige Grade gefallen, doch die Luft roch frisch und würzig. Mathilde hatte sich von Odile einen Kuchen erbeten. Bouraada hatte es nicht so mit den Würsten und Patés, einem Stück Tarte jedoch konnte er nicht widerstehen. Mathilde hatte den noch dampfenden Kuchen und eine Thermoskanne mit Kaffee auf einem Tablett in den alten Pavillon getragen, der am Ende des Parks neben einem fast ausgetrockneten Weiher stand. In ihrer Kindheit waren in diesem Weiher noch Goldfische geschwommen. Er hatte einen natürlichen Zufluss gehabt. Doch seitdem dieser für ein neues Weinfeld abgegraben worden war, war das Wasser nach und nach versickert oder verdunstet, und übrig blieb ein großer Tümpel, der, je nach Regenaufkommen, mal mit mehr, mal mit weniger Wasser gefüllt war. Wo die Fische abgeblieben waren, wusste Mathilde nicht. Wahrscheinlich hatten sich die Katzen über sie hergemacht.

Der Pavillon hätte einen neuen Anstrich brauchen können. Während Mathilde auf Commandant Bouraada wartete, kratzte sie gedankenverloren an einem der Holzpfeiler etwas von dem weißen Lack ab, mit dem das Gartengebäude vor Jahren gestrichen worden war. Ursprünglich war es grün gewesen, dann hatte Lucette irgendwann beschlossen, ihn weiß anzupinseln. Am meisten wurde er noch von Lucettes Kindern genutzt, die hier Kindergeburtstage gefeiert hatten oder sich mittlerweile dort mit ihren Freunden trafen. An einer Stelle war der mit Dachpappe gedeckte Pavillon undicht, und das Regenwasser, das ab und zu durchtropfte, oder, wie gestern, durchrann, hatte den darunter stehenden Korbstuhl an einer Armlehne schwarz werden lassen. Mathilde fegte ein paar Blätter vom Tisch, die der Wind von den Bäumen gerissen und hineingeweht hatte. Bouraada wusste Bescheid, dass sie sich mit ihm im Pavillon treffen wollte. Wo blieb er denn nur? Wahrscheinlich hatte Odile ihn abgefangen. Die Haushälterin war wieder ganz aus dem Häuschen geraten, als sie erfahren hatte, dass der Commandant heute wieder vorbeikommen würde.

»Ah, Mathilde. Du hast doch Augen im Kopf, oder. Dann muss dir doch aufgefallen sein, wie chic und charmant dieser Mann ist. Ich alte Frau habe es sofort bemerkt, obwohl meine Augen von Tag zu Tag mehr nachlassen. Du möchtest doch wohl nicht in diesem Aufzug den Commandant empfangen!«

Odile hatte empört an Mathildes roter Bluse gezupft und anklagend auf einen Fleck gezeigt, der auf der hellblauen Bermudahose prangte.

»Sabber von Henri, trocknet gleich wieder ein.« Bei Odiles Vorhaltungen verwandelte sich Mathilde automatisch immer wieder in ein störrisches kleines Mädchen. So sehr sie im Beruf Wert auf elegante Kleidung legte, so leger liebte sie es im Privatleben. Und die Bluse war neu, der Fleck auf der Hose schon fast wieder unsichtbar.

»Du kannst auch gerne bei der Patisserie von Bulot vorbeifahren, Mathilde.«

Keine angemessene Kleidung, keine Tarte. Mathilde musste einsehen, dass sie einer solch infamen Erpressung nicht gewachsen war. Und so stand sie jetzt in einem schlichten weißen ärmellosen Leinenkleid vor dem Pavillon. Sie hatte ihre rotblonden Haare zu einem dicken Zopf geflochten. Die vielen Tage an der frischen Luft und in der Sonne hatten ihrem Teint eine bronzefarbene Nuance verliehen, und ihre Sommersprossen, die sich dank ihrer Bürotätigkeit normalerweise im Zaum hielten, hatten sich vor allem über ihre gerade Nase verteilt. Haare wie Sommersprossen waren ein Erbteil ihrer normannischen Urgroßmutter, die ihr Urgroßvater mütterlicherseits von einem Hof bei Burcy, so die Familienlegende, entführt hatte. Mit geschlossenen Augen zog Mathilde genüsslich an ihrer Zigarette. Erst die fünfte an diesem Tag.

»Halloooo, Mathilde, der Commandaaaant ist da. Ich habe ihm noch ein paar Apfelbeignets in seine Kiste gelegt. Lasst es euch schmecken. Und leg die Zigarette sofort weg.«

Na, so beängstigend konnte es um das Augenlicht von Odile nicht bestellt sein, wenn sie den Glimmstängel auf die Entfernung entdeckt hatte. Mathilde drückte die Zigarette im Aschenbecher aus und ging auf den Polizisten zu.

»Bonjour, Rachid, ist das nicht ein herrlicher Tag. Ich hoffe, Odile hat die Beignets nicht dazu missbraucht, Ihnen ein paar Schwänke aus ihrem Leben zum Besten zu geben. Soll ich anpacken, ist die Box sehr schwer?«

Bouraada hatte Schweißperlen auf der Stirn. Er war einfach zu warm angezogen. Die Jacke hätte er sich sparen können. Im Laufe der letzten Stunde war das Thermometer bereits wieder bei siebenundzwanzig Grad angelangt.

»Danke, geht schon. Wenn Sie vielleicht den Kuchenteller von den Akten nehmen würden. Eben ist mir fast eines der Apfelküchlein zwischen die Akten gerutscht.«

Bouraada stellte die Kunststoffklappbox auf einer breiten Bank ab. Er zog ein blütenweißes Stofftaschentuch aus der Hosentasche und rieb sich über die Stirn. Dann begrüßte er die Untersuchungsrichterin mit einem kräftigen Händedruck.

»Darf ich?« Fragend zeigte er auf sein Jackett.

»Aber natürlich, ich bitte Sie. Legen Sie die Jacke auf einem der

Sessel ab. Der Regen war zwar ein echter Segen, aber schauen Sie, wie die Erde nun dampft. Die Sonne schafft es schon wieder, die letzte Feuchtigkeit verdunsten zu lassen.«

Mathilde nickte in Richtung Weiher, über dem sich der Dunst besonders stark entwickelt hatte. »Ein ganz merkwürdiges Phänomen. Also, ich meine, dass hier solche Schwaden aufsteigen. Sébastien hat mich darauf aufmerksam gemacht. Es scheint daran zu liegen, dass der alte Weiher so viel tiefer liegt. Aber genau weiß ich es auch nicht. Sébastien hat mich gefragt, ob hier vielleicht der Eingang zur Hölle liegt. Am liebsten hätte er angefangen zu graben, um seine Vermutung bestätigt zu sehen, der große Kindskopf. Der Eingang zur Hölle auf dem Besitz der de Boncourts. Mit einem Schlag würden die Weine weltberühmt werden. Was meinen Sie, Rachid, kann der Eingang zur Hölle auf einem so wunderschönen friedlichen Fleckchen Erde liegen?«

»Der Eingang zur Hölle? Ich weiß nicht, ob er jemals zu lokalisieren sein wird. Er sieht wahrscheinlich für jeden anders aus«, antwortete Bouraada ernst und wies auf die blaue Klappbox mit den Akten.

»Entschuldigen Sie. Ich war nur so fasziniert von den Gedanken, die sich Sébastien darüber gemacht hat. Seitdem er vor ein paar Stunden diesen Nebel mal wieder entdeckt hat, macht er das ganze Anwesen unsicher auf der Suche nach ›Nebeneingängen‹. Ich muss Philippe warnen, er soll bloß heute Abend kein Laub oder tote Weinreben verbrennen, sonst glaubt Sébastien tatsächlich noch, er habe den Höllenschlund entdeckt.«

Mathilde musste trotz der unfassbaren Geschichten, die in der Klappbox zwischen Pappdeckeln schlummerten und auf sie warteten, schmunzeln.

»Sie lieben den Jungen, passen Sie gut auf ihn auf. Solche Menschen haben es, obwohl wir angeblich alle so viel toleranter geworden sind, im echten Leben nicht immer leicht. Wollen wir anfangen?«

»Sie haben recht, Rachid. Lassen Sie hören. Was haben wir heute?«

»Wir haben hier Akten aus den letzten vier Jahren. Tourrain hat sich auf die drei Départements Hérault, Gard und Lozère konzentriert. Die Akten umfassen acht Suizide, siebzehn Unfälle mit Todesfolge, drei weitere Tote durch Gewalteinwirkung, bis auf eine Ausnahme – eine junge Frau aus den Niederlanden, die niemand vermisst – alles Mädchen aus Afrika oder Osteuropa. Tourrain hat jede Akte kopiert. Er und ich werden sie uns gemeinsam vorknöpfen. Sie haben hier die Kopien, auch die Fotos stehen Ihnen als neue Abzüge zur Verfügung. Mittlerweile hat Tourrain fünf Anzeigen aus dem Gard zusammengetragen, Anzeigen gegen Männer vor allem wegen sexueller Gewalt, die allesamt zurückgezogen worden sind, beziehungsweise, bei denen es nie zu weiteren Ermittlungen gekommen ist.«

»Nur fünf Anzeigen in vier Jahren? Das ist doch unmöglich!«

»Ich weiß, wir haben in Frankreich tausende solcher Anzeigen. Doch, wenn wir unsere Suche einschränken auf die Stichworte *junge Frau – ausländische Herkunft – gibt an, missbraucht worden zu sein – vermeintlicher Täter wahrscheinlich ein Mann, ein Paar mit hohem gesellschaftlichem Ansehen – keine weitere Verfolgung der gemeldeten Straftat*, bleiben uns nur fünf Anzeigen. Ein Teil, der es vielleicht wagen wollte, liegt meiner Meinung nach hier drin. Der Rest …« Bouraada zuckte mit den Schultern und zeigte auf die Klappbox.

»Nun, dann haben wir doch zumindest von diesen fünf Fällen die Namen der Beteiligten.«

»Ja, zumindest erste Anhaltspunkte. Einer der Vorgänge liegt mir bereits vor. Tourrain ist im Moment dabei, die restlichen Akten anzufordern. Ich werde Ihnen beim nächsten Mal die Kopien dazu mitbringen. Doch Mathilde«, Bouraada räusperte sich, »ich bitte Sie, seien Sie vernünftig. Sie sind immer noch krankgeschrieben und sollten sich mit all dem nicht zu sehr belasten. Es ist schon nicht richtig von mir, Ihnen all diese Akten nach Hause zu bringen, geschweige denn, mit Ihnen die Fälle zu besprechen.«

»Halt, Rachid. Darüber waren wir uns doch einig. Der

Anschlag auf mich und dieser ganze Dreck, der sich hier in der unscheinbaren Klappbox versammelt hat, hängen zusammen. Ich möchte wissen, wer hinter all dem steckt, und wir werden gleichzeitig diversen Dreckschweinen das Handwerk legen können. Ich werde mich schon nicht überanstrengen. Ich lese die Akten, es sind ja nicht viele, und Sie berichten mir von Zeit zu Zeit, was Sie und Tourrain herausgefunden haben. Dann besprechen wir, wie wir weiter vorgehen, das heißt Sie und Tourrain«, fügte Mathilde hinzu, als sie den mahnenden Blick des Commandant bemerkte. »Ansonsten hält mich Odile sowieso noch an der kurzen Leine. Also, was haben wir?«

Ein wenig beruhigt, aber bei Weitem nicht überzeugt, dass Mathilde sich tatsächlich zurückhalten würde, gab der Commandant die gewünschte Auskunft. »Alors, schon die erste Anzeige, die mir vorliegt, birgt einiges an Zündstoff.«

Der Polizist machte eine lange Pause, schraubte den Deckel der Thermoskanne ab und schenkte sich bedächtig eine Tasse Kaffee ein.

»Nun spannen Sie mich nicht weiter auf die Folter. Von welchem Zündstoff reden Sie? Und gießen Sie mir bitte auch einen Kaffee ein.«

»Ein junges Mädchen, Najat Delasa, sechzehn Jahre, aus Meknès, Marokko, ohne Papiere, hat vor etwa einem dreiviertel Jahr zur Anzeige gebracht, man habe Sie mehrere Wochen in einem Haus gefangen gehalten. Sie habe weder ausgehen dürfen, noch habe sie Geld für ihre Arbeit bekommen. Anfangs sei man noch recht freundlich mit ihr umgegangen, habe ihr versprochen, dass man auch eine Stelle für ihre jüngere Schwester suchen wolle, man würde diese aus Marokko nachkommen lassen. Als der Herr des Hauses in jener Nacht, offenbar zum wiederholten Mal, in das Zimmer des Mädchens kam und sie mit dem Wagen irgendwohin bringen wollte – wohin, dazu machte Najat leider keine näheren Angaben –, konnte sie sich befreien und aus der Villa fliehen. Eine Frau, besser gesagt ihr Hund, fand sie zusammengekauert hinter einem Stapel Holzpaletten, wo sie sich versteckt hatte, und brachte sie zur Gendarmerie. Geflohen war Najat aus der Villa eines gewissen Franck Viroulet in Anduze. Als die Kollegen dort eintrafen, fanden sie einen vollkommen aufgelösten Viroulet vor, der voller Sorge war, seiner jungen Angestellten könne etwas zugestoßen sein. Und wissen Sie, wer dieser Viroulet ist? Er ist Oberarzt in derselben Klinik in Nîmes, in der Jalabert einst Chefarzt war. Viroulet arbeitete dort als Anästhesist, Jalabert war Chefarzt der Orthopädie. Kein tägliches Zusammentreffen, aber die beiden Männer kannten sich.«

»Und wo ist das Mädchen jetzt? Ich gehe davon aus, dass Najat keine Arbeitserlaubnis besaß. Welche Konsequenzen hatte die Anzeige für Viroulet? Und was heißt, er habe sie mehrfach mit dem Wagen irgendwohin gebracht? Wir müssen wissen, wohin und warum? Sie zu einer Spazierfahrt einzuladen, auf eine Cola in eine Bar mitzunehmen, ist nicht strafbar. Was hat Viroulet dazu gesagt?«

»Nichts. Ich habe bei der zuständigen Gendarmerie angerufen. Das Mädchen ist seit einigen Monaten zurück bei seiner Familie in Marokko. Der zuständige Kollege damals, Brigadier Rossi, ist mittlerweile im Ruhestand. Er und seine Frau sind zur Tochter in die Nähe von Nizza gezogen. Ich habe mir daraufhin seine Telefonnummer geben lassen. Rossi war sehr auskunftsfreudig, konnte mir aber dennoch nichts mitteilen, was uns weiterhelfen würde. Er hat damals auch das Protokoll geschrieben. Am Telefon meinte er, er wäre aus dem Gestammel, so sein Wortlaut, des Mädchens nicht richtig schlau geworden. Und bevor er etwas Falsches aufschreiben würde, habe er nur das zu Papier gebracht, was er tatsächlich verstanden habe. Daher steht im Protokoll nicht mehr, als dass Viroulet in ihr Zimmer gekommen war und sie wieder mitnehmen wollte. Eigentlich hätte Rossi einen Dolmetscher dazu holen wollen, aber es wäre bereits sehr spät gewesen. Rossi hat am nächsten Tag seinen zweiwöchigen Resturlaub angetreten, und als er wieder zum Dienst erschien, war die Sache quasi erledigt. Rossi hat beteuert, er habe Najat mehrfach gefragt, wohin Viroulet mit ihr gefahren sei, aber sie sei dann immer wieder in Tränen ausgebrochen und nicht mehr zu beruhigen gewesen. Eine Kollegin habe sie dann nach Alès in eine Unterkunft für junge Flüchtlinge gebracht. Und von dort ist sie wohl direkt wieder zurück nach Meknès. Keine weitere Befragung, nichts. Es ist also nie zu einer Anklage gekommen. Für mich sieht es ganz danach aus, dass Viroulet ihr Schweigen, worüber auch immer, und ihre Rückkehr in die Heimat bezahlt hat. Allerdings hat er offensichtlich die Klinik, in der er gearbeitet hat, verlassen. Das ist eventuell die einzige Konsequenz gewesen. Rossi wusste nicht, wo Viroulet abgeblieben ist, es kann ihm und seinen ehemaligen Kollegen jetzt ja auch egal sein, die Zeugin ist weg, außer einer nebulösen Aussage gibt es nichts, Viroulet hat sich nie etwas zu Schulden kommen lassen. Der Fall ist abgehakt.«

»Also haben wir, außer der Tatsache, dass Viroulet und Jalabert in derselben Klinik gearbeitet haben, überhaupt nichts. Ein Mädchen flieht aus der Villa eines Arztes, wird zur Polizei gebracht, man fertigt eine Anzeige, die keine ist, geht dem nicht mehr nach. Obwohl die junge Frau offensichtlich unter Schock steht, wird weder ein Arzt hinzugezogen, noch bemüht man sich, wirklich zu verstehen, was sie mitteilen möchte. Nein, Monsieur Rossi fährt ja am nächsten Tag in den Urlaub, da sollte doch nichts dazwischenkommen. Man schiebt sie ab, kümmern sollen sich andere. Was hat dieses Mädchen so verängstigt, dass es flieht? Was hat Viroulet ihr angetan?«

Mathilde griff nach ihrer Tasse. Der Kaffee war inzwischen kalt geworden. Sie trank einen Schluck und verzog das Gesicht. »Widerlich. Der Kaffee, und ganz sicher auch der gute Docteur. Was schlagen Sie nun vor, Rachid?«

»Ich werde Franck Viroulet einen Besuch abstatten und ihm ein paar Fragen stellen.«

Arles – Begegnung – Sommer

Die Fahrt nach Maguelone konnte Martin auch auf den Nachmittag verschieben. Die redselige Madame aus der Route de Beaucaire war zwar davon ausgegangen, dass Rose Poignet noch in Arles lebte, aber bei einer bald Hundertjährigen sollte er sich vielleicht sputen.

Zunächst jedoch hatte er einer spontanen Eingebung folgend seinen Wagen in Richtung Sète gelenkt. Er wusste nicht, was er erwartet hatte, als er in jeder Kurve Ausschau danach hielt, ob es an dieser oder jener Stelle zu dem folgenträchtigen Unfall seiner Großeltern hatte kommen können. Auch wusste er nicht, welche Route sein Großvater Alfons tatsächlich gewählt hatte. Am wahrscheinlichsten den Weg über Vauvert und Lunel, schließlich dann durch Frontignan nach Sète. Nach fünfundzwanzig Kilometern gab Martin schließlich auf. Weiter konnte die kleine Familie nicht gekommen sein, vermutete er. Doch hatte sich in den vergangenen Jahrzehnten die ganze Landschaft sicherlich verändert. Gefährliche Kurven waren begradigt worden, totbringende Alleebäume waren der Axt zum Opfer gefallen. Einmal hatte er kurz angehalten, als er ein altes Steinkreuz zwischen Büschen erspäht hatte. Die verwitterte Schrift war noch lesbar. Sein Herz hatte bis zum Hals geschlagen. War dies eine Erinnerung an ein tragisches Geschehen, an einen Unfall? Er entzifferte die von Moos angegriffenen Buchstaben. Es war ein Gedenkkreuz für die Gefallenen des Ersten Weltkriegs. Martin mutete es merkwürdig an, dass dieses Kreuz so wenig beachtet und ungepflegt am Straßenrand stand. Das Gedenken an die Gefallenen der beiden Weltkriege war in Frankreich immer noch präsent, Denkmäler, Statuen oder Kreuze erinnerten daran, wurden instand gehalten, mit Blumen und Fahnen geschmückt.

Martin wendete seinen Wagen und fuhr nach Arles, wo er Rose Poignet anzutreffen hoffte.

In Arles gab es mehrere EHPAD, Altersheime in denen eine Rundumfürsorge gewährleistet wurde. Schon beim zweiten Versuch hatte er Glück gehabt. Rose lebte im *maison de retraite* »Les Tournesols«, und man hatte ihm am Telefon mitgeteilt, sie sei noch wohlauf und bei klarem Verstand und würde sich über jeden Besuch freuen.

Das Seniorenwohnheim lag in einem großzügig angelegten Park und war von einem hohen Zaun umfriedet, durch den eine kräftig lila blühende Bougainvillea wucherte. Er parkte auf dem Besucherparkplatz, von wo ein akkurat geharkter Kiesweg zwischen zwei Springbrunnen und Holzbänken zum Haupteingang führte. Palmen und in kräftigem Rot blühende Oleanderbüschen säumten abwechselnd den Weg. Ein junges Mädchen mit fast ebenholzschwarzer Haut und einem breiten Lächeln empfing Martin an der Rezeption. Das ganze Anwesen erinnerte mehr an ein Hotel als an ein Altenheim. Martin erklärte Mademoiselle Marie Konneh, dass er Madame Poignet besuchen wolle, die eine alte Bekannte seines verstorbenen Großvaters gewesen sei. Mademoiselle Konneh trug ihn in ein Besucherbuch ein und rief einen Pfleger herbei, der Martin in den klimatisierten Lesesaal brachte, der Lieblingsplatz von Rose, wie er Martin erklärte. Rose sei ein so entzückender Mensch, ein wahrer Sonnenschein, nur das Kurzzeitgedächtnis ließe leider immer stärker nach. Aber wen würde es wundern, immerhin würde die alte Dame im Herbst ihren hundertsten Geburtstag feiern. Eine breite Doppeltür führte in die Bibliothek, in der zwei Männer vor einem Schachbrett saßen. Voll konzentriert würdigten sie Martin und den Pfleger keines Blickes. Vor das bodentiefe Fenster, von dem aus man in den Park blickte, war ein altmodischer Ohrensessel gerückt. Das Blumenmuster war verblasst, dort wo der Kopf zwischen den Polsterohren halt fand, war ein Spitzdeckchen gelegt. Es schien, als säße niemand darin.

»Rose, Rose, ich habe Ihnen einen Besucher mitgebracht.« Der Pfleger ging vor Rose Poignet in die Knie. Er nahm ihre Hand und streichelte sanft darüber. »Schauen Sie, der junge Mann ist von weither gekommen, um Sie zu sehen.« Er nickte Martin zu, der sich einen zierlichen Ledersessel herangezogen hatte. Der Pfleger gab den Blick auf Rose frei. Martin hielt den Atem an. Er hatte noch nie einen so hochbetagten Menschen gesehen. Fast fürchtete er sich auszuatmen, so federleicht erschien ihm die winzige Gestalt, die komplett im Sessel versunken war. Rose trug eine leichte Sommerhose und eine weiße Bluse. Um ihren Hals lag ein Seidentuch in blassroter Farbe. Ihre Augen blickten aufmerksam in seine Richtung, doch das einst sicher ausdrucksvolle Haselnussbraun wirkte verschleiert.

»Kommen Sie doch näher, ich beiße nicht, und schon gar nicht flattere ich Ihnen davon.« Sie hatte seine Gedanken erraten. Martin war erstaunt, wie kräftig ihre Stimme war. Er hatte ein Flüstern erwartet, nicht lauter als der Flügelschlag eines kleinen Vogels. Er rückte seinen Sessel näher an den von Rose heran. Auch er nahm ihre Hand in seine, die Hand war trocken, klein wie ein Kinderhändchen. Wenn er jetzt zu fest zudrücken würde, würde die Hand in seiner zerfallen wie ein welkes Blatt. Rose schmunzelte, als sie sein Zögern bemerkte. Ihr Haar war zu einem Knoten geschlungen. So etwa stellte sich Martin seine vor Jahrzehnten verstorbene Großmutter vor, so zart und zerbrechlich würde sie heute aussehen.

»Madame Poignet. Mein Name ist Martin Endress. Ich komme aus Bonn, aus Deutschland. Ich war heute vor Ihrem Haus in Saint-Gilles. Dort habe ich eine Nachbarin von Ihnen getroffen, die mir erzählte, dass Sie lange dort gelebt haben. Zusammen im Haushalt mit Docteur Barbier.«

Rose hatte ihm aufmerksam zugehört. »Ich muss Sie leider enttäuschen junger Mann, falls Sie auf der Suche nach einem Haus in dieser Gegend sind. Bald wird mein Neffe das Haus erben, und was er damit macht …« Sie zuckte mit den Achseln. »Es tut mir leid, dass Sie umsonst gekommen sind. Aber erzählen Sie mir doch von sich. Haben Sie ein wenig Zeit für eine alte Frau mitgebracht?« Sie beugte sich zu ihm vor, betrachtete Martin intensiv.

»Sie erinnern mich an jemanden. An jemanden aus längst vergangenen Tagen. Ihre Augen, ihr Kinn … Ein seltsamer Zufall. Ich kannte einen jungen Mann, er kam ebenfalls aus Deutschland. Es ist viele Jahre her.«

Roses Augen fixierten einen Punkt jenseits des Fensters, vielleicht einen Baumwipfel, vielleicht einen Vogel, der am wolkenlosen Himmel entlangschwebte. Martin schwieg, Rose Poignets Gedanken waren in die Vergangenheit gewandert, eine Wanderung, bei der er sie nicht stören wollte.

»Ein junger Arzt, aus Montpellier.« Rose schloss die Augen, dachte nach. »Aber seinen Namen habe ich vergessen. Wie so viele andere Namen auch. Er war ein Freund von Docteur Barbier. Das Schicksal hatte es nicht gut mit ihm gemeint. Sie hatten ein Baby dabei, ein kleines Mädchen. Die Eltern hatten sich große Sorgen gemacht. Doch es war nichts Schlimmes. Der erste Zahn, wissen Sie. Die Mutter war vollkommen aufgelöst, sie hatte Angst, ihr kleines Mädchen müsse sterben. Und dann war sie es …«

Erstaunt blickte Rose Martin an.

»Auch ihr sehen Sie sehr ähnlich. Der Mutter, Sie haben ihre Augen. Doch Sie sind ganz sicher nicht das kleine Mädchen.« Rose brach in ein mädchenhaftes Kichern aus.

»Nein, das kleine Mädchen bin ich nicht. Das kleine Mädchen war meine Mutter. Anne Reuter, sie war meine Mutter«, wiederholte Martin. »Sie erinnern sich tatsächlich an meine Großeltern? Also waren die beiden mit dem Baby im Haus von Docteur Barbier. Fällt Ihnen sonst noch etwas ein, Madame Poignet? Ich weiß, dass sie auf der Flucht waren, und ich weiß, dass meine Großmutter an den Folgen eines Unfalls gestorben ist. Wissen Sie, was geschehen ist?«

Wieder wanderte der Blick der alten Frau in den Park. Sie entzog Martin sanft ihre Hand, faltete beide Hände in ihrem Schoß. »Es ist schon so lange her, und doch erscheint es mir, als wäre das ganze erst gestern passiert. Die beiden, Ihre Großeltern, kamen mit dem Baby zu Docteur Barbier, weil sie Angst um das Kind hatten, es fieberte. Doch dann war es nur der Zahn … Doch das habe ich bereits erzählt. Sie blieben zum Essen, sie mussten sich stärken vor der gefährlichen Reise. Sie wissen, dass sie auf der Flucht waren? Aber ja, doch, Sie sagten es ja eben.«

Martin nickte.

»Wären sie geblieben, hätten es alle drei mit dem Leben bezahlt. Es war ihnen nichts anderes übrig geblieben, als die Flucht zu wagen. Dann sind sie gefahren. Die Kleine hatte sich beruhigt, schlief. Ich wollte ihnen noch Veilchenwurzeln ausgraben, zum Draufbeißen, wissen Sie, die Wurzel lindert den Schmerz beim Zahnen. Aber sie mussten los. Ich weiß bis heute nicht, warum dem Doktor die Wurzel dann doch so wichtig war. Zuerst hat er mich ausgeschimpft, als ich sie ausgegraben hatte, dem Kind sei mit Aspirin besser geholfen. Er war verärgert. Doch mehr noch als über mich ärgerte er sich über den Jungen, der vorübergehend bei uns wohnte. Wir hatten in dieser schlimmen und unruhigen Zeit immer wieder das Haus voller Leute. Der Junge hat sich ungebührlich gegenüber dem Freund des Doktors benommen. So etwas mochten wir überhaupt nicht. Der Doktor hat dem jungen Mann dann die Leviten gelesen. Und fragen Sie nicht, wie! Ich war in der Küche. Dann hörte ich nur noch, wie er rief, er fahre los, er wolle dem Baby doch noch die Wurzel bringen. Und da war er auch schon weg. Und dann, dann wartete ich, und wartete. Es müssen drei Stunden vergangen gewesen sein, es war schon hell, als Docteur Barbier zurückkam. Zu Fuß. Sein Freund Alfons habe einen Unfall gehabt. Das Auto sei nicht mehr zu manövrieren gewesen. Ich war zu Tode erschrocken. Ein Unfall! In dieser Situation. Wie konnte das nur passieren. Es muss die Anspannung gewesen sein. Ein Fahrfehler, eine Unachtsamkeit. Docteur Barbier besaß ein großes Herz. Er hat seinen Wagen Ihren Großeltern überlassen, und sie konnten die Flucht fortsetzen. Erst später haben wir erfahren, dass Ihre Großmutter bei diesem Unfall so schwere Verletzungen davongetragen hatte, dass sie später daran verstorben ist. Der Doktor hat nie mehr darüber geredet. Das ist die ganze Geschichte.«

Martin hatte keinen Grund, an den Worten von Rose Poignet

zu zweifeln. Doch er hakte noch einmal nach. »Also ein Unfall. Es kann nichts anderes gewesen sein? Vielleicht, dass jemand die Flucht bemerkt und den Wagen meines Großvaters verfolgt hat, den Unfall so provoziert hat?«

»Nein, mein Gedächtnis ist noch das am wenigsten verfallene an mir. Als Docteur Barbier nach Hause kam, sagte er, dass er den Wagen nicht mehr fahrbereit vorgefunden hatte, Ihr Großvater sei in einer Kurve wohl durch Müdigkeit ins Schleudern geraten. Dabei ist Ihre Großmutter aus dem Wagen gefallen und hat sich verletzt. Es war ganz einfach ein tragischer Unfall.«

Ganz einfach. Ein tragischer Unfall. Martin wusste nicht, was er erwartet hatte. Doch letztendlich hatte Rose die Geschichte bestätigt, die in der Familie bekannt war. Die Folgen eines tragischen Unfalls auf der Flucht hatten nur wenige Wochen später das Leben seiner Großmutter ausgelöscht. Er dachte an das Foto. Seine Großmutter als junges Mädchen mit seiner Familie vor der prächtigen Villa in Montpellier. In den nächsten Tagen würde er dorthin fahren. Martin wollte wenigstens das Elternhaus seiner Großmutter ausfindig machen. Vielleicht gab es auch dort noch Menschen, die sich an sie erinnerten.

»Madame Poignet, ich kann Ihnen nur ganz herzlich dafür danken, dass Sie mir die ganze Geschichte geschildert haben. Ich würde mich freuen, wenn ich Sie, solange ich hier bin, noch einmal besuchen dürfte. Und wenn Ihnen noch etwas einfällt, schreiben Sie es vielleicht für mich auf?«

Spontan beugte sich Martin zu Rose hinunter, umarmte sie, küsste sie auf beide Wangen und verabschiedete sich.

»Ich freue mich auf Ihren Besuch. Aber warten Sie nicht zu lange damit.« Roses Blick glitt wieder durch das Fenster in den Park. Ein Gedanke, der ihr entglitten war, entschwebte soeben ins Nichts. Ein Gedanke, so schien es ihr, den sie zu Papier gebracht hätte. Doch nun war er fort.

Anduze – Villa Viroulet – Sommer

Commandant Rachid Bouraada war auf dem Weg zu der Adresse, die ihn zu Docteur Franck Viroulet führen sollte. Anduze, das Tor zu den Cevennen, eine nette kleine Stadt, die im Sommer aus allen Nähten zu platzen drohte, wenn Markttag war oder, noch interessanter für die Touristen, ein *marché nocturne*, ein Markt in den späten Abendstunden, veranstaltet wurde. Heute war Mittwoch, kein Markttag, und Bouraada fand direkt einen Parkplatz. Die Villa der Viroulets lag erhöht mit einem sicherlich fantastischen Blick in die Berge hinein. Der Commandant hatte es nicht so mit den Bergen, ihm war das flache Land der Camargue lieber, aber für die vielen Gäste, die hier wanderten, kletterten oder mit dem Kajak unterwegs waren, waren die Cevennen eine wahre Schatztruhe.

Bouraada hatte sich kaum aus seinem Wagen geschält, als sein Handy klingelte. »Tourrain! Neuigkeiten?«

»Allerdings, Chef. Ich war in Saint-Laurent-d'Aigouze und habe mich eingehender nach dem Leichenfund auf dem Abteigelände erkundigt. Eine Sache stand so noch nicht in dem Bericht, den wir bekommen haben. Und es ist sehr merkwürdig …« Papiere raschelten.

»Bravo, Tourrain, und jetzt raus mit der Sprache, was haben Sie entdeckt?«

»Ich habe eigentlich nichts entdeckt. Als ich mich mit einer Kollegin, die vor Ort war, unterhalten habe, berichtete sie, dass man das Mädchen wohl am Fundort abgelegt hat, es aber mit Sicherheit dort nicht gestorben ist. Also kein Sturz durch Erschrecken und tödlicher Unfall durch einen Aufprall mit dem Kopf auf einem Stein …« Der junge Lieutenant legte eine Kunstpause ein.

»Tourrain, jetzt lassen Sie sich doch nicht alles aus der Nase ziehen. Wo ist sie gestorben, und warum steht das nicht im Bericht?«

»Weil sie es erst jetzt festgestellt haben. Ein aufmerksamer Gerichtsmediziner hat entdeckt, dass am Kopf, neben winzigen Absplitterungen des unmittelbar unter dem Kopf des Mädchens liegenden Steins, auch Spuren von beschichtetem Metall waren, dazu eine Wunde, die dem Arzt merkwürdig vorkam. Gitterförmig, als wäre das Mädchen mit dem Kopf auf einem starken Hasendraht, einem Gitterrost oder etwas Ähnlichem aufgeschlagen. Es wird nun weiter ermittelt. Natürlich kann es sich um einen Unfall handeln. Aber ich glaube nicht dran. Wenn Sie mich fragen, ist das Mädchen dort wie ein Stück Müll entsorgt worden, in der Hoffnung, dass man sie nicht so schnell findet und dass es, wenn sie denn irgendwann doch gefunden wird, wie ein Unfall vor Ort aussieht. Und noch etwas. Sie ist nicht vergewaltigt worden. Sie hatte noch nie Geschlechtsverkehr. Sie war noch Jungfrau. Wir müssen vorläufig abwarten, was die Kollegen sonst noch herausfinden.«

»Das wird sich zeigen, Tourrain, ob wir abwarten. Ich danke Ihnen für die Information. Setzen Sie sich wieder an die Akten und versuchen Sie, uns Namen beizuschaffen. Ich bin auf dem Weg zu Viroulet. Ich hoffe, er redet und bringt uns so ein wenig weiter.«

Der Commandant steckte sein Handy in die Hosentasche. Er hatte mittlerweile sein Ziel erreicht. Von der Straße aus war das Haus nicht zu sehen. In Nîmes, wo Viroulet gearbeitet hatte, hätte er für eine Immobilie in einer solchen Lage mit dieser Aussicht garantiert mehr bezahlt. So hatte der Arzt zwar einen weiteren Weg zu seiner Arbeitsstelle gehabt, aber er konnte sich eine imposante Villa leisten. Ein dunkelgrünes Eisentor verwehrte den Zutritt zum Grundstück. Der Polizist drückte auf den Klingelknopf neben dem Briefkasten.

»Ja?« Die Stimme aus der Gegensprechanlage, die Bouraada, ebenso wie das Tor, sehr neu vorkam, war die einer Frau.

»Commandant Rachid Bouraada. Ich möchte bitte mit Docteur Franck Viroulet sprechen. Ist er zu Hause?«

Er wartete auf eine Antwort. Stattdessen summte es kurz, und ein Flügel des Tores schwang auf. Der Weg zur Villa wand sich in mehreren Biegungen. Links und rechts in allen Farben blühender Oleander, am Ende des Weges stand ein Haus, dessen Anblick Bouraada nach Luft schnappen ließ. Eine riesige Glasfront öffnete sich in Richtung Berge. Er hatte ein konventionelles Haus erwartet, nicht diesen modernen Bungalow mit Flachdach. Eine seitlich angelegte Terrasse endete in einem nicht sehr großen, schlichten, rechteckigen Swimmingpool. Die einzige Reminiszenz an Althergebrachtes waren die beiden großen gelben *vases d'Anduze*, die die Ecken der Terrasse markierten und in denen violette Bougainvilleas zu einem Strauch geschnitten üppig wucherten. Bouraada pfiff durch die Zähne. Und das alles beim Gehalt eines Arztes, der noch nicht einmal Chefarzt war?

Eine der Terrassentüren wurde zur Seite geschoben, und eine attraktive Mitvierzigerin mit kurzen, fast schwarzen Haaren trat auf den Polizisten zu. Bouraada fragte sich, ob sie die große Sonnenbrille, die nichts von ihren Augen erahnen ließ, auch im Haus trug.

»Commandant Bouraada? Veronique Viroulet. Was kann ich für Sie tun?«

Die beiden gaben sich die Hand, und Madame Viroulet wies dann einladend auf eine Lounge-Garnitur an der Stirnseite des Pools.

»Darf ich Ihnen etwas zu trinken anbieten, eine Erfrischung? Ein Zitronenwasser?«

Der Commandant nahm das Angebot dankend an, und die Arztgattin verschwand wieder im Haus. Die Frau, die ein dunkles ärmelloses, weit fallendes Baumwollkleid trug, machte auf den Polizisten, trotz ihres freundlichen Entgegenkommens, einen angespannten Eindruck. Sie kehrte mit einem Tablett zurück, auf dem sie eine hohe schmale Karaffe mit Wasser und darin schwimmenden Eiswürfeln und Zitronenscheiben und zwei Gläser balancierte. Sie setzte sich Bouraada gegenüber und schenkte ein. Dann hob sie fragend die Augenbrauen.

»Habe ich Sie richtig verstanden, Commandant Bouraada? Sie wollen meinen Mann sprechen?«

Der Polizist trank einen Schluck Wasser. »Ja, ich bin leider etwas ratlos. In Nîmes konnte man mir nicht sagen, wo er jetzt arbeitet, sonst würde ich Sie nicht zu Hause belästigen, Madame. Man hat mir in der Klinik nur mitgeteilt, dass man ihm auf seinen Wunsch hin seine Papiere an seine Privatadresse geschickt hat, da er beabsichtige, eine neue Stelle anzutreten. Und dass man sich in beiderseitigem Einverständnis getrennt habe.«

»Das mag sein, über die Trennung kann ich Ihnen nichts sagen. Allerdings hat mein Mann keine neue Stelle angetreten. Er ist seit sechs Wochen tot. Er hat sich das Leben genommen.«

Commandant Bouraada starrte die Frau, die ihm, soweit er es beurteilen konnte, mit gefasster Miene gegenübersaß, einen Moment ungläubig an. »Ihr Mann ist tot? Ein Selbstmord? Bitte entschuldigen Sie, ich spreche Ihnen mein Beileid aus, aber Sie sehen mich einigermaßen fassungslos. Darf ich Sie fragen, warum er sich das Leben genommen hat. Und bitte verzeihen Sie auch diese Frage: Auf welche Weise hat er Suizid begangen?«

Veronique Viroulet stand auf. Der Polizist befürchtete schon, sie würde ihn wegen seiner vielleicht als aufdringlich empfundenen Fragen aus dem Haus weisen, doch sie nahm lediglich ihr Glas vom Tisch und ging in Richtung Terrassentür. Sie schob sich die Sonnenbrille auf den Kopf und drehte sich mit einem kühlen Blick zu ihm um.

»Entschuldigen Sie, aber um diese Fragen zu beantworten, brauche ich etwas Stärkeres. Sie sind im Dienst? Ich schätze, Sie trinken sowieso nicht. Wissen Sie, eigentlich erwarte ich die Polizei bereits seit einigen Wochen.«

Mit hocherhobenem Kopf verschwand sie im Inneren der Villa und kehrte mit einem bis unter den Rand gefüllten Whiskeyglas zurück. Noch bevor sie sich setzte, trank sie das Glas bis zur Hälfte leer. Dann ließ sie sich bequem in ihrem Sessel nieder, schlug die Beine übereinander und sah dem Commandant auffordernd ins Gesicht. »Wie ich eben schon sagte. Es wundert mich, dass jemand von der Polizei erst jetzt hier auftaucht, um seine Fragen zu stellen. Waren Sie damals mit der Sache befasst? Ich meine, mit dem Verschwinden von Najat? Mich hat niemand dazu befragt. Ich hätte damals auch nichts dazu sagen können, doch jetzt, wo mein Mann tot ist …«

»Nein, das heißt ja. Nein, ich hatte damals nichts mit dem Fall zu tun. Wenn es überhaupt ein Fall war. Aber ja, ich bin wegen der jungen Marokkanerin hier. Ich hatte mir erhofft, von ihrem Gatten zu erfahren, warum sie aus Ihrer Villa geflüchtet ist. Aber, würden Sie mir bitte zuerst erklären, warum Sie sich wundern, dass erst jetzt jemand mit Fragen auf Sie zukommt? Wenn Sie etwas zu der Geschichte zu sagen hatten, die Gendarmerie von Anduze ist nicht weit entfernt von Ihrem Haus. Ein paar Schritte, und Sie wären Ihre Antworten auf die Fragen, die ich Ihnen nun stelle, vermutlich schon eher losgeworden.«

»Sicherlich wäre ich früher oder später zur Polizei gegangen. Aber ich musste erst selbst das verdauen, was ich nach dem Tod von Franck erfahren habe. Als man meinen Mann tot aufgefunden hat, glaubte ich, dass ihre Kollegen mir die Frage, warum er sich das Leben genommen hat, direkt danach stellen würden. Ich gestehe, damals hätte ich noch keine Antwort darauf gehabt. Diese Frage kann ich Ihnen erst seit ein paar Tagen beantworten. Wissen Sie, mein Mann war ein hervorragender Arzt, ein liebevoller Ehemann, aber er hatte auch seine dunkle Seite. Und diese Seite hätte ich lieber nie kennengelernt. Er hat mir eine Art Testament hinterlassen. Nicht das Übliche, das Haus gehört mir sowieso. Ich habe eine gut gehende Galerie in Anduze, zeitgenössische Grafik, ich war also nie auf das Vermögen meines Mannes angewiesen. Also ist es kein Testament im herkömmlichen Sinne.«

Veronique Viroulet griff nach ihrem Glas. Zwei Armreifen aus dunkelgrüner Jade rutschten über das Handgelenk und stießen klirrend an das Kristall. Ohne zu trinken, setzte sie das Whiskyglas wieder ab.

»Wo ist dieses Testament, kann ich es sehen? Was steht darin?«

Mittlerweile hatte sich die Sonne hinter einem in der Krone

breit gewachsenen Maulbeerbaum verzogen. Bouraada war dankbar für den Schatten und die leichte Abkühlung.

»Ich habe es verbrannt, noch am selben Abend, an dem ich es gelesen hatte. Ich weiß, ich hätte das nicht tun sollen. Ich hätte es aufbewahren müssen. Aber ich konnte nicht. Es war unfassbar für mich, was Franck mir darin mitgeteilt hat. Ich habe es nur durch Zufall entdeckt. So habe ich mich fast fünf Wochen lang gefragt, warum mein Mann sein Motorrad in den Abgrund gelenkt hat. Er wollte für ein paar Tage nach Spanien, in die Pyrenäen. Bei der Abfahrt vom Col de la Creu de Perves ist es passiert, die Kurven dort sind gefährlich, hat man mir gesagt. Er ist ungebremst einfach geradeaus gefahren. Er war sofort tot.«

Das hatte ihm der Kollege Rossi, nun Pensionär in der Nähe von Nizza, nicht mitgeteilt. Er hatte offenbar vom vorzeitigen Ableben des Arztes keine Kenntnis gehabt.

»Und was stand nun in diesem Testament?«

Veronique Viroulet sah ihn durchdringend an. Sie hatte dunkelblaue, fast violette Augen. Für einen Moment war Bouraada abgelenkt.

»Er hat dieses Testament, es ist eher ein Geständnis, auf ein paar lose Blätter geschrieben und in ein Buch gelegt, das ich gerade las. Nur hatte ich es ein paar Tage nicht in der Hand gehabt, und als die Nachricht vom Tod meines Mannes kam, hatte ich andere Dinge im Sinn, als es mir mit einem Roman gemütlich zu machen. Nun, letzte Woche habe ich mir das Buch wieder vorgenommen und die Blätter gefunden. Es war wie, ja, wie eine Nachricht aus dem Jenseits.«

Sie leerte ihr Glas, verschluckte sich, und ein heftiger Hustenanfall trieb ihr die Tränen in die Augen. Bouraada konnte nicht erkennen, ob sich auch Tränen der Trauer hineinmischten. Er schwieg, schenkte sich selbst von dem Zitronenwasser nach. Die Eiswürfel waren mittlerweile komplett geschmolzen.

»Entschuldigen Sie. Es geht wieder. Nun, ich habe also diese Blätter gefunden und natürlich sofort die Schrift meines Mannes erkannt. Er hat damit begonnen, dass er keinen Ausweg wüsste.

Man setze ihn unter Druck, und er halte es nicht mehr aus, eine so große Schuld mit sich zu tragen. Zuerst habe ich gar nichts verstanden. Welche Schuld? Ein Kunstfehler? Das wäre bei seinem Beruf naheliegend gewesen. Doch dann habe ich alle Zusammenhänge erkannt. Es hat damit angefangen, dass mein Mann der Meinung war, wir bräuchten eine Hilfe im Haushalt. Die Villa ist riesig, wir haben oft Gäste, und ich bin, nachdem meine Geschäftspartnerin ausgestiegen ist, seit mehr als einem Jahr alleine in der Galerie. Den Haushalt habe ich nebenbei gemacht. Ein Fensterputzer kommt viermal im Jahr, der Gärtner wöchentlich. Alles andere ist keine große Sache. Aber Franck bestand darauf. Mir war es egal. Und dann stand er plötzlich mit der jungen Marokkanerin da. Najat, Najat Delasa. Ein fröhliches Mädchen, fleißig.«

Bouraada unterbrach sein Gegenüber.

»Sie haben Kenntnis von der Anzeige des Mädchens? Die junge Frau hat, soweit es die Kollegen der Gendarmerie verstanden haben, gesagt, sie habe kein Geld bekommen und auch das Haus nicht verlassen dürfen.«

»Ja, ich weiß. Doch das ist so nicht ganz richtig. Wir haben ihr Gehalt, ich gebe zu, es war nicht sehr hoch, auf einem Sparkonto angelegt. Sie hat es bekommen, als sie zurück in ihre Heimat gegangen ist. Najat hatte hier alles, was sie brauchte. Und sie war noch sehr jung. Mein Mann hat befürchtet, wenn sie über das Geld verfügen könnte, würde sie es für unnützes Zeug ausgeben. Ich weiß, was Sie jetzt sagen wollen. Es grenzt an Sklaverei, und Sie haben recht. Ich habe mich auch nicht wohlgefühlt bei all dem. Allerdings gab es angeblich ein Problem. Wir hatten noch keine Arbeitserlaubnis für sie. Die würde auf sich warten lassen, so hatte jedenfalls Franck behauptet, und bis diese nicht da wäre, sei es besser, wenn sie das Haus und das Grundstück nicht verließe, wegen der Versicherung und überhaupt.«

»Und das hat Sie nicht stutzig werden lassen, dass er das Mädchen ohne Genehmigung ins Haus gebracht hat?«

»Nicht wirklich. Ich hatte so viele andere Dinge zu dieser Zeit im Kopf. Meine Mutter war gestürzt, mein Vater kam mit dem

Haushalt nicht klar, Kleinigkeiten vielleicht, aber ich habe auf Franck vertraut. Ich habe einfach nichts geahnt.«

Bouraada spürte, wie schwer es ihr fiel, über das, was ihr Mann ihr hinterlassen hatte, zu sprechen. Aufmunternd blickte er zu ihr herüber.

Veronique Viroulet holte tief Luft. »Mein Mann war willfähriger Gehilfe eines Kinderschänderrings. Ich glaube nicht, dass er selbst mitgemacht hat, das hat er mir in seinem Brief geschworen. Aber er hat in regelmäßigen Abständen Najat zu verabredeten Adressen gebracht, hat im Wagen gewartet, und sie dann wieder nach Hause gefahren. Das Mädchen ist sozusagen bei uns nur zu dem Zweck untergebracht worden, um sich auf Abruf an ihr zu vergehen.«

»Wie ist Ihr Mann in diese Sache hineingeraten, und wie ist das abgelaufen? Hat er Namen preisgegeben?«

»Das ist ja das Merkwürdige. Er hat keinen einzigen Namen und keinen Ort genannt. So, als wolle er mich schützen. Er hat angedeutet, dass diese Leute reich und mächtig sind. Und das Wissen für mich zur Gefahr werden kann. Er selbst ist in der Klinik über einen Kollegen, auch hier hat er keinen Namen genannt, in diese Geschichte hineingeraten. Es würde mich nicht wundern, wenn es Docteur Jalabert gewesen wäre, der im Frühjahr verurteilt worden ist. Aber, das ist reine Spekulation. Nun, auf jeden Fall hat ein Kollege meinen Mann in der Hand gehabt.«

Veronique Viroulet goss sich jetzt ebenfalls von dem Wasser in ihr Glas. Eine Zitronenscheibe fiel hinein, und das Wasser spritzte auf den Tisch. Gedankenverloren wischte sie die Spritzer mit einem Wollplaid, das neben ihr über der Armlehne lag, weg. »Wissen Sie, das Furchtbare ist, ich habe meinen Mann überhaupt nicht gekannt. Er war morphiumsüchtig. Seit fünf Jahren. Und er bediente sich aus dem Medizinschrank der Klinik. Ein Kollege ist dahintergekommen, hat ihn erpresst. Er musste das Mädchen hierherbringen. Und wenn den Herrschaften der Sinn danach stand, hat er Najat zu ihnen gebracht. Im Grunde war er erleichtert, als sie geflohen ist. Es hat ja keine Konsequenzen für ihn gehabt. Keiner hat die Worte des Mädchens verstanden, man hat es sich vom Hals geschafft. Als Franck erfahren hat, dass man Najat in dieser Flüchtlingsunterkunft untergebracht hatte, hat er sie abgeholt. Niemand hat ihm Fragen gestellt. Er hat ein Flugticket gekauft, ihr das Geld gegeben, und das Problem war gelöst. Man hat es ihm wohl nicht übel genommen, ein Ersatz stand schon bereit. Wie Franck schrieb, eine junge Rumänin, die er aufnehmen sollte. Er war am Ende seiner Kräfte. Er konnte ohne Drogen nicht mehr arbeiten, kam aus diesem Sumpf nicht mehr heraus. Das ist die ganze Geschichte.«

»Und Sie haben von all dem nichts bemerkt?«

»Es ist schwer zu glauben, aber nein. Ich habe nichts bemerkt. Stimmungsschwankungen kannte ich von Franck schon immer. Dass sie in den letzten Jahren auf das Morphium zurückzuführen waren, hätte ich mir nie träumen lassen. Und dass er das Mädchen einfach so aus dem Haus schleusen konnte … Er war Anästhesist. Wissen Sie, wie oft er nachts in die Klinik gerufen wurde? Meist hat er sowieso in seinem Arbeitszimmer hier im Haus geschlafen, um mich nicht zu wecken. Und ich habe einen tiefen, festen Schlaf. Wenn ich dann das Garagentor gehört habe, bin ich davon ausgegangen, dass er zu einem Notfall gerufen worden ist. Glauben Sie mir, Commandant Bouraada, ich hatte von all dem nicht den geringsten Schimmer.«

Maguelone – Ehemalige Abtei – Sommer

Nachdem Martin Rose Poignet verlassen hatte, wählte er für die Fahrt von Arles nach Maguelone den kürzesten und gleichwohl schönsten Weg. Die Strecke nach Maguelone sprach all seine Sinne an. Er fuhr die Straße entlang des Parc Naturel Regional de Camargue, und die Eindrücke, die diese Landschaft hinterließ, waren so einfach nicht in Worte zu fassen. Die Camargue war einer jener Zauberorte, die man leibhaftig erlebt haben muss, um sie zu begreifen, man musste sich ihr ganz hingeben. Die Menschen, die diesen Landstrich als einsam, karg, unwirtlich oder gar langweilig titulierten, waren Ignoranten. Fotos oder Beschreibungen wurden dieser einerseits spröden, andererseits so großartigen Landschaft nur selten gerecht. Mehrfach hielt Martin an, der heiße Wind roch intensiv, hinterließ einen salzigen Geschmack auf seiner Zunge, umschmeichelte seine Haut, während er die rosa Flamingos beobachtete, die in stoischer Ruhe im Wasser verharrten. Ganz gleich, was er über diesen Landstrich schreiben würde, an die Schönheit und Poesie der Worte, mit denen Jean Giono der Camargue ein Denkmal gesetzt hatte, würde er niemals heranreichen.

Ein weiteres Mal hielt er an, als er zwischen Tamarisken eine kleine Herde der halb wild lebenden weißen Pferde entdeckte. Wie schon die Pferde in den vertrockneten Sümpfen hinter Aigues-Mortes, interessierten sie sich nicht für ihn, trotteten weiter auf der Suche nach Futter. Doch das wahre Herz der Camargue verkörperten für Martin die schwarzen Stiere, Könige der Camargue, deren Leiber wie poliertes Ebenholz im Licht der Sonne glänzten. Er hätte sie stundenlang beobachten können, doch die Kathedrale von Maguelone harrte seines Besuchs.

Für den Weg zur ehemaligen Abteikirche bediente er sich der Dienste seines Navis. Ein Update des Systems wäre sinnvoll gewesen, denn ehe er sich versehen hatte, stand sein Golf in einer engen Einbahnstraße in Villeneuve-lès-Maguelone, und er hatte Mühe, sich wieder aus der Altstadt herauszuwinden. Seufzend registrierte er das Hinweisschild, das den Weg zu der alten Kirche wies und an dem er bereits eine Viertelstunde zuvor unachtsam vorbeigefahren war. Manchmal war es doch angebracht, sich auf die eigenen Augen zu verlassen.

Auf einer schmalen Straße näherte er sich dem Canal du Rhône à Sète, und von Weitem schimmerte das Grau der Kathedrale aus einer Baumgruppe hervor. Der Fahrweg endete an einem Parkplatz, von hier aus hieß es, noch einen Kilometer zu Fuß zu seinem Ziel zu laufen. Martin stellte sein Auto ab, packte seine Unterlagen, Laptop und die Kamera in einen Rucksack. Er spazierte zur Schwenkbrücke, über die man auf die Halbinsel zur Kirche gelangte. Im Moment war sie unpassierbar, zur Seite geschwenkt erlaubte sie drei großen Kajütenbooten mit gut gelaunten Urlaubern an Bord die Durchfahrt. Geduldig warteten Martin und die mit Schirmen und Kühltaschen beladenen Badegäste, dass die Brücke sich wieder schloss. Die Strandurlauber bestiegen einen kleinen Zug, der sie zu ihrem Ziel brachte, Martin wählte den Fußweg entlang des Étang de Vic. Das stehende Gewässer, das den Weg zur Kathedrale säumte, roch unangenehm, und vereinzelt sprangen Fische an die Oberfläche, die nach einer Mücke schnappten.

Nur wenige Touristen hatten den Weg zu dem *monument historique* gefunden. Die wie eine wehrhaft thronende Burg wirkende Kirche auf der Ile de Maguelone, deren verschwundene Türme einst weit über die Landschaft hinausragten, war der Rest eines groß angelegten Klosters und Bischofssitzes. Die Insel war im Mittelalter durch einen Damm mit dem Festland verbunden worden. Wie früh sich das Christentum gerade in Südfrankreich ausgebreitet hatte, war für Martin immer wieder eine erstaunliche Einsicht. Bereits im 3. Jahrhundert war Maguelone als Sitz eines Bistums gegründet worden, hier hatten sich die Westgoten niedergelassen, später gallorömische Bewohner, Sarazenen legten auf der Insel im 8. Jahrhundert einen Hafen an, den Karl Martell, ebenso wie die Kirche und das Kloster 737 zerstören ließ. Maguelone fiel in einen Dornröschenschlaf, bis es Anfang des 11. Jahrhunderts zu einem wehrhaften Bischofssitz ausgebaut wurde. Wie Saint-Gilles wurde auch Maguelone wichtige Station auf dem Jakobsweg.

Martin hatte sich auf eine Bank vor der Kirche in den Schatten einer Pinie gesetzt und überflog seine Notizen, die er sich zur Vorbereitung für den heutigen Besuch gemacht hatte. Jetzt wurde es richtig spannend. Der Name Pierre de Castelnau sprang ihm ins Auge, ein Mann, der wie kaum ein anderer im Mittelalter die Geschichte des Languedoc beeinflusst hatte. Er war Vorsteher dieser Abtei und erhielt 1202 als Legat des Papstes den Auftrag, die Ketzer in Südfrankreich, die Katharer, wieder auf den rechten Weg zu führen. Doch Castelnau hatte keinen Erfolg, zu stark war die Bewegung der Katharer im Midi. Er setzte kurzerhand die Bischöfe von Toulouse und Béziers ab, die seiner Meinung nach viel zu nachlässig gegen die Ketzer vorgegangen waren, und exkommunizierte den Markgrafen der Provence, Graf Raimund VI. von Toulouse. Doch Castelnau bekamen seine Aktivitäten nicht gut. 1208 wurde er in der Nähe von Saint-Gilles erschlagen. Der Legat des Papstes! Ermordet! Der Papst fackelte nicht lange und begann seinen unerbittlichen Kreuzzug gegen die Katharer.

Martin brannten die Augen. Er hatte sich zwar in den Schatten gesetzt, aber nicht bemerkt, wie die Sonne gewandert war. Nun reflektierte sie das Weiß des Papiers. Einen Moment entspannen, die Augen schließen. Der Duft des Pinienharzes drang in seine Nase, tief sog er ihn ein. Aus der Kirche drang Gesang an seine Ohren. Einstimmig, kaum Höhen und Tiefen. Dann bewegten sich Gestalten, gehüllt in dunkelgraue Kutten, die Kapuzen tief ins Gesicht gezogen, aus der Dunkelheit des Kirchenraumes in das gleißende Sonnenlicht. Einer Prozession gleich, einer hinter dem anderen, zogen sie an der Außenwand der Kathedrale entlang. Einer der Mönche scherte aus der Reihe aus und trat direkt auf Martin zu, aus dem linken Ärmel seiner Kutte zog er einen Gegenstand.

Martin erschrak und erwachte. Vor ihm stand eine ältere Dame.

»Alles in Ordnung mit Ihnen? Ihre Unterlagen sind Ihnen runtergefallen.« Besorgt blickte sie ihn an.

Der kurze Traum war so echt gewesen, dass er einen Augenblick Mühe hatte, sich wieder in der Realität zurechtzufinden.

»Ja, danke. Alles okay. Ich muss eingenickt sein. Haben Sie auch den Gesang gehört?« Noch immer klangen in seinen Ohren die Stimmen aus längst vergangenen Zeiten nach.

»Nein, welchen Gesang? Junger Mann, Sie gehen mal besser aus der Sonne raus.« Kopfschüttelnd entfernte sich die Touristin und verschwand in der Kirche.

Martin bückte sich, um sein Notizheft und den Stift aufzuheben. Über seinen Kugelschreiber hinweg bewegte sich nun eine reale Prozession. Winzige rötliche Ameisen waren auf dem Weg zu einem Festschmaus, der unter der Schirmpinie lag. Interessiert verfolgte Martin die kleine Armee. Unter dem Baum lag eine tote Zikade. Wahrscheinlich von einem Vogel aufgespürt, gepackt und dann fallen gelassen. Eine perfekte Beute. Die ersten Ameisen hatten sich bereits über das große unscheinbare Insekt in seinem graugrünen Tarnkleid hergemacht. Der Lauf der Zeit – fressen und gefressen werden, kommen und vergehen.

Martin steckte seine Notizen ein und spazierte noch einmal um die Kathedrale herum. Es war mittlerweile nach siebzehn Uhr. Hoffentlich war die Ausgrabungsstätte für ihn noch zugänglich. Vor einigen Jahren waren die Fundamente einer weiteren Kirche auf der Insel zum Vorschein gekommen. Ihre Reste waren auch in den neueren Reise- und Kulturführern noch nicht gewürdigt worden. Eine Aufgabe, der sich Martin nur zu gerne stellen wollte.

*

Als er am späten Abend in die Auberge zurückkehrte, war sein Kopf voll von Eindrücken, die zuerst einmal geordnet werden mussten. Er zog sich sofort auf sein Zimmer zurück, schob den

Stuhl mit dem Binsengeflecht an den wackeligen Holztisch und legte Laptop und handschriftliche Notizen darauf ab.

Erst kurz vor Mitternacht hatte er seine Notizen geordnet und damit begonnen, die Texte für seinen Reisebericht ins Reine zu schreiben. Jetzt fielen ihm fast die Augen zu. Er öffnete vor dem Zubettgehen noch einmal das Fenster, um die angenehme Nachtluft hereinzulassen. Auf den Stufen zur Kirche saßen drei junge Männer, jeder mit einer kleinen grünen Flasche Bier in der Hand, und unterhielten sich leise. Martin lechzte plötzlich nach einem Schlummertrunk. Die kleine Bar der Auberge hatte sicherlich bereits geschlossen. Trotzdem schlich er leise die Treppe hinunter, barfuß, um niemanden zu stören. Die meisten Übernachtungsgäste waren Pilger, die früh aus den Federn krochen.

Unten war alles in tiefe Dunkelheit gehüllt. Lediglich das Lämpchen oben am Kühlschrank leuchtete grün. Martin nahm sich zwei kleine Flaschen Bier heraus und ging wieder auf leisen Sohlen nach oben. Das Bier trank er gierig direkt aus der Flasche. Als er nur ein paar Minuten später todmüde in sein Bett fiel, hatte er noch nicht das Kopfkissen berührt, schon war er eingeschlafen.

Am nächsten Morgen konnte er sich nicht mehr daran erinnern, dass in einem wilden Traum Rose Poignet einen sehr altertümlich wirkenden Wagen hinter dem Ortsschild von Saint-Gilles in einen Graben gefahren hatte und Pierre de Castelnau vor seinen Augen auf einem riesigen Scheiterhaufen vor der Abteikirche von Saint-Gilles verbrannt worden war.

Uzès – Sommer

Als Martin am nächsten Tag schon gegen sechs Uhr aufwachte, brummte sein Schädel wie nach einer durchzechten Nacht. Dies konnte kaum die Folge von zwei winzigen Flaschen Bier sein. Wahrscheinlich hatte er gestern zu lange in der Sonne gesessen. Er ging hinunter, trank einen starken Kaffee und nahm sich eine zweite Tasse und ein Croissant mit auf sein Zimmer. Nach einer eiskalten Dusche fühlte er sich besser und gewappnet, den Tag mit der Ausarbeitung der fehlenden Texte zu den uralten Kirchenfundamenten auf der Ile de Maguelone zu beginnen.

Die Reste einer Kirche aus dem 5. Jahrhundert waren erst 1997 bei der Rodung eines Weinfeldes entdeckt worden, und das Besondere an dieser Kirche waren ihre achtzig Grablegungen. Die Entdeckung dieser *basilique funéraire* hatte gewissen Forschern, die schon immer vermutet hatten, dass sich auf der Ile de Maguelone die letzte Ruhestätte von Maria Magdalena befinden könnte, neue Nahrung für ihre These gegeben. Maria aus Magdala sollte aus Palästina geflüchtet sein, auf einem segellosen Schiff das Festland bei Saintes-Maries-de-la-Mer erreicht und von dort aus den Süden Frankreichs missioniert haben. Noch im 9. Jahrhundert war die orthografische Schreibweise von Maguelone Magdalone gewesen, ein weiterer Hinweis für die, die in Maria Magdalena auch die Ehefrau Jesus sehen wollten. Seit »Sakrileg«, dem Erfolgsroman von Dan Brown, waren Millionen von Lesern von der Idee fasziniert, dass Maria Magdalena nicht nur mit Jesus verheiratet gewesen war, sondern die beiden auch ein Kind gehabt hatten. Martin war kein Historiker, aber insgeheim ein Romantiker. Auch wenn er von den ernst zu nehmenden Historikern Prügel beziehen würde, er würde in seinem Reisebericht die These, dass Maria Magdalena auf der Ile de Maguelone ihre letzte Ruhe gefunden haben könnte, wiedergeben. Spannende Themen mit einem Hauch von Geheimnis hatten einem Reiseführer noch nie geschadet.

Am frühen Vormittag war er fertig mit seinen Aufzeichnungen. Bis jetzt hatte er ohne Pause im Licht der Schreibtischlampe, die er von Pascal erbeten hatte, gearbeitet. Nun öffnete er die Fensterläden. Enttäuscht blickte er in den grauen Himmel. Die Sonne war nirgendwo zu sehen. Seine Wetter-App informierte ihn darüber, dass sie heute nicht mehr zum Vorschein kommen würde, am Nachmittag war sogar mit Gewittern zu rechnen. Der Vormittag zeigte sich dagegen mit nur zehn Prozent Wahrscheinlichkeit für Nieselregen noch recht gnädig. Die Temperaturen waren jedoch mild, und, unbeeindruckt vom Wetter, plante Martin, den Rest des Vormittags in Uzès zu verbringen, wo ein Keramikmarkt stattfand. Keramikkünstler aus der ganzen Region würden ihre Ware feilbieten. Martin liebte diese Märkte, die Handwerkliches oder Produkte der umliegenden Höfe anboten. Was gab es Genüsslicheres, als vor Ort die Oliven zu kosten, sich eine Scheibe Salami, die auf einem Brett zum Probieren lag, in den Mund zu schieben und sich mit kleinen handgeformten Ziegenkäsen der verschiedensten Alterungsprozesse – von cremig mild bis hin zu fast vertrocknet und unglaublich würzig – dem Genuss des Südens hinzugeben.

Ursprünglich hatte er geplant, nach Saint-Quentin-la-Poterie zu fahren, keine fünf Kilometer von Uzès entfernt. Hier hatte die Töpferei bereits seit dem zwölften Jahrhundert Tradition. Nachdem Töpferwaren fast vom Markt verschwunden waren, setzte in den Achtzigerjahren ein Boom im altehrwürdigen Töpferhandwerk ein, nicht zuletzt durch Aussteiger aus aller Herren Länder, die sich in den fast verlassenen Dörfern des Südens niedergelassen hatten, um hier den verschiedensten Gewerken nachzugehen. Wollte man sich über regionale Keramikproduktion informieren, würde man im dortigen Musée de la Poterie Méditerranéenne genügend Exponate bewundern können. In Uzès allerdings könnte er gleich mehrere Fliegen mit einer Klappe schlagen. Die

Aussteller kamen aus dem gesamten Gard, er könnte sich die qualitätsvollsten Keramikkünstler herauspicken und diesen in den nächsten Tagen einen Besuch in ihren Ateliers abstatten. Ein paar von ihnen würden dann als Empfehlung Eingang in seinen Reisebericht finden.

Martin fuhr die knapp fünfzig Kilometer zügig, doch wenige Kilometer vor Uzès nahm der Verkehr merklich zu, und er kam nur noch im Schritttempo voran. Am Ortsschild staute es sich dann richtig, und die Suche nach einem Parkplatz wurde zur reinen Geduldsprobe. Jeder im unmittelbaren Dunstkreis der kleinen pittoresken ehemaligen herzoglichen Residenzstadt hatte sich offensichtlich heute entschlossen, den Keramikmarkt zu besuchen. Und nicht nur der Markt alleine war eine Reise wert. Zwischen Nîmes und Arles hatte es sich bei den Touristen herumgesprochen, dass Uzès einen Abstecher wert war. Noch vor einigen Jahren, als Martin wieder einmal in diese Gegend gereist war, war die Stadt einer großen Zahl der Südfrankreichreisenden noch kein Begriff gewesen.

Zwischen den Ladenlokalen eines Immobilienmaklers und einer Boulangerie spazierte er über den Boulevard Leon Hugo auf den von mittelalterlichen Häusern und Arkaden umsäumten Place aux Herbes. Wenn die Sonne schien, spendeten zahlreiche Platanen mit ihrem üppigen Blätterdach Schatten, in dem man in einem der zahlreichen Restaurants und Bistros einen Aperitif einnehmen oder eine Kleinigkeit essen konnte.

Auf dem Markt herrschte dichtes Gedränge. Martin schlenderte gemächlich an den Ständen vorbei, ließ sich von der Menschenmenge ein Stück treiben, blieb stehen, um die ausgestellte Ware zu begutachten. Vom normalen Gebrauchsgeschirr bis hin zu Kunstobjekten oder Kitsch war hier alles vertreten. Klassische Motive wie Oliven oder Lavendelblüten zierten Töpfe und Eierbecher, andere Stücke waren mit kräftigen rot-gelben Glasuren überzogen. Nicht nur die Farben und Muster variierten von einem Künstler zum nächsten, auch die Formenvielfalt war schier unerschöpflich. Martin hatte gerade ein zierliches Messerbänkchen in Form einer stilisierten Zikade in die Hand genommen und es herumgedreht, um den Preis zu erfahren. Nicht die übliche Keramik-Zikade, die in allen Größen und Farben im Angebot war, sondern in ihrer schlichten, fast archaischen Art geradezu formvollendet. Den Flyer des jungen Keramikers, der in Anduze sein Atelier betrieb, hatte er bereits eingesteckt.

Plötzlich entspann sich neben ihm ein Gerangel und Geschubse. Eine sportlich gekleidete Frau mit einem auffallend rotblonden Pferdeschwanz versuchte vergeblich, einen Jungen davon abzuhalten, nach einer zitronengelben Obstschale auf hohem Fuß zu greifen, in der stilisierte Früchte aus glasiertem Ton lagen. Der Junge hatte mit Schwung den Fuß der Schale gepackt und wollte nach einer tiefvioletten Feige greifen, als eine weitere Frucht, durch den Schwung in Bewegung gebracht, zum Rand rollte und herunterzuhüpfen drohte. Mit einem Satz war Martin neben dem Jungen und fing den hellgrünen Apfel gerade noch auf. Behutsam legte er ihn zurück in die Schale, die mittlerweile in die Hände der Frau gewandert war, nachdem sie diese dem Jungen vorsichtig aus der Faust entwunden hatte. Erst jetzt bemerkte Martin, dass der Junge älter war, als er geglaubt hatte. Eher ein junger Mann als ein Junge. Und der junge Mann war nicht wie andere seines Alters, er hatte das Downsyndrom. Fröhlich lächelte er Martin an, umfasste dessen Hand und drückte sie fest.

»Bonjour. Eine schöne Schale, schöne Früchte. Du kannst sie aber nicht essen, sagt Mathilde.« Und schon war er dabei, seine Hand aus der von Martin zu lösen, ihn zu umarmen und ihm ein Küsschen auf beide Wangen zu drücken. Martin schmunzelte und gab die Küsschen freundlich zurück.

»Oh, entschuldigen Sie bitte. Mein Cousin, Sie sehen ja … Sébastien, du kennst denn Herrn doch gar nicht.« Mathilde zog Sébastien am Ärmel seines T-Shirts mit dem Konterfei Karim Benzemas zurück.

»Ich bitte Sie, das ist doch kein Problem. Ich finde es nett, so freundlich begrüßt zu werden, nicht wahr, Sébastien?«

Der junge Mann hatte sich inzwischen einem neuen Objekt

zugewandt und hielt nun einen Aschenbecher in Form eines Taschenkrebses in der Hand. »Den kaufe ich für dich, Mathilde. Für deine Zigaretten. Habe ich genug Geld dabei?« Er legte den tönernen Meeresbewohner zurück und kramte in seiner Hosentasche. »Reicht das?« In der Hand hielt er einen Zehneuroschein.

»Nicht ganz, Sébastien. Warte. Ich geb dir den Rest.«

Mathilde legte einen weiteren Zehneuroschein dazu, bekam drei Euro zurück, und Sébastien erhielt das Päckchen mit dem nun in buntes Seidenpapier gewickelten Taschenkrebs.

Mathilde atmete auf und musterte Martin von Kopf bis Fuß. Er war ihr sympathisch. Kein eitler Mann. Seine braunen, lockigen Haare standen wirr vom Kopf ab, und seine blauen Augen blickten aufmerksam. Er war nur wenige Zentimeter größer als sie, und seine schlaksige Gestalt steckte in einer ausgebeulten Hose, braunen Mokassins, Gott sei Dank ohne Socken, und einem Poloshirt ohne Markenlogo.

»Also, Sébastien und ich könnten eine Erfrischung vertragen. Wie sieht das bei Ihnen aus? Darf ich Sie dazu einladen? Als kleines Dankeschön? Es ist nicht selbstverständlich, dass jemand auf Sébastien, wenn er einen Fremden küsst, so nett reagiert«, fügte sie leise hinzu.

Martin war vom ersten Augenblick an fasziniert von Mathilde. Sie sprach mit dem Akzent der Südfranzosen, sah aber so ganz anders aus. Großgewachsen, eigentlich helle, durch die Sonne zart gebräunte Haut mit Sommersprossen und rotblondes, üppiges Haar. Ganz sicher verbargen sich hinter der Sonnenbrille grüne Augen. In der linken Hand trug sie einen großen Korb, den sie vorhin abgestellt hatte. Zahlreiche kleine Päckchen lagen darin.

»Mein Name ist Martin Endress. Ihre Einladung nehme ich gerne an. Und einen kleinen *café* kann ich gut gebrauchen.«

Mathilde hakte mit dem anderen Arm den jungen Mann unter und steuerte mit ihm auf ein kleines Bistro etwas abseits des Marktes zu. Martin bemerkte, dass sie ein wenig hinkte.

»Mathilde, darf ich eine Cola haben. Aber nichts Maman verraten.« Sébastien grinste.

Hier im Schatten eines alten Renaissancehauses war es angenehm ruhig. Mathilde nahm ihre Brille ab. Tatsächlich. Er hatte recht gehabt. Sie hatte grüne Augen. Und über der rechten Augenbraue eine winzige Narbe. Martin musste unwillkürlich an eine verwegene Piratin oder überhaupt an eine weibliche Gestalt aus einem Abenteuerroman denken.

Eine Dose Cola und zwei Kaffee wurden gebracht, und innerhalb weniger Minuten waren Mathilde und Martin in ein angeregtes Gespräch vertieft. Sie hatte aus ihrem Korb eine *bande dessinée* gekramt, eine etwas ramponierte Ausgabe von »Asterix und Kleopatra«. Aufmerksam studierte Sébastien die Bilder und murmelte vor sich hin. Martin konnte nicht erkennen, ob er den Text las oder mit sich selbst redete.

Er erzählte Mathilde von seiner Arbeit, seinem Auftrag, diesen Reiseführer zu schreiben, von seinen Ideen für ein nächstes Projekt. Sie war ganz Ohr, plauderte unbefangen mit ihm. Erzählte ein wenig von ihrer Familie, die seit Menschengedenken in dieser Region verwurzelt war. Martins Frage nach ihrem Job wich sie geschickt aus.

»Ich bin Juristin. Im Moment sitze ich allerdings zu Hause, kümmere mich um dies, kümmere mich um das.«

Ein spannender Beruf, befand Martin. Doch er konnte Mathilde nichts weiter entlocken.

»Woher sprechen Sie so gut Französisch? Ich bemerke einen winzigen Akzent, aber man muss schon genau hinhören.«

»Ich hatte Französisch in der Schule. Die Sprache fiel mir schon immer leicht. Vielleicht das Erbe meiner französischen Großmutter.«

Nun war Mathilde ganz Ohr, wollte alles über die Herkunft von Martin wissen. Doch das, was er zu erzählen hatte, musste noch warten, denn sie sah erschrocken auf ihre Armbanduhr.

»Oh, mon dieu, wir müssen los. Ich habe heute Nachmittag noch eine Besprechung. Wollen wir uns nicht mal in Saint-Gilles treffen? Wie wär's heute Abend in der Traffic Bar? Auf ein Glas Wein? Ich würde mich freuen. Ah, jetzt habe ich keine Karte dabei.

Warten Sie, ich schreibe Ihnen meine Handynummer auf die Serviette, falls Ihnen was dazwischenkommt.«

Martin hatte Mathilde bereits seine Visitenkarte überreicht. Er verabschiedete sich von der jungen Frau, von der er noch nicht einmal den Nachnamen kannte, und von Sébastien, der diesmal auf die Küsschen verzichtete. Er setzte sich wieder und bestellte einen kleinen Weißen. Der einfache Landwein war gut gekühlt, trocken, wie Martin es liebte. Dazu hatte man ihm ein Schälchen mit runzeligen schwarzen Oliven nebst Zahnstochern serviert. Er merkte, dass er hungrig geworden war, und warf einen Blick auf die Mittagskarte, die vor dem kleinen Bistro an einem der Arkadenpfeiler hing. Wunderbar, *lapin à la moutarde maison*, köstlich. Er bestellte das Tagesgericht, gekocht mit Produkten der Region. Das Fleisch war zart, die Soße hatte genau die richtige Nuance Senfgeschmack.

Mathilde ging Martin nicht aus dem Kopf. Und soweit er sie verstanden hatte, lebte ihr Großvater schon immer in dieser Gegend. Wer weiß, vielleicht konnte er oder einer seiner Freunde sich noch an den Unfall erinnern, der vor so vielen Jahren passiert war und seine Großmutter das Leben gekostet hatte. Vielleicht hatten sie Docteur Barbier gekannt, vielleicht hatte er die Geschichte erzählt, und er würde echte Zeitzeugen befragen können. Wahrscheinlich zu viele »Vielleichts«.

Château de Boncourt – Sommer

Mathilde saß an ihrem Schreibtisch und lauschte kurz dem Geräusch, das der Wind verursachte, wenn er durch die Blätter der Pappeln fegte. Ein wisperndes Flapp-flapp-flapp. Für den frühen Abend war erneut ein Gewitter angekündigt. Bereits das zweite innerhalb von vierundzwanzig Stunden. Schon jetzt waren die Temperaturen deutlich gesunken, und ein frischer Wind sorgte dafür, dass sich dicke Wolken am Himmel auftürmten.

Rachid Bouraada hatte ihr Treffen für den Nachmittag abgesagt. Als sie ihn gefragt hatte, warum, hatte er ihr lediglich mitgeteilt, er müsse noch etwas überprüfen. Mathilde wusste, dass es keinen Zweck hatte, den Commandant mit weiteren Fragen zu löchern. Er würde seine Arbeit machen, und sie musste sich bis zum nächsten Mal gedulden. Sie starrte auf ihren Notizblock, auf dem bis jetzt nur die Namen Jalabert und Viroulet, beide in mehrfach gerahmte Kästchen gesetzt, standen. Das war alles. Sie bildeten bis jetzt den einzigen gemeinsamen Nenner. Bouraada hatte am Vormittag noch einmal die gesamten noch vorhandenen E-Mail- und Telefonkontakte der Jalaberts überprüft. Schon während der Ermittlungen hatten diese ihnen nicht weitergeholfen. Das meiste war unwiederbringlich gelöscht gewesen. »Da war ein Profi am Werk«, hatte ihnen ein Spezialist im Aufspüren von Nachrichten, die in den virtuellen Papierkorb befördert worden waren, bescheinigt. Alles andere war unverfänglich gewesen, auch eine vorhandene Mail an Viroulet, in der dieser gebeten wurde, einen Termin mit einem anderen Anästhesisten nach Möglichkeit zu tauschen.

Resigniert sah die Untersuchungsrichterin auf ihren Schreibtisch. Immerhin, der Aktenstapel war von links nach rechts verlagert worden. Dann würde er nun wieder in die umgekehrte Richtung wandern. Zuoberst lag der Bericht zum jüngsten Fall. Eine Rumänin, aufgefunden mit schweren Kopfverletzungen, die zum Tod geführt hatten. Eine Gewalttat war nicht auszuschließen. Die Kollegen von der örtlichen Gendarmerie nationale in Saint-Laurent-d'Aigouze waren noch beim Ermitteln. Mathilde machte sich ein paar Gedankennotizen. Wenn man davon ausging, dass, wie im Fall Jalabert, eine angesehene Persönlichkeit hinter einem Missbrauch steckte, so war diese Person in einer Kleinstadt wie Saint-Laurent-d'Aigouze leichter aufzuspüren als beispielsweise in Montpellier. Hier musste man beginnen. In den Kleinstädten und Dörfern, wo jeder jeden kannte.

Mathilde kramte die Liste heraus, auf der Tourrain die Unfälle notiert hatte. Es waren insgesamt siebzehn, davon neun durch Sturz aus dem Fenster, vier durch Ertrinken – einmal in einer Badewanne, dreimal in einem Swimmingpool –, drei Verkehrsunfälle, ein Unfall durch elektrischen Strom. Mathilde schaltete ihren Computer an. Die Statistik einer Versicherungsgesellschaft besagte, dass Todesfolgen durch Unfälle im Haushalt nicht selten waren, mehr als zwanzigtausend im Jahr. Doch betrafen Stürze aus dem Fenster meist Kinder bis zu sechs Jahren oder ältere Menschen ab fünfundsechzig Jahren. Doch diese neun Opfer waren jungen Frauen, und sie fielen einfach so aus dem Fenster.

Mathilde stand auf und streckte sich. Der Rücken tat ihr weh. Das verletzte Bein hatte sie unter dem Schreibtisch ausgestreckt, und nun war ihr Fuß eingeschlafen. Sie wanderte vor den Fenstern hin und her und rauchte gedankenverloren zwei Zigaretten, deren Rauch sie nach draußen wedelte. Der Wind hatte weiter aufgefrischt. Plötzlich fühlte sie sich einsam und verlassen. Was hatte Bouraada heute Nachmittag nur vor? Vielleicht beschäftigte er sich mit dem angeblichen Suizid aus seiner gelben Akte, ein Fall der ihn offenbar besonders mitnahm. Auch Mathilde ging er zu Herzen. Sie fischte den dünnen Pappordner heraus. Ein Mädchen, etwa dreizehn Jahre alt, bis heute nicht identifiziert. An einem herrlichen Sommertag fiel sie einfach so vom Pont du Gard, stürzte sozusagen vor die Füße der Touristen. Der Zugang zu den oberen Etagen des antiken römischen Aquädukts war gesperrt, nur auf der unteren Ebene konnten sich die Menschen bewegen. Wie nur war das Kind nach oben gelangt? War das Mädchen freiwillig nach oben geklettert und gesprungen, hatte man sie gezwungen? Wo kam sie her? War es vielleicht doch ein Unfall gewesen? Eine Mutprobe, die tödlich endete?

Mathilde schob die Mappe wieder zur Seite und rieb sich müde die Augen. Es war dunkel geworden im Zimmer, und sie schaltete die Schreibtischlampe an. Erneut nahm sie sich den Stapel mit den Unfällen vor. Irgendwo mussten doch Zusammenhänge erkennbar sein, sie musste einfach noch genauer hinschauen.

Die Verkehrsunfälle waren unbrauchbar. Sie hatten sich alle in der Dunkelheit ereignet, für keinen gab es einen Zeugen, für keinen einen Täter, keinen Wagen, nichts. Alles deutete auf Fahrerflucht hin. Vier Mädchen waren ertrunken: Zwei waren als Au Pair gemeldet gewesen, eine junge Frau war als Haushaltshilfe deklariert, die vierte Tote hatte in einer bis oben hin gefüllten Badewanne gelegen und sollte eine entfernte Cousine gewesen sein. Eine Tote, wieder ein Hausmädchen, fiel aus dem Rahmen. Beim Eindrehen einer Sicherung hatte sie einen Stromschlag erlitten, an dem sie verstarb. Mathilde notierte sich die Umstände des Todes einer jeden Person, Adresse, den Anzeigenden.

Diese verdammten Fensterstürze. Sie grassierten offensichtlich wie eine ansteckende Krankheit. Kein zusammenhängendes Muster, nur das Schema war immer dasselbe. Die Mädchen sollten die Fenster im Obergeschoss putzen, lehnten sich wohl zu weit hinaus, stürzten in die Tiefe. Exitus. Wären diese Fälle in einem relativ kurzen Zeitraum in einem eng begrenzten Gebiet vorgekommen, beispielsweise ausschließlich in Nîmes und direkter Umgebung, wären die ermittelnden Beamten irgendwann darauf gekommen, dass ein Zusammenhang bestehen musste. Aber das waren sie eben nicht. Sorgfältig verteilt im Languedoc.

Mathilde zog sich eine Karte heran, die Tourrain bereits mitgeliefert hatte, und die nur die Departements Gard, Hérault und

Lozère zeigte. Mit einem giftgrünen Marker hob sie alle Orte hervor, in denen Mädchen zu Tode gekommen waren – gestürzt, ertrunken, überfahren. Die meisten Opfer waren im Gard zu beklagen. Alès, Nîmes, Sommières, Pont-Saint-Esprit, Uzès, Bagnoles-sur-Cèze, Beaucaire, Saint-Laurent-d'Aigouze.

Moment, Saint-Laurent-d'Aigouze, den Namen dieses Städtchens hatte sie doch eben schon gehabt. Natürlich, das tote Kind aus Rumänien, das erst vor Kurzem von Jugendlichen auf dem alten Abteigelände gefunden worden war. Und nun diese längst vergessene Tote, ebenfalls verstorben in diesem Nest. Mathilde suchte die Akte aus dem Stapel. Mal kein Fenstersturz, sondern Tod durch Ertrinken in einem Swimmingpool. Darum würde sie sich morgen kümmern. Sie legte den Pappordner zur Seite.

Weiter im Hérault. Montpellier, Pézenas, Sète, Lodève, Sérignan. Lediglich zwei Fälle im Departement Lozère: Tod durch Unfall mit Fahrerflucht in Chirac und der Stromschlag in Mende.

Die Untersuchungsrichterin betrachtete stirnrunzelnd ihre Notizen. Bis auf die beiden toten Mädchen im engeren Umkreis von Saint-Laurent-d'Aigouze war auf den ersten Blick kein weiterer Zusammenhang zu erkennen. Wie weit waren Uzès und der Pont du Gard voneinander entfernt? Immerhin dreizehn Kilometer. Doch was waren schon dreizehn Kilometer. In Mathildes Magen kribbelte es, wie immer, wenn sie eine Fährte aufgenommen hatte. Sie war sicher, dass ihr Bauchgefühl sie nicht trog. Morgen würde sie sich mit aller Konzentration wieder den Akten widmen.

Zeit für eine Zigarette, Zeit, den müden Augen eine längere Pause zu gönnen. Nur noch drei Zigaretten in der Packung, sie brauchte Nachschub. Mathilde zündete sich ihre Gauloises an und öffnete wieder ein Fenster. Jetzt hatten sich dicke Gewitterwolken über den Weinfeldern festgesetzt, doch es regnete noch nicht. Ein einfacher Gewitterregen würde den Trauben nicht schaden, schlimmer waren da schon die echten Stürme mit hohen Windgeschwindigkeiten, die an den Blättern und Traubenbündeln rüttelten, als wollte der Wind sie mit aller Macht von ihren Weinstöcken schütteln. Wie immer wedelte sie den Rauch aus dem

Fenster, wie immer in dem hoffnungslosen Versuch, Odile im wahrsten Sinne des Wortes an der Nase herumzuführen.

Die große Standuhr im Flur schlug sieben Mal. Die Uhr ging vor, seit Mathilde denken konnte. Zehn Minuten. Sie hatten es dabei belassen. So hatte man, je nach Termin, Rendezvous oder der unwiderruflichen Aufforderung Odiles, pünktlich um acht zum Abendessen zu erscheinen, immer zehn Minuten, in denen man sich frisch machen, umziehen oder einfach nur auf die Toilette gehen konnte.

Mathilde hatte sich für halb acht mit Martin verabredet. Der gestrige erste Abend in der Traffic Bar hatte ihr gut getan. Die Stunde, die sie erübrigen konnte, war ihm Nu vergangen. Eine kurze Flucht vor den seelenzerfressenden Fällen. Martin war sympathisch, charmant und eloquent. Und er brachte sie zum Lachen. Vielleicht verhalf der Reiseschriftsteller ihr durch seine unbefangene Art zu einer ganz anderen Sicht auf die Dinge. Er hatte ihr seine Irrfahrt in den engen Gassen von Maguelone so drollig geschildert, dass Mathilde vor Lachen Tränen in den Augen hatte. Sie überlegte, ob sie mit Rachid Bouraada jemals zusammen gelacht hatte. Sie konnte sich nicht erinnern. Einen Moment sah sie die beiden Männer nebeneinander vor sich stehen. Beide hochgewachsen, Martin schlank und schlaksig mit einem Wust brauner lockiger Haare, manchmal etwas linkisch – Rachid wie eine Raubkatze, muskulös, mit wachsamen Augen, denen nichts entging.

Sie legte seufzend ihre Notizen auf den Aktenstapel. Es war an der Zeit, sich umzuziehen. Heute Abend wollte Martin ihr ausführlich erzählen, was es mit der Vergangenheit seiner Familie auf sich hatte.

Saint-Gilles – Sommer

»Mein Großvater hat mir berichtet, dass man uns schon in der Traffic Bar zusammen gesichtet hat. Bei seinen Freunden wird bereits darauf spekuliert, wann wir beide heiraten werden. Ich befürchte, es werden im Ort schon Wetten angenommen, wann ich endlich unter die Haube komme. Ein geheimnisvoller Unbekannter soll sich dort mit mir unterhalten haben. Waren Sie das etwa, Martin?« Mathilde sagte dies ganz unbefangen und lachte unbeschwert.

Martin hatte die letzten Schritte zur Bar rennen müssen, ein Regenguss entlud sich in diesem Moment genau über Saint-Gilles. Mathilde hatte bereits an der Bar gesessen. Sie begrüßten sich wie alte Freunde. Mathilde blickte fragend auf ihr gezapftes Bier, und als Martin nickte, hob sie zwei Finger in Richtung Wirt. Das Bier mit einem Hauch von Schaumkrone kam in weniger als einer Minute. Auch Martin registrierte, dass sie aufmerksam beäugt wurden. Mathilde war in der Bar bekannt wie ein bunter Hund. Alle paar Minuten kam jemand vorbei, der sie begrüßte, Küsschen links, rechts, links, fragte, wie es ihr gehe, ob alles überstanden wäre. Sie hatte für jeden ein freundliches Wort, schüttelte aber die Leute, die Martin neugierig anstarrten, schnell wieder ab. Es war wohl doch keine so gute Idee gewesen, sich in der kleinen Bar zu treffen, man bekam einfach keine Ruhe.

Als ein Tisch in der hintersten Ecke frei geworden war, setzten sie sich dorthin und waren etwas ungestörter. Lediglich zwei alte Männer hatten sich in unmittelbarer Nähe niedergelassen und begrüßten Mathilde mit einem freundlichen Winken.

»Freunde meines Großvaters, wahrscheinlich als Späher mit gespitzten Ohren von ihm ausgesandt«, raunte sie Martin grinsend zu und winkte zurück. »Aber jetzt bin ich auf Ihre Geschichte gespannt.«

Als Martin ihr das, was er wusste, erzählt hatte, war Mathilde für einen Augenblick sprachlos. »Das kann doch kein Zufall sein, dass wir uns hier begegnet sind. Wie ich Ihnen schon kurz angedeutet habe, lebt meine Familie seit Generationen vor den Toren von Saint-Gilles. Mein Großvater, das heißt, er und mein Onkel sind Weinbauern. Unsere ganzen Freunde leben hier. Mein Großvater kannte Docteur Barbier, die beiden sind zusammen auf die Jagd gegangen. Mich hat er noch als kleines Mädchen gegen Schnupfen und was weiß ich behandelt. Da war er mir schon steinalt vorgekommen. Das ist natürlich ewig her. Und der Unfall ist passiert, nachdem Ihre Großeltern mit Ihrer Mutter das Haus von Barbier verlassen hatten? Schrecklich, das tut mir so leid. Ich würde Ihnen so gerne weiterhelfen, Martin.«

Gedankenverloren zupfte Mathilde eine Papierserviette in kleine Schnipsel. Laut überlegte sie, ob es wohl noch Unterlagen zu diesem Unfall, der nun mehr als siebzig Jahre zurücklag, geben könne. Aber wahrscheinlich habe er nie Eingang in irgendwelche Akten gefunden. Martin schaute skeptisch, dann schüttelte auch Mathilde den Kopf.

»Sie glauben nicht daran! Sie haben ja recht, es ist mehr als unwahrscheinlich, aber ich werde trotzdem im Archiv im Rathaus nachfragen lassen, ob es eine Akte, einen Vermerk gibt. Dort wird alles gesammelt, was irgendwann einmal offiziell vermerkt worden ist. Wir Staatsdiener sind ja dazu verpflichtet. Aber leider ist es hier nicht anders als wahrscheinlich bei Ihnen. Vieles ist weg, zerstört, der Krieg ...«

Verlegen stimmte Martin Mathilde zu, er konnte sich tatsächlich nicht vorstellen, dass es zu dem Unfall Aufzeichnungen gab. Schließlich waren die drei auf der Flucht gewesen, wer also sollte einen solchen Unfall aufgenommen haben? Doch Mathilde hatte wieder etwas über ihren Beruf angedeutet, und so packte er die Gelegenheit beim Schopf und wollte mehr über ihre Tätigkeit erfahren. Doch die Untersuchungsrichterin gab wieder kaum etwas von sich preis.

»Es war von Anfang an für mich klar, dass ich nicht in den Betrieb einsteigen würde. Und so habe ich Jura studiert. Die Entscheidung, Untersuchungsrichter werden zu wollen, hatte ich schon früh gefällt. Die Noten stimmten, und dann bin ich hier in der Region geblieben, in meiner Heimat. Ich weiß wirklich nicht, was die Leute nach Paris treibt. Wissen Sie, wir leben hier im Paradies, aber das Böse hat der liebe Gott uns da gelassen. Und ich kümmere mich darum, es so weit wie möglich zu vertreiben. Eine Sisyphusarbeit.«

Sie zuckte mit den Schultern, und das Thema war für sie erledigt. Martin ließ es gut sein. Es gab so vieles, über das er sich mit Mathilde unterhalten konnte. Von der Schönheit der Landschaft über die Eigentümlichkeiten ihrer Bewohner bis hin zu deren Einstellung zum Flüchtlingsproblem, Politik im Allgemeinen und Kunst und Kultur im Speziellen. Mathilde erfuhr, dass Martin zwei Schwestern hatte und vor Jahren für drei Wochen verlobt gewesen war.

Die Zeit verrann wie im Fluge, und als sie sich voneinander verabschiedeten, lud Mathilde Martin ein, in den nächsten Tagen das Weingut ihres Großvaters Rémy zu besuchen und den alten Herrn persönlich kennenzulernen. Und wenn er die Bekanntschaft der Freunde des Großvaters machen wolle, um diese wegen seiner Großeltern zu befragen, so würde sie ihn gerne als Gast zu Vincent Lagardes Geburtstag mitnehmen, der ein paar Tage später im Restaurant Les Magnolias gefeiert werden würde.

»Alles alte Freunde von Grand-père. Es müsste mit dem Teufel zugehen, wenn nicht einer von ihnen Barbier doch noch ein wenig näher gekannt hat und etwas über die alte Unfallgeschichte weiß. Und Sie werden eine ganz besondere Küche kennenlernen. Nun, Martin, haben Sie Lust, mich zu begleiten?«

Er hatte die Einladung mit großer Freude angenommen. Und so spontan Mathilde diese ausgesprochen hatte, so spontan hatte er daraufhin seine charmante Begleiterin gefragt, ob sie nicht Lust habe, ihn am nächsten Tag auf seiner Besichtigungstour nach Sommières zu begleiten, ihn mit ein paar Tipps zu versorgen und anschließend mit ihm essen zu gehen. Martin musste seine Enttäuschung hinunterschlucken, als Mathilde ihm einen Korb gab.

»Es tut mir leid, mein lieber Martin, aber morgen ruft die Pflicht.«

»Morgen ist Samstag«, wandte er mit gespielter Empörung ein.

»Phh, Samstag, Sonntag. Leider kann ich es mir nicht immer aussuchen. Es wartet wirklich ein wichtiger, ein dringender Arbeitstermin. Aber wir sehen uns spätestens auf der Geburtstagsfeier. Und ich verspreche Ihnen, dass wir bald unseren ersten gemeinsamen Ausflug machen werden. Ich werde Sie so mit Informationen füttern, dass Sie sich wünschten, Sie hätten mich nie mitgenommen.«

Sommières – Sommer

Martin hatte die Fenster auf Fahrer- und Beifahrerseite heruntergelassen. Die Klimaanlage hätte ihm größere Erleichterung verschafft, aber er wollte die Geräusche und Gerüche in sich aufnehmen, die ihn auf der Landstraße nach Sommières, einem malerischen Städtchen an der Vidourle, begleiteten. Mathilde hatte ihm den Tipp gegeben. Am Samstag zog sich ein Markt durch die Altstadt, und für Flohmarktjäger gab es sehenswerte Angebote auf dem von Platanen beschatteten Platz entlang der Allée Frédéric Mistral, die an einer kleinen Stierkampfarena endete.

Auch wenn Martin Phrasen nicht schätzte, so erschien ihm der heutige Tag wie ein Tag aus dem Bilderbuch. Keine Wolke am Himmel, dessen Blau von der Palette eines Auguste Renoir zu stammen schien. Eine leichte Brise brachte kaum Erfrischung, sorgte aber dafür, dass die Blätter der Pappeln sich sanft bewegten und ein ums andere Mal silbern aufblitzten. Die Bäume säumten eine lang gezogene Straße, und die Alleebewohner gaben ein ohrenbetäubendes Konzert. Martin hatte keine Ahnung, wie viele Zikaden sich in den Zweigen aufhielten, um einen solchen Lärm zu veranstalten. Und er genoss es. Mit Joe Dassin sang er um die Wette und schmetterte sein *Et si tu n'existe pas …* lauthals heraus. Er dachte an Mathilde de Boncourt, und selten hatte er sich so lebendig gefühlt wie in diesem Moment.

Er hatte die weiten Weideflächen hinter sich gelassen, und nun begleiteten ihn die Weinfelder, auf denen in akkuraten Linien die Rebstämme auf die Ernte warteten. Martin fuhr gemächlich, heute war er das Verkehrshindernis, denn in regelmäßigen Abständen wurde er von Einheimischen halsbrecherisch überholt.

Kurz vor Sommières veränderte sich der Charakter der Landschaft. Olivenbäume übernahmen das Kommando und lösten die Weinfelder ab. Martin schaute in den Rückspiegel. Wieder zog er eine Kolonne hinter sich her. Er zeigte sich gnädig und bog in einen schmalen Feldweg ein, um den Tross vorbeizulassen. Er stellte seinen Wagen im Schatten eines riesigen alten Olivenbaumes ab. Er war schon mehrfach gekappt worden, doch ließ er nicht nach, auszuschlagen und seine Zweige wachsen zu lassen. Sie hingen voll grüner Oliven, die sich schon teilweise in ein dunkles Violett verfärbten. Bis vor kurzem hatte er nicht gewusst, dass die dunkle Olive nichts anderes war als eine reifere grüne Olive. Er umrundete den Baum, dessen knorrige, rissige Rinde an ein Gesicht voller Furchen und Runzeln erinnerte. Die lanzettförmigen Blätter schaukelten im leichten Wind, und Martin überkam ein Gefühl der Ergriffenheit, als er sich vorstellte, seit wie vielen Jahrhunderten dieser Baum Jahr für Jahr seine Früchte trug. Er durchwanderte den Olivenhain, hob von Zeit zu Zeit eine Olive vom Boden auf, drehte sie zwischen seinen Fingern, rollte sie über seine Handfläche. Sie rochen nach nichts. Und sie waren in diesem Zustand ungenießbar. Vor Jahren hatte er an einer rohen Olive geknabbert. Sie war bitter, und er hatte das kleine Stückchen, das er abgebissen hatte, sofort wieder ausgespuckt. Bis die Olive essbar in den Holztrögen auf den Märkten oder in Gläsern auf den Regalen der Geschäfte landete, war es ein langer Weg. Die meisten Olivenbäume, zwischen denen Martin voller Andacht durchspazierte, mochten achtzig, neunzig Jahre alt sein. Zwischendurch stand immer wieder ein junges Bäumchen, das einen alten Vorgänger ersetzte.

Martin genoss die Stille, die hier fernab der Landstraße herrschte. Ein tiefes und aufgeregtes Summen und Brummen riss ihn aus seinen Gedanken, die in diesem Moment darum kreisten, dass seine französischen Wurzeln wohl doch ausgeprägter waren, als er bis jetzt angenommen und verspürt hatte. Zwischen einer Anpflanzung jüngerer Bäume waren große Holzkästen aufgebaut, vor denen Bienen einen wilden Tanz aufführten. Besser, er kam ihnen nicht zu nahe. Er fragte sich, welche Blüten die Tiere besuchten, denn die Olivenbäume blühten nur bis Anfang Juni. Und ihre Blüten waren winzig klein. Ob sie überhaupt für Bienen interessant waren? Martin machte einen weiten Bogen um die Bienenstöcke und spazierte weiter. Und noch bevor er ihn sehen konnte, roch er ihn. Lavendel, der so typisch für die Provence war, eroberte immer größere Flächen auch im Languedoc. Und schon leuchteten die ersten violetten Blüten am Ende des Olivenhains zwischen den Stämmen der Bäume hindurch. Es war Martin, als würde er einen anderen Planeten betreten, als sich vor ihm unvermittelt ein riesiges Feld blühender Lavendel erstreckte. Wie ein wogendes Meer bogen sich die Blütenstände in ihrer vollen Leuchtkraft im Wind, der sanft über sie hinwegstrich.

Das Feld lag ein wenig unterhalb des Olivenwaldes, und Martin setzte sich auf eine alte niedrige Steinmauer zwischen Hain und Feld. Der Duft war unbeschreiblich. Martin sog ihn ein wie ein Ertrinkender den notwendigen Sauerstoff. Während er am Feldrain noch jede einzelne Blüte in ihrer Vollkommenheit erkennen konnte, verschmolzen sie dann, soweit das Auge reichte, zu einem dicht gewebten Teppich, der in den Farben von hellem bis zu dunklem Violett changierte. Diesen Teppich säumte dort, wo das Auge den Horizont vermutete, die Bergkette der Cevennen. Ein Greifvogel segelte am Himmel, bereit, jeden Moment eine Maus, die es wagte zwischen den Lavendelbüschen aufzutauchen, zur Strecke zu bringen. Ja, das war es. Leben wie Gott in Frankreich. Martin genoss noch für einige Minuten den unbeschreiblichen Anblick. Dann machte er sich auf den Weg zu seinem Wagen. Wenn er das Markttreiben in Sommières noch erleben wollte, musste er sich sputen. Die Marktleute packten gegen Mittag ein.

Martin parkte auf einem unbefestigten Parkplatz in Höhe der Arena von Sommières und passierte die Vidourle über eine alte Steinbrücke. Direkt dahinter begann der große Flohmarkt, von dem Mathilde ihm erzählt hatte. Hier waren nicht nur alte Kleider und billiger Ramsch zu finden, sondern Stände mit altem Glas und Porzellan, Bilder und alter Schmuck warteten auf Kunden,

Buchhändler hielten in großen Bananenkisten so manchen Schatz bereit. Entspannt schlenderte Martin zwischen den Tischen von Bouquinisten und Uhrmachern hindurch, die von der Standuhr bis zur kleinen Taschenuhr ihre Ware und ihr Können im Reparieren von Laufwerken und abgebrochenen Zeigern anpriesen.

Der Flohmarkt endete mit einem letzten Bücherstand, und Martin stöberte interessiert in den Kisten. Wie elektrisiert griff er nach einem unscheinbaren Buch in braun gesprenkeltem Einband. Es wäre nicht weiter aufregend gewesen, wenn nicht auf dem Buchrücken in goldenen Lettern der Name Grouvelle gestanden hätte. Martin schlug das Buch auf. Tatsächlich. Es waren die 1805 erschienenen »Mémoires historiques sur les templiers« von Philippe Antoine Grouvelle. Ein Schatz für jeden, der sich mit der Geschichte der Templer auseinandersetzen wollte. Martin bezahlte anstandslos die sieben Euro. Er wusste, dass dieses Werk nicht unter dreihundert Euro ein Antiquariat verlassen würde.

Mit seinem Fundstück unter dem Arm schlängelte er sich durch die Menge an Touristen und Einheimischen, die über den Markt trieben, der von Schuhen über Seife und Öl, Wurst und Käse, Brot und Gemüse bis hin zu Hüten und Gürteln alles anbot, was das tägliche Leben erforderte.

Martins Magen knurrte bereits seit geraumer Zeit, und er steuerte ein Lokal an, von dem Mathilde ihm vorgeschwärmt hatte. Es lag mitten in der Altstadt und wurde besonders stark frequentiert, denn man konnte sich dort niederlassen und bei einem Glas Wein oder Bier seine mitgebrachten Lebensmittel verzehren. Die Stühle und Bänke vor dem Sansavino waren fast alle besetzt. Rechts standen die eingedeckten Tische für die Gäste, die im Restaurant speisen wollten, links die einfachen Biertischgarnituren und Metallstühle an wackeligen Tischen, auf denen Teller mit geöffneten Austern, Papiertüten mit rundem Ziegenkäse, Salami und Brot lagen. Martin hoffte, noch ein Plätzchen zu finden, sobald er sich am Austernstand vorgearbeitet und ein Dutzend Austern gekauft hatte.

Nach einer Viertelstunde war es so weit. Ein junger Mann

öffnete geschickt die Muscheln, und in weniger als einer Minute schimmerten zwölf Austern auf einem Mitnehmteller. Mit seiner nach Meer duftenden Fracht und einer halben Zitrone bewaffnet, kämpfte sich Martin zurück zum Sansavino. Alle Plätze schienen besetzt. Er reckte den Hals und hoffte, dass sich irgendwo jemand erheben und weggehen würde. Schon wollte er aufgeben, als eine Frau mit farbenfrohem Strohhut in seine Richtung winkte. Fragend schaute er sich um. Ja, tatsächlich, er war gemeint. Die Frau und mit ihr die übrigen Gäste auf der Bank rutschten zur Seite, plauderten und aßen munter weiter. Martin stellte seinen Teller ab und setzte sich dazu. Etwas unbeholfen schaute er sich um. Er hatte kein Messer, um die Auster aus ihrer Schale zu lösen. Die meisten Gäste hier kannten das Prozedere und hielten Taschenmesser in ihren Einkaufstaschen bereit. Noch bevor er um ein Messer bitten konnte, stand die Bedienung vor ihm, legte ihm ein Messer auf einer Papierserviette neben den Teller und fragte nach seinem Getränkewunsch. Der trockene Weißwein stand fünf Minuten später vor ihm. Ein Wunder, dass das Personal bei diesem Andrang nichts durcheinanderbrachte.

Martin blendete für einen Moment alle Geräusche aus. Kein Geplapper, keine Rufe der Händler, keine Mütter, die laut nach ihren Kindern plärrten, keine Hunde, die bellten, keine Straßenmusiker. Er genoss einfach diesen Augenblick. Dann wandte er sich seinen Austern zu.

Château de Boncourt – Sommer

Mathilde wartete mit Spannung auf Rachid Bouraada. Er hatte gestern so geheimnisvoll getan.

Sie hatte den ganzen Vormittag damit verbracht, die Akten der Fenstersturzopfer bis ins kleinste Detail zu studieren. Die Adressen der Villen und Häuser, aus deren Obergeschossen die Mädchen gefallen waren, ließen nobelste Wohngegenden erahnen. Keines der Mädchen war aus einem Wohnblock in einer *banlieue* gestürzt, die jedem dieser Orte als mehr oder weniger problematischer Stadtteil vorgelagert waren. Und nicht nur die Adressen ließen Mathilde mit der Zunge schnalzen. Die Besitzer der Anwesen gehörten durchweg zur Crème de la Crème der Gesellschaft. Besitzer mehrerer Apotheken in Alès, ein Immobilienmakler in Nîmes, ein hoch dotierter Künstler in Pont-Saint-Esprit. Beaucaire und Sète waren mit jeweils einem Arzt vertreten, zwei Anwälte in Bagnoles-sur-Cèze und Montpellier, ein Antiquitätenhändler in Pézenas. Und der Notar in Uzès. Uzès das dreizehn Kilometer vom Pont du Gard entfernt lag.

Alles in allem ein wunderbarer Querschnitt durch die französische gehobene Gesellschaft. Wenn Mathilde sich recht erinnerte, hatte sie vom ortsansässigen Immobilienmakler vor Jahren ihre Wohnung gekauft. Ein unscheinbarer, kleiner, biederer Mann jenseits der sechzig. Sie kniff die Augen zusammen und versuchte, sich genauer an sein Gesicht zu erinnern. Unscheinbar. Nichts, was ihr im Gedächtnis geblieben wäre.

Mathilde klickte die Mine ihres Kugelschreibers immer wieder rhythmisch in ihr Gehäuse, dann umkringelte sie mit Nachdruck den Namen Maître Auguste Klein mit Kanzlei in Uzès. Sie blätterte in der dazugehörigen Akte. Verdammt, wie hatten sie das übersehen können? Vor achtzehn Monaten hatte Klein diesen Unfall gemeldet. Eine junge Frau. Beim Fensterputzen aus dem zweiten Stock gefallen, Genickbruch. Doch das Mädchen war nicht in Uzès zu Tode gekommen, sondern in Remoulins, in dem Ort, in dem der Notar wohnte. Und Remoulins ist etwas mehr als einen Kilometer vom Pont du Gard entfernt, dort wo das Kind vor den Augen der Touristen in den Tod gestürzt war. Keine dreizehn Kilometer, nein, nur zwei winzige Kilometer. Der Pont du Gard – Remoulins, hier fanden zwei lose Fäden zueinander, warteten darauf, miteinander verknüpft zu werden.

Und vier Kilometer zwischen dem Abteigelände und Saint-Laurent-d'Aigouze. Zwei tote Mädchen in unmittelbarer Nähe zueinander. Die kleine Rumänin, und vor einem Jahr eine junge Frau, die ertrunken in einem Swimmingpool aufgefunden worden war. Mathilde hatte sich am frühen Morgen diese Akte als erste vorgenommen. Veronica Gromowa, ein angeblich siebzehn Jahre altes Au-Pair-Mädchen aus der Ukraine. In der Akte kein Hinweis auf einen Reisepass oder ein Visum. Lediglich der Name des Opfers und sein Alter. Madame Laetitia Valauvert, bei der das Mädchen gelebt hatte, war offenbar nicht nach einem Ausweispapier von Veronica Gromowa gefragt worden. Überhaupt war der Vorgang den Beamten vor Ort letztlich nur drei Blatt Papier wert gewesen. Keine Befragungen, keine Obduktion, einfach nichts. Der Hausarzt von Madame Valauvert hatte den Tod durch Ertrinken bescheinigt, ein Unfall, zwar von der Gendarmerie aufgenommen, mehr aber auch nicht. Mathilde hatte bereits am Tag zuvor instinktiv gespürt, dass diese dünne Akte etwas Besonderes beinhalten musste. Valauvert, Valauvert? Der Name hatte sich in ihrem Kopf festgesetzt. Woher kannte sie ihn? Die Untersuchungsrichterin hatte Name und Adresse von Madame Valauvert in ihren Computer eingegeben. Nichts. Dann eben nur den Namen Laetitia Valauvert. Schon das erste Ergebnis war ein Volltreffer gewesen und hatte Mathilde über das ganze Gesicht strahlen lassen. Laetitia Valauvert, natürlich, sie war die Ehefrau von Leon Daudet. Der

Swimmingpool, in dem das Mädchen aus der Ukraine den Tod gefunden hatte, befand sich im Garten eines erfolgreichen Kommunalpolitikers, der auf dem besten Weg war, die Stufen zum Élysée-Palast zu erklimmen. Und sein Name tauchte in der Akte kein einziges Mal auf.

Es klopfte an der Tür.

»Ja, komm herein.«

Mathilde vermutete, dass Odile hinter der schweren Tür stand, bewaffnet mit allen Köstlichkeiten, die die Küche hergab. Immerhin wurde Commandant Bouraada erwartet, an dem Odile offensichtlich einen Narren gefressen hatte. Doch die Tür wurde nicht geöffnet. Stattdessen hörte Mathilde nur ein Rumsen, als würde jemand das Holz mit den Füßen bearbeiten.

»Mathilde, mach auf, ich bin beladen mit dem Tablett.«

Sie hatte es doch gewusst. Schmunzelnd riss sie die Tür mit einem Ruck auf, ehe Odile sie noch mit dem Fuß eintreten konnte. »Für wen soll denn das alles sein. Wir wollen hier nicht eine Woche kampieren, wir sind bis zum Abend fertig.«

Die Haushälterin schnaufte nur, stellte das Tablett, auf dem kein freies Plätzchen mehr war, auf dem Schreibtisch ab und schob dabei Akten und Notizen zur Seite. »Als der Commandant dich das letzte Mal besucht hat, war von der Tarte und der Rindersalami nichts mehr übrig. Das passiert mir nicht noch einmal, dass ein Gast mit leerem Magen nach Hause geht.«

Sie stemmte ihre Arme in die Hüften und sah Mathilde anklagend an, als ob diese sich die komplette Salami einverleibt hätte. Mathilde traute sich in diesem Moment nicht, Odile zu gestehen, dass Henri sich über die Salami hergemacht und der Commandant allenfalls drei, vier Scheibchen gegessen hatte.

»So, das dürfte reichen. Salami, eine kleine Lammpastete, die schwarzen Oliven, er hatte die grünen nicht angerührt. Drei Sorten Käse, den Roquefort habe ich weggelassen, der ist ihm zu streng. Sébastien hat noch Tomaten gepflückt, die werden ihm schmecken, reif und süß. À propos süß, ich muss hinunter, die Apfelbeignets sind gleich fertig. Nicht zu viel Zucker drauf, so mag er sie.«

Mathilde konnte nur noch staunen. Der Roquefort zu streng, die Apfelküchlein mit wenig Zucker. Odile wusste ja mehr über die Vorlieben von Rachid Bouraada als sie nach all den Jahren der Zusammenarbeit. Amüsiert schielte sie auf Odiles Mund. Lippenstift.

»Mit den Beignets kannst du dir Zeit lassen, aber bring bitte noch eine Karaffe mit Wasser und Eis hoch.«

Odile verschwand, um zehn Minuten später mit dem Commandant im Schlepptau wieder in Mathildes Arbeitszimmer zu erscheinen. »Mathilde, schau, wen ich dir mitgebracht habe«, flötete sie. »Und nun an die Arbeit, ihr Lieben. Rachid, wenn Sie irgendetwas benötigen, schicken Sie Mathilde mit Ihrem Wunsch zu mir.«

Aha, so weit waren die beiden also schon. Rachid. Und Mathilde durfte springen. Sie grinste breit, und Bouraada hob verlegen die Schultern.

»Zu Befehl, Odile. Wir melden uns. Und Sie, Rachid, können die Karaffe hier abstellen. Alors, an die Arbeit.«

Bouraada stellte den Wasserkrug ab, Odile schaute ihn noch einmal aufmunternd an, als wolle sie sagen, »Scheuen Sie sich nicht, jeder Herzenswunsch wird Ihnen erfüllt«, und dann verschwand sie in die untere Etage, nicht ohne lauthals Sébastien anzuweisen, Mathilde nicht zu stören, der Commandant sei da.

Lachend ließ sich Mathilde in ihren Schreibtischstuhl fallen, Bouraada nahm ihr gegenüber Platz.

»Bonjour, Mathilde, wir haben uns noch gar nicht begrüßt. Odile hat ein einnehmendes Wesen«, fügte er lächelnd hinzu.

Es kam so selten vor, dass Mathilde den Polizisten lächeln sah, dass sie unweigerlich die Luft anhielt. Bouraada war ein attraktiver Mann, doch wenn er lächelte, verschlug es Mathilde nahezu die Sprache. Nur gut, dass es nicht allzu oft vorkam. »In der Tat. Sie ist sehr angetan von Ihnen, Rachid. Ich hoffe, Sie erweisen ihr die Ehre und bringen nachher ein leeres Tablett nach unten. Das ist das Mindeste, was sie erwartet.«

Dann wurde sie ernst. »Rachid, Sie haben gestern so geheimnisvoll getan. Was haben sie herausgefunden?«

Der Commandant lehnte sich in seinem Lederstuhl zurück. »Franck Viroulet hat vor ein paar Wochen Selbstmord begangen.«

Mathilde stieß die Luft aus. »Selbstmord? Wie und warum? Und warum erzählen Sie das erst jetzt?«

»Ich musste mich zuerst vor Ort davon überzeugen, dass Viroulet in Spanien mit dem Motorrad einfach geradeaus in den Tod fahren konnte.«

»Das ist ja wirklich ein Ding. Woher wissen Sie das?«

»Ich habe mit seiner Frau gesprochen. Er ist mit seinem Motorrad in den spanischen Pyrenäen absichtlich in den Tod gerast. Der Doktor war morphiumsüchtig, er ist erpresst worden. Man hat den Viroulets ein junges Mädchen aus Marokko als Haushaltshilfe untergeschoben. Madame Viroulet hat zwar keine benötigt, aber einem fast geschenkten Gaul schaut man wohl auch nicht ins Maul. Viroulet hat das Mädchen, ohne dass seine Frau jemals etwas davon mitbekommen hat, dann auf Anweisung, meist wurde er angerufen, an einen vereinbarten Ort gebracht, wo sie dann von einer oder mehreren Personen missbraucht worden ist. Viroulet hat derweil im Auto gewartet und sie dann wieder mit nach Hause genommen. Er musste schweigen. Die anderen hatten ihren Zeitvertreib, ohne irgendein Risiko einzugehen. Als das Mädchen geflohen ist, hat man es versäumt, einen Dolmetscher zu holen, sie wurde in ein Flüchtlingsheim gebracht, weil man sie über Nacht nicht in der Gendarmerie lassen wollte. Viroulet hat sie dort einfach wieder abgeholt und mit Geld nach Hause geschickt. Niemand hat sich gewundert, niemand hat Fragen gestellt. Als man dem Doktor ein neues Mädchen aufdrängen wollte, eine kleine Rumänin, hat er wohl keinen anderen Ausweg gewusst, als sich das Leben zu nehmen. Er hat das alles in einer Art Geständnis seiner Frau hinterlassen, die seine letzten Worte aber erst vor Kurzem gefunden hat.«

»Hat er Namen genannt?«

»Nein, nichts dergleichen. Er wollte seine Frau dadurch schützen. Sie weiß nichts, also ist sie nicht in Gefahr. Doch wenn er für seine Frau eine Gefahr sah, dann hatte er es mit Typen zu tun, die auch vor Mord nicht zurückschrecken.«

»Glauben Sie, dass es vielleicht kein Motorradunfall war, dass man ihn getötet hat und er durch Zufall dieses Geständnis vorher niedergeschrieben hat?«

»Nein, die spanischen Kollegen hatten es von Anfang an ausgeschlossen. Und ich war dort. Ganz sicher keine Fremdeinwirkung. Ein echter Suizid.«

»Ohne Namen kommen wir nicht weiter. Was also ist mit dem Mädchen. Die Kleine aus Marokko ist wieder zu Hause. Wir müssen Kontakt zur Familie aufnehmen und das Mädchen befragen.«

Der Commandant unterbrach sie. »Auch das ist bereits überprüft. Tourrain hat alles versucht, sie ausfindig zu machen. In Meknès, dort kommt sie angeblich her, gibt und gab es nie eine Familie Delasa mit einer Tochter namens Najat. Der Name wie die Herkunft sind ein Fake. Und Madame Viroulet hat keine Ahnung, mit welchem Ziel das Mädchen genau aufgebrochen ist. Franck Viroulet hat ein Ticket nach Agadir gekauft. Dort verliert sich ihre Spur im Moment.«

»Phhh. Das hört sich nicht gut an. Hoffen wir wenigstens, dass die Kleine in Agadir gut in ihrem Zuhause angekommen ist. Was haben wir sonst? Ich habe versucht, ein paar der Fäden miteinander zu verknüpfen. Schauen Sie, dies sind noch mal alle Todesfälle unter äußerst merkwürdigen Umständen, alle Mädchen angeblich Haushaltshilfen oder Au Pair, alle aus dem Ausland, alle angeblich zwischen siebzehn oder achtzehn. Aber wenn die Namen falsch sind, sind auch die Altersangaben nicht korrekt. Das Kind, das zerschmettert unter dem Pont du Gard lag, war höchstens dreizehn oder vierzehn.« Mathilde zeigte auf die Akte. »Ich habe hier einmal alles, was relevant ist, zusammengefasst.«

Die Untersuchungsrichterin schob Bouraada ihre Notizen hin.

»Diesen Namen sollten wir überprüfen. Maître Auguste Klein, Notar mit Kanzlei in Uzès. Aber, und jetzt passen Sie auf, wohnhaft in Remoulins. Etwas mehr als ein Kilometer zum Pont du

Gard. Vor etwa eineinhalb Jahren ist in seinem Haus eine junge Frau zu Tode gekommen. Bei ihr gab es keinen Zweifel, dass sie tatsächlich schon siebzehn Jahre alt war. Klein hat sich danach wohl sehr großzügig gezeigt. Die Eltern sind eingeflogen worden und haben die sterblichen Überreste ihrer Tochter mitgenommen. Schauen Sie, was für eine Schönheit sie war. Großgewachsen und stolz, und dann dieses Ende.«

Mathilde zeigte auf das Foto, das sie der Akte entnommen hatte, seufzte tief und hielt einen Moment inne. Dann fuhr sie fort: »Todesursache, ein Klassiker: Sturz aus dem Fenster mit Todesfolge. Und hier noch etwas ganz Besonderes. Das Mädchen aus Rumänien bei Saint-Laurent-d'Aigouze. Wir wissen ja bereits, dass sie wahrscheinlich nicht dort gestorben ist, wo man sie gefunden hat. Saint-Laurent-d'Aigouze ist eine Kleinstadt, vielleicht ist irgendjemandem etwas aufgefallen, ein Kind, dessen Gesicht neu in der Stadt war, das sich von den anderen unterscheidet, das unsere Sprache nicht spricht.«

»Ein Kind aus Rumänien unterscheidet sich optisch nicht von den meisten anderen Kindern, die im Süden leben. Mit der Sprache haben Sie natürlich recht. Aber wem sollte sie dadurch aufgefallen sein? Wahrscheinlich wurde sie unter Verschluss gehalten. Wissen Sie, was mich verzweifeln lässt? Dass niemand etwas von dem bemerkt, was in der Nachbarschaft vor sich geht. Oder nicht merken will. Diese Kinder existieren quasi nicht. Sie leben im Schatten, werden ab und zu herausgezerrt, verschwinden wieder im Schatten. Mathilde, diese Kinder sind nur noch Schatten. Und wenn wir keinen Namen haben, wo wollen wir beginnen?«

»Doch, Rachid, wir haben etwas.«

Triumphierend hob sie den dünnen Pappordner in die Höhe.

»Der Fall liegt ebenfalls schon mehr als ein Jahr zurück, man scheint immer eine längere Pause einzulegen, bevor man sich frisches Blut ins Haus holt. Veronica Gromowa, siebzehn Jahre, Au Pair aus der Ukraine, ertrank in einem Swimmingpool in Saint-Laurent-d'Aigouze. Und wenn mich mein Bauchgefühl nicht im Stich lässt, sollte die kleine Rumänin ihre Nachfolgerin werden. Und, was soll ich Ihnen sagen, dieser Pool liegt im Garten von Leon Daudet.«

»*Dem* Leon Daudet?«

»Ja. Dem Mann, der sich seit Jahren unermüdlich dafür eingesetzt hat, dass nicht die Prostituierten, sondern die Freier bestraft werden, dem Mann, der vehement für die Todesstrafe für pädophile Mörder eintritt, dem Mann, von dem man munkelt, dass seine Partei ihn ganz groß rausbringen wird.«

Château de Boncourt – Sommer

»Auf Vincent!« Die vier alten Männer hoben ihre Gläser, nickten sich zu und tranken sie in einem Zug leer. Rémy de Boncourt schenkte sofort nach.

»Der letzte Jahrgang war gar nicht so schlecht.« Er schnalzte mit der Zunge, hob die Flasche hoch und drehte sie, damit seine Freunde einen Blick auf die Auszeichnung werfen konnten. Auf dem Flaschenkörper hob sich über dem Etikett golden eine Plakette ab, »Medaille d'or – Concours Général Agricole Paris 2013«.

»Also, eins muss ich dir lassen, Rémy. Als du in den Siebzigern als Erster damit angefangen hast, die Syrah-Traube so dominant zu kultivieren, haben dich die meisten für einen Spinner gehalten. Ich gestehe, auch ich hab nicht geglaubt, dass dir solche Tropfen gelingen würden.«

Rémy de Boncourt wehrte bescheiden ab. »Man muss auch Glück haben, Thierry, gute sonnige Jahre sind ja schon die halbe Miete. Und du darfst nicht vergessen, so untreu bin ich der Grenache ja auch nicht geworden, immerhin wachsen auf meinen fünfundsiebzig Hektar dreißig Prozent davon. Der Rest erklärt sich fast von selbst, Carignan, Cinsault und Mourvèdre für den Roten, Roussanne, Grenache Blanc und Viognier für den Weißen.«

Hinter ihnen ertönte lautes Hundegebell.

»Wie macht sich der Nachfolger von Babou? Meinst du, der Kleine ist schon reif für den ersten Einsatz?«, fragte Achille Flaubert.

»Phh, du weißt doch, wie junge Hunde sind. Er ist nicht dumm, aber immer noch unkonzentriert. Mit der Nase der Fährte nach, dann ein Schmetterling am Wegrand, und schon ist's vorbei. Aber ich denke schon, dass wir ihn bei der nächsten oder übernächsten Jagd mitnehmen. Jedenfalls war der Tipp von Vincent sein Geld wert, alle Welpen aus dem Wurf waren kräftig und gesund, und der kleine Henri wird ein prächtiger Jagdhund werden.«

»Na, dann noch einen Schluck auf Vincent.« Die Männer prosteten sich erneut zu und verfielen dann in einträchtiges Schweigen. Dieser vorletzte Augusttag neigte sich langsam seinem Ende zu. Es war ein heißer Tag gewesen, und das Thermometer hatte um die Mittagszeit vierunddreißig Grad angezeigt. Nichts deutete darauf hin, dass der September schon in den Startlöchern stand. Die vier Männer hatten sich im Garten unterhalb der breiten Freitreppe an der Rückseite des Châteaus unter einem riesigen Maulbeerbaum versammelt, ein Relikt aus der Zeit, als im Languedoc die Seidenraupen ihre kostbaren Fäden gesponnen hatten, deren Leib- und Magenspeise die Blätter dieser Baumart waren. Seit dem späten Vormittag war der Gesang der Zikaden das alles übertönende Geräusch gewesen. Und auch jetzt zirpten sie noch unermüdlich und ohrenbetäubend, doch die vier Alten störte es nicht. Wenn sie von Gästen aus dem Ausland oder dem Norden Frankreichs darauf aufmerksam gemacht wurden, waren sie immer ganz erstaunt, dass man diese Tierchen so ausschließlich und ausdrücklich wahrnehmen konnte, sie, die Einheimischen, hörten längst schon nicht mehr hin.

Eine kleine Brise sorgte jetzt am späten Nachmittag für ein wenig Abkühlung. Der Windhauch strich durch die Blätter, für den Bruchteil einer Sekunde verstummten die Zikaden, um dann sofort, wie angespornt durch den Taktstock eines Dirigenten, wieder mit ihrem Gesang einzusetzen. Die Luft war erfüllt von einem würzigen Duft, den sie von Odiles Küchengarten mit sich brachte. Rémys Haushälterin zog hier alles, was irgendwie Sinn in einem Kochtopf machte. Neben den gängigen Rosmarinbüschen wucherten hier Thymian, Oregano und Bohnenkraut, zwischen Tomatenpflanzen und Zucchinigewächsen entfalteten sich Salbei und Lorbeer, Liebstöckel und Sauerampfer. Neuerdings experimentierte sie mit Lavendel, dessen Blüten mittlerweile fast vergangen waren. Sie mischte die getrockneten, zerkrümelten Blüten mit Salz und einem weiteren Gewürz, dessen Zusammensetzung ein streng gehütetes Geheimnis war. Ein damit marinierter Lammbraten war bereits zu Rémy de Boncourts Lieblingsgericht avanciert.

»Ich hätte nicht gedacht, dass Vincent der Erste von uns ist, der gehen muss. Und das so plötzlich. Wie hat er sich auf sein Geburtstagsfest gefreut«, brach Thierry Marchand das Schweigen. »Er war mit seinen fünfundachtzig immerhin ein Jahr jünger als ich.«

»Na, wenn es danach gehen würde, wäre ich ja auch bald dran. Dann schnell, bevor es zu spät ist, noch einen ordentlichen Schluck von meinem Roten. Und esst. Odile hat es mal wieder gut mit uns gemeint. Hier, probiert diese Ziegenkäschen, Odile hat sie zwei Wochen in irgendwelche Kräuter eingelegt, ich sage euch, ein Genuss, der Wein schmeckt euch doppelt so gut, Santé.«

Die Männer griffen beherzt zu. Schwarze Oliven, Salami vom Fleisch eines der Stiere aus Guillaume Rossignols Zucht, eine *paté de lapin* mit Nüssen, frisches Brot und eine *pissaladière* nach dem Rezept von Odiles Großmutter waren auf dem groben Holztisch angerichtet. Statt Teller lagen Holzbrettchen auf dunkelroten Leinenservietten auf dem Tisch.

»À propos ›Santé‹, wie geht es Mathilde«, brummte Achille Flaubert und biss herzhaft in ein Stück Salami, dass er sich großzügig abgeschnitten hatte.

»Ihr kennt doch Mathilde. Kaum war sie aus dem Krankenhaus, war sie nicht mehr zu bremsen. Drei Tage hat Odile sie im Bett halten können, dann war es aus. Docteur Villeneuf habe ihr ja nicht umsonst die Krücken mitgegeben, auch habe er darauf bestanden, dass sie sich gleich bewegt, sie solle doch ihre Muskeln trainieren. Wer's glaubt wird selig. Ich hab natürlich sofort bei ihm angerufen. Er meinte nur, eigentlich dürfe sie die ersten Tage nur aus dem Bett raus, wenn die Krankengymnastin kommt, aber wenn sie nicht zu halten sei, solle sie sich in Gottes Namen bewegen, eben nur nicht übertreiben. Und was sage ich euch, mit jedem

Tag wurde es besser, sie hat schon eine beeindruckende Konstitution, meine Enkelin. Die lässt sich nicht so einfach unterkriegen. Ganz der Großpapa. Den ganzen Juni und Juli hat sie fleißig trainiert, sie kommt mittlerweile mit einer Krücke aus. Fährt sogar schon wieder Auto, keine weiten Strecken, aber immerhin. Und sie raucht schon wieder. Das hat der Arzt ihr strengstens untersagt, was ihr natürlich egal ist. Und sie dachte, wir merken es nicht, hat immer am Fenster gehangen und den Rauch rausgepustet. Odile hatte schon geglaubt, in Mathildes Zimmer würde es brennen, sie war schon quasi mit dem Feuerlöscher unterwegs, bis ihr der Zigarettenrauch in die Nase gestiegen ist. Da hättet ihr Odile mal erleben sollen. Stinksauer war sie, hat alle Zigaretten in den Müll geworfen. Als Mathilde dahinterkam, sind hier die Fetzen geflogen. Ansonsten ist sie viel mit den Hunden draußen, aufs Pferd geht sie natürlich noch nicht, das ist selbst ihr noch zu gefährlich.«

»Und, hat sie keine Angst vor einem weiteren Anschlag?«

Rémy zuckte mit den Schultern. »Phh, was weiß ich. Darüber spricht sie nicht. Dieser Polizist, Bouraada, taucht regelmäßig auf, dann verziehen sich die beiden, und man hört nichts, rein gar nichts.«

»Ist das dieser Araber?«

»Ja, allerdings ist er ja hier geboren, die Familie lebt schon in der dritten Generation in Frankreich. Bouraada ist ein feiner Kerl. Mathilde hält große Stücke auf ihn«.

»Es wird Zeit, dass sie heiratet.« Guillaume Rossignol konnte den Groll in seiner Stimme nicht verbergen. Er hätte es gerne gesehen, wenn Mathilde und sein Enkel Didier ein Paar geworden wären.

»Lass das Mädchen. Sie weiß schon, was sie will. Und irgendwann kommt der Richtige. Sie hat eben keine Zeit für einen Flirt, geschweige denn für eine Beziehung«, nahm Rémy seine Enkelin in Schutz.

»Sie wurde übrigens schon mehrfach in Begleitung in der Traffic Bar gesehen. Ein gut aussehender Mann hat bei ihr gesessen. Mitte vierzig, groß, schlank, braune Haare, sie waren sehr in ein

Gespräch vertieft, sie hat mich nicht bemerkt«, konnte Achille zum Thema »Mathilde und die Männer« beisteuern.

»Ja, ich weiß. Ein deutscher Tourist, er ist hier, um ein Buch über unsere Gegend zu schreiben, bleibt wohl länger. Er wohnt in Saint-Gilles. Mathilde will ihn in den nächsten Tagen zu uns einladen. Wenn er zusagt, ruf ich euch an, dann könnt ihr zur Begutachtung vorbeikommen.«

Rémy schmunzelte und füllte erneut die Gläser nach. Dann wurde sein Gesicht ernst. »Noch einmal, auf Vincent. Wisst ihr, ich komme über seinen plötzlichen Tod einfach nicht weg. Er war doch noch rüstig. Und jetzt feiern wir in Achilles Restaurant nicht wie geplant seinen Geburtstag, sondern werden dort auf ihn anstoßen, weil der liebe Gott ihn zu sich berufen hat. Er hat sich doch sonst nichts sagen lasse, das alte Großmaul. Ja, er war ein echtes Großmaul, aber daran stirbt man doch nicht. Und eine Sache will mir bei seinem Unfall einfach nicht in den Kopf. Wir alle wissen, dass er immer noch ein guter Schwimmer war, jeden Morgen und jeden Abend in seinem Schwimmbecken seine Bahnen zog. Als man ihn fand, war er bereits tot, lag im Wasser und hatte seinen Bademantel an.«

»Ja und?« Thierry schüttelte den Kopf. »Er ist aus dem Wasser raus, hat seinen Bademantel angezogen, dann ein Schwächeanfall, und er fiel zurück ins Becken, wo er ertrank.«

Rémy widersprach ihm. »Nein, so einfach ist es nicht. Ihr alle kennt Vincents Garten. Da ist die Terrasse mit dem Esstisch und den Stühlen, zwischen Terrasse und Schwimmbecken steht seit Menschengedenken diese alte Korbgarnitur. Darauf legte er immer seinen Bademantel ab, ging zum Becken, schwamm seine Bahnen, dann zurück zur Garnitur und ab in den Bademantel. Wie und wann soll er da ins Wasser gefallen sein?«

Seine Freunde schauten ihn verdutzt an. Lediglich Achille pflichtete Rémy bei. »Du könntest recht haben. Aber es gibt noch eine andere Möglichkeit. Was, wenn er freiwillig ins Wasser gegangen ist?«

»Du meinst, er hat sich vielleicht umgebracht?« In Rémys

Stimme schwang Skepsis mit. »Wir alle kennen ihn seit mehr als siebzig Jahren. Und was wissen wir von ihm? Wirklich alles? Vielleicht war Vincent krank, hatte Sorgen. Könnte er wirklich seinem Leben selbst ein Ende gesetzt haben?«

Achille schüttelte den Kopf, Guillaume und Thierry traten Tränen traten in die Augen, die sie sofort mit einer unbeholfenen Armbewegung wegwischten. Die vier Alten verfielen erneut in Schweigen, betreten und nachdenklich. Keiner von ihnen registrierte, dass die Zikaden mit einem Schlag verstummt waren.

Saint-Gilles – Restaurant Les Magnolias – Sommer

Mathilde hatte sich den Besuch mit Martin im Les Magnolias anders vorgestellt. Aus der Geburtstagsfeier von Vincent Lagarde war eine Abschiedsfeier geworden. Dieselben Gäste, die ihren alten Freund hatten hochleben lassen wollen, sollten nun ein letztes Mal ihr Glas auf Vincent Lagarde erheben. Die alten Weggefährten und Freunde hatten sich fest vorgenommen, den Abend zu einem fröhlichen Fest im Angedenken an Vincent werden zu lassen. Und so hatte Mathilde keinen Moment gezögert, Martin trotz der traurigen Umstände ihrem Großvater und den anderen vorzustellen.

Martin hatte zunächst gezögert. Ein Trauerfall sei ja doch eine sehr familiäre Sache, und einen Fremden dort einfach mitzuschleppen, er wüsste nicht, ob das so gerne gesehen würde. Aber Mathilde hatte ihn beruhigen können. Wenn er Vincent kennengelernt hätte, wüsste er, wie dieser sich über den letzten gemeinsamen Abend, auch wenn er körperlich nicht mehr dabei sein könnte, auf seiner Wolke freuen würde.

Das Les Magnolias wurde von Freunden von Mathildes Großvater geführt. Martin war das Restaurant bereits aufgefallen, als er am Tag nach seiner Ankunft einen Spaziergang durch die Stadt unternommen hatte. Es hatte ihn direkt angesprochen, wie liebevoll der Bereich vor dem Lokal gestaltet war. Magnolienstämmchen in dunkelgrünen Töpfen aus Anduze rahmten den Eingang. Auf dem kleinen Platz vor dem Restaurant, dem eine riesige Platane Schatten spendete, standen runde Tische, eingedeckt mit je einem Glas für Wasser und einem für den Wein. Ob der Gast Rot, Weiß oder Rosé wählen würde, spielte keine Rolle, es gab nur eine

Sorte Glas, klein gedrungen, auf kurzem Fuß. Auf den Tischen lagen die Bestecke, in grün-weiß-karierte Stoffservietten gewickelt. Im Inneren des Lokals dominierten dunkle Holztöne. Die Tische und Stühle hatten ihre Macken, doch alles wirkte gemütlich und gepflegt. Von der Decke hingen originale Jugendstillampen herab, und die Wände zierte eine Stoffbespannung, deren großflächiges Jugendstilornament cremefarbene Magnolienblüten zeigte. Martin vermutete, dass in dieser Epoche um die Jahrhundertwende das Haus samt dem Lokal erbaut worden war. Wenn die Küche jetzt noch stimmte, war das Restaurant einen Eintrag in seine Reisebeschreibungen wert. Und nun feierte er am frühen Abend an einer langen Tafel inmitten wettergegerbter alter Männer und dunkel gekleideter Frauen. Trotz aller Trauer, die sie umgab, beherrschten Gelächter und lautes Stimmengewirr den Raum.

Als Martin das Les Magnolias mit Mathilde betreten hatte, wandten sich ihm alle Blicke neugierig zu. Die Gäste warteten bereits auf den ersten Gang des sechsgängigen Menüs, das Vincent noch mit Achille Flaubert zusammengestellt hatte. Flaschen mit Rotwein und Karaffen mit Leitungswasser, in dem Zitronenscheiben und Eiswürfel schwammen, waren auf dem Tisch verteilt. Die meisten der Anwesenden hatten dem dunkelroten Wein aus den Kellern von Château de Boncourt bereits kräftig zugesprochen. Der Platz am Kopfende war leer, hier stand der einzige Stuhl, der Armlehnen hatte. Auf dem Teller, den niemand benutzen würde, lagen drei Lilien, die es schafften, den Raum mit ihrem schweren Geruch zu erfüllen. Es war der einzige Anhaltspunkt, der darauf hindeutete, dass es sich nicht um eine übliche Geburtstagsfeier handelte.

Ein wenig unangenehm war es Martin immer noch, Gast einer Trauerfeier zu sein, als Gast eines Mannes, den er nie gekannt hatte und den er nie kennenlernen würde. Doch Mathilde hatte seine Hand gedrückt, ihn in den Gastraum geschoben und den Freunden des Verstorbenen vorgestellt. Die Damen am Tisch musterten ihn anerkennend, die Männer warfen Mathildes Großvater einen fragenden Blick zu.

»Guillaume und Thérèse Rossignol, Didier, ihr Enkel, und seine Freundin Germaine, Thierry Marchand, dem die Anwesenden unter anderem ihr hohes Alter verdanken, denn er destilliert das beste *eau de vie*, das du im Umkreis von hundert Kilometern findest und behauptet, dass du mit einem täglichen Schluck davon locker hundert Jahre werden kannst.«

Mathilde schlug sich die Hand vor den Mund. Vincent hatte es nicht geschafft.

»Keine Angst, Mathilde, Vincent hält sich jetzt den Bauch vor Lachen und genehmigt sich da oben einen Quetsch.« Michel Beaumont, der Geschäftspartner Marchands, tätschelte Mathilde, die immer noch mit einem roten Kopf neben Martin stand, die Hand. Leon übernahm die weitere Vorstellung der Anwesenden.

»Und hier die Seelen des Restaurants, Achille und Camille Flaubert. Josette, ihre Tochter, und Serge Bellier, Josettes Mann. Bei ihnen ist das Les Magnolias seit Kurzem in besten Händen.«

Mathilde hatte sich wieder gefangen und küsste nun alle Anwesenden der Reihe nach. Martin schüttelte Hände und blickte in aufmerksame Gesichter.

»Und das ist mein Großvater, Rémy de Boncourt. Grand-père, das ist Martin Endress, der Freund aus Deutschland.«

Rémy war aufgestanden, um Mathildes Gast zu begrüßen. Martin war auf den ersten Blick fasziniert von dem alten Mann, der ihm auf Augenhöhe gegenübergetreten war. Für einen Südfranzosen und gemessen an seinem Alter ein großer Mann.

»Mathilde hat mir schon so einiges über Sie erzählt. Sie sind also ein Reiseschriftsteller und wollen unsere Region noch bekannter machen?«

Martin musste schmunzeln. Er hatte den Eindruck, dass dem alten Herrn nicht wirklich daran gelegen war, noch mehr Touristen ins Land zu locken. Es sei denn, sie würden den Ruhm der Weinlagen von Château de Boncourt in die Welt tragen.

»Ja, so kann man es sagen. Ich möchte jedoch vor allem über Bräuche, Traditionen, Historien und Sehens- und Erlebenswertes schreiben, all das, was nicht in den üblichen Reiseführrern zu finden ist, Dinge, die viele Reisende eben nicht kennen. Wunderdinge, wenn Sie so wollen, abseits der normalen touristischen Pfade. Und dank Ihrer Enkelin, hoffe ich, auf so manches Kleinod zu stoßen, das unsere Leser in Deutschland ganz sicher als Bereicherung für ihren nächsten Urlaub entdecken werden. Und Mathilde hat mir versprochen, mit mir spannende und geheimnisvolle Orte aufzustöbern.«

»Aber gerade das ist doch das Schöne, dass es diese Geheimnisse gibt, dass nicht jeder diese Orte kennt, sie nicht überlaufen sind, sie ein Geheimnis bleiben«, wandte Odile Picard ein, die neben Rémy saß.

»Da hat Odile recht. Man sollte nicht jedes Geheimnis preisgeben. Odile, welches verbirgst du denn vor uns? Außer dem Geheimnis für deinen Lammbraten, für das Rémy angeblich sterben würde?«

Rémy schüttelte den Kopf. Sein Freund Thierry neigte, seitdem er ihn kannte, und das waren mittlerweile mehr als siebzig Jahre, zu starken Übertreibungen. Er zeigte auf zwei leere Plätze zwischen sich und Guillaume Rossignol. »Hier, setzt euch, die Vorspeise kommt gleich. Wenn sich Philippe und Lucette nicht beeilen, verpassen sie die größten Austern aus Bouziges.«

»Und Vivienne?«

Rémy schnaubte durch die Nase. »Du kennst sie ja. Die Feier ist nichts für Sébastiens zartes Gemüt. Da bleibt sie lieber mit ihm zu Hause. Der Junge muss raus, er muss unter Menschen. Irgendwann dreht er noch durch, wenn er tagein, tagaus nur bei seiner Mutter hockt.«

Die Bedienung kam, zwei junge Frauen in weißen Blusen, schwarzen Hosen und langen schwarzen Schürzen. Sie trugen riesige Platten, auf denen das zerstoßene Eis schimmerte und sich geöffnete Austern türmten.

»Heute Mittag noch auf ihren Bänken, und jetzt auf dem Weg in unsere Mägen. Auf dein Wohl Vincent, eine gute Wahl. Lasst sie euch schmecken.«

Achille Flaubert hob sein Glas, das Kristall, das zur Feier dieses

Tages auf dem Tisch stand, klirrte, als die Gäste Vincent Lagardes einander zuprosteten.

Martin schlürfte eben seine siebte Auster, als Mathilde ihm eine Hand auf den Arm legte. »Martin, wenn Sie erlauben, werde ich Guillaume und Grand-père fragen, wie eng sie mit Docteur Barbier bekannt waren und ob sie etwas über den Tag wissen, als dieser schreckliche Unfall passiert ist.«

Martin nickte und spülte einen Schluck kühlen Weißwein, einen Picpoul de Pinet, den die beiden Servicekräfte in hohen silberfarbenen Kühlern herbeigebracht hatten, den Austern hinterher. Sein Magen zog sich zusammen, als Mathilde sich räusperte, und nach links und rechts blickend fragte: »Grand-père, Guillaume. Soweit ich mich erinnere, kanntet ihr den alten Docteur Barbier ganz gut. War er nicht ein Jagdkollege von euch? Wie lange hat er noch praktiziert? Ich glaube mich zu erinnern, dass er uns Kinder damals in der Schule sogar noch die Impfungen verpasst hat.«

Als der Name des vor Jahren verstorbenen Arztes fiel, wandten sich die Blicke der meisten Gäste Mathilde zu. Alle konnten sich an den beliebten Arzt erinnern. Didier Rossignol verspürte augenblicklich ein Ziehen in seiner linken Leistengegend. Wie man ihm erzählt hatte, war der Arzt sein Lebensretter gewesen. Er muss damals fünf Jahre alt gewesen sein, als Barbier einen Blinddarmdurchbruch bei ihm diagnostiziert hatte. Der alte Mann musste damals gut und gerne Ende siebzig gewesen sein, doch niemand hatte an der Kapazität des Arztes gezweifelt.

»Natürlich, warum fragst du?«, brummte Rémy.

»Vielleicht könnt ihr helfen, ein Rätsel zu lösen. Martin ist nicht in erster Linie deswegen hier, aber er sucht Antworten auf Fragen, die seine Großeltern, vor allem seine Großmutter betreffen. Und damit letztendlich auch Antworten zu seiner eigenen Vergangenheit. Martin, möchten Sie uns kurz berichten?«

Jetzt hatte Mathilde das Interesse aller Anwesenden auf sich gezogen. Fragende Blicke waren auf Martin gerichtet. Er nahm noch einen Schluck Weißwein. So viel Aufmerksamkeit hatte er eigentlich nicht gewollt. Aber, nun gut. Vielleicht fand er ja in dieser Runde die Antwort, die bis heute noch ausstand. War alles tatsächlich so passiert, wie Rose es ihm erzählt hatte? Konnte diese Version hier eine Bestätigung finden?

»Ich mache es kurz. Vor wenigen Wochen ist meine Mutter Anne gestorben. Ihre Eltern, meine Großeltern, waren in Les Milles interniert. Das war 1941. Ihnen gelang die Flucht, meine Mutter war damals noch ein Baby. Sie erkrankte, und meine Eltern suchten einen Freund auf, Docteur Barbier. Er konnte meine Großeltern beruhigen, Anne bekam lediglich ihren ersten Zahn.«

An dieser Stelle lächelten die Frauen, die ihre Männer zur Trauerfeier für Vincent begleitet hatten.

»Als sie das Haus von Docteur Barbier verlassen hatten, kam es wohl nur wenige Kilometer weiter zu einem Autounfall. An den Folgen verstarb meine Großmutter Sarah kurz darauf. Mein Großvater war Deutscher und meine Großmutter Französin, eine jüdische Französin. Sie stammte aus Montpellier. Mein Großvater zog meine Mutter Anne alleine auf. Das ist eigentlich die ganze Geschichte. Doch was mich einfach nicht loslässt, ist die Frage, wie es tatsächlich zu dem Unfall gekommen ist. Rose Poignet, die Haushälterin von Docteur Barbier, hat mir erzählt, mein Großvater habe wohl einen Schwächeanfall hinter dem Steuer erlitten. Ich hoffe einfach, dass Docteur Barbier vielleicht einem von Ihnen die ganze Geschichte erzählt, und dabei vielleicht auch erwähnt hat, wie es tatsächlich zu dem Unfall gekommen ist. Ob es ein Schwächeanfall war oder ob es einen anderen Grund gegeben hat, einen Grund, der sich Docteur Barbier vielleicht erst später offenbart hat. Es gibt so viele Möglichkeiten. Zu schnelles Fahren, ein Reh, das aus dem Unterholz auf die Straße rennt, vielleicht aber auch ein anderer Wagen, der die Flüchtenden verfolgt und so den Unfall verschuldet hat. Mein Großvater hat in einem Brief an meine Mutter tatsächlich von einem Unfall gesprochen. Aber, vielleicht wollte er auch niemanden beunruhigen. Nun gut, jetzt wissen Sie, was damals geschehen ist. Nur die Einzelheiten liegen noch im Dunkeln. Vielleicht ist ja einer unter Ihnen, mit dem

Docteur Barbier gesprochen hat und der etwas Licht in diese Dunkelheit bringen kann.«

Martin hatte überhaupt nicht bemerkt, dass er sich während seiner kurzen Rede von seinem Platz erhoben hatte. Alle Augen hingen wie gebannt an seinen Lippen. Als er geendet hatte, bemerkte er, wie sich Odile verstohlen eine Träne aus dem linken Augenwinkel wischte. Alle schwiegen betreten. Das hatte er jetzt eigentlich nicht gewollt. Laut Mathilde sollte dies eine fröhliche Trauerfeier werden.

Nach einer kurzen Pause, in der die Gäste wieder einen beherzten Schluck aus ihren Gläsern nahmen, ergriff Rémy de Boncourt das Wort. »Eine furchtbare, eine tragische Geschichte. Es tut uns allen sehr leid, hören zu müssen, dass Ihre Großmutter unter solch dramatischen Umständen ihr Leben lassen musste. Gott sei Dank war Ihrer Mutter nichts passiert. Ich glaube, wir alle hegen ein großes Mitgefühl Ihrer Familie gegenüber. Nicht wahr, mes amis? Und sollte jemand damals oder später etwas von Docteur Barbier erfahren haben, so werden wir Sie das ganz sicher wissen lassen.«

Damit hatte Mathildes Großvater das Thema beendet. In diesem Moment brachte die Bedienung dampfende Schüsseln auf den Tisch.

»Eine *soupe de pistou*«, verkündeten sie, und schon breitete sich der aromatische Geruch von Basilikum im Raum aus. Wenige Minuten später war nur das Kratzen der Suppenlöffel auf den weißen Porzellantellern zu hören, und ab und zu ein leises Schlürfen oder Pusten, wenn die heiße Suppe drohte, die Lippen zu verbrühen.

Saint-Gilles – Villa Les Trois Figues – Vier Tage zuvor

Zehn Bahnen in die eine Richtung, zehn Bahnen in die andere Richtung. Dann ein wenig verschnaufen. Insgesamt kam Vincent Lagarde so auf sechzig Bahnen im immerhin zwölf Meter langen Becken. Nicht schlecht für sein Alter.

Das Becken war aus Beton, einfach rechteckig, mit einer Treppe in der Ecke, die es ihm erleichterte hinein- und hinauszukommen. Es war nun vierzig Jahre alt, wurde alle fünf Jahre neu gestrichen. Dunkelblau, blau wie das Meer an einem Tag, an dem nicht das kleinste Wölkchen den Himmel trübte. Vincent war schon lange nicht mehr am Meer gewesen. Überhaupt hatte es ihn nie wirklich begeistert, er hasste den feinen Sand, der ihm in die Schuhe und Strümpfe drang. Das Meer war etwas für die Fischer oder die Touristen, die sich dort durchrösten ließen. Das eine ergab Sinn, das andere nicht. Dazwischen gab es nichts.

Als vor fast fünfzig Jahren die ersten Hotelstädte am Meer bei La Grande Motte errichtet wurden, ja, da war er natürlich regelmäßig dort gewesen, am Meer. Und er hatte als Bauunternehmer ein Vermögen mit diesen Bettenburgen in Strandnähe gemacht. Im Winter war es dort wie ausgestorben, im Sommer war es eine Qual, sich durch die überfüllten Straßen zu bewegen.

Was hatte er sich alles anhören müssen, als die ersten Gebäude direkt an die Petite Camargue angrenzend gebaut worden waren. Seine Freunde hatten kein Verständnis dafür aufgebracht, dass er mit dieser Verschandelung der Gegend noch Geld machte. Vor allem Guillaume hatte ihm fast die Freundschaft gekündigt, da der Manadier gezwungen worden war, einen Teil seines Landes abzutreten. Zwar hatte der Pferde- und Stierzüchter eine Ausgleichsfläche erhalten, größer noch als das ursprüngliche Gelände, aber Guillaume Rossignol war es ums Prinzip gegangen. Man durfte den Menschen nicht einfach ihr Hab und Gut, in diesem Fall Weideland, das seit Generationen im Besitz der Familie war, wegnehmen.

Vincent hatte trotzdem gebaut, hatte die zeternden Einwände der frühen Umweltschützer in den Wind geschlagen. Er hatte sich viele Feinde gemacht. Bis heute. Doch seine Freunde waren ihm geblieben. Seit mehr als siebzig Jahren.

Der alte Mann stieg aus dem Becken, ging zum Korbstuhl, der schon seit ewigen Zeiten immer an der gleichen Stelle stand. Vincent hätte sich nicht gewundert, wenn der Stuhl, sollte er ihn einmal an eine andere Stelle ziehen wollen, sich weigern würde, weil er Wurzeln geschlagen hatte. Sein ebenso alter, mittlerweile fadenscheinig gewordener gestreifter Bademantel lag auf dem Sessel, so wie seit zig Jahren. Vincent schlüpfte hinein. Es fröstelte ihn, obwohl jetzt um neun Uhr bereits vierundzwanzig Grad herrschten. Es würde ein extrem heißer Tag werden. Für den Nachmittag waren dann Gewitter angesagt. Er hatte in der Nacht nicht gut geschlafen. Das Klimagerät hatte die Temperatur in seinem Schlafzimmer auf angenehmen einundzwanzig Grad gehalten, doch ein geruhsamer oder gar erholsamer Schlaf wollte sich nicht einstellen.

Zunächst war er in einen traumlosen Schlaf gefallen, hatte noch nicht einmal gehört, dass eine Katze oder sonst ein Tier das leere Weinglas, das er auf dem Terrassentisch hatte stehen lassen, heruntergefegt hatte. Am nächsten Morgen hatte er die Schererei bemerkt, als er fast in eine der Scherben hineingetreten war. Dann war Vincent doch durch irgendetwas aus dem Schlaf gerissen worden. War es ein Geräusch gewesen? Ein nicht mehr nachvollziehbarer schlimmer Traum oder der Gedanke, der ihn seit Tagen beschäftigte und seine Seele nicht gekannten Qualen aussetzte? Wahrscheinlich das. Seine Freunde bürdeten ihm im Moment einiges auf, Forderungen, nein Wünsche, die er noch vor fünf

Jahren entweder mit einer lässigen Handbewegung weggewischt hätte wie eine Fliege, die sich auf seinem Croissant niederließ, oder deren Erfüllung ihm eine Selbstverständlichkeit gewesen wäre.

So wie die Bitte Rémys, ihm ein paar Zimmer für seine Weinlesearbeiterinnen zu überlassen. Das, was Vincent an Wohnung besaß, war vermietet, und Fremde würde er ganz sicher nicht im Gästehaus gegenüber seiner eigenen Villa unterbringen, geschweige denn in der Villa selbst, die mit ihren knapp vierhundert Quadratmetern und den sechs Schlafzimmern tatsächlich mittlerweile fast eine Nummer zu groß für ihn war. Aber was sollte es. Er wollte keine Fremden um sich haben. Basta. Rémy war zähneknirschend abgezogen. Sollte er doch die Traubenleser in seinem Château unterbringen. Wie viele Zimmer hatte der Kasten noch mal? Fünfundzwanzig? Dreißig? Da musste die Familie de Boncourt halt mal ein wenig zusammenrücken.

Ein Auto hielt vor Vincents Villa »Trois Figues«. Von den drei Feigenbäumen standen nur noch zwei in dem weitläufigen Garten, doch es war bei dem Namen geblieben. Das große weiße schmiedeeiserne Gartentor öffnete sich quietschend. Vincent tastete nach seiner Brille, die er neben dem Bademantel abgelegt hatte. Er griff immer zuerst nach dem Mantel, dann nach der Brille. Sechzig Bahnen, Bademantel vom Sessel nehmen, Brille auf die Nase, im Haus abduschen, Frühstück – ein kleiner Kaffee, ein trockenes Croissant, am Sonntag ein Croissant mit etwas Orangenmarmelade. Und dies seit Menschengedenken.

Wenn jetzt wieder Rémy anrückte, würde er gelinde gesagt aus der Haut fahren. Zum Teufel mit den Erntehelfern. Aber es war nicht Rémy.

»Ah, du bist es. Gut, dass du kommst. Ich hab heute Nacht wieder keinen Schlaf gefunden. Wir müssen reden. Ich kann es nicht länger mit mir herumschleppen. Wir beide sind zu alt dazu. Du solltest reinen Tisch machen und mich nicht noch tiefer in die ganze Sache reinziehen. Was glaubst du, wie lange es dauert, bis der Deutsche erfährt, was damals wirklich passiert ist?«

Vincent hatte, als er seinen frühen Gast erkannt hatte, ohne

Atem zu holen auf den alten Freund eingeredet. Er war schuld an seinen Schlafstörungen, er hatte ihm ein Geheimnis anvertraut, dass er nun schon seit Jahrzehnten mit sich herumschleppte. Er hatte es verdrängt. Es war damals einfach so gewesen, man hasste die Deutschen, auch er hatte sie gehasst. Ja, er hatte seinen Freund und dessen Handeln verstanden. Aber jetzt sah alles anders aus. Er hatte nicht gewusst, was die Tat für Konsequenzen mit sich gebracht hatte. Beide hatten es nicht gewusst. Eine Frau, eine Jüdin, eine Französin, eine junge Mutter war ums Leben gekommen. Und er konnte nicht weiter schweigen. Nicht für seinen Freund. Sein Seelenheil war ihm jetzt, seit der Erkenntnis, welch schwerwiegendes Verbrechen er schon so lange deckte, das wichtigste geworden. Wie viele Jahre hatte er noch zu leben? Er konnte mit einer solchen Schuld nicht vor seinen Schöpfer treten. Das musste der Freund doch einsehen.

»Verstehst du nicht, ich kann mit diesem Wissen nicht leben.«

»Hör zu, du hast seit über siebzig Jahren damit gelebt. Glaubst du, mir fällt es leicht, dazu zu schweigen? Aber, wenn ich es gestehe, wenn ich gestehe, dass ich das Leben dieser Frau auf dem Gewissen habe? Die Kunden werden ausbleiben, niemand wird mehr etwas mit mir zu tun haben wollen, ich werde meine Freunde verlieren, mein Ansehen. Mein Leben ist beendet.«

Vincents Stimme wurde sanft. »Unser Leben ist sowieso in ein paar Jahren beendet. Meinst du nicht, wir sollten mit reinem Gewissen gehen? Wir können es zusammen durchstehen. Niemand wird uns für das, was geschehen ist, die alten Freundschaften aufkündigen. Doch sie werden es tun, wenn wir schweigen und es irgendwann doch ans Tageslicht kommt.«

Bittend trat er einen Schritt auf seinen Freund zu. »Wir gehen gemeinsam zu diesem Deutschen. Noch heute. Dann liegt es in seiner Hand, was als Nächstes geschieht. Und wenn du nicht willst, gehe ich alleine.«

Vincent hatte nicht damit gerechnet. Mit einem Aufschrei stürzte sich der Freund auf ihn. Umarmte ihn, fast, als wolle er sich an Vincents Brust ausweinen. Doch dann drängte er ihn immer weiter in Richtung Swimmingpool. Vincent geriet ins Straucheln, konnte sich gerade noch in den Armen des Freundes abfangen. Immer weiter trieb dieser ihn in Richtung Becken. Erneut wankte Vincent, unfähig, seinem Entsetzen in Worten Ausdruck zu verleihen. Er keuchte, wollte nicht glauben, dass es nun Zeit war, um sein Leben zu betteln. Dann war es zu spät. Mit einem letzten gezielten Stoß gegen den Brustkorb landete Vincent im azurblauen Schwimmbecken. Nun entrang sich seiner Kehle ein heiserer Schrei. Doch gnadenlos drückte ihn sein Gegenüber mit dem Kescher immer wieder unter Wasser.

Fast erschien es Vincent Lagarde wie eine Erlösung, als seine Lungen sich mit Wasser füllten. In vier Tagen hat er Geburtstag. Ob sie wohl alle kommen würden?

Hôtel de police – Sommer

Commandant Rachid Bouraada fand seinen Kollegen über eine Akte gebeugt vor.

»Bleiben Sie sitzen«, bat er den jungen Mann, als dieser aufspringen wollte, um seinen Vorgesetzten zu begrüßen. Tourrain hatte seine Jacke über den Stuhl gehängt, und drei leere Plastikflaschen zeugten davon, dass man an diesem heißen Sommertag seinen Körper mit ausreichend Wasser versorgen musste. Tourrains blaues Hemd wies unter den Achseln Schweißflecken auf, und er versuchte, da es ihm peinlich war, die Arme so eng wie möglich an den Körper zu pressen.

»Tourrain, nicht doch. Wer schwitzt denn bei dieser Affenhitze nicht?«

»Sie, mon commandant«, rutschte es dem Polizisten heraus. Tatsächlich stand Bouraada wie immer wie aus dem Ei gepellt vor ihm. Nichts wies darauf hin, dass auch sein Vorgesetzter unter der Hitze litt.

»Nun, dass sind eben die Vorzüge, wenn man aus dem Maghreb stammt. Wir schwitzen nicht so schnell.«

Tourrain entging nicht der ironische Unterton in den Worten Bouraadas.

»Sind Sie weitergekommen?«

»Wie man's nimmt. Ich habe mir die Fundstelle der Leiche auf dem Gelände der ehemaligen Abtei von Psalmody angeschaut. Unglaublich, da soll eine riesige Abtei gestanden haben. Nur noch Steine. Ich schätze, die Abtei wurde in den umliegenden Häusern verbaut. Vielleicht bringt das den Bewohnern ja Glück. Glück, das die Kleine nicht hatte. Die Annahme, dass der Fundort und der

Ort, wo das Kind zu Tode kam, nicht identisch sind, hat sich endgültig bestätigt. Sie hatte eine stark blutende Kopfwunde. Blutspuren sind von einer Stelle, an der offensichtlich ein Wagen geparkt worden war, bis zum Fundort gesichert worden. Anhand der Form der Bluttropfen, also, wie sie auf der Erde aufgetroffen sind, kann man davon ausgehen, dass das Mädchen getragen und nicht geschleift wurde. Über das Fahrzeug, mit dem sie wahrscheinlich transportiert worden ist, kann man wohl nichts herausfinden. Es war ja wochenlang kein Tropfen Regen gefallen, der Boden hart wie Stein, sodass die Reifen keinerlei Abdruck hinterlassen haben. Der Arzt, der die Autopsie vorgenommen hat, hat seine Vermutung, dass das Mädchen mit dem Kopf auf einem starken Drahtgeflecht, einem Gitterrost oder etwas Ähnlichem aufgeschlagen ist, präzisieren können. Die winzigen Splitter sind aus beschichtetem Aluminium, und die Form des Abdrucks ist bemerkenswert. Nicht das übliche quadratische Muster, wie bei einem Zaun beispielsweise, oder auch nicht sechseckig, wie bei einem Hasendraht. Das Muster ist rautenförmig. Der Rechtsmediziner geht von einem Abdruck durch ein …«, Tourrain kramte einen Computerausdruck hervor, »… Streckmetall aus. Ich zitiere: Streckmetall ist ein Werkstoff mit Öffnungen in der Oberfläche. Sie entstehen durch versetzte Schnitte ohne Materialverlust unter gleichzeitig streckender Verformung. Die Maschen des aus Tafeln oder Bändern gefertigten gitterartigen Materials sind weder geflochten noch geschweißt. Folgende Maschenformen sind möglich: Rautenmasche, Langstegmasche, Sechseckmasche, Rundmasche, Quadratmasche, Sondermasche.«

»Und wo wird ein solches Gitter aus Streckmetall verwendet? Gibt es das Zeug im Baumarkt zu kaufen, oder ist es eine Spezialanfertigung, die für den Normalverbraucher nicht angeboten wird?«

»Nein, das heißt ja. Roste beispielsweise, die vor der Haustür eingelassen sind, zum Füßeabtreten, die kann man in jedem Baumarkt kaufen, oder auch Zaunelemente, Regalsysteme oder Abfall- und Wäschebehälter. Andere Produkte werden speziell angefertigt, wie Heizkörperverkleidungen oder in den Raum angepasste Büromöbel.«

»Bringt uns das irgendwie weiter? Ich schätze, dass in jedem Haushalt in Saint-Laurent-d'Aigouze irgendein Produkt aus diesem Streckmetall mit Rautenmuster zu finden ist. Also die berühmte Suche nach der Nadel im Heuhaufen.«

»Sagen wir so, eher die Stricknadel im Heuhaufen. Was der Gerichtsmediziner nämlich ausschließen konnte ist, dass das Gitter waagerecht angebracht ist, also kein Fußabtreter. Auch muss es sehr stabil sein, es hat nicht nachgegeben. Also eher kein Möbelstück oder Wäschebehälter. Auch ein Zaun kommt eher nicht infrage.« Tourrain ließ keine Frage unbeantwortet.

»Und wenn die Zaunpfosten besonders fest einbetoniert, die Zaunelemente sehr stramm dazwischen gespannt sind? Dann gibt der Zaun doch kaum nach.«

»Das ist korrekt. Aber ein Zaun befindet sich draußen. Zwar wiesen die Wundränder Schmutzpartikel – Dreck aus der unmittelbaren Umgebung des Fundorts – auf, doch die Wunde selber war sauber. Keine Erde, kein Vogelkot, keine Reste von Pflanzen, die sich durchschlingen, all das, was irgendwann einmal auf einem Zaun landet.«

»Aber, er kann neu gewesen sein.«

»Ja, das ist das einzige ›Aber‹. Gehen wir im besten Fall davon aus, dass er nicht neu ist. Was bleibt dann an senkrechten Gittern, die nicht verrückbar sind? Die Heizkörperverkleidung. Zugegeben, eine vage Vermutung. Wenn wir aber im Haus von Leon Daudet eine solche Verkleidung finden, sind wir doch schon einen Schritt weiter. Ich werde umgehend bei der Gerichtsmedizin anrufen. Sie sollen uns sofort informieren, wenn sie die Beschichtung des Metalls identifiziert haben. Vielleicht bringt uns das ein Stückchen weiter.«

»Und wir werden mit Monsieur Daudet persönlich sprechen. Ein paar Fragen zum Tod im Swimmingpool seines Au Pairs und hoffentlich ein Blick auf die Heizkörperverkleidung. Irgendwo müssen wir ja anfangen.«

»Ich begleite Sie?«

»Tourrain, wie kann ich auf meinen besten Mann verzichten, wenn ich mich womöglich in die Höhle eines Löwen begebe.«

»Soll ich uns anmelden? Der Mann ist viel beschäftigt.«

»Nein, wir werden ihn überraschen. Sollten wir ihn nicht antreffen, können wir immer noch einen Termin vereinbaren.«

Ribaute-les-Tavernes – Sommer

Mathilde konnte es kaum erwarten, in ihr Büro in Nîmes zurückzukehren. Die Treffen mit Rachid Bouraada in ihrem Zuhause wurden für sie immer belastender. Da saßen sie in gediegenen Räumen oder inmitten dieser Pracht des Parks, vor der Kulisse eines Châteaus, inmitten von Frieden. Sie waren freie Menschen, die sich bewegen und aufhalten konnten, wo immer es ihnen beliebte. Mit dem Inhalt jeder Akte, die der Commandant mit ihr durcharbeitete, wurde Mathilde das Herz schwerer. In der Anonymität ihres Arbeitszimmers im Palais de Justice wäre es sicherlich einfacher, einen klaren Kopf zu behalten und sich objektiv und noch intensiver jedem einzelnen Fall zu widmen. Sie waren zwar schon ein gutes Stück vorangekommen, aber bis jetzt fehlten ihnen entscheidende Hinweise. Daher war sie froh um die Ablenkung, die die Gespräche mit Martin und ihre geplanten kurzen Streifzüge durch das Land mit sich brachten.

Eigentlich war für heute ein Besuch des Châteaus der Familie de Boncourt geplant mit einem anschließenden gemeinsamen Abendessen. Odile hatte tagelang überlegt, was sie dem Gast aus Deutschland Gutes auftischen könnte. Etwas, was der Deutsche so ganz sicher nicht kannte. Und so schmurgelte seit geraumer Zeit ein deftiger Eintopf in der Küche.

Die Neugierde ihrer Familie auf Martin war mittlerweile auf dem Siedepunkt. Nie hatte sich Mathilde in der letzten Zeit so häufig mit einem männlichen Individuum getroffen. Philippe und Lucette waren erst spät zur Feier für Vincent gekommen, als Mathilde und Martin fast schon wieder im Aufbruch waren. Sie hatten nur ein paar Worte mit ihm wechseln können und waren daher umso gespannter auf den heutigen Abend. Sébastien wuselte schon seit Stunden durch sämtliche Zimmer, verkündete alles und jedem, dass sein Freund ihn besuchen würde. Vivienne hielt sich zwar mit ihrer Neugierde zurück, stellte keine Fragen, doch auch ihr war die Spannung anzumerken, wer der Mann war, der heute Abend Gast am Tisch Rémy de Boncourts sein sollte.

Als Odile zum hundertsten Mal nachfragte, ob dem Mann aus Deutschland die vielen Knoblauchzehen im Eintopf auch wirklich nichts ausmachen würden, hatte Mathilde einen spontanen Entschluss gefasst. Die Familie würde ohne sie und Martin heute Abend Odiles Schmorgericht alleine genießen dürfen. Sie hatte einfach keine Lust auf die Ausfragerei von Philippe, die durchbohrenden Blicke von Vivienne und den »Kind, ist das vielleicht der Richtige?« – Blick von Odile.

Als Martin mit seinem Golf vor den schmiedeeisernen Toren des Châteaus hielt, wartete Mathilde bereits auf ihn. Erstaunt stieg er aus.

»Martin, seien Sie bitte nicht böse. Aber ich habe für uns umdisponiert. Ich darf Ihnen doch für Ihren neuen Kultur- und Reiseführer Ideen vermitteln. Dazu gehören doch gewiss auch Veranstaltungen, die vielleicht in Deutschland noch nicht so bekannt sind. Die *cours camarguaises* kennen wahrscheinlich die meisten. Aber wir haben hier noch ganz andere regionale Gebräuche. Und ich hätte da was für Sie, heute Abend.«

Martin nickte zögerlich. Er hatte sich tatsächlich auf diesen Besuch gefreut. Eine private Führung durch ein Château, das seit Jahrhunderten in Privatbesitz war, und diese auch noch mit einer seiner Bewohnerinnen, ein köstliches Abendessen, zubereitet in der ganz sicher riesigen alten Küche, vielleicht ein Gespräch mit Rémy de Boncourt über Docteur Barbier, ein Gespräch, das Mathildes Großvater in der letzten Woche so elegant abgeblockt hatte.

Mathilde registrierte die Enttäuschung auf Martins Gesicht. »Wir holen das Essen morgen Abend nach, ich verspreche es. Philippe und Lucette werden dann zwar nicht dabei sein können, aber die *daube* schmeckt aufgewärmt noch mal so gut.« Sie fasste ihn an beiden Händen. »Wenn Sie ein ganz klein wenig Lust haben, begleite ich Sie heute nach Ribaute-les-Tavernes, ein kleines Nest südlich von Anduze. Sagt Ihnen der Begriff *abrivado* etwas?«

Martin gab sich geschlagen. Es gab in der Tat Schlimmeres, als mit der attraktiven Untersuchungsrichterin, die sich so rührend um ihn kümmerte, einen Abend in Zweisamkeit zu verbringen. Er überlegte einen Moment, kramte in seinem Gedächtnisschatz. Nein, *abrivado* sagte ihm gar nichts. Er schüttelte den Kopf. Mathilde grinste verschmitzt.

»Dann können Sie mit *abrivado-bandido* genau so wenig was anfangen, stimmt's?«

Martin musste passen. Nein, das sage ihm tatsächlich auch nichts. Es war ihm schon peinlich, dass er, der Reiseschriftsteller, so viele Bräuche und Begriffe, die im Languedoc zu Hause waren, nicht kannte. Aber dafür war er ja hier, um Unbekanntes zu entdecken und es den deutschen Frankreichreisenden ans Herz zu legen.

»Wahrscheinlich werden Sie gleich laut loslachen, aber ich habe bei *abrivado* spontan daran gedacht, dass es einer ihrer Ausdrücke für einen Aperitif-Abend sein könnte. Dann bedeutet *bandido* vielleicht, dass zu diesem Apéro besonders würzige Kleinigkeiten serviert werden, was weiß ich, besonders scharfe Merguez oder Chorizo, die einem die Zunge verbrennt. Komme ich der Sache damit schon näher?«

Martin hoffte insgeheim, dass er mit seiner Vermutung nicht total danebenlag. Mathilde brach zwar nicht in lautes Gelächter aus, aber ihre Mundwinkel zuckten verdächtig. Sie schaute auf ihre Armbanduhr.

»Wir wollen keine Zeit verlieren. In einer Stunde können wir in Ribaute-les-Tavernes sein. Ich verspreche Ihnen, Sie werden bald ein wenig klüger sein. Ich sage eben kurz Odile Bescheid, dass wir zum Abendessen doch nicht da sein werden. Sie wird mir zwar einen ihrer schweren Kupferkessel an den Kopf werfen wollen, denn sie hat sich schon gefreut, Sie etwas näher kennenzulernen, das heißt, Ihnen etwas mehr auf den Zahn zu fühlen. Aber das muss jetzt noch ein wenig warten. Schließlich wollen Sie ja noch etwas dazulernen, n'est-ce pas?«

Mathilde verschwand hinter dem Tor und im Inneren des Châteaus, und Martin vernahm ihre kräftige Stimme, die nach Odile rief. Er blickte an der stattlichen Rückseite des Gebäudes hoch. An einem der Fenster im Obergeschoss bewegte sich eine weiße Gardine. Martin hatte den Eindruck, als würde sich jemand in diesem Moment in das Innere des Zimmers zurückziehen. Vielleicht täuschte er sich aber auch, und im Haus herrschte Durchzug, der die Gardine etwas aufgebauscht hatte.

»Odile, Odile? Martin und ich fahren nach Ribaute. Wir sind zum Essen nicht da.«

Martin konnte Odiles Antwort nicht hören, doch war Mathilde dem guten Geist des Hauses bei der Essensplanung offensichtlich gehörig in die Quere gekommen. Mit den Worten »Schmeckt doch aufgewärmt noch besser«, erschien Mathilde auf der Terrasse. Sie hatte eine große Tasche umgehängt, in die sie eilig etwas hineinstopfte.

»Hopp, hopp, Beeilung. Wenn Sie erfahren wollen, was es mit der *abrivado* auf sich hat, müssen wir los.«

Mathilde stöhnte leise auf, als sie sich in den Golf setzte. Ihre Beweglichkeit war zwar fast wieder komplett hergestellt, doch bei einer bestimmten Stellung des Beins wurde sie schmerzlich an das Attentat erinnert.

»Alles in Ordnung, Mathilde?«

»Ja, alles okay. Ich habe ein wenig Probleme mit dem Bein. Aber das wird schon wieder.«

Martin war zum wiederholten Mal aufgefallen, dass Mathilde ganz leicht hinkte. Doch empfand er es als außerordentlich unhöflich, sie nach dem Grund dafür zu fragen. Sie kannten sich ja kaum zwei Wochen. Trotzdem würde er ihr heute endlich das Du anbieten. Vielleicht bei einem feurigen Apéro in diesem Nest. Wenn er denn mit seiner Interpretation der *abrivado-bandido* nicht total falsch lag.

Martin ließ sich von Mathilde lotsen. Eine knappe Stunde nach Ribaute-les-Tavernes wenn der Verkehr floss, meinte sie. Wie kaum anders zu erwarten, passierten sie Nîmes nicht so zügig, wie Mathilde es gehofft hatte. Der Touristenstrom, allen voran Holländer, die, wie Martin gelesen hatte, sich auf einem Campingplatz vor den Toren von Anduze geradezu formierten und eine holländische Enklave bildeten, verstopfte die Straßen.

»Keine Angst, wir werden pünktlich sein. Ich habe einen Zeitpuffer eingeplant«.

Also fuhren sie offensichtlich zu einer Veranstaltung, die zu einer ganz bestimmten Uhrzeit beginnen würde. Einen Aperitif konnte man immer einnehmen, der war an keine bestimmte Zeit gebunden. Martin verabschiedete sich langsam von diesem Gedanken. Vielleicht fuhren sie zu einem besonderen Konzert, irgendetwas mit einer ganz speziellen Folklore, die es nur in diesem Ort gab? Kein Wunder, dass ihm *abrivado-bandido* nichts gesagt hatte.

Auf der Strecke nach Nîmes wies Mathilde ihn auf zwei Weingüter hin, deren Besuch sich sicherlich lohnen würde. Sie lachte, als sie wieder einmal in Martins fragendes Gesicht blickte. »Keine Konkurrenz von uns. Die beiden Winzer kann ich gerne und ohne schlechtes Gewissen empfehlen. Sie machen seit ein paar Jahren mit hervorragenden Roséweinen auf sich aufmerksam. Mein Großvater bleibt bei weiß und rot. Für ihn ist der Rosé eine Modeerscheinung. Und er ist, wie Sie ja sicherlich schon festgestellt haben, nicht sehr beweglich. Es wird bestimmt noch ein paar Jahre dauern, bis Philippe ihn eines Besseren belehrt hat.«

Zwischen zwei Domänen erstreckte sich eine riesige Weide. Kein Hälmchen schien mehr darauf zu sprießen. Der vordere Teil war komplett abgegrast, eine einzige gelbe, vertrocknete Fläche. Ganz am Ende stand eine Herde schwarzer Stiere. Ihre Leiber erschienen aus der Entfernung wie eine einzige geschlossene Masse, aus der die weißen spitzen geschwungenen Hörner eines jeden Tieres hervorstachen.

»Das ist ein Teil der *manade Rossignol.*«

Mathilde registrierte Martins fragenden Blick.

»Also, nur für Sie in Kürze die Geschichte der Familie Rossignol. Guillaume Rossignol, Sie haben ihn ja bereits kennengelernt, ist ein *manadier*, also eine Art Rancher. Er züchtet die berühmten schwarzen Stiere für die Arenen und die Camargue-Pferde. Und wie bei allem bei uns Franzosen gibt es Verordnungen für die Zucht. So muss eine *manade* beispielsweise über wenigstens vier Zuchtstuten verfügen, und auch die landwirtschaftliche Fläche, Weiden und so, muss eine Mindestgröße haben. Guillaumes Vater hat die *manade* aufgebaut, Didier, sein Enkel, hat nun den Betrieb in der vierten Generation übernommen. Aber ähnlich wie bei den Boncourts sitzen die Alten im Hintergrund, sozusagen als graue Eminenz, und halten die Fäden in der Hand. Guillaumes einziger Sohn ist vor Jahren bei einem Flugzeugabsturz mit seiner Frau ums Leben gekommen. Sie erinnern sich sicher an das Concorde-Unglück. Die Maschine ist auf dem Weg nach New York im Jahr 2000 nur kurz nach ihrem Start in Paris abgestürzt. Alle hundertneun Insassen waren tot. Darunter der einzige Sohn von Guillaume. Didier war damals erst fünfzehn, aber es war natürlich vollkommen klar, dass er den alten Rossignol, seinen Großvater, beerben wird. Rossignol hatte nur Schwestern, allesamt mittlerweile tot. Als Erbe des Namens bleibt so nur noch Didier. Der Tod seines Sohnes hat Guillaume damals komplett aus der Bahn geworfen. Wir haben alle gedacht, er tut sich vielleicht noch was an. Aber er hat sich wieder aufgerappelt, und seitdem geht ihm seine *manade* über alles. Sie und Didier sind sein ganzer Lebensinhalt. Ich hoffe nur, dass Didier bald heiratet und eine Familie gründet, damit der Name Rossignol noch lange erhalten bleibt. Fast hätten Sie übrigens heute Abend Bekanntschaft mit einem von Rossignols Stieren gemacht.«

Martin hob fragend die Augenbrauen.

»In einem von Odiles berühmten Eintöpfen. Einer *daube gardian*«, Mathilde schnalzte bei dem Wort mit der Zunge, »ein Schmortopf, hmmm, Rindfleisch, Weißwein, fetter Speck, Oliven, Tomaten, allein bei der Aufzählung läuft mir das Wasser im Mund zusammen. Aber aufgewärmt schmeckt er noch besser. Odile lässt ihn stundenlang in einem gusseisernen Topf schmoren. Das Fleisch zergeht auf der Zunge. Lassen Sie sich morgen überraschen.«

Martin genoss die Fahrt mit Mathilde, die ihn wie ein ausgebildeter Touristenführer über die Besonderheiten der Umgebung informierte.

»Sehen Sie, hier geht es ab nach Uzès, wo wir uns kennengelernt haben. Und hier kommen wir an einigen der *villages de Régordane* vorbei. Hier, Boucoiran oder Vézénobres.«

Martin registrierte den hohen Turm, der Boucoiran überragte. Dem *chemin de Régordane* würde er ein eigenes Kapitel in seinem Reiseführer widmen. Der mittelalterliche Pilgerweg führte von Le Puys en Velay durch die Cevennen bis nach Saint-Gilles ganz im Süden, wo er logierte. In jedem dieser Orte waren große Häuser für die Pilger errichtet worden, deren steinerne Reste zum Teil die Jahrhunderte überdauert hatten.

Auf einem großen Schild wurde auf die berühmten Vasen von Anduze aufmerksam gemacht, die nach antikem Vorbild bis heute in allen Größen und Farben gefertigt wurden.

Kurz vor der Abfahrt von der N150 schwenkte Mathilde die Arme in einer großen Geste. »Et voilà, die Cevennen. Wussten Sie, dass man hier sogar Ski fahren kann? Wenn Sie mich fragen, die gesamte Gegend im Hinterland von Nîmes wird immer etwas stiefmütterlich in den Kultur- und Reiseführern behandelt. Es ist an der Zeit, dass Sie sich darum kümmern, Martin. Ich meine das ernst«, fügte sie hinzu, als sie bemerkte, wie er sie ungläubig anstarrte.

»Das, Mathilde, war eigentlich mein ursprünglicher Auftrag. Auf den Pfaden von Stevenson durch die Cevennen, und dazu das an Kultur und Historie, was das Umland noch zu bieten hat. Deswegen mein Erstaunen. Als ob Sie es geahnt hätten. Ich habe mich bis jetzt zwar mehr auf die Region südlich der Berge konzentriert, aber die Cevennen stehen noch auf dem Programm. Ich entdecke einfach zu viel, was mich begeistert. Und ich befürchte, in den wenigen Monaten, die mir mein Chef genehmigt hat, komme ich mit meinem Pensum nicht durch. Ich werde also verlängern oder wiederkommen müssen.« Er grinste Mathilde breit an.

Zehn Minuten nachdem sie von der N150 abgefahren waren, passierten sie das Ortschild von Ribaute-les-Tavernes.

»Wir parken am besten gleich hier vorne und gehen ein Stück zu Fuß. Bis in den Ortskern kommen wir sowieso nicht, dort ist alles abgesperrt. Hier, hier Martin ist eine Lücke. Schon ganz schön was los.«

Martin parkte den Golf ein. »Und Sie wollen mir immer noch nicht verraten, was mich hier erwartet?«

Mathilde setzte eine geheimnisvolle Miene auf und nahm ihn an der Hand. »Immer den anderen Leuten nach. Gleich werden Sie sehen, was es mit der *abrivado-bandido* auf sich hat.«

Mathilde zerrte Martin hinter sich her. Wieder fiel ihm die kleine Ungelenkigkeit in ihrer Bewegung auf. Dann allmählich nahm er einen eigentümlichen Geruch wahr. Eine Mischung aus Schweiß, Mist und Tierausdünstungen. Und nun sah er auch die hohen Absperrungen aus Eisen. Ein lauter Knall ertönte, Rauch stieg auf wie bei einem Feuerwerkskörper, und er hörte das Gejohle von Menschen, das Getrappel von Hufen und das Schnauben von Pferden. Mathilde zerrte ihn jetzt aufgeregt in die Richtung der Menschenmenge, die sich entlang des Absperrgitters postiert hatte. Sie drängte sich an einer dicken Matrone vorbei, die ihr den Blick versperrte, und schob sie rigoros ein Stück zur Seite, was ihr einen vernichtenden Blick einbrachte.

Martin blieb hinter ihr stehen und stellte wieder einmal fest, wie groß Mathilde war. Das Gejohle verstärkte sich, und er sah eine Gruppe von fünf Reitern auf den berühmten Camargue-Pferden auf sich zu galoppieren. Hinter den Pferden stürmten junge Burschen, zum Teil noch Kinder, mit bunten Halstüchern, die T-Shirts mit den Namen ihrer Träger bedruckt. Dann registrierte er, hinter was die Jungs eigentlich her waren. Die Reiter hatten einen Stier umfangen, die Pferdeleiber waren so eng zusammengerückt, dass man den großen schwarzen Stier kaum zwischen ihnen sah. Die Jugendlichen versuchten, den Stier zu halten, griffen nach seinem Schwanz.

Da, der Stier hatte sich befreien können und raste nun an den Pferden vorbei, genau auf das Absperrgitter zu. Dann drehte er plötzlich ab, lief zurück. Ein paar ganz Waghalsige stellten sich ihm in den Weg, einer versuchte sogar, ihn bei seinen spitzen weißen Hörnern zu packen. Die Reiter hatten sofort kehrtgemacht und rasten, wie sie gekommen waren, in einem halsbrecherischen Galopp hinter dem Stier her. Auf dem Asphalt stoben die Funken. Die Leute applaudierten, die Jugendlichen begutachteten ihre Wunden, die sie sich zum Teil bei ihren Stürzen zugezogen hatten. Dann klopften sie sich gegenseitig auf die Schultern, erwarteten den nächsten Ansturm von Pferden und Stier.

Erneut schaffte es ein Stier, seinen Begleitern zu entfliehen. Schnaubend stürmte er auf das Gitter zu, hinter dem Martin und Mathilde standen. Die Schaulustigen wichen ein Stück zurück, und Martin, der wie gebannt stehen geblieben war, sah sich plötzlich von Angesicht zu Angesicht mit dem riesigen Tier. Der schwarze Körper verharrte den Bruchteil einer Sekunde, drehte um und donnerte in die entgegengesetzte Richtung. In diesem Moment wusste Martin, was die Menschen und die Tiere, vereinte – Stolz. Keine Angst, keine Wut hatte ihm aus den dunklen Augen des Tiers entgegengeblickt, es war Stolz. Ein junger Reiter, der auf dem Pferd auf seinen Einsatz wartete – wie kühn aufgerichtet saß er im Sattel. Sein Schimmel, dieses kleine weiße Pferd, das auf den kargen Grasflächen der Camargue weidend so unscheinbar wirkte, stand wie in Bronze gegossen mit gewölbtem Hals und aufmerksam gespitzten Ohren da, sich seiner Rolle bewusst, dessen war sich Martin sicher. Und Mathilde besaß die gleiche Ausstrahlung, sie war stolz, stolz auf ihre Familie, ihre Herkunft, die Landschaft, der sie entstammte.

»Nun, zu viel versprochen? Allerdings einen Apéro gibt es auch.« Mathilde nickte in Richtung eines weißen Festzeltes, in dem sich jetzt schon die Besucher drängten.

Martin nickte. Das also war eine abrivado-bandido! Er war beeindruckt und in gewisser Weise sogar ergriffen.

Das wilde Spektakel wiederholte sich noch mehrere Male, zum Teil sogar mit zwei Stieren, und nur ein einziges Mal konnte ein Stier von einer großen Menge von Jugendlichen kurz gehalten werden. Martin hielt für einen Moment die Luft an. Einer der kleineren Jungs war fast zwischen die Hufe eines Pferdes geraten. Ein Größerer hatte ihn gerade noch packen können und weggezogen. In Deutschland wäre so etwas nie erlaubt, schoss es ihm durch den Kopf. Und mit Sicherheit müssten die Reiter bei solch waghalsigen Manövern einen Helm tragen. Diese Frauen und Männer, die ihre Pferde mit einer Hand lenkten, ritten entweder barhäuptig oder mit einem speckigen kleinen Hut auf dem Kopf.

»Die *abrivado* ist ursprünglich das Begleiten der Stiere durch die Reiter zur Arena hin, während die *bandido* das genaue Gegenteil ist, dann begleiten die Reiter den Stier wieder zurück. Hier ist beides miteinander kombiniert. Die Stiere werden jetzt wieder auf die Transporter aufgeladen und zurück zu ihren *manades* gebracht. Das Spektakel wird bei allen Arten von Festen gezeigt. Für die Dorfjugend, zumindest die männliche, ein Großereignis. Hier können sie sich beweisen, wenn sie als *atrapaire* versuchen, den Stier zu stoppen. Sehen Sie, hier, dort am Baum der gelbe Zettel, auf ihm steht, welche Veranstaltungen während dieser *fête votive* angeboten werden. Da gibt es ein Boule-Turnier, abends meist ein Tanzfest und eben die *abrivado-bandido*«, klärte ihn Mathilde auf, als der letzte Stier in seinem Transporter verschwunden war.

Die Zuschauermenge löste sich allmählich auf und schlenderte zum Festzelt. Wieder packte Mathilde Martins Hand und zog ihn hinter sich her. »Da hinten gibt es sicherlich etwas zu trinken und zu essen.«

In Richtung der Theke war kaum ein Durchkommen. Daneben war ein riesiger Grill aufgebaut, auf dem Würste und dicke Fleischscheiben vor sich hin brutzelten.

»Was möchten Sie trinken, Mathilde? Weißwein, ist das in Ordnung?«

Sie nickte, und Martin bemerkte, dass es ihr nicht leicht fiel, sich mit den Menschenmassen zum Ausschank zu schieben. Die Sache mit ihrem Bein wahrscheinlich. Er würde sie später einfach danach fragen.

»Bleiben Sie doch hier vorne, ich besorge uns zwei kühle Weißwein. Ich bin gleich wieder bei Ihnen.«

Martin kehrte nach einigen Minuten mit zwei gut gefüllten Plastikbechern zu Mathilde zurück. »Tut mir leid, es gab nur diese Becher, aber das tut dem Geschmack keinen Abbruch.« Mathilde nahm ihm dankbar einen der Becher ab.

»So, und nun Mathilde würde ich Ihnen gerne das Du anbieten. Ich bin Martin, aber das weißt du ja bereits.«

»Mathilde.« Sie hob den Becher und prostete ihm zu. Dann nahm sie einen kräftigen Schluck und hielt ihm ihre Wange hin. Drei Küsschen, und das Du war perfekt.

»Mhmm, nicht schlecht der Weiße, und das trotz Plastikbecher. Ich würde mich nicht wundern, wenn es ein Weißer von Camp Galhan aus dem Ort wäre. Der Besitzer ist ein junger innovativer Winzer, und seine Weine sind mittlerweile als AOP-Weine qualifiziert. Mein Großvater spricht mit größter Anerkennung von ihm.«

»Mathilde, du entwickelst dich für mich zu einem Quell der Inspiration, du erleichterst mir meine Arbeit ungemein. Das meine ich ganz ehrlich. Danke für diesen besonderen Abend. Und, ob du es glaubst oder nicht, ich hatte echt keine Ahnung, was mich erwartet. Hast du dieses Nest aus einem bestimmten Grund rausgesucht?«

»Doch, das glaube ich dir sofort. Und nein, Ribaute-les-Tavernes hat heute eben die *abrivado-bandido* auf dem Festprogramm gehabt. Morgen wären wir vielleicht in Aubais oder Vauvert. Ich habe einfach nach dem nächsten Ort gesucht, wo eine Veranstaltung dieser Art stattfindet. Ribaute-les-Tavernes ist ja ansonsten ein Nest, aber ein nettes, wie die meisten Dörfer hier sehr geschichtsträchtig. Vor allem das denkmalgeschützte kleine Château. Das wäre ganz sicher etwas für deinen Reiseführer. Aber du siehst, ein Örtchen kann noch so klein sein, man legt Wert auf die Tradition.«

»Wie sieht es morgen Vormittag bei dir aus? Ich habe mir bei FNAC Material über die Templerstätten in der Gegend besorgt. Hast du Lust, mich zu begleiten?«

Mathilde schüttelte bedauernd den Kopf. »Nein, morgen passt leider überhaupt nicht. Ich bin zwar erst ab dem ersten September wieder im Dienst, nichtsdestotrotz ruft mich morgen erneut die Pflicht.«

Mathildes Augen blickten belustigt, fast ein wenig spöttisch, als sie Martins enttäuschten Gesichtsausdruck registrierte. »Aber wir sehen uns beim Abendessen, zwanzig Uhr im Château, d'accord?«

Plötzlich verzog sie schmerzhaft ihr Gesicht. »Könnten wir uns vielleicht eine Sitzgelegenheit suchen. Ich habe meinem Bein heute vielleicht ein wenig zu viel zugemutet.«

Suchend schaute sie sich nach einer Bank oder zwei freien Stühlen um.

»Da vorne, schau, da sind eben ein paar Stühle frei geworden. Wollen wir uns dorthin setzen?«

Mathilde wartete Martins Antwort nicht ab und zog ihn wieder einmal mit sich. Mit einem Seufzer ließ sie sich auf einen der weißen Plastikstühle fallen.

»Mathilde, entschuldige, dass ich gleich so mit der Tür ins Haus falle, aber darf ich dich was fragen? Es fällt zwar kaum auf, aber irgendetwas ist mit deinem Bein wohl nicht in Ordnung. Ich befürchte, ich habe dich heute zu sehr beansprucht. Ein Unfall?«

»Nein, kein Unfall. Man hat auf mich geschossen. Ich weiß nur noch nicht, wer«, erwiderte Mathilde gelassen. Dann setzte sie den Becher an ihre Lippen und leerte ihn in einem Zug. »Aber lassen wir das Thema, gönn mir einfach ein paar unbeschwerte Stunden.«

Château de Boncourt – Sommer

Der Besuch von Château de Boncourt und das anschließende Abendessen mit der Familie waren nicht ganz so verlaufen, wie Mathilde und Martin es sich vorgestellt hatten. Als Martin seinen Golf vor dem Anwesen geparkt hatte, erwartete ihn bereits ein aufgeregter Sébastien.

»Los, komm mit. Mathilde ist noch nicht da. Ich zeig dir alles, ja?«

Martin musste lächeln. Die Aufregung des jungen Mannes über den Besuch aus Deutschland war mit Händen zu greifen. Und ebendiese ergriff auch Sébastien. Er zog Martin mit sich, ging rückwärts und wäre beinahe über einen der Hunde gestolpert, die sich ungestüm den beiden genähert hatten. Sie sprangen über den gekiesten Hof, dass die Kieselsteine nur so durch die Gegend flogen.

»Aus, aufhören ihr Hunde«, lachte Sébastien. »Keine Angst, Martin, das sind Babou und Henri. Hunde, macht Platz. Das ist mein Freund.«

Henri, offensichtlich noch ein junger Hund, hatte spielerisch Martins rechte Hand gefasst, die Sébastien losgelassen hatte, als er den beiden gebieterisch befohlen hatte, Platz zu machen.

Und tatsächlich, auf Sébastiens Kommando legten sich die beiden braunen Labradore, als solche identifizierte sie Martin, zu Füßen des jungen Mannes auf dem Kies nieder.

»So ist brav. Und bleibt, hört ihr, bleibt. Willst du meinen See sehen, da wo der Eingang zur Hölle ist«. Übergangslos wechselte Sébastien das Thema und ließ Martin gar keine andere Wahl, als ihm zu folgen. Ohne eine Antwort abzuwarten, zog er seinen neuen Freund mit sich in Richtung einer Ansammlung hoher dicht stehender Schirmpinien. Kaum hatten die Hunde bemerkt, dass ihr Befehlsgeber seine Aufmerksamkeit auf ein anderes Ziel gerichtet hatte, standen sie auf und trotteten davon.

»Da, da hinten ist der See. Achtung, da kann der Teufel rauskommen und dich packen. Ich hab ihn schon gesehen, er kommt in einem dicken Nebel daher.«

Noch ehe Sébastien Martin weiterzerren konnte, ertönte eine herrische Stimme. Sébastien zuckte zusammen und ließ Martins linke Hand los, die er noch immer kräftig umfasst hatte. Schuldbewusst blickte er in Richtung Château.

»Sébastien, Sébastien! Bring bitte unseren Gast zur Terrasse. Hörst du?«

»Bah, das ist Odile. Ich zeig dir später, wo der Teufel rauskommt. Wir müssen hoch, da warten sie auf dich. Ich möchte Maman und Odile nicht böse machen.«

Missmutig zog der junge Mann Martin hinter sich her. Seine Hände schwitzten, und Martin wäre froh gewesen, Sébastien hätte ihn endlich losgelassen.

Bis jetzt war er kaum zu Wort gekommen. Außer »Hallo, schön dich wieder zu sehen« und »Ein See mit dem Zugang zur Hölle, was du nicht sagst«, hatte Martin keine Möglichkeit gehabt, dem Redeschwall Sébastiens etwas entgegenzusetzen.

Auf der Terrasse, hinter der sich das Gartenzimmer mit seinen hohen Fenstertüren öffnete, stand ein Tisch mit weißer Tischdecke, darauf ein Champagnerkühler und Gläser. Odile hatte sich alle erdenkliche Mühe gegeben, dem Reiseschriftsteller aus Deutschland zu imponieren. Vivienne, Sébastiens Mutter, schenkte soeben vier Champagnergläser voll. In ein fünftes Glas goss sie eine Zitronenlimonade aus einer Kristallkaraffe. Als sich ihr Sohn und Martin näherten, winkte sie den beiden bereits mit einem Champagnerglas zu.

»Bitte entschuldigen Sie. Mathilde ist leider noch nicht da. Im Moment müssen Sie mit mir und Sébastien Vorlieb nehmen. Ich bin Sébastiens Mutter. Sébastien, schaust du bitte, wo Onkel

Rémy bleibt? Rémy ist noch in einer Besprechung mit Philippe, meinem Bruder«, fügte sie erklärend hinzu. »Ah, da kommt ja Odile, sie hat uns noch ein paar Kleinigkeiten vorbereitet, einige *amuse-gueule*. Sébastien, nimm Odile doch bitte das Tablett ab.«

Doch ihr Sohn reagierte nicht. Mit einem dicken gestreiften Strohhalm sog er seine Limonade auf. Er war beleidigt. Sein Freund wollte das Höllenloch sehen, und seine Mutter hatte ihn schon wieder bei einer wichtigen Sache gestört. So war es immer, nie konnte er tun und lassen, was er wollte. Manchmal wünschte er sich, Mathilde wäre seine Mutter. Bei dem Gedanken an sie überzog ein Strahlen sein Gesicht.

Mit einem Kopfschütteln winkte Odile ab. Das Tablett würde sie schon noch heil zum Tisch bringen, auch wenn es mit Schüsselchen und Tellern fast überladen war. »Nur ein paar Kleinigkeiten, bis alle da sind und wir essen können.«

Ein paar Kleinigkeiten. Das war die Untertreibung des Jahrhunderts. Mit dieser Auswahl an Brot, Wurst, Käse, eingelegtem Gemüse und hauchdünnen Scheiben von Trüffeln auf einer Art Omelett hätten sich gut und gerne zwanzig Gäste den Bauch vollschlagen können und dabei ohne Weiteres, weil gesättigt, auf ein anschließendes Abendessen verzichtet.

Vivienne reichte Martin ein Glas. Nun kam auch er zu Wort und konnte sich für die Einladung und die Gastfreundschaft bedanken. Aus seiner Jacke zog er sein Gastgeschenk, ein altes Bändchen, gedruckt 1912, in dem die wichtigsten Sehenswürdigkeiten der Gegend um Saint-Gilles beschrieben waren, so auch das Château de Boncourt. Er hatte es in einem Antiquariat in Uzès entdeckt. Martin hoffte, dass der Herr des Hauses das Heftchen nicht bereits in seiner Bibliothek hatte. Wenn ja, hätte vielleicht ein anderes Familienmitglied Freude daran.

Als Martin beherzt nach einem Häppchen auf der Platte griff, einer runden Scheibe Brot, bestrichen mit einer hellen, nach Fisch riechenden Masse und einer schwarzen runzeligen Olive obenauf, ertönte Mathildes wohlklingende Stimme.

»Martin, halt dich zurück. Denk an die *daube*.«

Die Scheibe Baguette mit einer würzigen *brandade de morue* verschwand in Martins Mund. Hastig kaute er. Als Mathilde vor ihm stand, hatte er bereits die kleine Köstlichkeit in seinen Magen wandern lassen. Sie umarmten sich, küssten einander dreimal auf die Wange, was Odile mit einem zufriedenen Lächeln registrierte.

Vivienne reichte auch Mathilde und Odile je ein gefülltes Glas, das von außen beschlagen war. »Auf den heutigen Abend. Herzlich willkommen.«

Die drei Frauen und ihr Gast prosteten einander zu, und Martin genoss den eiskalten Champagner. Mathilde hatte Sébastien, der immer noch beleidigt danebenstand, einen freundschaftlichen Knuff in die Seite gegeben.

»Hast du mich gut vertreten? Hast du Martin schon unsere geheimen Orte gezeigt?«

Doch Sébastien ließ sich nicht erweichen. Zuerst sollte er seinem Freund alles zeigen, dann doch nicht. Hier wusste keiner, was er wirklich wollte. Und er konnte es ausbaden, wurde hierhin und dahin geschubst. »Nein, hatte keine Zeit. Ich geh jetzt mit den Hunden spielen. Ruft mich, wenn es was Richtiges zu essen gibt.«

»Phh, was Richtiges. Dieser Junge. Martin, greifen Sie zu. Das Richtige wird noch ein wenig auf sich warten lassen.«

»Ja, es wird noch etwas dauern. Ich habe mit Grand-père gesprochen. Wir werden uns bis dahin mit Odiles Verführungen über Wasser halten. Und wir nutzen die Zeit bis zum Essen, ich zeige dir den Park und unser Haus. Odile, könntest du es so einrichten, dass wir in einer halben Stunde die *daube* servieren. Bis dahin haben wir das Wichtigste gesehen, und Grand-père wird sein Gespräch mit Philippe beendet haben. Übrigens, warum sind Philippe und Lucette eigentlich heute Abend nicht zum Essen da?«

»Sie sind zum Barbecue eingeladen, bei den Eltern eines Schulfreundes der Zwillinge. Es tut ihnen leid, aber es war nicht zu ändern.« Odile zuckte entschuldigend mit den Schultern.

Drei Stunden später hatte Martin das Gefühl, nie mehr im Leben auch nur einen Happen zu sich nehmen zu können. Nach einem Spaziergang durch den Park, einem weiten Blick über die angrenzenden Weinfelder und einer Begutachtung von Sébastiens Höllenloch hatte Mathilde Martin die repräsentativsten Räume ihres Zuhauses gezeigt. Eine prachtvolle Bibliothek – Martin hatte es geahnt, dass sie gut bestückt sein würde –, ein ehemaliger Ballsaal, der heute nicht mehr als solcher genutzt wurde, dessen Tapisserien aus dem 17. Jahrhundert aber immer noch ein wahrer Augenschmaus für jeden Kenner der Bildteppichwirkkunst waren. Das Treppenhaus mit seiner in zwei großen Bögen nach oben führenden Sandsteintreppe war nicht weniger beeindruckend wie die Ahnengalerie, die vom Erdgeschoss bis in die Beletage die Wände mit mehr oder weniger qualitätvollen Porträts bestückte.

Martin hatte gehofft, an diesem Abend Rémy de Boncourt noch einmal auf Docteur Barbier ansprechen zu können. Doch der alte Mann hatte sich nach einem Digestif, einem Mirabellenbrand seines Freundes Thierry, zurückgezogen und das Feld Mathilde überlassen. Vivienne und Sébastien waren kurz nach dem Dessert in ihrem Apartment verschwunden, nicht ohne einen Proteststurm Sébastiens damit zu verursachen. »Maman, es ist noch hell, was soll ich im Bett, ich kann dann nicht schlafen.«

Erst nachdem Vivienne ihm versprochen hatte, er dürfe sich noch eine Tiersendung über die Nachtgeschöpfe des brasilianischen Urwalds anschauen, war er murrend mit seiner Mutter abgezogen. Martin spürte, dass Sébastien gerne noch ein wenig Zeit mit ihm verbracht hätte und hatte gebeten, den Jungen noch etwas in ihrer Gesellschaft zu lassen, doch Vivienne war gnadenlos geblieben.

Am Ende des Abends waren nur noch Mathilde, Martin und die beiden Hunde übrig, die mit treuen Augen in Richtung Tisch blickten, wo die Reste der *daube*, die tatsächlich auf der Zunge zergangen war, in einer eleganten weißen Terrine mit goldener Rankenverzierung schlummerten.

»Schau dir die Terrine an. Sie soll angeblich auf den Tisch gekommen sein, als Napoleon hier übernachtet hat. Dann nur noch an Festtagen. Da kannst du dir was drauf einbilden. Normalerweise kommt nämlich der gusseiserne Schmortopf auf den Tisch.«

Martin wollte eben eine Frage zum angeblichen Aufenthalt des Korsen auf Château de Boncourt stellen, als Mathildes Handy ein merkwürdiges Geräusch von sich gab. »Bitte entschuldige, es ist wichtig.«

Sie wandte sich ab.

»Ja, Rachid? Bien. Und sonst? Das hört sich nach einer Spur an, die wir weiterverfolgen sollten. Merci. Et bonne nuit.«

Martin spitzte die Ohren. Da war wieder dieser Name, der in den letzten Tagen schon öfter gefallen war, wenn Mathildes Handy geklingelt hatte. »Mathilde, ich weiß, es ist unglaublich neugierig von mir. Aber wer ist Rachid?«

»Rachid? Rachid Bouraada. Er ist mein bester Mann. Mein verlässlichster Partner und im Moment mein Fels in der Brandung.« Sie stockte für einen Moment, als ihr klar wurde, wie viel sie sich soeben über ihr Verhältnis zu Bouraada eingestanden hatte.

Martin zählte eins und eins zusammen. »Deine Schussverletzungen und deine Telefonate mit deinem Partner, hängen sie irgendwie zusammen? Ich dachte, du wärst zurzeit außer Dienst?«

Mathilde wich aus. »Commandant Bouraada ist einer meiner Mitarbeiter. Ich hatte ihn gebeten nachzuprüfen, ob es zum Unfall deiner Großeltern noch irgendetwas gibt. Einen Anhaltspunkt, was passiert sein könnte. Archivmaterial, alte Akten, irgendetwas. Aber nichts. Es scheint so, dass dieser Unfall, oder was auch immer es gewesen ist, an keiner Stelle Widerhall gefunden hat. Er ist passiert. Und das war's. Niemand hat ihn gemeldet, niemand hat ihn aufgenommen. Oder das, was vorhanden war, ist weg. Vieles ist nach dem Krieg nicht mehr aufgetaucht. Es tut mir leid. Das andere war dienstlich.«

Martin spürte, dass Mathilde nicht mehr preisgeben wollte. Es ging ihn ja auch nichts an. »Ich gestehe, ich habe auch nichts anderes erwartet. Die einzige Möglichkeit, vielleicht doch noch etwas mehr zu erfahren, ist die, Zeitzeugen, alte Bekannte Barbiers sprechen zu können. Sie zu fragen, ob der Doktor sich nicht doch irgendwann zu den Geschehnissen geäußert hat. Aber ich glaube kaum noch daran, wirklich relevante Informationen zu erhalten. Ich will nicht behaupten, dass dein Großvater einem Gespräch mit mir darüber ausgewichen ist, aber dir ist vielleicht auch aufgefallen, dass er das Gespräch sehr geschickt in eine andere Richtung gelenkt hat.«

Mathilde zögerte einen Moment. Martin hatte recht. Ihr Großvater wollte oder konnte nicht über diesen Unfall sprechen, sofern er überhaupt etwas wusste.

»Martin, ich kenne meinen Großvater. Wenn er nichts dazu sagt, hat er seine Gründe. Aber ich gehe davon aus, dass er einfach nichts weiß. Doch Thierry, Achille und Guillaume sind ja auch noch da. Versuch, mit ihnen zu reden. Sie alle kannten Docteur Barbier. Sie waren alle noch Kinder, als der Unfall passiert ist. Aber das heißt ja nicht, dass Barbier ihnen, als sie erwachsen waren, nicht davon erzählt haben kann. Sie trafen sich auf Feiern, gingen gemeinsam zur Jagd, solange der Doktor dazu noch in der Lage war. Auf der Jagd wird so manches Gespräch unter vier Augen geführt, dass so verschwiegen bleibt, wie es geführt worden ist. Hör zu, jetzt am Wochenende ist Jagdbeginn. Ab dem Sommer geht es vor allem den Wildschweinen an den Fellkragen. Alle werden dabei sein. Wie sieht's aus?«

Martin war im ersten Moment sprachlos. Er und Jagen? Eine Stechmücke jagen und auch töten, okay, einer interessanten Information hinterherjagen, auch gut. Aber auf lebende Tiere schießen? Oh Gott, alles, nur das nicht.

Mathilde registrierte amüsiert sein Zaudern. »Keine Angst, du sollst ja nicht abdrücken. Du läufst mit den Männern und den Hunden mit, hältst dich immer brav an der Seite der jagderfahrenen Alten. Und während des Wartens auf den Fasan oder Hasen hat man Zeit und Muße zu reden. Also, wenn du möchtest, bitte ich Grand-père, dich nächste Woche mit seiner Truppe mitzunehmen. Also, wie sieht's aus? Außerdem lernst du eine ganz besondere Tradition der Männer kennen. Der Franzose und die Jagd, ich garantiere dir, du erkennst die Männer nicht wieder. Was du erlebst, kann durchaus eine Randnotiz in deinem Reiseführer wert sein. Was sage ich? Der Franzose und die Jagd, eigentlich schon ein ganzes Kapitel für sich.«

Martin hatte zugesagt. Er fühlte sich nicht wohl bei dem Gedanken, aber wenn es seinen Nachforschungen nutzen würde, warum nicht. Alors, à la chasse.

Saint-Laurent-d'Aigouze – Sommer

»Das ist ja der reinste Hochsicherheitstrakt.«

Lieutenant Tourrain blickte an der hohen Mauer empor, die das ganze Grundstück umgab wie ein Festungsgürtel. Der Schutzwall wurde lediglich unterbrochen von einem Eisentor, das von außen keinen Griff besaß. Links am Klingelschild stand kein Name, über dem Schild erlaubte eine Kamera den Bewohnern der Villa einen Blick auf ihre gebetenen oder ungebetenen Gäste. Tourrain drückte mit Nachdruck seinen Zeigefinger auf den eisengrauen Knopf.

»Ja, bitte?«

Es war nicht zu erkennen, ob die Stimme männlich oder weiblich war, alt oder jung.

»Polizei. Commandant Bouraada und Lieutenant Tourrain. Können wir bitte Monsieur Leon Daudet sprechen?«

Sie hielten ihre Dienstausweise vor die Kamera.

»Um was geht es?«

»Das möchten wir ihm selbst sagen.«

Die Sprechanlage blieb stumm, doch nach einer halben Minute ertönte ein Summen, und das schwere Tor glitt lautlos zur Seite. Hinter den Mauern lag versteckt am Ende einer langen Kieseinfahrt ein prachtvolles *maison de maître* aus dem frühen 19. Jahrhundert. Kein Mensch war zu sehen. Die beiden Polizisten warteten einen Moment, dann setzten sie sich in Bewegung.

»Der Kasten muss ja ein Vermögen gekostet haben. Verdient man tatsächlich so viel in der Politik?«

»Tourrain, Sie meinen diese Frage doch nicht ernst? Es kommt natürlich immer darauf an, in welcher Liga sie spielen. Und der da spielt schon jetzt ziemlich hoch. Er erhofft sich, bei den nächsten Wahlen zum *conseil départemental* im Bezirk Aigues-Mortes Vorsitzender des Regionalrates zu werden. Dann *sous-préfet* und dann *préfet*. Wer weiß, wo die Reise dann noch hingeht. Paris soll sein Ziel sein.«

»Trotzdem, noch ist er nicht in dieser Position. Ist er von Haus aus vermögend?«

»Nein, er nicht, aber seine Frau. Sie ist eine Valauvert. Ihr Vater war der Vicomte de Valauvert. Reich geboren und reich geblieben durch ein gutes Händchen in der Holzwirtschaft. Sie unterstützt die Karriere Daudets mit allen Mitteln, vorzugsweise natürlich den finanziellen. Tourrain, da steuert jemand auf uns zu.«

Ein Mann mit einem riesigen Schäferhund näherte sich den beiden Polizisten. »Bitte kommen Sie mit, Monsieur Daudet erwartet Sie im Haus.«

Ohne ein weiteres Wort schritt der Mann auf das vornehme Gebäude zu. Ob er ein Hausmeister, Leibwächter, Diener, Jagdaufseher oder alles in einer Person war, blieb den beiden Beamten verborgen.

»Zumindest gibt es hier mal keinen Zaun aus Streckmetall«, flüsterte Tourrain seinem Vorgesetzten zu.

»Und ich befürchte, dass wir in diesem alten Kasten auch keine Heizkörperverkleidungen aus Streckmetall finden werden. Der Mann ist Traditionalist.«

In der Tat betraten die beiden Polizisten ein Herrenhaus, in dem der Geist der Moderne noch keinen Einzug gehalten hatte. Den großen Eingangsbereich dominierte ein mächtiger Kamin, die Eingangstür wurde bewacht von zwei Ritterrüstungen. Die dunkle Holzvertäfelung ließ das Entree kleiner erscheinen, als es in Wirklichkeit war. Jagdszenen, wohin das Auge blickte, Geweihe und Wildschweinköpfe zeugten vom Hobby Daudets oder dem der Ahnen seiner Gattin.

Mann und Hund verschwanden hinter einer Tür, die unsichtbar in die Wandvertäfelung eingearbeitet war. Stattdessen erschien ein Dienstmädchen, klassisch gekleidet in ein schwarzes Ensemble aus Rock und Bluse, mit weißer Schürze und Häubchen. »Monsieur lässt bitten. Darf ich Ihnen einen Kaffee oder Tee bringen?«

»Danke, lieber Wasser für uns beide.«

Die junge Frau nickte und führte sie in einen großen Raum, der Bouraada an das Arbeitszimmer im Château de Boncourt erinnerte, in dem er sich mit Mathilde getroffen hatte. In alten Regalen schlummerten noch ältere Bücher, ein massiger Schreibtisch, Besuchersessel in cognacfarbenem Leder, auf einem Beistelltisch Kristallkaraffen mit Hochprozentigem. Die Heizkörper waren verkleidet mit dunklen Holzrahmen, in die ein honigfarbenes Geflecht aus Rattan eingepasst war. Tourrain stieß Bouraada unauffällig in die Seite und nickte in Richtung Heizkörper.

Der Mann, der sie erwartete, stand mit dem Rücken zu ihnen und blickte aus dem bodentiefen Fenster in einen Park hinaus. Er ließ sich Zeit.

»Monsieur Daudet, danke, dass Sie uns empfangen. Wir wissen dies sehr zu schätzen. Ihre Zeit ist sicher knapp bemessen.«

»In der Tat, Commandant Bouraada, Lieutenant Tourrain.«

Leon Daudet drehte sich um und kam mit ausgestreckter Hand auf sie zu, ein breites, einnehmendes Lächeln lag auf seinem Gesicht. »Messieurs, Ihr Besuch überrascht mich etwas. Wegen einer Überschreitung der Geschwindigkeit werden Sie mich sicherlich nicht aufsuchen.«

Es klopfte kurz, und das Dienstmädchen trat mit einem Tablett in den Raum. Sie stellte es ab und schenkte das Wasser aus einem dunkelblauen Krug in die Gläser ein.

»Rita, für mich bitte einen Calvados.«

Nachdem sie den Wunsch ihres Arbeitgebers erfüllt hatte, verschwand das Dienstmädchen Rita lautlos aus dem Arbeitszimmer.

»Nehmen wir doch Platz, dann lässt es sich einfacher plaudern. Oder sind Sie nicht zum Plaudern gekommen?«

Bouraada und Tourrain setzten sich an den kleinen Tisch, Daudet zog sich einen dritten Sessel heran und ließ sich geschmeidig wie eine Katze hineingleiten. Auch im Sitzen wirkte er noch groß. Leon Daudet war eine stattliche Erscheinung, Mitte fünfzig, grau melierte Schläfen, kein wirklich schöner Mann, aber attraktiv. Er strahlte Zufriedenheit und Selbstbewusstsein aus, wirkte in keiner Weise affektiert. Bodenständig war das Wort, dass Tourrain in seinem Hirn suchte. Ein Landmann, verlässlich und ehrlich. Daudet unterstrich diesen Eindruck noch durch die Auswahl seiner Kleidung: Cordhose, an den Knien leicht ausgebeult, Hemd mit offenem Kragen, trotz der Hitze ein leichter, eleganter Pullover. Tourrain ertappte sich dabei, dass er die Frage, die er sich in Gedanken gestellt hatte, ob er diesen Mann, so wie er jetzt auf ihn wirkte, wählen würde, mit »Ja« beantwortete.

»Monsieur Daudet, haben Sie Kinder?«

Irritiert blickte Tourrain zu Bouraada. Was sollte denn diese Frage?

»Pardon? Ob ich Kinder habe? Ist irgendetwas passiert? Ist mein Sohn auffällig geworden?«

»Nein, nichts dergleichen. Sie haben also einen Sohn. Noch weitere Kinder?«

»Ja, eine Tochter. Sie ist verheiratet und lebt in Paris. Sie schenkt meiner Frau und mir bald unser erstes Enkelkind. Unser Sohn, Emile, ist in Straßburg an der ENA.« Der letzte Satz kam nicht ohne Stolz von Daudets Lippen.

»Ah, zwei Kinder, eine Tochter, verheiratet, ein Sohn, studiert. Also beide erwachsen.«

»Ja, natürlich, erwachsen. Sybille ist siebenundzwanzig, Emile vierundzwanzig. Aber, was sollen diese Fragen?«

»Wie viel Personal beschäftigen Sie? Ich nehme an, eine ganze Menge.«

»Mon commandant, darf ich nun endlich wissen, was das soll? Warum sind Sie hier? Überprüfen Sie, ob das Personal angemeldet ist?«

»Nein, bitte beantworten Sie mir ganz einfach meine Frage.«

»Gut. Das Hausmädchen, Rita, einen Gärtner, er kommt täglich. Dann Raoul, er ist eine Art Hausmeister, er hat Sie zum Haus begleitet. Ein zweites Hausmädchen kommt halbtags. Ja, und dann die Köchin. Wir geben viele Gesellschaften, und meine

Frau ist karitativ oft unterwegs, sie kocht nicht. Bei größeren Einladungen nehmen wir noch Personal dazu, zum Bedienen und zur Unterstützung von Madame Hubert, der Köchin.«

»Ich fasse zusammen: zwei erwachsene Kinder, genügend Personal um, sagen wir dreißig, vierzig Gäste zu bewirten. Wozu also brauchten Sie ein Au Pair?«

Tourrain ließ sich in seinem Sessel nach hinten fallen, Leon Daudet lehnte sich ruckartig nach vorne. »Ich verstehe nicht.«

»Oh doch, Sie verstehen. Vor eineinhalb Jahren kam in ihrem Swimmingpool eine junge Frau zu Tode. Sie ertrank. Ihre Frau hat diesen Unfall gemeldet. Der Name des Mädchens war Veronica Gromowa, sie war angeblich siebzehn Jahre alt. Veronica stammte aus der Ukraine. Und sie war als Au Pair in Ihrem Haushalt. Erinnern Sie sich? Was hat Sie gemacht? Staub gewischt? Die Betten bezogen? Gemüse geputzt?«

»Ich glaube nicht, dass ich Ihre Fragen weiter beantworten werde, wenn Sie mir nicht sagen, warum Sie tatsächlich hier sind.«

Leon Daudet griff nach seinem Calvados und nahm einen kleinen Schluck. Bouraada schwieg. Dann stand der Politiker auf und wanderte mit seinem Glas zum Fenster.

»Gut, wir haben nichts zu verbergen. Ich werde Ihnen sagen, warum Veronica bei uns war. Der Tag an dem sie starb, war überaus schmerzvoll für uns, für mich und meine Frau. Wir hatten das Mädchen lieb gewonnen. Sie war so fröhlich, so dankbar, dass wir sie bei uns aufgenommen hatten. Sie war wie eine Tochter für uns. Ja, sie ging schon ab und zu dem Hausmädchen oder Madame Hubert zur Hand, aber sie wollte auch etwas zu tun haben. Sie kennen die politische Situation in der Ukraine? Menschen sind auf der Flucht. Wir wollten helfen. Ein Parteifreund von mir hatte Veronica in einem Hotel kennengelernt, wo sie als Stubenmädchen gearbeitet hatte. Sie hatte darum gebettelt, dass er sie mit nach Frankreich nimmt. Er hat seine Kontakte spielen lassen, hat ein Visum für sie bekommen. Er ist viel auf Reisen, daher hat er ein neues Zuhause für sie gesucht. Unsere Kinder sind ausgeflogen, wir haben Platz und die notwendigen finanziellen Mittel, ein junges Mädchen bei uns aufzunehmen, sie zu fördern. Ja, und dann kam dieser schreckliche Tag. Wir waren nicht zu Hause. Madame Hubert hatte frei, Raoul war unterwegs, Rita war zu dieser Zeit noch gar nicht bei uns, wir hatten damals ein Hausmädchen namens Desirée. Desirée Lacombe. Meine Frau hat sie entlassen müssen, sie hatte die berühmten silbernen Löffel mitgehen lassen. Seitdem ist Rita bei uns. Aber ich schweife ab. Raoul war unterwegs. Veronica ist wohl zum Hundezwinger gegangen und hat ihn geöffnet. Raoul schwört, dass der Zwinger abgesperrt war. Der Hund sprang heraus – als Raoul endlich wieder da war, lief Diego, so heißt der Hund, im Park herum. Er ist wahrscheinlich auf das arme Ding losgestürzt. In ihrer Panik ist sie wohl weggerannt und in den Pool gefallen. Er ist an allen Stellen einen Meter achtzig tief. Veronica konnte nicht schwimmen. Und niemand war da, um ihr zu helfen.« Leon Daudets Stimme brach.

»Das ist wirklich tragisch. Ist sie in Frankreich beigesetzt?«

»Ja, hier, auf dem kommunalen Friedhof in der Rue Robert Florentin.«

»Und der Hund?«

»Der Hund?«

»Ja, was haben Sie mit dem Hund gemacht? Dem Hund, der Veronica in den Tod gehetzt hat?«

»Den Hund haben Sie gesehen. Er ist ein guter Wachhund. Diego hat sie doch nicht getötet, es war ein Unfall. Ich kann doch deswegen den Hund nicht umbringen.« Leon Daudet war wieder zu seinem Sessel zurückgekehrt. Nun ließ er sich schwer hineinfallen.

»Haben Sie je daran gedacht, für Veronica einen Ersatz ins Haus zu holen? Ein neues Mädchen, das Sie glücklich machen können? Ein Mädchen, das in seiner Heimat nicht mehr sicher ist, das sich hier ein besseres Leben erhofft?« Der Commandant wandte sich an seinen Kollegen. »Tourrain, aus welchem Land könnte ein Mädchen kommen, das sich ein wenig Glück erhofft? Ein Dach über dem Kopf, eine warme Mahlzeit, ein weiches Bett?«

Felix Tourrain schien zu überlegen. Nach einer halben Minute meinte er: »Mon commandant, aus Rumänien vielleicht?«

»Richtig, Tourrain. Aus Rumänien. Vielleicht. Monsieur Daudet, was meinen Sie, wäre ein Mädchen aus Rumänien glücklich in Ihrem Haus?«

»Messieurs, ich weiß nicht, was Sie mir damit sagen wollen. Ganz sicher könnte ein Kind aus Rumänien bei uns glücklich sein. Aber nein, wir haben niemanden mehr aufgenommen. Meine Frau hält sich sehr viel in Paris bei unserer Tochter auf, ich selbst bin eng in die Partei eingebunden, der nächste Wahlkampf steht an. Und genau aus diesem Grund muss ich Sie jetzt leider auch bitten zu gehen. Ich weiß zwar immer noch nicht so wirklich, was Sie eigentlich von mir wollten, aber ich hoffe, ich konnte Ihre Fragen zu Ihrer Zufriedenheit beantworten. Nun denn, der Präfekt erwartet mich in einer Stunde. Ich begleite Sie hinaus.«

Leon Daudet erhob sich aus seinem Sessel, die beiden Polizisten folgten.

Bouraada nickte dem Politiker zu. »Das wäre dann auch alles gewesen. Wir danken Ihnen, für Ihre Bereitschaft, unsere Fragen zu beantworten.«

In der Eingangshalle fiel Bouraadas Blick auf ein Paar gekreuzte Säbel orientalischen Ursprungs, die vor einer Regimentsfahne eines 74. Infanterieregiments hingen. Es waren zwei Nimcha mit aufwendigen Griffen aus Elfenbein, in die je ein großer Türkis eingelegt war.

»Nicht wahr, zwei wundervolle Stücke. Mein Vater hat sie aus Algerien mitgebracht. Commandant Bouraada, Sie sind algerischen Ursprungs?«

»Ja, mein Großvater ist dort geboren, ich bin hier in Frankreich zur Welt gekommen.«

»Ihr Vater lebt noch?«

»Warum fragen Sie?«

»Wenn er noch lebt, schätzen Sie sich glücklich. Ich habe meinen Vater nie kennengelernt. Er ist kurz vor Kriegsende 1962 in Algerien gefallen. Viel ist mir nicht von ihm geblieben. Ein paar

Erinnerungsstücke, die Säbel, die Fahne, einige Abzeichen. Ich halte alles in Ehren, er ist ein fabelhafter Soldat gewesen.«

»Das will ich Ihnen glauben, Monsieur Daudet. Noch einmal danke für Ihre Zeit.«

Die beiden Polizisten verabschiedeten sich und gingen auf das Tor zu, das sich wieder langsam vor ihnen öffnete.

Leon Daudet blieb noch einen Moment im Eingang stehen. Dann kehrte er in sein Arbeitszimmer zurück. Er sollte unbedingt einige Telefonate führen.

Nîmes – Sommer

Rachid Bouraada und Felix Tourrain fuhren im Dienstwagen des Commandant nach Nîmes zurück. Es war brütend heiß geworden im Auto, und Bouraada ließ die Fensterscheiben hinunter. Der Hitzestau löste sich auf, doch es wurde nicht wirklich kühler im Wagen.

»Was ist denn mit der Klimaanlage los? Ich hör sie weder arbeiten, noch kommt kühle Luft aus den Düsen.« Tourrain fingerte an sämtlichen Knöpfen am Armaturenbrett herum.

»Das kannst du dir sparen. Sie streikt.«

»Was meinen Sie, mon commandant …?«

»Tourrain, ich meine, dass es an der Zeit ist, das ›Sie‹ zu lassen. Ich heiße Rachid.«

Felix Tourrain wurde rot. Es war ihm eine Ehre. »Ja gerne, ich heiße Felix, aber das wissen Sie, ähm, das weißt du ja. Nun, was meinst du? Die Erklärung, dass das Mädchen auf der Flucht vor dem Hund ins Wasser gefallen und ertrunken ist, klingt doch plausibel.«

»Und wenn nicht ein Hund, sondern ein Mensch hinter ihr her gewesen ist?«

»Hätte derjenige sie dann einfach so ertrinken lassen?«

»Ich weiß es nicht, Felix.«

»Ich habe Daudet genau beobachtet, als du die Frage nach Rumänien gestellt hast. Keine Reaktion von ihm darauf. Er blieb ganz ruhig, lächelte charmant und schien mir ehrlich erstaunt über deine Fragen.«

»Mein Junge, der Mann hat sich im Griff. Politiker lügen dir ins Gesicht, ohne rot zu werden. Er wusste bereits nach der ersten

Frage nach Veronica, auf was das Gespräch hinauslaufen würde. Da geh ich jede Wette ein. Ist dir sonst noch was aufgefallen?«

Tourrain überlegte. Er kratzte sich seinen roten Schopf, schloss die Augen und ließ das Gespräch Revue passieren. »Das Hausmädchen. Das Hausmädchen ist nach dem Tod von Veronica ausgewechselt worden. Er sagte, sie hätte etwas mitgehen lassen. Aber wenn das nur ein Vorwand war, um sie loszuwerden, dann hat sie vielleicht etwas mitbekommen. Etwas, das für Daudet gefährlich werden konnte? Etwas, von dem das Mädchen nicht wusste, dass es ihm gefährlich werden kann? Und bevor sie sich darüber Gedanken machen konnte, war sie entlassen.«

»Und sonst?«

Sein junger Kollege überlegte, rührte in seinem Gedächtnis herum, wie seine Mutter im Eintopf nach einem Lorbeerblatt. Doch es fiel ihm nichts weiter Auffälliges aus ihrem Gespräch mit Daudet ein. »Tut mir leid, ich muss passen. Hat er etwas gesagt, was unseren Verdacht erhärtet, er könnte etwas mit dem Tod der Rumänin zu tun haben?«

»Ganz heiß, Felix. Er hatte gesagt: ›Ganz sicher, könnte ein Kind aus Rumänien bei uns glücklich sein‹. Ein Kind, Felix, ein Kind. Nicht ein Mädchen, nicht ein Au Pair. Du hast die Akten gelesen, Madame le Juge hat sie gelesen, ich habe sie gelesen. Keiner der Arbeitgeber hat das Alter der Mädchen mit jünger als siebzehn angegeben. Aber die meisten waren jünger, sehr viel jünger, das garantiere ich dir. Sie wurden als Kinder gelockt, entführt, verschleppt, gefangen gehalten, missbraucht. Und wenn sie älter wurden, hat man sie entsorgt wie eine Puppe, die Arme und Beine verloren hat.«

Felix musste sich mehrfach räuspern, bevor er antworten konnte. »Aber es muss doch irgendjemandem aufgefallen sein, dass das Alter nicht stimmte.«

»Wer bezweifelt das denn, wenn er gefälschte Papiere zu Gesicht bekommt, Papiere, die so gut gemacht sind, dass er sie nicht als Fälschungen erkennt, wer hinterfragt dann diese Angaben? Oder aber, es gibt keine Papiere. Die Mädchen wirken wahrscheinlich reifer, oder besser gesagt, sie sehen älter aus, als Mädchen normalerweise mit dreizehn, vierzehn oder fünfzehn Jahren aussehen. Bedenke, was sie wohl durchgemacht haben. Und wenn sie jünger sind und noch leben, bekommt sie doch keiner zu Gesicht. Und daher sind die beiden Kinder vom Pont du Gard und dem alten Abteigelände auch so wichtig für uns. Sie erzählen uns eine Geschichte, Felix. Eine Geschichte, die die anderen Opfer nicht mehr erzählen können.«

»Warum ausgerechnet das Kind vom Pont du Gard?«

»Die Opfer, die aus dem Fenster gefallen sind, die Mädchen, die ertrunken sind, sie alle sind als Unfälle abgehakt worden. Wir werden nicht weiterkommen. Daudet hat eine plausible Geschichte erzählt. Ein riesiger, gefährlicher Hund hat das Mädchen so in Panik versetzt, dass es in den Pool gestürzt ist. Ja, vielleicht kann die Haushaltshilfe uns weiterhelfen. Wir werden sie ausfindig machen und befragen. Das Mädchen aus Rumänien aber ist Opfer eines Verbrechens geworden, ob Mord oder Totschlag spielt keine Rolle. Ebenso das Mädchen vom Pont du Gard. Es gibt einen Hinweis darauf, dass es kein Unfall oder Suizid war. Doch niemand ist dem nachgegangen. Du hast doch die Akte studiert! Eine Siebenjährige hat ihrem Vater erzählt, der Teufel habe das Mädchen heruntergeschubst. Felix, wenn das kein Fantasiegespinst ist und das Kind tatsächlich etwas gesehen hat, dann war es Mord.«

»Ja, natürlich, ich habe es gelesen. Aber Kinder in diesem Alter! Ich sag dir, du kennst meine kleine Nichte nicht. Sie ist sechs. Natalie erfindet die unglaublichsten Geschichten. Letzte Woche hatte sie sich aus Ärger über ihre Mutter, meine Schwester, im Keller versteckt. Louise war außer sich vor Sorge, doch die Kleine gab keinen Mucks von sich, egal wie laut man nach ihr rief. Als sie wiederauftauchte, nach mehr als einer Stunde, behauptete sie, ein weißes Pony mit silbernen Flügeln habe sie mitgenommen.«

Bouraada lachte, für Tourrain ein seltener Anblick.

»Natürlich besitzen die Kleinen eine Menge Fantasie, aber wir gehen der Aussage trotzdem nach. Morgen wirst du Vater und Tochter in Le Vigan befragen, die genaue Adresse liegt uns vor.

Und du kümmerst dich darum, wo das Hausmädchen Desirée Lacombe abgeblieben ist. Dann vereinbarst du noch einen Termin mit Daudet in dessen Büro. Wir tauchen dort schneller auf, als ihm lieb sein kann.«

»Und wenn ich die Lacombe ausfindig gemacht habe? Wollen wir morgen noch hin?«

»Ich werde morgen nach Remoulins fahren. Erinnerst du dich an diese Akte? Wir hatten auch einen Unglücksfall in Remoulins.«

Der Lieutenant wurde rot. Natürlich hatte er alle Akten in der Hand gehabt. Aber ein Opfer in Remoulins? »Da muss ich jetzt leider passen. Ich kann mich an keinen Fall in Remoulins erinnern. Wir hatten was in der Nähe, in Uzès, ein Opfer, das beim Hausputz aus dem Fenster gefallen ist. Bei einem Notar, ich glaube Maître Klein.«

»Genau, Maître Auguste Klein, Kanzlei in Uzès, allerdings wohnhaft in Remoulins. Hier ist das Mädchen gestorben, nicht in Uzès. Ich werde ihm morgen meine Aufwartung machen. Und du, lass den Besuch in Daudets Büro dringlich erscheinen. Und lass dich nicht abwimmeln.«

Tourrains Handy klingelte. Er warf einen Blick auf das Display. Die Gerichtsmedizin. Der Lieutenant drückte auf die Taste mit dem kleinen grünen Telefon. Hoffentlich eine Nachricht, die sie weiter voranbringen würde. Er lauschte der gehetzten Stimme des Mediziners und legte wieder auf.

»Treffer, mon commandant …«

»Rachid …«

»Der Gerichtsmediziner. Sie haben die Oberfläche des Metallsplitters untersucht. Winzige Spuren eines Lacks konnten identifiziert werden. Ein Alkydharz, sehr temperaturbeständig. Es wird unter anderem zum Streichen von Heizkörpern oder auch ihren Verkleidungen verwendet.« Er strahlte übers ganze Gesicht.

»Hervorragend, Felix. Umso wichtiger, dass wir so schnell wie möglich Monsieur Daudet in seinem Büro aufsuchen. Ich bin gespannt, welche Heizkörperverkleidungen wir dort vorfinden werden.«

Arles – Sommer

Martin hatte fast den ganzen Tag in Beaucaire verbracht. Und er hatte Rose Poignet einen weiteren Besuch abgestattet. Am Abend zuvor hatte sein Handy geklingelt. Martin hatte im Seniorenheim seine Visitenkarte hinterlegt, falls Rose noch etwas einfallen sollte. Eine Mitarbeiterin war am Telefon gewesen, ob er Rose in den nächsten Tagen besuchen wolle. Sie habe in ihrem Gedankenkästlein gekramt, so hatte sie sich ausgedrückt.

Und so war Martin über Arles gefahren. Er war gespannt, was die alte Dame ausgegraben hatte. Wieder saß Rose in ihrem tiefen Ohrensessel mit dem Spitzendeckchen. Nur trug sie heute ein weites Chiffonkleid mit Rüschen an Kragen und Ärmeln. Es war ein Kleid, das Martin an Filme aus den Fünfzigerjahren erinnerte. Sie habe es extra für ihn angelegt, hatte ihm der Pfleger zugeflüstert. Das Kleid habe wohl eine besondere Bedeutung für Rose, da sie es so lange aufbewahrt habe.

»Rose, Sie sehen wunderschön aus.«

Die alte Frau errötete. »Ich danke Ihnen. Auch Docteur Barbier hat es gefallen.« Sie zwinkerte. Martin glaubte, Tränen in ihren Augen schimmern zu sehen.

»Aber ich will Ihre kostbare Zeit nicht mit Sentimentalitäten vergeuden.« Martin wollte abwinken. »Doch, doch. Alles ist so lange her. Aber ich habe jede Schublade meines Gedankenkästleins durchforstet. Ich habe viele Dinge gefunden. Und auch etwas, das Sie interessieren könnte. Ich glaube, ich habe Ihnen von dem Jungen erzählt, der in dieser Nacht, als Ihre Großeltern auf der Flucht waren, bei uns im Haus war. Der Doktor hatte ihn bei sich aufgenommen. Er war so ungebärdig, so wild, ein richtiger

Rotzlöffel. Und er hat nicht nett über Ihren Großvater gesprochen. Einen ›Boche‹ nannte er ihn. Er hatte kein Verständnis dafür, dass Docteur Barbier ihm half. Ich hab ihn dann irgendwann zu Bett geschickt. Am nächsten Tag habe ich dann in der Wäsche ein Handtuch gefunden. Es war schwarz, jemand hatte etwas Schwarzes hineingeschmiert. Das Handtuch roch merkwürdig. Ich habe mir nichts dabei gedacht. Der Doktor reparierte alles selbst. Sie können sich vorstellen, wie da seine Kleidung oder die Wäsche manchmal ausgesehen haben. Doch bevor ich es dann am nächsten Tag wusch, zeigte ich es dem Doktor und ermahnte ihn, sich die Hände wenigstens vorher zu waschen, bevor er so ein schmieriges Zeug in die Handtücher rieb. Er war erstaunt, roch daran und verschwand. Dann hat er kein Wort mehr darüber verloren, aber kurz darauf habe ich den Jungen entdeckt, der mit trotzigem Gesicht im Garten saß. Er hatte geweint. Niemand wollte mir sagen, was los war, und in der folgenden Woche war der Junge wieder zu Hause. Doch jetzt, jetzt wo Sie mich gefragt haben, ob der Unfall tatsächlich ein Unfall war, Martin, ich bin mir nicht mehr so sicher.«

Martin hatte schweigend zugehört. In seinem Kopf rasten die Gedanken. Wenn dieser Junge nun etwas am Wagen seiner Großeltern manipuliert hatte, einen Bremsschlauch durchschnitten hatte oder Ähnliches. Dann wäre es kein normaler Unfall gewesen, es wäre ein Anschlag gewesen. Und Rose hatte nun offenbar dieselbe Vermutung.

»Warum hat Docteur Barbier nie mit Ihnen darüber gesprochen? Er muss doch sofort einen solchen Verdacht gehabt haben. Und warum hat er den Jungen, wenn er es gewesen war, nie zur Verantwortung gezogen?«

»Martin, es waren andere Zeiten. Ihre Großeltern waren schon fast in Sicherheit, niemand wusste, dass Ihre Großmutter an den Folgen sterben würde. Und der Junge hatte noch sein ganzes Leben vor sich. Wissen Sie, ich glaube, falls er noch lebt, wird er die Schuld seitdem mit sich herumtragen. Eine schwere Schuld.«

»Wie alt mag er heute sein?«

»Er war damals elf, zwölf, dreizehn? Auf jeden Fall wird er heute weit über Achtzig sein.«

»Und wie hieß er?« Martin fühlte eine ungeheuerliche Spannung. Wollte er den Namen wirklich wissen? Wenn der Name nun Rémy de Boncourt lautete?

»Glauben Sie mir, darüber zerbreche ich mir schon seit Tagen den Kopf. Doch ich komme nicht mehr darauf. Ich sehe Gesichter vor mir, Szenen, aber die Namen sind weg, schhhhh, einfach verschwunden. Würden Sie ihn denn zur Verantwortung ziehen wollen?«

Martin musste lange überlegen. Dann nahm er die welken Hände von Rose in die seinen. »Nein, Rose, ich denke nicht. Ich möchte wissen, was in seinem Kopf vorgegangen war, und ob er die Deutschen immer noch so hasst. Aber ihn zur Verantwortung ziehen? Nein. Wie Sie selbst gesagt haben, er trägt seit Jahrzehnten eine ungeheure Schuld mit sich herum.«

Dann hatte er sich von Rose verabschiedet, nicht ohne zu versprechen, sie vor seiner Rückkehr nach Deutschland noch einmal zu besuchen. Am liebsten wäre er in seine Auberge zurückgefahren, hätte sich dort mit einer Flasche Rotwein in sein Zimmer zurückgezogen und über die Ungeheuerlichkeit dessen, was er eben erfahren hatte, nachgedacht. Doch die Pflicht rief. Alles andere musste vorerst verschoben werden.

Natürlich war Beaucaire in jedem Reise- und Kulturführer angemessen vertreten, aber wer mit offenen Augen durch solche Städtchen wandelte, konnte immer noch Dinge und Geschichten entdecken, die vielleicht nur den Einheimischen bekannt waren. Hier eine Anekdote, dort eine geheimnisvolle in ein altes Haus verbaute Skulptur, ein verstecktes Treppenhaus in einem mittelalterlichen Wohnhaus, dessen ausgetretene Stufen vielleicht von den Füßen eines Papstes, der nur zum Vergnügen in diesem Haus weilte, berührt worden waren. Das waren die Kleinode, die Martin entdecken wollte.

Er parkte in der Nähe der ehemaligen Burg von Beaucaire. Von hier aus umrundete er den alten Kern, der bereits im 7. Jahrhundert vor Christus gegründeten Stadt. Auch hier verrieten die steinernen Reste, welche Macht dieser Ort ehedem im Languedoc besessen hatte. Noch zeugten die Rudimente der Stadtmauer davon, dass Beaucaire für Feinde attraktiv gewesen war und geschützt werden musste. Die ehemalige Burg, die einst zu den mächtigsten des Midi gehört hatte, war noch in wichtigen Teilen, wie Turm und Schlosskapelle, erhalten. Die Burg teilte das Schicksal der wehrhaften Kirche von Maguelone, und war auf Befehl von Kardinal Richelieu 1632 zerstört worden.

Nach vier Stunden musste Martin einsehen, dass sich seine Suche nach dem »unbekannten Beaucaire« nicht gelohnt hatte. Er nahm in einem Bistro am Fuß der Burg einen kleinen Imbiss zu sich, der allerdings ebenfalls nicht zu den großen Offenbarungen der Stadt gehörte. Die Tapenade war zu salzig, die eingelegten Sardinen bestanden nur aus einem Grätengerüst mit etwas schmierigem Fisch darum. Wahrscheinlich hatte der Wirt es darauf angelegt, dass die Gäste dann fleißig dem Wein zusprechen würden, doch Martins Experimentierfreude war aufgebraucht, und er hatte sich mit einem Glas Leitungswasser begnügt.

Nach diesem misslungenen kulinarischen Erlebnis überlegte er kurz, ob er heute noch seine Schatzsuche in Tarascon fortsetzen sollte. Der kleine, nicht weniger interessante Ort, lag direkt gegenüber auf der anderen Seite der Rhône und war mit Beaucaire durch eine Brücke verbunden. Doch ihm stand heute nicht mehr der Sinn nach Trubel und in bunte Hemden gekleideten Touristen mit Shorts und weißen Socken in braunen Ledersandalen. Martin entschloss sich, ein weniger frequentiertes Ziel anzusteuern.

Die Abtei Saint-Roman lag knapp sieben Kilometer von Beaucaire entfernt, ein außergewöhnliches Monument, das, ähnlich wie Maguelone, nur wenige Feriengäste besuchten. Martin stellte seinen Wagen auf dem Parkplatz ab und machte sich an den Aufstieg zum Kloster. Hier war es eindeutig angenehmer als in den überlaufenen Städtchen. Und die Aussicht von der Höhe auf das Rhônetal war einfach atemberaubend. Er hätte sich gewünscht, dass der Weg zur ehemaligen Abtei etwas besser ausgeschildert gewesen wäre. Das Höhlenkloster auf einem bewaldeten Hügel oberhalb der Rhône hatte seine Ursprünge bereits im 5. Jahrhundert, als sich erste Mönche auf den Hügeln Aiguille und Saint-Roman niedergelassen hatten. Nach und nach vergrößerten sie die natürlichen Höhlen und bauten die Räumlichkeiten, die zu einem Kloster dazugehörten: Kapelle, Zellen und gemeinsamer Speisesaal.

Mit Erstaunen nahm Martin zur Kenntnis, dass Saint-Roman der Abtei Psalmody unterstanden hatte. Beeindruckt stand er vor dem Gräberfeld der klösterlichen Anlage. Trapezförmig waren Gruben in den massiven Felsen geschlagen worden, in die die Toten gebettet worden waren. Heute füllte abgestandenes Wasser der letzten Regengüsse die Gruben, und auf ihren Rändern ruhten Eidechsen in der frühnachmittäglichen Sonne. Ein Ort, um der Fantasie freien Lauf zu lassen.

Auf seinem Rückweg begegnete Martin einem alten Mann, der auf einen knorrigen Holzstock gestützt und mit einem kleinen Rucksack auf dem Rücken den Pfad zur Abtei erklomm. An einer schmalen Wegstelle hielt er an, um den Alten vorbeizulassen. Sein braunes Gesicht war von Runzeln durchzogen. Er bedankte sich bei Martin in einer Sprache, die er so noch nie gehört hatte. Es musste ein uralter Dialekt aus dem Languedoc gewesen sein. So mussten die Männer, die hier gelebt hatten, vor Hunderten von Jahren gesprochen haben.

Mathilde hätte ihm sicher die mit einem Lächeln gesprochenen Worte übersetzen können. So nickte Martin nur freundlich, grüßte in seinem besten Französisch. Er hatte Mathilde gefragt, ob sie ihn begleiten wolle, aber es war ein Treffen mit ihrem »Fels in der Brandung« für den Nachmittag geplant. Sie hatte ihn getröstet und ihm versprochen, am Abend noch einen kleinen Aperitif mit ihm zu nehmen. Und außerdem solle er sich besser früh genug zu Bett begeben, denn die Gesellschaft würde bereits um fünf zur Jagd aufbrechen. Treffpunkt war ein Feld mit angrenzendem Waldgürtel in der Nähe des Châteaus.

Martin verspürte leichte Bauchschmerzen, wenn er an die

Jagd dachte. Und er brauchte von Mathilde unbedingt noch ein paar Hintergrundinformationen über die Jagdteilnehmer, damit er auch auf ein Gespräch über persönliche Dinge mit ihnen vorbereitet war. Nichts war schlimmer, als womöglich noch in ein Fettnäpfchen zu treten, sich nach dem Befinden der werten Gattin zu erkundigen, wo diese schon geraume Zeit unter der Erde lag. Er überlegte, ob er Mathilde von Roses Erinnerungen überhaupt erzählen sollte, oder ob er nicht lieber abwarten sollte, bis er Gewissheit hatte, wer dieser Junge gewesen war. Er wurde das Gefühl nicht los, dass einer der alten Männer, die er morgen auf die Jagd begleiten würde, mehr über den Autounfall vor mehr als siebzig Jahren wusste.

Saint-Gilles – Traffic Bar – Sommer

Mathilde erwartete Martin bereits in der Bar. An den gemeinsamen Besuch des Deutschen und Mathilde hatte man sich mittlerweile gewöhnt, und die neugierigen Blicke waren einem freundlichen Kopfnicken gewichen. Mathilde hatte einen Pastis und eine große Karaffe mit kaltem Wasser vor sich. Ohne zu fragen, brachte der Kellner ein zweites Glas herbei.

»Ich habe für jeden von uns ein *pan bagnat* bestellt. Sie werden gleich kommen. Wie war es in Beaucaire? Geheimnisse entdeckt?«

Martin schüttelte den Kopf. »Nichts. Ich habe jeden Stein umgedreht, habe an diversen Haustüren geklopft, um mir die Höfe genauer anzuschauen. Einmal habe ich den Rest einer Statue entdeckt, wohl 11. Jahrhundert, ein Kopffragment. Es ist eingebaut in den Sturz einer Türöffnung. Leider sehr stark verwittert, aber es würde mich nicht wundern, wenn er von demselben Bildhauer stammt, der den Passions-Fries am Vorgängerbau von Notre-Dame-des-Pommiers geschaffen hat. Ich muss ihn mir noch einmal genauer betrachten. Das Problem ist nur, es kostet enorm viel Zeit, und am Ende kommt nicht viel dabei raus. Ich muss aufpassen, dass ich mich nicht noch weiter verzettele. Aber entschuldige, ich rede und rede. Es war auf jeden Fall schade, dass du nicht dabei warst. Ich hab mir noch das Höhlenkloster von Saint-Romain angeschaut. Du glaubst nicht, wie grandios der Blick von dort ins Rhônetal ist. Unbeschreiblich. Der Fluss glitzert wie Diamanten im Sonnenschein, und eine Ruhe dort oben … Auf dem Rückweg habe ich einen der uralten Mönche getroffen.«

Mathilde blickte ihn fragend an.

»Na ja, so etwa stelle ich sie mir vor, die alten Einsiedler, die dort oben gelebt haben. Oder meinst du, es gibt sie immer noch? Also moderne alte Einsiedler natürlich. Auf jeden Fall hättest du mir seine Sprache übersetzen können. Der Alte sprach einen Dialekt, den ich beim besten Willen nicht verstanden habe. Du hättest mir als Dolmetscherin bestens zur Seite gestanden. Aber du hast ja deine Zeit lieber mit dem Commandant verbracht.«

Es hatte flapsig klingen sollen. Doch kaum hatte Martin seinen Satz beendet, veränderte sich Mathildes Miene. Das fröhliche Aufblitzen in ihren Augen, als sie ihn begrüßt hatte, das angenehme Seufzen, als sie den ersten Schluck Pastis getrunken hatte, waren einer Traurigkeit gewichen, die Martin noch nie bei ihr gesehen hatte.

»Mathilde, es tut mir leid. Ich wollte dir nicht zu nahe treten. Ich … ich weiß auch nicht, was ich mir dabei gedacht habe. Bitte entschuldige nochmals.«

Er legte ihr seine Hand auf den Unterarm, strich zart darüber. Bis jetzt hatte sie nie darüber gesprochen, warum sie sich, sozusagen auf privatem Terrain, aber offensichtlich in beruflicher Angelegenheit, mit ihrem Mitarbeiter traf. Solange sie darüber nicht sprach, würde er auch keine Fragen stellen. Aber Mathildes Reaktion auf seine unbedachten Worte hatten ihm offenbart, dass die Treffen mit Commandant Bouraada ganz sicherlich keine vergnüglichen Stunden waren.

Auf Mathildes Gesicht trat ein zögerndes Lächeln. »Meine Behörde soll nicht erfahren, dass ich schon wieder arbeite. Die würden sofort einen Arzt vorbeischicken, der es mir verbietet, und dann könnte ich meine Rückkehr ins Palais de Justice zum 1. September vergessen. Daher die konspirativen Treffen bei mir. Das Attentat …«, zum ersten Mal sprach sie das Wort gegenüber Martin aus, »… auf mich ist immer noch nicht aufgeklärt. Aber es gibt einen Zusammenhang zu einer ganz schlimmen Geschichte. Ich kann dir nichts darüber erzählen, aber es geht um junge Mädchen, Kinder, die wie Sklavinnen gehalten werden, die man missbraucht und wegwirft, und dies offenbar von Familien, deren Macht bis ganz nach oben reicht.« Sie machte eine vage Handbewegung in Richtung der rauchgeschwärzten Holzdecke. »So, das ist mein Geheimnis.«

In diesem Moment brachte der Kellner zwei Teller mit den *pan bagnat* – mit Olivenöl, Ei, Tomaten, weißen Zwiebeln und Thunfisch gefüllte Brote.

»Lass es dir schmecken.« Bevor Mathilde herzhaft in ihr Brot biss, fügte sie noch hinzu: »Ich möchte und kann natürlich über diese Fälle nicht sprechen, aber nun weißt du, wie ich meine Nachmittage oftmals verbringe. Während ich mich mit den Niederungen dieser Welt beschäftige, kannst du dir ihre Schönheiten zu Gemüte führen.«

Martin griff nach seinem Abendessen und schloss die Augen, als der Geschmack des bitter-scharfen Olivenöls und der frischen Zutaten sich in seinem Mund vereinten.

»Ich danke dir für deine Offenheit, ich wollte dir kein Geheimnis entlocken. Und ich verspreche dir, nie mehr eine blöde Bemerkung von mir. Aber à propos Geheimnis, ich habe etwas Neues erfahren, wegen meiner Großeltern.«

Spontan hatte sich Martin dazu entschlossen, Mathilde vom Gespräch mit Rose zu erzählen. Vielleicht hatte sie ja eine Idee, wer dieser Junge gewesen sein könnte. Mathilde kaute, grübelte, trank einen Schluck Bier, das den Pastis abgelöst hatte.

»Ehrlich, mir fällt dazu nichts ein. Ich werde heute Abend Grand-père dazu befragen, wenn du erlaubst. Seine Freunde sind alle, so wie er selbst, heute in diesem Alter. Und es gibt hier auch noch andere alte Männer. Doch Grand-père und seine Freunde? Eine solche Tat traue ich keinem von ihnen zu. Auf der anderen Seite, es waren andere Zeiten …« Dieselbe Formulierung hatte Rose gewählt, und die Frauen hatten recht. »Was geht im Kopf eines Kindes vor? Ich glaube jedenfalls nicht, dass der Junge die Absicht hatte, jemanden zu töten. Erschrecken, ganz sicher, vielleicht sogar die Flucht vereiteln, deine Großeltern wieder zurück ins Lager bringen. Die Tragweite eines solchen Tuns jedoch kann ihm nicht klar gewesen sein. Was wussten die Kinder denn? Die

Deutschen waren die Bösen, sie waren zu bekämpfen. Kaum mehr.«

»Du hast in allen Punkten recht. Aber wenn du deinen Großvater danach fragen würdest, wäre ich dir dankbar. Ansonsten werde ich tatsächlich den Jagdausflug nutzen, um die Freunde deines Großvaters ein wenig auszuhorchen. Wenn du mir ein paar Informationen zu ihnen geben würdest, wäre das prima. Fangen wir mit Vincent an. Er lebt zwar nicht mehr, aber ich möchte über alle Freunde so viel wie möglich wissen.«

»Dann beginnen wir am besten mit meinem Großvater. Ihn kennst du schon etwas näher. Er hat das Château von seinem Vater geerbt. Ich weiß auch nicht, warum die Männer hier solche Unglücke anziehen, aber auch Grand-père hat seinen einzigen Sohn verloren, meinen Vater. Genau wie Guillaume Rossignol. Meine Eltern sind ums Leben gekommen, als ich drei Jahre alt war. Ein Flugzeugabsturz über dem südchinesischen Meer. Meine Großmutter hat diesen Verlust nicht überwunden. Sie starb an gebrochenem Herzen. Ein Herzinfarkt mit fünfundfünfzig Jahren. Mein Großvater hat mich großgezogen, er ist der gütigste Mensch der Welt. Vincent Lagarde war, glaube ich, der älteste der Freunde. Er war Inhaber einer Bauunternehmung und hat durch den Bau von Feriensiedlungen, vor allem in und um La Grande Motte, viel Geld gemacht. Vor etlichen Jahren hat er seine Firma verkauft und lebte bis zu seinem Tod von den Zinsen. Frag mich nicht, wer alles erben wird. Soweit ich weiß, gibt es keine engeren Familienmitglieder. Von Guillaume Rossignol habe ich dir bereits erzählt. Sein Sohn und die Schwiegertochter kamen beim Absturz der Concorde ums Leben. Zwei Flugzeugkatastrophen, die uns unsere Eltern raubten, unglaublich. Ich habe jedes Mal Herzrasen, wenn ich in ein Flugzeug steige. Nun, und heute bewirtschaftet Guillaume die *manade* zusammen mit seinem Enkel Didier. Die Stiere und Pferde sind sein Leben. Ein echter Charakterkopf, stur, aber liebenswert, wenn du Hilfe brauchst, zerreißt er sich für dich. Da war Vincent ein ganz anderer Typ. Seit Jahren versuchte Grand-père, seine Traubenpflücker bei ihm unterzubringen. Keine

Chance. Warte, Thierry Marchand ist, glaube ich, doch noch älter als Vincent es war. Er ist verwitwet, seine Frau starb erst im letzten Jahr. Seit ihrem Tod widmet er sich wieder verstärkt den Geschäften, stell dir vor, in diesem Alter. Seine Schnapsbrennerei ist nicht riesig, aber die Schnäpse sind vom Feinsten. Vor ein paar Jahren hat er einen entfernten Verwandten eingestellt, der nun der eigentliche Geschäftsführer der Destille ist.«

»Du sprichst von Michel Beaumont. Weiß Thierry, dass Michel schwul ist? Er hat mir bei Vincents Feier schöne Augen gemacht.«

Mathilde musste lauthals lachen. »Das hab ich mir gedacht, dass du sein Typ bist. Michel ist sehr diskret, und ja, ich denke, Thierry weiß es, aber er tut so, als wüsste er es nicht. Seine Devise ist ›leben und leben lassen‹. Allerdings hat er auch schon versucht, mich mit Michel zu verkuppeln. Aber das ist hier so ein Altherrensport, Mathilde-Verkuppeln. Aus der Runde fehlt nur noch Achille Flaubert. Du hast ihn gesehen, eine Seele von einem Menschen. Er und Camille sind in diesem Jahr sechzig Jahre verheiratet. Achille ist zwar ein leidenschaftlicher Koch, aber die Jagd ist ihm ein Gräuel. Er geht nur mit, um die anderen nicht zu enttäuschen. Das wäre das Wichtigste zu deinen Jagdgenossen morgen früh. Philippe wird noch dabei sein, ganz sicher auch Didier, und …«, Mathilde stöhnte auf, »… Sébastien wird euch begleiten. Ich kann es einfach nicht fassen. Grand-père setzt sich einfach durch. Vivienne hat getobt. Aber du hättest Sébastien erleben sollen. Als hinge sein Leben davon ab.«

»Und er geht mit echtem Gewehr und echter Munition mit?«

»Was glaubst du denn? Natürlich. Und wie ich meinen Großvater kenne, wird der Junge mit mehr als einem Hasen nach Hause kommen. So, Martin, ich werde dich nun verlassen. Es ist spät geworden, und ich möchte Grand-père noch von deinem Gespräch mit Rose erzählen. Vielleicht fällt ihm doch etwas dazu ein.«

Mathilde erhob sich.

»À demain, und nicht verschlafen.«

Zu Hause traf sie ihren Großvater in der Küche an, wo er an

dem großen Holztisch saß und die Schrotflinte für Sébastien noch einmal überprüfte.

»Du willst ihn also wirklich mitnehmen. Du solltest es dir noch einmal überlegen. Wenn etwas passiert, keine Versicherung dieser Welt wird dafür aufkommen.«

»Wir haben schon oft genug darüber diskutiert. Außerdem bringe ich es jetzt auch nicht mehr übers Herz, ihn zu Hause zu lassen. Wir werden alle auf ihn achtgeben. Dein Freund ist ja nun auch nicht *der* Jagdexperte, auch auf ihn müssen wir ein Auge haben. Alle sind informiert und vorbereitet.«

»Gut, es wird schon schiefgehen. Auf das Gesicht von Sébastien, wenn er mit seiner Beute nach Hause kommt, freue ich mich tatsächlich schon. Und auf das von Vivienne.«

Mathilde konnte sich ein kleines boshaftes Grinsen nicht verkneifen.

»Noch was anderes. Martin hat sich heute wieder mit Rose Poignet getroffen, du weißt, der ehemaligen Haushälterin eures Freundes Barbier. Und er hat etwas erfahren.«

Noch Stunden später saß Rémy de Boncourt in der Küche. Im Château war es still. Nur die beiden Hunde zu seinen Füßen schnarchten laut. Babous Pfoten wackelten. Er war zwar in Pension, aber er trottete immer noch mit, und dies bedeutete, er musste sich auf die Jagd am nächsten Morgen vorbereiten.

Der alte Mann fasste einen Entschluss. Er griff nach seinem Handy und führte nacheinander drei Gespräche. Dann stieg er schwer die Treppe ins Obergeschoss hinauf. Ihm graute vor dem nächsten Morgen.

Le Vigan – Sommer

Lieutenant Felix Tourrain hatte für den späteren Nachmittag das Treffen mit den Eheleuten Resnais und ihrer Tochter Emily vereinbart. Es waren Sommerferien, und das Kind war tagsüber bei der Großmutter untergebracht. Jonathan Resnais, der in einer Kfz-Werkstatt arbeitete, konnte sich nicht vor siebzehn Uhr auf den Heimweg machen. Seine Frau, die ebenfalls bei der Befragung dabei sein sollte, war Krankenschwester im Hospital von Le Vigan und hatte um sechzehn Uhr Dienstschluss.

Tourrain steuerte ein Neubaugebiet hinter Le Vigan an. Vier Häuser waren bereits fertiggestellt, einige waren noch im Rohbau. Die meisten Gebäude, auch die, die noch im Bau waren, umgab bereits eine Mauer oder ein blickdichter Zaun, der die Bewohner vor neugierigen Blicken schützen sollte. Er parkte den Peugeot vor einem Haus, dessen Tor weit offen stand. Man erwartete ihn offenbar bereits.

Er stieg aus, und ein angenehm kühler Wind ließ ihn für einen Moment erschaudern. Im Frühjahr hatte er den zweithöchsten Berg der Cevennen, den Mont Aigoual, erklommen, auf dem die letzte bewohnte Wetterstation in einem französischen Gebirge ihre Daten sammelte. Auf dem Gipfel hatten ihn Nebel und sibirische Kälte empfangen. Der Berg war ein Wetterphänomen: zweihunderteinundvierzig Tage Nebel, hundertvierzig Tage Frost und mit hundertvierzig Regentagen der Ort in Frankreich mit den größten Niederschlagsmengen.

Tourrain klingelte, und eine leicht übergewichtige Frau öffnete. Obwohl er erwartet wurde, blieb sie misstrauisch in der Tür stehen.

»Madame Resnais? Lieutenant Tourrain. Wir haben gestern miteinander telefoniert.«

Er zeigte seinen Dienstausweis, und Madame Resnais trat zur Seite.

»Mein Mann und meine Tochter sind im Wohnzimmer. Ich weiß ja nicht, was Sie nach so langer Zeit noch von den beiden zu hören erwarten. Mein Mann hat doch schon alles gesagt. Es ist doch schon über ein Jahr her. Und wie Emily Ihnen weiterhelfen könnte, wie Sie gestern angedeutet haben, wüsste ich beim besten Willen nicht.«

Es war ihrem Tonfall anzuhören, dass sie nicht begeistert war, die Polizei im Haus zu haben. Im Wohnzimmer saßen Vater und Tochter auf dem Sofa, angespannt, neugierig. Jonathan Resnais stand auf, um den Polizisten zu begrüßen.

»Sie kommen den weiten Weg nach Le Vigan sicherlich nicht aus Spaß. Aber ich weiß ehrlich gesagt nicht, was Sie eigentlich von uns wollen. Als Sie gestern mit meiner Frau telefoniert haben, sagten Sie ihr, es ginge um das Mädchen, das vom Pont du Gard gestürzt ist. Aber wir haben ja mehr oder weniger nichts gesehen. Das habe ich Ihren Kollegen vor einem Jahr auch schon mitgeteilt. Wir haben Emily erklärt, dass Sie vor allem mit ihr sprechen wollen. Bedenken Sie bitte, dass sie erst acht Jahre alt ist.«

Das Mädchen war still auf dem Sofa sitzen geblieben. Neben ihr lag ein Buch mit buntem Einband, das sie aus der Hand gelegt hatte, als Tourrain hereingekommen war.

»Wollen wir uns vielleicht setzen? Ich halte Sie wirklich nicht lange auf, nur ein paar Fragen, und dann bin ich schon wieder weg. Und du kannst weiterlesen, Emily. Ist es spannend, dein Buch?«

»Aber ja, es ist eine Geschichte von einer Familie mit ganz vielen Töchtern, ich hab schon mehrere aus der Reihe. In diesem Buch fahren sie in Urlaub. Aber ich hab einen Fehler darin entdeckt. Papa spricht von seinem roten Auto, und ein paar Seiten später sagt Marie, Papa hätte ein grünes Auto. Aber es ist rot.«

»Da hast du aber toll aufgepasst.«

Tourrain setzte sich neben das Kind, die Eltern nahmen gegenüber Platz. Einen Moment schaute er sich um. Moderne Möbel aus einem der gängigen Möbelmärkte, alles in Weiß, ein Flachbildfernseher, dessen dunkle Rahmung hervorstach. Farbe allein durch die vielen Kinderzeichnungen, die an einer Wand hingen, vor der der ebenfalls weiße Esszimmertisch mit passenden Stühlen seinen Platz gefunden hatte.

»Emily, du und dein Papa, ihr wart im letzten Jahr am Pont du Gard. Toll, was die Römer vor so vielen Jahren gebaut haben.«

»Das ist schon mehr als zweitausend Jahre her. Die haben darüber ihr Wasser transportiert.«

»Was? So alt schon? Wenn du mich gefragt hättest, das hätte ich wirklich nicht gewusst. Ihr habt deine Tante besucht?«

»Ja, sie hat ein Baby bekommen. Maman, Papa und ich haben es uns angeschaut. Ganz winzig war er. Er heißt Tristan. Als er schlafen musste, sind Papa und ich zum Pont du Gard, Maman ist bei Tante Manon geblieben. Und dann ist das Mädchen von oben runtergefallen.«

Emily sah zu ihren Eltern. Diese nickten ihr beruhigend zu.

»Du hast geglaubt, dass ein Engel von der Brücke herabfliegt, nicht wahr?«

»Ja. Aber wissen Sie, da war ich ja auch noch klein. Heute weiß ich, dass es kein Engel war, sondern ein Mädchen. Und es war tot, als es dann da unten lag. Papa und ich sind dann weggegangen. Ich sollte das nicht sehen, nicht wahr, Papa?«

»Ja, mein Schatz. Du hast gefragt, ob ein Engel ohne Flügel fliegen kann.« Resnais stockte die Stimme.

»Aber nun weißt du, dass ein Mädchen, nur wenige Jahre älter, als du heute bist, gestorben ist.«

Sie nickte stumm.

»Emily, du hattest damals deinen Papa gefragt, ich weiß das, weil er es der Polizei erzählt hat, ob der Engel vom Teufel von der Brücke geschubst worden ist. Kannst du dich erinnern?«

Wieder nickte das Kind.

»Warum glaubst du, hat der Teufel das gemacht? War ein Teufel auf der Brücke, hast du irgendetwas gesehen?«

»Jetzt hören Sie mal, was soll das Kind denn gesehen haben? Sie war sieben Jahre alt. Hatte und hat immer noch eine blühende Fantasie. Ein Teufel auf der Brücke. Tss.« Madame Resnais saß mit aufgeplusterten Wangen neben ihrem Mann und schaute ihn herausfordernd an. »Jetzt sag doch was dazu, Jonathan.«

»Madame Resnais. Bitte, lassen Sie Emily antworten.«

Tourrain hatte registriert, dass Emily, nachdem er seine letzte Frage gestellt hatte, angefangen hatte, den Saum ihres Sommerkleidchens mit der rechten Hand zu kneten. Sie wirkte dabei nicht nervös, sondern eher so, als riefe sie sich die Ereignisse des letzten Jahres genau in Erinnerung.

»Tessa, bitte. Sie hat es damals gesagt, und ich habe es bei der Polizei erwähnt. Jetzt lass sie doch.«

»Ja, ich hab ihn gesehen. Aber wenn das Mädchen kein Engel war, war das wohl auch kein Teufel, oder? Ich hab ein Bild von ihm. Wollen Sie es sehen?«

Die drei Erwachsenen sahen sich erstaunt an. Tourrain bedeutete den Eltern zu schweigen. »Gerne. Wo hast du das Bild?«

»In meinem Zimmer. Ich hab es gemalt. Ich hab den Teufel gemalt, der das Mädchen von der Brücke geschubst hat. So wie ich ihn gesehen hab. Soll ich das Bild jetzt holen?«

Emily stand auf, wartete die Antwort nicht ab. Zwei Minuten später kam sie mit einer großen Pappmappe, die mit roten Bändern verschnürt war, zurück. »Das sind die Bilder, die ich gemalt hab, als ich noch kleiner war. Ich heb alle auf.«

Sie schob eine Obstschale zu Seite, die auf dem Couchtisch stand, und legte die Mappe darauf ab. Sorgsam löste sie die rote Schleife und klappte die Mappe auf. Ein Blatt nach dem anderen wanderte von rechts nach links. Dann lag das Bild vor ihnen. Tourrain hielt für einen Moment die Luft an.

Der Pont du Gard mit seinen drei Etagen und seinen Bögen. Für eine Siebenjährige hatte Emily das Aquädukt erstaunlich präzise wiedergegeben. Überproportional groß flog, wie ein weißer Vogel, oder wie ein Engel ohne Flügel, eine Gestalt in der Mitte des Bildes. Die Gestalt hatte helle Haare, und Emily hatte ihr große blaue Augen gegeben. Vor einem der Pfeiler, die die oberste Bogenreihe trugen, stand eine Gestalt, groß, schwarz, schlank, mit ausgebreiteten Armen. Der Teufel in Menschengestalt.

Saint-Gilles – Sommer

Als Martin am Morgen der Jagd am Treffpunkt erschien, waren die meisten Jagdteilnehmer schon da. Vier weiße Kastenwagen standen am Feldrand. Hinter dem Feld erstreckte sich ein Kastanienwald. Die Jagdhunde wuselten bereits aufgeregt herum, konnten es kaum erwarten, sich auf die Fährtensuche zu begeben und die Beute herbeizuschleppen. Nur von Guillaume, Rémy und Sébastien war nichts zu sehen. Achille erklärte Martin, dass die drei schon losgegangen seien. Rémy wolle Sébastien in Ruhe instruieren, er würde als erfahrenster der Jäger den Jungen begleiten. Guillaume war ebenfalls schon unterwegs, um den Hochsitz zu überprüfen. Vom Hochsitz aus könne man das gesamte Feld überblicken, bis hierher, wo sie gerade stünden. Allerdings sei es in den letzten Wochen öfter vorgekommen, dass selbst ernannte Tierschützer die Leitern zu den Hochsitzen angesägt hätten. Guillaume würde dann zu Rémy stoßen, um ihn mit Sébastien zu unterstützen. Martin sollte sich mit Didier auf den Weg machen, könnte, wenn er es sich zutraute, die Rebhühner, Fasanen oder Hasen aus den Verstecken scheuchen, die Didier dann erlegte. Er, Achille und Thierry bildeten ein weiteres Team.

Während Achille Martin noch erzählte, dass der Vater von Rémy die Kastanien vor fast hundert Jahren gepflanzt habe, um durch die Kastanienfrüchte vermehrt Wildschweine anzulocken, war Thierry in Richtung Kastanienwald gegangen und dann in einigem Abstand zu ihnen stehen geblieben. Er blickte, wie es Martin schien, unfreundlich zu ihm herüber. Und Thierry war auch der Einzige gewesen, der ihn nicht mit Handschlag begrüßt hatte.

»Stimmt was nicht mit Thierry? Ich hoffe, ich habe nicht irgendetwas an Vincents Abschiedsfest gesagt, was ihn verärgert haben könnte?«

Martin erinnerte sich nicht daran, überhaupt viele Worte mit Thierry Marchand gewechselt zu haben. Warum dieser nun so missmutig auf ihn reagierte, konnte er sich nicht erklären.

»Ach, was, er ist ein alter Griesgram. Und vor der Jagd schweigt er sich immer aus. Er nennt es ›sich sammeln‹. Wenn er genug Wild in seiner Tasche hat, wird er auch wieder gesprächiger. Didier? Wie sieht's aus? Achille und ich gehen schon mal los. Und kümmer dich um Martin.« Kopfschüttelnd schaute der Alte auf Martins Wanderschuhe.

»Tss«, war das Einzige, was er dazu zu sagen hatte.

Martin war enttäuscht. Didier war ein netter Typ, aber sehr viel weiterhelfen könnte ihm Guillaumes Enkel nicht, wenn es darum ging, etwas Licht in die Vergangenheit zu bringen. Aber vielleicht würde sich nach der Jagd noch eine Gelegenheit ergeben, mit den Alten ins Gespräch zu kommen. Oder hatte Mathildes Großvater die Gruppen extra so zusammengestellt, dass sich solche Gespräche gar nicht erst ergaben?

Er schaute an sich herab. Was gab es denn an seinen Schuhen herumzumeckern? Mathilde hatte nie mit ihm über die passende Jagdbekleidung gesprochen, und so war er in Jeans, einem dicken Pullover, es war um diese frühe Stunde noch erstaunlich kühl, seiner grünen Wachsjacke und Wanderschuhen erschienen. Eine weiße Baseballmütze mit dem Emblem der deutschen Fußballnationalmannschaft vervollständigte sein Jagdoutfit. Sollte es heiß werden und ihm die Sonne auf den Kopf scheinen, würde er froh sein, die Kappe dabei zu haben.

Didier grinste und fasste an seine eigene Kappe, eine dunkelblaue Baseballmütze mit dem Logo der *équipe tricolore*. Er schloss einen der weißen Kastenwagen, die unangefochtenen Könige der südfranzösischen Landstraßen, auf.

»Das hab ich mir fast gedacht. Gut, dass ich immer Ersatz dabeihabe. Hier, ein paar ordentliche Klamotten für dich. Zieh dich um, dann geht's los. Die Warnweste auch noch drüber, nicht dass man dich von Weitem für einen Hirsch hält.«

Er pfiff seinen Hund herbei, und Martin schlüpfte in Didiers Jagdkleidung. Dunkelgrüne Hose, passende dicke Jacke und schwarze Gummistiefel. Als er Martin ein Gewehr hinhielt, lehnte dieser ab. »Ist ja nett gemeint, aber ich werde garantiert nicht schießen. Ich weiß gar nicht, wie man mit so einem Ding umgeht. Achille hat was von Aufscheuchen gesagt. Aber ich glaube, ich laufe einfach nur mit dir mit und beobachte, helfe dem Hund, dir deine Beute zu bringen.«

Didier schüttelte nur ungläubig den Kopf und legte die doppelläufige Flinte und Martins Kleidung in den Kastenwagen. »Martin? Ich hoffe, es ist in Ordnung, wenn ich einfach danach frage. Aber wollen wir vielleicht tauschen, deine Kappe gegen meine? Ist ja fast wie ein Trikottausch nach einem Match. Und die von euch Deutschen wollte ich eigentlich immer mal gerne haben.«

Martin grinste, zog seine Kappe ab und reichte sie Didier. »Klar. Ist auch was ganz Besonderes, schau, auf der Schippe ist ein Autogramm von unserem Torwart.«

»Super, danke. Und ich kann sie trotzdem behalten?«

Martin nickte, und die beiden Männer setzten lachend ihre neuen alten Kappen auf. Didier schloss dann den Wagen ab, sicherte ihn noch zusätzlich mit einem großen Vorhängeschloss. Undenkbar, wenn aus dem Wagen ein Gewehr verschwinden würde. Und zwei Gewehre konnte er nicht mitschleppen.

Ein erster Schuss war zu hören, und die Glöckchen an den Halsbändern der Hunde klingelten. Sie dienten dazu, dass die Jäger wussten, wo sich die Hunde aufhielten und diese nicht versehentlich erschossen wurden.

»Ganz links gehen Rémy, mein Großvater und der Junge, wir übernehmen die Mitte, rechts die beiden anderen Alten. Halt dich dicht an meiner Seite. Wenn der Hund das erlegte Wild aufspürt, ebenfalls bei mir bleiben. Der erledigt seine Aufgabe ganz alleine.«

Nach diesen Worten war von Didier nichts mehr zu hören. Mit großen Schritten stapfte er ein paar Meter, blieb stehen, horchte, ging weiter. Auf die vorsichtige Frage, ob man eventuell einem Wildschwein begegnen könnte, erntete Martin nur ein mitleidiges Kopfschütteln.

Plötzlich, nach einer ewigen Zeit des Schweigens, riss ein heiseres »Da« Martin aus seinen Gedanken. Fast wäre er vor Schreck über einen großen Stein gestolpert, der im Weg lag.

»Da, pass auf.« Nur eine Sekunde später riss Didier seine Flinte hoch und drückte ab. Martin hatte nur noch wahrgenommen, dass etwas aus dem Unterholz aufgeflogen war, und schon landete der arme Fasan kurz vor Gregs Schnauze. Voller Stolz schleppte der langhaarige dunkelbraune Hund seine Beute an, legte sie ab und wedelte mit dem Schwanz. Didier warf seinem Begleiter einen Sack, den Martin bis dahin gar nicht bemerkt hatte, vor die Füße.

»Einpacken.« Na ja, immerhin war er zu etwas zu gebrauchen.

Noch immer waren sie auf dem freien Feld, näherten sich langsam der Baumgruppe. Ein erneuter Schuss war zu vernehmen.

»Aus welcher Richtung kam der jetzt?«

Doch Didier gab keine Antwort. Er fasste sich an die Kehle und brach neben Martin zusammen. Jaulend kam sein Hund angerannt. Er spürte sofort, dass hier etwas ganz und gar nicht stimmte.

Saint-Gilles – Sommer

Als der Notarzt eintraf, war Didier tot.

Er war wie in Zeitlupe neben Martin zusammengesackt, der im ersten Moment nur hilflos danebengestanden hatte, als Didier sich an die Kehle griff, in die Knie ging und dann zur Seite gekippt war. In diesem Augenblick hatte der Hund sein Herrchen erreicht und wollte sein Gesicht ablecken. Martin hatte alle Hände voll damit zu tun, den Hund von Didier wegzuzerren. Dann schrie er, so laut er konnte, um Hilfe, versuchte gleichzeitig die 112 auf seinem Handy zu wählen. Philippe, der sich verspätet hatte, kam von der Straße auf sie zu gerannt. In seiner Aufregung wusste Martin nicht, was er ins Handy sagen sollte, als sein Notruf angenommen wurde. Philippe riss es ihm aus der Hand, und Martin verstand nur so viel, dass er einen Unfall durch ein Gewehr meldete und um den sofortigen Einsatz eines Notarztes bat.

Die Kappe war Didier vom Kopf gerutscht und lag blutbeschmiert neben ihm. Mit entsetztem Blick hielt er sich immer noch die Kehle, die, wie sein Brustkorb, von Schrotkugeln durchsiebt schien. Martin war weiterhin wie gelähmt und registrierte, dass Philippe seine Jacke auszog, sie zusammenrollte und unter Didiers Kopf schob. Der Hund lag jetzt winselnd neben seinem Herrn.

»Rede mit ihm, er muss bei Bewusstsein bleiben«, wies Philippe Martin an und rannte zurück zu seinem Auto. Mit einem Erste-Hilfe-Set kam er zurück, riss einen Pressverband aus seiner Verpackung und versuchte, damit die Blutung aus Didiers Kehle zu stillen. Martin entnahm hastig einen zweiten Verband und drückte ihn auf die Brust des Schwerverletzten.

»Halt durch, mein Alter, der Arzt ist gleich da. Scheiße, wie konnte das nur passieren?« Fragend schaute Philippe Martin an, der nur hilflos den Kopf schüttelte.

»Ich weiß es nicht, ich weiß es wirklich nicht. Wir sind in Richtung Wäldchen gegangen, dann ein Schuss, ich glaube von da vorne links, aber sicher bin ich mir nicht, und dann fasste er sich auch schon an den Hals, ging in die Knie. Und dann kamst du schon angelaufen.«

So knieten die beiden Männer neben dem Sterbenden und versuchten mit Worten, das schmale Band zwischen Leben und Tod nicht zerreißen zu lassen.

»He, Didier, halt durch, ich hab noch ein passendes Trikot für dich. Das musst du dir anschauen, fast alle Unterschriften unserer Jungs drauf.«

Das Atmen war Didier fast unmöglich geworden. Blut quoll aus seinem Mund. Ganz ruhig lag er nun da. Als Didier Rossignol seinen letzten Atemzug tat, setzte sich der Hund auf, jaulte mit zum Himmel erhobenem Kopf, ein Klagelaut, der den beiden Männern durch Mark und Bein ging.

Von dem Moment an, als Didier getroffen worden war, bis zum Augenblick seines Todes waren vielleicht sechs Minuten vergangen. Wo blieben nur die anderen? Philippe kniete weiter neben dem Toten, nur mühsam konnte er die Tränen zurückhalten.

»Was ist passiert?« Heiseres Geschrei.

Endlich! Mit wild rudernden Armen näherten sich vier Jagdteilnehmer. Martin kniff die Augen gegen die durch die Wipfel der dicht belaubten Kastanienbäume scheinende Sonne zusammen. Guillaume und Achille rannten mit für ihr Alter erstaunlich schnellen Schritten auf sie zu, dahinter folgten langsamer Rémy und Sébastien. Es schien, als müsse Rémy den Jungen stützen, der, kaum dass sie den kleinen Wald hinter sich gelassen hatten, gutturale Schreie von sich gab. Aus der Ferne war nun die Sirene des Rettungswagens zu hören. In den nächsten Minuten spielten sich Szenen ab, die so voller Schmerz und Tragik waren, dass Martin sie sein Leben lang nicht vergessen würde. Mit einem Aufschrei warf sich Guillaume über seinen toten Enkel, der Hund war nicht mehr zu beruhigen. Das Wehklagen des alten Mannes und das Gejaule des Hundes vermischten sich zu einem einzigen unheimlichen Klagelied.

Nur mit Mühe konnte der Notarzt Guillaume vom Körper seines Enkels wegziehen. Gesicht und Jacke des alten Mannes waren blutverschmiert. Mit einem bedauernden Kopfschütteln bedeutete der Arzt seinem Team, dass man alles, was zur Lebenserhaltung im Wagen war, darin lassen konnte. Er schloss Didier die Augen. Achille saß neben seinem Freund Guillaume, der seinen Oberkörper schaukelnd nach vorne und hinten bewegte. Seine Klagelaute waren leiser geworden, er hatte seine Rechte auf den Kopf des Hundes gelegt, der nun still neben dem alten Mann lag.

Als der Arzt sich ihm mit einer Beruhigungsspritze näherte, stand er auf und ging mit müden Schritten zusammen mit dem Hund in Richtung Straße, wo die Autos abgestellt worden waren. Achille wollte ihm folgen, doch Thierry, der als letzter dazugekommen war, winkte ab. »Lass ihn, er muss jetzt alleine sein.«

»Aber, er wird doch in diesem Zustand nicht ins Auto steigen und losfahren?«

»Er hat keinen Schlüssel, den hat Didier.«

Der Arzt warf einen fragenden Blick auf Rémy, der den schluchzenden Sébastien an der Hand hielt. Nein, der Junge brauche auch nichts, gab der Alte dem Notarzt durch ein Kopfschütteln zu verstehen. Dann wandte sich der Arzt an Philippe.

»Mein Mitarbeiter hat die Gendarmerie benachrichtigt, sie müssten bald hier sein. Ich werde meinen Bericht fertigmachen und ihn an die Polizei geben. Es tut mir sehr leid, aber wir konnten nichts mehr für ihn tun. War das eben sein Großvater? Der Mann kommt mir bekannt vor, der alte Rossignol, nicht wahr?«

Philippe nickte.

»Stephane, ein Unfall zwischen Vauvert und Aimargues. Wir sind am Nächsten dran. Können wir los?«

Der Arzt drehte sich zu seinem Assistenten um. Was war heute nur los? Schon der dritte Einsatz. Er seufzte und verabschiedete sich. Dann rumpelte der Notarztwagen davon, hielt noch einmal an der Straße, wo Guillaume an einen der Kastenwagen gelehnt stand.

»Philippe, kümmere dich um Sébastien. Ich geh zu Guillaume. Wenn die Polizei eintrifft, sollten wir alle hier versammelt sein.«

Martin hatte kurz erwogen, Mathilde zu informieren. Aber diese Menschen waren ihre Familie und der engste Freundeskreis ihres Großvaters, er wollte nicht derjenige sein, der die schreckliche Nachricht übermittelte. Überhaupt wusste er im Moment nicht wirklich weiter, wie sollte er sich verhalten? Er fühlte sich wie ein Zuschauer in einem tragischen Theaterstück. Die Einsatzsirene eines Polizeifahrzeugs riss ihn aus seinen Gedanken.

*

Am Abend konnte Mathilde sich für eine Stunde von der Familie loseisen. Sie hatten sich in Nîmes verabredet, weit weg von der Traffic Bar und den Menschen, die um Didier Rossignol trauerten.

»Es tut mir leid, dass ich dich in diese Situation gebracht habe.«

Sie saßen in der Brasserie La Grande Bourse direkt gegenüber der Arena. Mathilde nippte an ihrem zweiten Calvados. Heute Abend musste es etwas Stärkeres sein. Sie würde die Nacht in ihrer Stadtwohnung verbringen, die sie zu Fuß erreichen konnte.

»Du kannst doch nichts dafür. Mir tut unendlich leid, was passiert ist. Eben noch lebendig an meiner Seite, dann, weg, tot. Ich kann es immer noch nicht fassen. Wie geht es Sébastien?«

»Schlecht, es geht allen schlecht, wie du dir denken kannst. Vivienne lässt ihren Sohn nicht aus den Augen. Er hat für heute Nacht ein Schlafmittel bekommen. Die Befragung durch die Gendarmen hat ihn sehr mitgenommen. Er hat geschrien wie am Spieß, als Vivienne ihn zu Bett bringen wollte. Wir haben Henri bei ihm gelassen. Der Hund bewacht seinen Schlaf, Sébastien fühlt sich sicher und beschützt durch ihn. Grand-père sitzt mit Philippe vor der dritten Flasche Wein, Guillaume ist nicht ansprechbar. Ich habe bei Thérèse angerufen. Sie sagt, er sitzt mit versteinerter Miene wie tot am Tisch. Grand-père wollte bei ihm vorbeischauen, doch Guillaumes Frau meinte, man müsse ihm Zeit lassen. Sie selbst ist auch am Rande des Zusammenbruchs, doch sie versucht, für ihren Mann stark zu sein. Die beiden haben quasi alles verloren, die *manade* ist ihnen geblieben, doch was soll der ganze Besitz, wenn nach ihrem Tod niemand mehr da ist, der ihn wertschätzt und instand hält. Oh Martin, es ist alles so schrecklich. Und die Angst, dass Sébastien den tödlichen Schuss abgegeben hat. Wir wissen im Moment selbst nicht weiter. Man kann den armen Jungen ja nicht dafür verantwortlich machen. Wer die Schuld dann trägt, wird mein Großvater sein, der ihn wider besseres Wissen mit zur Jagd genommen, ihm ein Gewehr in die Hand gegeben und ihm gesagt hat, er solle abdrücken. Eine Katastrophe, alles eine einzige Katastrophe. Ich habe vorhin noch mit der zuständigen Gendarmerie telefoniert. Das meiste weißt du ja schon.«

Martin nickte. Die Leute der Identification Criminelle hatten bereits, während die Jagdgesellschaft noch auf dem Feld stand, die ersten Spuren gesichert. Martin war von Anfang an nicht als Schütze in Frage gekommen, ebenso wie Philippe, der sich der Jagdgruppe erst im Moment von Didiers Zusammenbruch genähert hatte. Achille und Thierry hatten in diesem Augenblick nicht geschossen, da der Hund von Achille einen Hasen herbeigeschleppt hatte, und die beiden Männer die Beute in Empfang genommen hatten. Rémy war mit Sébastien knapp zweihundert Meter von Didier und Martin entfernt gewesen. Der junge Mann hatte ein geladenes und entsichertes Gewehr im Arm gehabt und auf Anweisung von Rémy abgedrückt, als ein Fasan aus dem Unterholz aufgeflattert war. Er hatte das Gewehr zu weit nach oben gerissen, und der Vogel war entkommen. Die Gendarmen hatten die Patronenhülse sichergestellt, die Schrotmunition entsprach der, die die Kehle und Brust von Didier Rossignol zerfetzt hatte. Doch diese Munition war in den Gewehren der meisten Jagdflinten gebräuchlich. Andere Jäger waren in diesem Gebiet nicht unterwegs gewesen, da es sich um eine *chasse privée* handelte, die Rémy de Boncourt gehörte und in der nur er oder seine

Jagdfreunde etwas zu suchen hatten. Guillaume hatte sich exakt in dieser Zeit kurz von Rémy und dem Jungen getrennt, da sein Hund in der Nähe an einem Baum hochsprang, in dem sich ein weiterer Fasan, der den Schrotkugeln nicht entkommen war, beim Absturz verfangen hatte. Rémy hatte zu Protokoll gegeben, dass er glaubte, zeitgleich mit dem Schuss von Sébastien einen weiteren gehört zu haben, aber da könne er sich auch täuschen. Insgesamt waren sieben Patronenhülsen sichergestellt worden, die alle die gleiche Munition besaßen wie die Patrone, die Didier das Leben gekostet hatte.

»Wir müssen nun einfach abwarten. Alles deutet auf Sébastien hin. Es war ein Unfall, eine unglückliche Fügung. Aber was nutzt es dem armen Jungen? Er wird nie darüber hinwegkommen. Und mein Großvater wird sich sein ganzes Leben lang Vorwürfe machen. Vivienne wird den beiden das Leben nun noch schwerer machen. Vielleicht ist es feige, aber ich bin froh, dass ich die heutige Nacht nicht im Château verbringe. Sei mir nicht böse, aber ich muss ins Bett. Du hast am wenigsten mit all dem zu tun. Schlaf dich aus und versuch dir nicht zu viele Gedanken zu machen. Bonne nuit, mein armer Martin.«

Mathilde verabschiedete sich und drückte Martin an sich, lange und fest. Er fühlte sich etwas getröstet, aber auch für ihn würden die letzten Wochen seines Aufenthalts in Frankreich einen bitteren Beigeschmack haben. Er machte sich auf zu seinem Wagen. Auf dem Weg nach Saint-Gilles würde er an der *manade* von Guillaume Rossignol vorbeikommen. Der alte Mann tat ihm in der Seele leid.

Remoulins – Sommer

Zur selben Zeit, als Felix Tourrain das Bild der kleinen Emily Resnais, sorgsam zwischen zwei Blätter des *Midi Libre* gelegt, in seinem Wagen verstaut hatte, stand Rachid Bouraada vor dem Haus von Maître Auguste Klein. Auch hier hatte er es vorgezogen, unangemeldet zu erscheinen. Die Kanzlei hatte am Nachmittag Kundenverkehr zwischen vierzehn und siebzehn Uhr. Drei Stunden, in denen der Notar wahrscheinlich mehr verdiente als Bouraada in einem Monat. Wenn er nicht noch etwas vorhatte, musste Maître Klein spätestens gegen halb sechs zu Hause sein.

Das Gespräch mit dem ehemaligen Hausmädchen der Daudets war nur bedingt aufschlussreich gewesen. Tourrain hatte sie schnell ausfindig gemacht. Desirée Lacombe war nicht weit von Saint-Laurent-d'Aigouze in Lunel gemeldet und arbeitete als Zimmermädchen in einem Hotel in La Grande Motte.

Das Gespräch war schnell beendet gewesen. Desirée Lacombe hatte Bouraada in einer vom Hotelmanager genehmigten kurzen Pause in einen dem Hotel gegenüberliegenden Park begleitet. Sie war zunächst zu Tode erschrocken, als ihr Chef sie holen ließ und ihr mitteilte, ein Monsieur von der Kriminalpolizei wünsche sie zu sprechen. Doch Bouraada konnte sie beruhigen. Er habe ihrem Chef erklärt, dass man sie als Zeugin bei einem Ladendiebstahl kurz befragen wolle, es ginge nicht um gestohlenes Silber. Das ehemalige Hausmädchen der Daudets hatte zugegeben, dass sie tatsächlich zwei Dutzend hochwertige Silberlöffel und -gabeln hatte mitgehen lassen. Und sie sei dankbar, dass Madame es bei ihrem Rausschmiss belassen hatte. Keine Polizei, kein Verfahren, keine Strafe.

Auf die Frage, wie sie sich an Veronica erinnere, hatte sie nur mit den Schultern gezuckt. Das Mädchen sei sehr still gewesen, Madame hatte sie gebeten, Veronica die ein oder andere Aufgabe im Haushalt zu geben. Das Mädchen habe sich allerdings nicht besonders geschickt angestellt. So mancher Teller und einige Kristallgläser seien zu Bruch gegangen, wenn Veronica sie in den Händen hatte. Monsieur habe sich ein wenig intensiver um sie gekümmert, habe sie regelmäßig, auch ohne Madame, eingeladen und vor allem am Abend, wenn es seine Zeit zugelassen hatte, ins Kino oder auch ins Theater mitgenommen. Auf Bouraadas Frage, ob Veronica manchmal traurig gewirkt habe oder sich ihr vielleicht mit persönlichen Problemen anvertraut habe, hatte Desirée den Kopf geschüttelt. Nein, sie war wohl ab und zu schon ein wenig traurig, aber wenn man sie gefragt habe, hatte sie geantwortet, dass sie die Heimat schon ein wenig vermisse. Und nein, anvertraut habe sich Veronica ihr nie. Dazu sei diese zu sehr ein Mitglied der Familie und sie nur eine einfache Hausangestellte gewesen.

Bouraada hatte sich von einer sichtlich erleichterten Mademoiselle Lacombe verabschiedet. Nein, das Gespräch hatte ihm nicht wirklich weitergeholfen. Sein Verdacht gegen Daudet war allerdings in keiner Weise entkräftet worden. Im Gegenteil. Dass der Politiker die junge Frau regelmäßig eingeladen und ausgeführt hatte, konnte alles bedeuten. Auch dass er sie zu seinen Freunden brachte, die sich an ihr vergingen. Es wäre dieselbe Vorgehensweise gewesen wie bei Viroulet, der allerdings offensichtlich nur dazu gedient hatte, das Mädchen aus Marokko zu beherbergen und es seinen Peinigern zuzuführen. Ob Daudet selber zu den Vergewaltigern gehörte, darüber war sich Bouraada noch nicht so ganz schlüssig. Vielleicht hatte er auch auf diese Weise für eine schnelle Karriere bezahlt.

In der Kieseinfahrt, die zu dem dreigeschossigen klobigen Haus aus der Jahrhundertwende führte, standen ein Mini und ein alter Bentley. Offenbar waren die Hausbewohner tatsächlich zugegen. Das Einfahrtstor aus Schmiedeeisen stand offen. Wahrscheinlich war der Fahrer des silbernen Bentleys, der in der Sonne blitzte, eben erst nach Hause gekommen, oder in diesem Haus hatte man keine Angst vor ungebetenen Besuchern. Bouraada musste die Augen zusammenkneifen, als das auf den Wagen auftreffende Sonnenlicht ihn blendete. Er hatte schon die Hand erhoben, um zu klingeln, als er feststellte, dass offenbar kein Klingelknopf vorhanden war. Suchend schaute er auf und neben die Tür. Sollte der Klopfer in Form eines Metallrings in einem Löwenmaul tatsächlich die einzige Möglichkeit sein, Einlass zu begehren? Nun denn, er nahm den Ring und schleuderte ihn mit Wucht an das dunkle Holz der Haustür.

Als ob sie hinter der Tür gelauert hätte, öffnete eine hagere Frau in einem dunkelgrauen Kostüm umgehend die Tür.

»Auguste, das Tor steht offen«, rief sie mit schriller Stimme einer nicht sichtbaren Person zu. »Was wollen Sie, haben Sie nicht den Hinweis gesehen, dass Betteln und Hausieren zwecklos sind?«

Bouraada hatte das Schild tatsächlich gesehen und sich über den antiquierten Wortlaut amüsiert. Es war ihm eine Genugtuung, als er seinen Dienstausweis herauszog und ihn der Dame des Hauses vor ihre Nase hielt. Noch ehe er sich versah, hatte ihm die Frau seinen Ausweis aus der Hand gerissen. Die silbernen Armringe an ihrem Handgelenk klirrten aneinander.

»Auguste, Auguste, kommst du bitte. Ein Monsieur von der Polizei steht hier.«

»Madame Klein? Wenn Sie mir bitte meinen Ausweis zurückgeben würden.« Fordernd hob er die Hand. »Commandant Bouraada. Wie ich höre, ist ihr Mann zu Hause. Sagen Sie ihm bitte, dass ich ihn sprechen möchte. Und auch Sie.«

»Um was geht es?«

»Das sage ich Ihnen, wenn auch Ihr Mann anwesend ist.«

Ungehalten gab Madame Klein den Weg frei.

»Wenn Sie bitte nach rechts gehen wollen, die Tür neben dem Zebrakopf. Mein Mann ist im Arbeitszimmer. Ich bin gleich bei Ihnen.«

In diesem Moment öffnete sich die Tür zum Arbeitszimmer.

Ein kleiner, drahtiger Mann trat auf ihn zu und streckte dem Commandant die Hand hin.

»Was verschafft uns die Ehre? Ist meine Frau wieder zu schnell mit ihrem Mini unterwegs gewesen?« Er lachte meckernd und entblößte dabei die Zähne so weit, dass Bouraada irritiert auf das rosig glänzende Zahnfleisch starrte. In diesem Moment glich der Mann dem Zebra an der Wand, das mit gebleckten Zähnen und Augen aus braunem Glas zu ihm herunterglotzte.

»Ich sagte es bereits Ihrer Frau. Ich möchte mit Ihnen beiden reden, warten wir also bitte auf Madame.«

»Noch nicht einmal ein kleiner Tipp?«

Bouraada zog es vor zu schweigen. Sollte der Maître doch ein wenig schmoren.

»Eleonore, Eleonore? Wo bleibst du denn?«

Wurde der Maître nervös? Eleonore Klein betrat das Arbeitszimmer.

»Nun, Commandant Bouraada, was können mein Mann und ich für Sie tun?«

Sie nahm auf einem geblümten Sessel Platz und wies mit schlanker Hand auf einen zweiten und eine Récamiere. Noch bevor er dazu verdammt war, sich darauf zu setzen, steuerte er den Sessel an, und Auguste Klein musste mit dem Sitzsofa ohne Rückenlehne Vorlieb nehmen.

»Sie hatten ein Mädchen im Haushalt beschäftigt. Vor mehr als einem Jahr. Aus Tunesien. Ist das korrekt?«

»Aber ja. Ein liebes Ding. Sie wissen, was passiert ist? Sind Sie deswegen hier?« Das Gesicht des Maître hatte sich in schmerzhafter Erinnerung verzogen.

»Sie hatte einen Arbeitsunfall? Beim Fensterputzen aus dem zweiten Stockwerk gestürzt? Vor oder hinter dem Haus?«

Madame Klein war für einen Moment irritiert. »Wenn Sie doch schon alles wissen, dann müssten Sie auch davon Kenntnis haben, dass sie auf der rückwärtigen Seite des Hauses zu Tode kam. Vorne wäre sie in eines der Beete mit den Büschen gestürzt. Da hätte sie vielleicht eine Chance gehabt. Aber hinten. Hinten fiel sie unglücklich auf die Platten und brach sich das Genick. Worum geht es also?«

Bouraada schwieg und schaute sich interessiert im Arbeitszimmer um. Eine Wand wurde komplett von mehreren breiten Vitrinen eingenommen, in denen ein glänzender Pokal neben dem anderen stand.

»Ich sehe, Sie sind sehr sportlich, Maître. Tennis, Golf?«

Auguste Klein lachte laut auf. »Nein, weit gefehlt. Das sind die Pokale meiner Frau. Nicht wahr, chérie? Eleonore Duprès. Nein? Der Name sagt Ihnen nichts?«, ergänzte er, als er den fragenden Blick des Polizisten registrierte. »Meine Frau ist mehrfache französische und auch internationale Meisterin im Skilaufen gewesen. Slalom. Dann hat sie ihre Liebe zum Laufen entdeckt. Ihre großen Erfolge sind mittlerweile natürlich schon ein paar Jährchen her. Doch noch heute hängt sie so manchen ambitionierten Läufer ab.«

Stolz blickte er zu seiner Frau hinüber.

»Auguste, das gehört jetzt wohl nicht hierher. Hab ich recht?«

»Bewundernswert, Madame, diese Erfolge. Aber ja, ich bin ja nicht hier, um zu plaudern. Das Mädchen …«

»Yasmina«, unterbrach ihn Auguste Klein.

»Also, Yasmina stürzte aus dem Fenster. Wie ich der Akte entnommen habe, wollte sie, so Ihre Aussage, die Fensterbank reinigen. Sie waren zugegen?« Er blickte zwischen den Eheleuten hin und her.

»Ja, ich war oben, habe Garderobe aussortiert, für die Flüchtlinge. Sie kommen ja mit quasi nichts ins Land.«

»Und Sie Monsieur, Sie waren in der Kanzlei.«

Auguste Klein nickte.

»Haben Sie nach Yasmina wieder ein Hausmädchen beschäftigt?«

Beide schüttelten den Kopf. Eleonore Klein seufzte. »Das Mädchen war uns ans Herz gewachsen. Sie war fast wie eine Tochter für uns. Wir haben keine Kinder, müssen Sie wissen. Wir haben lange um sie getrauert.«

»Madame, dürfte ich das Zimmer von Yasmina sehen?«

»Das Zimmer von Yasmina? Nein, tut mir leid. Haben Sie einen Beschluss, der Ihnen dies erlauben würde? Auguste, sag doch was. Nein, das kommt nicht in Frage.«

Auguste Klein hob beschwichtigend die Hand. »Eleonore, chérie. Wir haben doch nichts zu verbergen. Commandant Bouraada, ich werde Ihnen Yasminas Zimmer zeigen. Bitte erwarten Sie kein Prinzessinnengemach. Sie war ein einfaches Mädchen, kam aus ärmsten Verhältnissen. Sie wollte nicht, dass wir viel Aufheben um sie machten. Sie hatte es gut bei uns, das war das Wichtigste.«

Der Notar erhob sich mühsam von der weich gepolsterten Récamiere, seine Frau folgte zögernd. Sie machte keinen Hehl daraus, dass sie mit der Entscheidung ihres Gatten nicht einverstanden war. Bouraada folgte dem Ehepaar in die Diele, von dort über eine knarzende beeindruckende Holztreppe mit hellem Teppichbelag und eine weitere einfache Stiege in das oberste Geschoss. Eleonore Klein schloss die Tür zu einem Zimmer auf, in dem die Hitze sich gestaut hatte. Die heiße Luft entwich, und Bouraada hatte für einen Moment das Gefühl, das Tor zur Hölle sei geöffnet worden. Es roch muffig. Er schaute sich um. Ein weißes Metallbett, der Lack teilweise abgeplatzt, eine zerschlissene Tagesdecke darauf. Ein kleiner Holztisch, ein altersschwacher Stuhl. Der Kleiderschrank passte zu der kargen Einrichtung. Ein Schrank aus Pressspan. Viel hatte man darin nicht unterbringen können. Die Tapete zeigte ein ausgebleichtes Blumenmuster. Bouraada trat vor den Schrank und öffnete ihn. Ein paar Kleidungsstücke waren noch darin. Meist weiß, schlicht. Er schob die Bügel auseinander. Kleider, geschnitten wie ein Hemd. Er schloss die Tür.

»Sie konnten sich nicht von ihrer Kleidung trennen?«

»Nein, unsere einzige Erinnerung an sie.«

»Keine Fotos, persönliche Gegenstände?«

»Fotos, es waren nur zwei, drei, haben wir den Eltern mitgegeben. Persönliche Dinge, ein Armband, ein paar Bücher, ebenfalls.«

Bouraada nickte.

»Ich danke Ihnen. Sie waren sehr zuvorkommend. Das wäre dann alles gewesen.«

Er schob sich an dem Ehepaar vorbei auf den schmalen Flur. Die körperliche Nähe zu den beiden raubte ihm die Luft zum Atmen. Er musste hier raus. Madame Klein schloss die Tür wieder ab, und die drei begaben sich in den großen Eingangsbereich im Erdgeschoss.

»Wie Sie sagten, Commandant, wir waren sehr zuvorkommend. Dürfen wir nun also erfahren, warum Sie uns aufgesucht haben? Warum haben Sie Fragen zu Yasmina gestellt? Es ist über ein Jahr her, dass sich das tragische Unglück ereignet hat. Warum also jetzt das Interesse der Polizei, Ihr Interesse?«

»Nennen Sie es einfach pure Neugierde, Madame, Monsieur.«

Damit ließ Commandant Bouraada ohne ein weiteres Wort das verdutzte Ehepaar Klein stehen und verließ das Haus. Das Tor stand noch offen, und als er es durchschritten hatte, kam es ihm vor, als wäre die Luft auf einen Schlag sauberer und frischer geworden. Er sog sie tief ein, dann schüttelte er sich wie ein Hund, der den Dreck aus seinem Fell loswerden möchte. Selten war er zwei so widerwärtigen Menschen begegnet. Auf dem Weg zu seinem Wagen kramte er sein Handy aus der Jackentasche. Ein Anruf von Mathilde, den er verpasst hatte. Er schaltete die Mailbox an. Irgendetwas war passiert, die Stimme der Untersuchungsrichterin klang angespannt.

»Sehen wir uns morgen Nachmittag, so gegen vier? Ich hoffe, dass sich bei uns die Lage dann ein wenig beruhigt hat. Heute früh ist etwas Furchtbares passiert. Didier Rossignol ist tot, und alles deutet darauf hin, dass Sébastien ihn während der Jagd erschossen hat.«

Saint-Gilles – Auberge La Pause du Pèlerin – Sommer

Martin erwachte aus einem Albtraum. Die Hitze in seinem Zimmer war unerträglich. Er hatte das alte Klimagerät eingeschaltet, und es hatte die ganze Nacht über gebrummt. Und wenn es nicht das laute Brummen war, das ihn am Schlaf hinderte, war das Sirren der Stechmücken gewesen, die seinen Körper als Festtafel betrachteten. Nachdem er sich von Mathilde verabschiedet hatte, war er direkt nach Saint-Gilles aufgebrochen. Das große Gehöft der Rossignols hatte komplett im Dunkeln gelegen.

Er hatte sich noch an die Bar der Auberge gesetzt und drei Rotwein getrunken. Nach einem Schwatz mit dem Wirt war ihm allerdings nicht zumute, und so wandte sich Pascal, nachdem er Martin vergeblich ein Gespräch entlocken wollte, seinen drei anderen Gästen zu, einem schwedischen Ehepaar mit Tochter, die das einzige verbleibende Angebot auf der Karte, einen Salat mit Thunfisch und weißen Zwiebeln, verzehrten. Martin hatte sich schon gewundert, dass niemand von dem Drama am Morgen etwas mitbekommen hatte. Aber ihm war es nur recht gewesen. Er wollte eben schon in sein Zimmer, um endlich schlafen und die Gedanken abschalten zu können, als zwei Männer den kleinen Schankraum betraten.

»Pascal, hast du's schon gehört, der Schwachkopf vom Château hat Didier Rossignol abgeknallt.«

Martin blieb abrupt stehen und drehte sich um. Ein kleiner bärtiger Mann und sein Kumpel, groß gewachsen, mit Händen wie Bärenpranken, hatten sich eine *pression* bestellt und standen an der Theke.

»Wen meint ihr, welcher Schwachkopf? Und was, den jungen Rossignol abgeknallt?«

Die Schweden verstanden nichts und knabberten unverdrossen an ihrem Salat weiter. Martin stellte sich so unauffällig wie möglich neben die Theke und bedeutete dem Wirt, ihm ebenfalls ein Bier hinzustellen.

»Ein Jagdunfall soll es gewesen sein. Der Graf hat seinem schwachsinnigen Enkel wohl ein Gewehr in die Hand gedrückt, der hat geschossen, und statt einen Fasan zu treffen, Didier in den Kopf getroffen. Er ist tot. Mehr weiß ich auch nicht. Meine Frau hat's mir erzählt, und die hat's beim Friseur gehört. Es ist wohl in aller Herrgottsfrühe passiert. Keine Ahnung, wer alles dabei war. Didier ist wohl jetzt in der Gerichtsmedizin, die müssen rausfinden, ob es wirklich der Idiot war. Cathys Schwester ist ja mit einem Gendarmen verheiratet, aber die wusste auch nichts Genaues. Ihr Mann hat ihr nichts erzählen wollen. Es gäb noch nichts zu berichten.« Er zog die Achseln hoch und machte ein Gesicht, als müsse er sich dafür entschuldigen, noch keine endgültigen Informationen liefern zu können.

»Also, der Schwachkopf, von dem du sprichst, ist doch der Sohn von Vivienne. Wie kommt man dazu, einen Jungen, bei dem's im Oberstübchen nicht so ganz stimmt«, er bewegte seinen Zeigefinger kreisend vor seiner Schläfe, »mit auf die Jagd zu nehmen?«, ließ sich sein Begleiter nun vernehmen.

Jetzt reichte es Martin. Er hob sein Glas und prostete den beiden Männern zu. »Ich mische mich nicht gerne in das Gespräch anderer Leute ein. Aber Sébastien ist der Großneffe von Rémy de Boncourt und alles andere als ein Idiot. In diesem Augenblick ist er ein bedauernswerter junger Mann, und Sie sollten sich was schämen, messieurs.«

Er ließ die verdutzen Männer stehen und ging hinauf in sein Zimmer.

Als er gegen zwei Uhr endlich in einen unruhigen Schlaf gefallen war, begannen die Albträume. Immer wieder etwas Neues. Didier, der wie ein Zombie mit zerfetzter Kehle brüllend auf ihn zuraste, ließ ihn ein erstes Mal schweißgebadet aufschrecken. Dann riss ihn der Anblick eines Sargs, der bis oben hin mit toten Fasanen gefüllt war, erneut aus dem Schlaf. Als dann Greg, Didiers Hund, ihm im Traum schwanzwedelnd eine Baseballkappe brachte, weiß, gesprenkelt mit dunkelrotem Blut, war es an der Zeit einzusehen, dass es mit dem Schlaf nichts mehr werden würde. Eine kühle Dusche brachte ihn wieder in die Gegenwart zurück. Er musste mit seinem Arbeitsprogramm weiterkommen.

Für heute hatte er sich vorgenommen, zunächst die Ziele für die nächsten Tage zu planen und gegebenenfalls sein Kommen telefonisch anzukündigen. Am Nachmittag wollte er einigen der kleinen Arenen, die es in so vielen Städtchen gab, einen Besuch abstatten. Die Arena von Beaucaire, *les arènes Paul Laurent*, hatte er bereits besichtigt, eine Anlage aus dem Jahre 1902 mit beeindruckendem triumphbogenartigem Eingang. Der Stierkampf, gleich in welcher Form, blutig oder unblutig, war immer noch eine der Hauptattraktionen in Südfrankreich. Eine Tradition, die Hunderte von Jahren alt war.

Er wollte den großen und kleinen Arenen ein eigenes Kapitel widmen, wobei er noch nicht genau wusste, wie er seiner Abneigung gegen den blutigen Stierkampf Ausdruck verleihen würde, ohne vielen der Bewohner des Midi damit auf die Füße zu treten. In den meisten der mehr als dreißig Arenen im Gard fanden ausschließlich die *courses camarguaises* statt. In neun von ihnen, darunter auch in Saint-Gilles, Beaucaire, Arles und natürlich in der Arena von Nîmes, wurde regelmäßig die *corrida del toros* abgehalten, wie der blutige Stierkampf auch in Frankreich hieß. Seit Langem schon tobte ein Kampf zwischen Tierschützern und Traditionalisten, die den Stierkampf, so todbringend er für den Stier und so gefährlich er für den Menschen sein konnte, bewahren wollten. Die Anhänger beriefen sich darauf, dass bereits in der Antike Mensch gegen Tier kämpfte, das Mittelalter diese Tradition ungebrochen fortgesetzt hatte und im frühen 18. Jahrhundert die heutige Form der *corrida del toros* als regelrechte »Kunst« entwickelt worden war.

Als Martin seine Planungen abgeschlossen hatte, war es bereits Zeit für einen kleinen Mittagsimbiss, den er in der Auberge zu sich nehmen wollte. In seinem kleinen Bistro war Pascal, wie meist, dabei, Gläser zu polieren. Martin bestellte sich ein alkoholfreies Bier und ein Omelett, das mit Ratatouille gefüllt war.

»Du weißt mehr über den Jagdunfall, nicht wahr?« Der Wirt hielt ein Glas gegen das Licht, hauchte auf einen unsichtbaren Fleck und polierte ihn weg.

Martin gab keine Antwort.

»Sébastien ist ein guter Junge. Und für einen, der nicht so ganz, na ja, nicht so ganz helle ist, ist er eigentlich auf zack. Unterhält sich normal, geht alleine einkaufen, wie ich sage, ganz pfiffig, eigentlich. Und du kennst ihn? Warst du schon auf dem Château? Meine Weine kommen von dort. Nicht schlecht, was der alte Boncourt so fabriziert.«

Martin schwieg weiter, hielt seine Augen auf ein Plakat gerichtet, das neben dem Zugang zum Flur nach oben hing. Ein Jazzkonzert in Le Grau du Roi, morgen Abend. Ob das etwas für Mathilde wäre?

Pascal nahm ein weiteres Glas in Angriff. Martin hätte schwören können, dass er dieses schon in Arbeit gehabt hatte. Wahrscheinlich fing er einfach wieder von vorne an, wenn er am Ende der Gläserreihe angekommen war.

»Ich weiß, dass du dabei warst. Die Jungs haben gestern noch erzählt, dass ein Ausländer bei der Jagd gewesen wäre. Ein Holländer, meinten sie. Oder ein Deutscher. Der hätte ganz sicher nicht geschossen. Aber er wäre bei Didier gewesen, und plötzlich sei dieser mausetot umgefallen. Ric, der mit dem Bart, meinte, das hätte man davon, wenn man Ausländer mit zur Jagd nimmt. Hätten keine Ahnung von so was, da sei es vorprogrammiert, dass es zu einem Unglück kommt. Er ist ein echter Schwachkopf, aber harmlos. Als du ihm dann auch noch in die Parade gefahren bist und er mitbekommen hat, dass du Deutscher bist, hat das seine Meinung, euch Ausländer mit Vorsicht zu genießen, noch bestärkt.« Pascal lachte schallend, und Martin gab nach.

»Du gibst ja doch keine Ruhe. Aber ich kann dir wirklich nicht mehr berichten, als das, was bekannt ist. Ich bin mit einigen Freunden von Rémy de Boncourt zur Jagd gegangen. Und Sébastien war tatsächlich dabei. Wir gingen auf eine Baumgruppe zu, Didier zeigte auf ein Ziel, dann krachte der Schuss, und er brach neben mir zusammen. Kurz darauf war er tot. Ob es tatsächlich Sébastien war, wird sich zeigen. Die Polizei untersucht im Moment alle Spuren. Es war auf jeden Fall ein Unglück, und wenn es der Junge verschuldet hat, so kann man ihn nicht zur Verantwortung ziehen. Mehr gibt es nicht zu sagen. Wenn du was anderes hörst, sind es wilde Spekulationen.«

»Gut, dann weiß ich Bescheid. Es ist auf jeden Fall Gesprächsthema Nummer eins, das kannst du mir glauben. Und, was hast du heute noch vor?«

»Ein paar Arenen besichtigen, vielleicht zwei, drei *mandades* ...«

Martin zuckte zusammen. Eigentlich hatte er Guillaume und Didier Rossignol bitten wollen, ihm ihren Betrieb zu zeigen und zu erklären. Das ging unter diesen Umständen natürlich nicht mehr.

Auf dem Weg zu seinem Auto zwitscherte Martins Handy. Mathilde.

»Martin, es ist etwas Furchtbares geschehen. Ich weiß im Moment nicht mehr, wo mir der Kopf steht. Guillaume ist tot. Ich weiß noch nichts Genaues. Einer seiner Stiere soll ihn aufgespießt haben. Und das ist noch nicht alles. Bist du noch in der Auberge? Du wolltest eben los? Dann bleib bitte, wo du bist, ich bin gleich bei dir. Wir gehen zusammen zur Gendarmerie. Du bist vielleicht ein Zeuge, denn jemand will gesehen haben, dass ein dunkler Golf mit dem Kennzeichen BN, weiter wusste er nicht, am späten Abend in der Einfahrt zur *manade* gestanden hat.«

Saint-Gilles – Gendarmerie Nationale – Sommer

Martin lehnte an seinem Auto und wartete auf Mathilde. Die Gedanken wirbelten in seinem Kopf herum. Gedanken wie Spukgeschichten, nicht greifbar, beängstigend. Warum behauptete jemand, seinen Wagen in der Einfahrt zum Anwesen der Rossignols gesehen zu haben? Er war vorbeigefahren, hatte bemerkt, dass es dort stockfinster war. Warum sollte er ein Zeuge sein? Zeuge wovon? Wie der Stier den alten Mann aufgespießt hat? Das hätte er gemeldet, wenn es so gewesen wäre. Aber er war nicht dort gewesen.

Und was, wenn er ein Verdächtiger war? Ein Verdächtiger, der den alten Rossignol vom Leben in den Tod befördert hatte, indem er ihn vor einen wütenden Stier schubste? Lächerlich. Absurd. So etwas passierte nur in Krimis. Ein unbescholtener Mann, um den sich wie ein Spinnennetz Verdachtsmomente legten, ein Netz, aus dem er sich kaum noch befreien konnte. Solche Geschichten hatten immer ein überraschendes Ende, manchmal ging es gut für den Helden aus, manchmal aber auch sehr schlecht. Schluss mit diesen abstrusen Ideen. Er hatte offenbar zu viele solcher Krimis gelesen oder geschaut.

Also, noch mal von vorne. Sein Auto hatte definitiv nicht dort gestanden. Aber wenn jemand dies behauptete, dann musste man sich doch die Frage stellen, warum? Wollte ihm also jemand etwas anhängen? Wer und warum?

Bevor er weiter grübeln konnte und noch fantastischere Konstrukte entstanden, bog sie um die Ecke. Sie trug ein rotes Sommerkleid mit einem weitschwingenden Rock, und Martin wurde sich einmal mehr bewusst, was für eine außergewöhnliche Frau

Mathilde war. Schön vielleicht nicht im herkömmlichen Sinne, aber von einem Stolz, der ganz sicher ein Erbe ihres Großvaters war. Sie küsste ihn auf die Wangen und hakte ihn unter.

»Verschwende nicht zu viele Gedanken. Ich seh doch, wie es in deinem Kopf rattert und arbeitet. Im Moment kann ich mir auch noch keinen Reim auf die ganze Geschichte machen. Ich fasse es einfach noch nicht. Jetzt auch noch Guillaume. Grand-père ist am Boden zerstört. Er macht sich Vorwürfe, dass er nicht bei Guillaume war. Es kann nur eine Unachtsamkeit gewesen sein, wieder ein tragisches Unglück. Es gibt keinen Menschen, der so gut und sicher mit Stieren umgehen konnte. Er machte sein Leben lang nichts anderes. Er kannte ihre Art, ihre Psyche. Man muss sich vor ihnen in Acht nehmen, keine Frage, aber sie sind nicht per se gefährlich. Mein Gott, Martin, was ist nur los? Und warum zieht man dich in die ganze Sache hinein?«

Genau das war die Frage. Sie gingen gemeinsam in Richtung der Rue des Muscats, wo die Gendarmerie in einem modernen zeitlosen Bau untergebracht war.

»Wenn ich das wüsste. Mein Wagen hat ganz sicher nicht auf dem Grundstück der Rossignols gestanden. Er hat nirgendwo gestanden. Ich bin daran vorbeigefahren, das ist alles. Hat man dich beauftragt, mich bei der Polizei vorbeizubringen?«

»Nein, nicht beauftragt, gebeten. Du darfst nicht vergessen, ich gehöre zu den offiziellen Staatsorganen. Ich bin zwar nicht im Dienst und auch nicht zuständig, aber die Kollegen von der Gendarmerie, vor allem Jean-Baptiste, kennen mich. Jean-Baptiste ist ein Klassenkamerad von mir. Sein Vater war schon Polizist. Er war derjenige, der den Badeunfall von Vincent aufgenommen hat. Und er weiß, dass wir beide uns kennen. Es war also sozusagen ein Freundschaftsdienst, mich anzurufen, die Lage zu erklären und mich zu bitten, dafür zu sorgen, dass du dort erscheinst. Ohne viel Aufhebens wolle man der Sache nachgehen, wie er mir sagte.«

»Da gibt es nichts, dem man, was mich betrifft, nachgehen könnte.«

»Ich weiß das, nur müssen wir die Polizei auch davon überzeugen.«

Sie hatten die Rue des Muscats erreicht. In seinem klimatisierten Büro erwartete sie Lieutenant Jean-Baptiste Lemagne. Er begrüßte Mathilde mit den üblichen drei Wangenküsschen und reichte Martin die Hand.

»Guten Tag, setzen wir uns. Monsieur Endress, Sie waren gestern dabei, als Didier Rossignol zu Tode kam.«

Martin nickte. Der Polizist strahlte eine große Ruhe und Kompetenz aus. Seine schwarzen Haare klebten wie mit Pomade fixiert an seinem Kopf, und auch der kleine elegante Schnurrbart erinnerte Martin an die Verkörperung David Suchets als Meisterdetektiv Hercule Poirot.

»Wir gehen davon aus, dass Sébastien den tödlichen Schuss abgegeben hat.« Er schaute zu Mathilde, die bei seinen Worten zusammenzuckte. »Er wird nicht zur Verantwortung gezogen werden, aber dein Großvater, Mathilde, wird sich vor Gericht verantworten müssen. Es wird letztendlich nicht viel dabei rauskommen. Das weißt du besser. Aber es führt kein Weg daran vorbei. Das ist die eine Sache. Nun kommen wir zum Tod von Guillaume Rossignol.«

Er zog eine dünne Akte heran und blickte auf das oberste Blatt. »Sehr viel haben wir noch nicht. Guillaume Rossignol ist heute Morgen von Manuel Gomez, er ist Gardian bei Rossignol, gefunden worden. Gomez schläft außerhalb des Anwesens und beginnt im Sommer morgens um halb fünf mit seiner Arbeit. Er hatte sich etwas verspätet, weil sein Wagen nicht angesprungen war. Er wollte Bescheid sagen, aber an sein Handy ging Rossignol nicht, und als Gomez dessen Frau erreichte, meinte sie, er wäre in dieser Nacht noch gar nicht im Bett gewesen, er müsse schon auf den Weiden sein. Wir wissen mittlerweile, dass Thérèse Rossignol eine starke Schlaftablette genommen hatte und erst durch den Anruf von Gomez geweckt wurde. Der kam dann gegen zehn nach fünf zur *manade*. Er hat sich gewundert, dass die Stuten mit den Fohlen noch nicht umgeweidet waren, obwohl Rossignol ihm gesagt hatte, dass er dies an diesem Morgen machen wolle. Es war alles friedlich auf dem Hof, der Hund war drin, Gomez hatte ihn bellen hören, als er sein Auto abgestellt hatte. Der Gardian hat sich dann auf die Suche nach seinem Brötchengeber gemacht. Zuletzt ging er zu der Weide, auf der Rossignol die zweijährigen Stiere stehen hat. Etwa zwanzig Meter hinter dem Zaun fand er ihn dann. Rossignol war tot. Zuerst dachte Gomez, der alte Mann habe einen Herzinfarkt gehabt, was ihn nicht gewundert hätte, nach dem tragischen Tod von Didier. Doch als er ihn umdrehte, sah er eine Wunde, die kaum blutete, zwischen linker Brust und linker Achsel. Er hat uns angerufen. Um es kurz zu machen, das erste Ergebnis lautet, dass Guillaume Rossignol von einem seiner Stiere aufgespießt worden ist. Die Verletzung war tödlich. Der Stier ist bereits identifiziert worden, das Blut des Opfers konnte an seinem linken Horn sichergestellt werden. Wir mussten das Tier erschießen, nachdem Gomez auf die Weide geritten ist, und die Blutspuren an einem der Tiere entdeckt hatte.«

Der Lieutenant legte das Blatt zurück in die Akte und schloss sie.

»Nach was sieht es aus? Ein Unfall?«

Noch bevor der Polizist eine Antwort geben konnte, fuhr Mathilde fort.

»Noch vor einem Tag hätte ich gesagt, dass man einen Unfall ausschließen kann. Guillaume wäre nie so unaufmerksam und unvorsichtig gewesen, dass ein Stier ihm so nahe kommt, um ihn niedertrampeln zu können oder ihm eine solche Verletzung zuzufügen. Aber nachdem, was mit Didier passiert ist, ist alles vorstellbar. Guillaume war am Boden zerstört. Er hat niemanden an sich herangelassen.«

Bis jetzt hatte Martin noch nichts gesagt. Er war noch nicht befragt worden und wartete mit Spannung darauf, was es mit dem Zeugen auf sich hatte, der seinen Wagen auf dem Anwesen gesehen haben wollte.

»Da gebe ich dir recht. Guillaume war in einem Zustand, den seine Frau als beängstigend beschrieb. Sie hatte Angst um ihn, aber er ließ sich nicht helfen. Ihren Vorschlag, einen Arzt kommen zu lassen, hat er so brüsk abgelehnt, dass sie Angst bekam, er würde in seiner unendlichen Trauer die Hand gegen sie erheben, was er noch nie gemacht hatte, wie Madame Rossignol betonte. Dass auch sie um ihren Enkel trauerte, schien er gar nicht wahrzunehmen. Sie sagte, er saß stumm auf seinem Platz am Küchentisch, hatte eine Flasche Obstschnaps vor sich und zwei Gläser, die er immer wieder füllte und einem unsichtbaren Gast zuprostete. Sie ist dann zu Bett gegangen, hat eine Schlaftablette genommen. In einem Punkt muss ich dir allerdings widersprechen, Mathilde. Rossignol ist nicht niedergetrampelt und dann aufgespießt worden. Er stand, als der Stier ihm den tödlichen Stoß versetzte. Und damit beginnt das Problem. Wir haben auf der Weide eine Mistgabel gefunden. Der Stier ist gereizt worden. Jemand hat ihn mit der Mistgabel traktiert. Wir haben am Kadaver Verletzungen entdeckt, die die Spitzen der Forke verursacht haben. Es sieht so aus, als wäre der Stier dazu animiert worden, sich auf Guillaume Rossignol zu stürzen. Im Moment gehen wir also davon aus, dass jemand das Tier gereizt hat, Rossignol hat es vielleicht brüllen hören, ist zur Weide geeilt, und der Stier hat ihn angegriffen und tödlich verletzt. Auf dem Griff der Mistgabel waren tatsächlich nur die Fingerabdrücke von Rossignol und seinem Mitarbeiter. Doch das heißt nichts, wenn jemand Handschuhe getragen hat.«

Wieder griff der Lieutenant nach der Akte und entnahm ihr ein Blatt.

»Und nun kommen wir zu Ihnen, Monsieur Endress. Wir haben einen Zeugen, der behauptet, er habe Ihren Wagen in der Zufahrt zur *manade* stehen sehen.«

Mathilde wollte protestieren, doch der Polizist hob beschwichtigend die Hand.

»Mathilde, nur die Ruhe. Es wird sich alles klären, nicht wahr, Monsieur Endress?«

»Ehhm, ja das hoffe ich. Ich kann Ihnen nur so viel sagen, und das beschwöre ich, dass ich nicht auf dem Gelände der Familie Rossignol war. Ich bin daran vorbeigefahren, mehr nicht.«

»Wann war das?«

»Mathilde, wann haben wir uns verabschiedet? Gegen halb zehn? Dann muss es kurz nach zehn gewesen sein, als ich dort war. Also, nicht auf dem Hof, sondern auf der Straße, die daran vorbeiführt.«

»Monsieur Endress, dieser Zeitpunkt deckt sich etwa mit der Zeit, die der Zeuge angegeben hat, als er Ihren Wagen dort gesehen haben will. Einen dunkelblauen VW Golf mit BN, Bonn hat BN, wie wir nun wissen.«

»Jean-Baptiste, auch in Frankreich fahren jede Menge dunkelblauer VW Golfs herum«, wandte Mathilde ein. »Das ist doch kein Beweis, dass Martin dort war.«

»Aber ich war ja dort, nur eben nicht drin, also nicht auf dem Hof. Ich war in der Nähe. Und was ist das mit dem Bonner Kennzeichen. Hat der Zeuge das Kennzeichen meines Wagens genau erkannt, hat er es Ihnen so durchgegeben?«

»Das nicht, er glaubt Ihren Wagen erkannt zu haben, als er an der *manade* vorbeikam, und hat dann im Vorbeifahren registriert, dass es tatsächlich Ihr Fahrzeug sein musste, weil das Kennzeichen mit BN, also Bonn begann. Den Rest konnte er nicht erkennen. Es war zu dunkel, wie er sagte. Lediglich die Straßenlaterne hat für diesen kurzen Moment des Vorbeifahrens das Kennzeichen sichtbar werden lassen.«

»Und wer ist dieser Zeuge? Martin hat zwar schon einige Leute hier kennengelernt, aber es muss ja dann tatsächlich jemand sein, der den Wagen und die Person Martin Endress einander zuordnen kann.«

»In der Tat, Mathilde. Der Zeuge kennt Monsieur Endress persönlich, weiß auch, welchen Fahrzeugtyp er fährt.« Lieutenant Lemagne legte auch das zweite Blatt zurück in die Akte.

»Jean-Baptiste. Jetzt mach es bitte nicht so spannend. Monsieur Endress hat ein Recht zu erfahren, wer dieser Zeuge ist, der ihm womöglich den Mord an Guillaume Rossignol anhängen will. Denn darauf läuft es doch hinaus.«

Bei dem Wort »Mord« wurde Martin kreidebleich. In welchem

schlechten Kriminalfilm war er denn jetzt gelandet? Er kannte doch Guillaume Rossignol kaum. Warum sollte er den alten Mann ermorden wollen? Schon wollte er laut protestieren, als Mathilde ihn warnend anschaute, »Überlass das mir, ich bin vom Fach«, sagte ihr Blick.

»Also, noch mal, Jean-Baptiste. Wer ist dieser Zeuge?«

»Der Zeuge ist ein Freund von Guillaume Rossignol, und auch ein Freund deines Großvaters. Thierry Marchand hat den Wagen von Monsieur Endress in der Einfahrt gesehen.«

Saint-Gilles – Auberge La Pause du Pèlerin – Sommer

Nach dem Gespräch in der Gendarmerie von Saint-Gilles durfte Martin wieder gehen. Er war am Boden zerstört. Warum behauptete dieser Mann, ihn, das heißt sein Auto, in der Nacht, als Guillaume Rossignol zu Tode kam, auf dessen Besitz gesehen zu haben? Er hatte weder einen Grund gehabt, dort zu halten, noch ein Motiv, dem alten Rossignol den Tod zu wünschen, und schon gar nicht den Mut, dafür einen Stier bis aufs Blut zu reizen.

»Das kann doch nur ein schlechter Scherz sein. Was will Thierry eigentlich von mir? Wie kommt er zu dieser haltlosen Aussage?«

Martin kam in den Sinn, wie misstrauisch, jetzt im Nachhinein betrachtet geradezu feindselig, ihn Marchand am Morgen der Jagd behandelt hatte. Er konnte es nicht fassen, dass es erst gestern gewesen war. Die Ereignisse überschlugen sich geradezu.

»Wenn ich das wüsste«.

Sie saßen vor der Auberge, vor die Pascal drei kleine Tische mit wackeligen binsengeflochtenen Stühlen gestellt hatte. Für einen Moment war Martin abgelenkt. Waren das nicht dieselben Stühle wie vor zig Jahren? Es hätte ihn nicht gewundert. Am liebsten hätte er sich einen ordentlichen Schnaps bestellt. Aber er musste einen klaren Kopf behalten. So standen »nur« zwei doppelte Espressi vor den beiden.

»Mir würde das Herz in die Hose rutschen, wenn ich einem Stier gegenüberstehen würde. Geschweige denn, dass ich diesen Koloss so reizen würde, dass er auf Menschen losgeht. Und warum? Ich habe doch, wie man so schön sagt, kein Motiv. Und man muss doch auch wissen, wie man in einem solchen Fall vorgeht. Wie man den Stier reizt, wo man reinsticht, damit es ihm wehtut und er sich wehren möchte. Ich habe mich in den letzten Tagen mit dem Stierkampf beschäftigt. Der rast doch nicht so einfach auf dich los, der taxiert dich, und wenn er einen Grund sieht, nimmt er Anlauf. Ich versteh das alles einfach nicht.«

Mathilde hatte geschwiegen und zwei Löffel Zucker in ihren Espresso gerührt.

»Es gibt zwei Möglichkeiten. Thierry glaubt wirklich, deinen Wagen erkannt zu haben. Oder er behauptet es einfach so. Ihm muss klar sein, dass er dich damit in den Verdacht bringt, schuld am Tod von Guillaume zu sein. Und für eine solche Beschuldigung gibt es zwei Gründe: Thierry war es selbst, der den Stier gereizt hat, und er möchte den Verdacht auf dich lenken, oder er weiß, wer es war, und möchte diese Person aus der Schusslinie nehmen. Auf jeden Fall wärst du ein willkommenes Opfer. Der ersten These, dass Thierry etwas damit zu tun hat, steht jedoch im Weg, dass ich ihm niemals eine solche Tat zutraue. Er hat eine Heidenangst vor Stieren. Ihn hat tatsächlich mal einer auf die Hörner genommen, Thierrys Herz ist damals fast durchbohrt worden. Bleibt also die zweite These. Er möchte jemanden schützen. Nur wen?«

»Und was ist mit einer dritten Idee? Thierry weiß nicht, wer es getan hat, aber er will es mir auf jeden Fall in die Schuhe schieben.«

»Und welchen Grund soll er haben? Du müsstest ihn so gereizt haben, dass er dich hinter Gittern sehen will. Aber wie du selbst gesagt hast, ihr hattet ja noch gar keine Gelegenheit, euch besser kennenzulernen und zu unterhalten. Man kann es drehen und wenden wie man will, es ergibt keinen Sinn.«

»Oh nein. Was will der denn schon wieder?«

Mathilde drehte sich um. Jean-Baptiste und ein weiterer Polizist kamen auf sie zu. Das Gesicht des Lieutenants war ernst. »Monsieur Endress. Sie erlauben, wir müssen Ihr Zimmer durchsuchen.« Er hielt dem Deutschen einen Zettel hin, den Mathilde sofort begutachtete. Sie nickte.

»Was hoffen Sie zu finden? Gehen Sie nur, ich habe nichts zu verbergen.«

Allmählich erwachte in Martin eine große Wut. Sollten sie doch sein Zimmer auf den Kopf stellen, dann würden sie vielleicht Ruhe geben. Was erhofften sich die beiden denn? Eine blutverschmierte Hose? Handschuhe? Mathilde legte ihm die Hand auf den Arm.

»Die Männer tun nur ihre Pflicht, Martin. Lass uns hier die Sonne genießen. Wie wäre es jetzt doch mit einem kühlen Weißwein?«

Sie sprach laut und deutlich, und Pascal, der neugierig hinter dem leicht flatternden bunten Plastikvorhang gestanden hatte, hob die Hand. Er hatte verstanden, zog sich zurück und brachte kurz darauf zwei Gläser. Die beiden Gendarmen hatten von Martin den Zimmerschlüssel erhalten und waren nach oben gegangen. Mit einem Rums flogen die Flügel der Fensterläden an die Außenmauer, um mehr Licht in Martins Zimmer zu lassen. Türen und Schubladen wurden geöffnet und geschlossen. Martin versuchte, nicht hinzuhören. Pascal hatte sich zu ihnen an den Tisch gesetzt. Er zeigte auf den Wein.

»Der geht aufs Haus. Was ist hier eigentlich los? Stimmt es, der alte Rossignol ist jetzt auch tot? So ein Drama, die arme Thérèse, jetzt steht sie mit ihren fast achtzig Jahren ganz alleine da. Was wird jetzt aus der *manade*? Sie kann sie doch nicht bewirtschaften. Ob Manuel sie übernimmt? Wenigstens als Pächter?«

Mit seinem Redeschwall hatte Pascal die alles entscheidende Frage vorbereitet.

»Und was hast du mit all dem zu schaffen, Martin?«

Er warf einen bedeutsamen Blick nach oben, wo in diesem Moment die Fensterläden wieder geschlossen wurden. Die hölzerne Treppe knarzte, als die beiden Beamten wieder herunterkamen.

»Alors, das kannst du mir auch ein anderes Mal erzählen.«

Pascal nahm sein Weinglas und verschwand im Inneren der Auberge. Jean-Baptistes Miene hatte sich nicht verändert. Ernst und aufmerksam trat er an den kleinen Tisch. Martin entdeckte, dass sein Mitarbeiter Martins Laptop unter den Arm geklemmt hatte. Den Ordner mit den handschriftlichen Notizen und losen Blättern, die Martin sich ausgedruckt hatte, lag in einem Beutel, den der Lieutenant in der Hand hielt.

»Sind Sie also fündig geworden! Wenn Sie etwas entdecken, dass auf einen Zusammenhang zwischen dem Tod von Monsieur Rossignol senior und mir weist, sagen Sie mir Bescheid.« Martins Stimme hatte sarkastischer geklungen, als er beabsichtigt hatte. Mathilde warf ihm erneut einen mahnenden Blick zu.

»Wir werden ein paar Dinge auswerten müssen. So lange verlassen Sie bitte nicht die Stadt. Mathilde, ich bitte dich, ein Auge darauf zu haben, dass sich Monsieur an unsere Anweisungen hält.«

»Ich werde ihn mit zum Château nehmen, dort wird er die nächsten Tage bleiben. Wenn also was ist, du weißt, wo du ihn findest.«

Martin wollte protestieren. Das kam ja einem Hausarrest gleich. Aber Mathilde meinte es nur gut mit ihm, davon war er überzeugt. Doch wie nur sollte er Dr. Zimmer klarmachen, dass man ihn womöglich für Tage kaltgestellt hatte? Er hatte keine Notizen, die er hätte bearbeiten können, und sein Laptop war konfisziert. Die Zeit lief ihm davon, und noch hatte er keinen Schimmer, wie er die Kapitel zueinander ordnen wollte. Überhaupt hatte er das Gefühl, dass er einfach zu viel in diesen Reiseführer packen wollte. So vieles war bis jetzt fragmentarisch geblieben. Panik keimte in ihm auf. Wie nur sollte er das alles in dieser Situation schaffen?

Die beiden Gendarmen hoben ihre Hand an ihre blauen Käppis und verabschiedeten sich mit einem kurzen Gruß. Mathilde unterbrach seine Reise auf die Insel des Selbstzweifels. »Pack ein paar Sachen ein, wir fahren zu mir und überlegen, wie es weitergeht.«

Château de Boncourt – Sommer

Commandant Bouraada fand Mathilde schlummernd vor. Odile hatte ihn auf die Terrasse hinter dem Château geführt, wo Mathilde in Shorts und einer ärmellosen Bluse in einem Liegestuhl lag.

»Mathilde? Mathilde, schläfst du etwa?«

Odile rüttelte sie sanft an der Schulter, und Mathilde schrak auf.

»Ach herrje, bin ich doch tatsächlich eingenickt.«

Sie schälte sich aus dem alten, mit gestreiftem Segeltuch bespannten Liegestuhl. Es war eines dieser Klappdinger, die die einen mit zwei Handgriffen hinstellten, während andere die Teile zig Mal hin und her klappten, und das Ding stand immer noch unbenutzbar da.

»Kommen Sie, Rachid, setzen wir uns in den Schatten.«

»Geht es Ihnen gut? Sie wirken erschöpft. Odile hat mir schon alles berichtet. Was für eine Tragödie. Zuerst Didier, jetzt auch noch Guillaume Rossignol. Und Ihr Bekannter aus Deutschland ist unter Verdacht geraten?«

»Das ist blanker Unsinn. Es wird sich klären, da bin ich mir sicher. Martin Endress hat nichts damit zu tun. Nur, was wirklich passiert ist, weiß kein Mensch. Ich weiß nicht mehr, was ich von all dem halten soll. Schauen Sie sich den Jungen an. Er begreift schon, was passiert ist. Und er fragt immer wieder, ob er schuld sei, dass sein Freund Didier tot ist. Was sollen wir ihm antworten?«

Mathilde blickte in Richtung Pavillon, wo Bouraada zwei Gestalten entdeckte, die mit einem Hund Stöckchenwerfen spielten. Martin und Sébastien.

»Greifen Sie zu. Kalter frisch gepresster Orangensaft und ein wenig zu knabbern. Noch nicht mal Odile ist imstande, vernünftig ihrer Arbeit nachzugehen.«

»Ein wenig zu knabbern« entpuppte sich als eine kalte Tomatentarte mit Oliven und Sardellen. Dankbar griff Bouraada zu. Er hatte seit dem Frühstück nichts mehr gegessen. Sein Treffen mit Tourrain hatte bis zum frühen Nachmittag gedauert, und im Anschluss hatte er sich gleich auf den Weg zu Mathilde gemacht.

»Was haben Sie mir mitgebracht?«

Mathilde zeigte auf die Aktentasche, die Bouraada dabeihatte. Ein seltenes Bild. Meist schleppte der Commandant seine Unterlagen unter dem Arm mit sich herum oder verstaut in einer Klappbox.

»Ist die Tasche neu? Werden Sie noch zum Vorzeigebeamten?«, fragte sie daher neckend.

»Nein, sie gehört Felix.«

»Felix?«

»Lieutenant Tourrain. Er heißt Felix. Ein wirklich guter Mann, Mathilde, das sollten Sie wissen.«

»Felix. Nicht nur ein guter, sondern auch ein glücklicher Mann. Zumindest kann er sich glücklich schätzen, mit Ihnen zusammenzuarbeiten.«

Bouraada wurde rot. Wie meinte sie das?

»Felix heißt ›Der Glückliche‹. Was bedeutet Rachid?«

»Rachid bedeutet ›Der Vernünftige‹.« Bouraada musste schmunzeln. Der Glückliche und der Vernünftige. Ein perfektes Gespann.

»Jetzt sind Sie an der Reihe. Was hat es mit Mathilde auf sich?«

Sie lachte schallend. »Sie werden es kaum glauben, es bedeutet ›Die mutige Kämpferin‹. Ich weiß nicht, ob ich tatsächlich mutig bin. Aber eine Kämpferin? Ja, das bin ich wohl. Ein Glücklicher, ein Vernünftiger und eine mutige Kämpferin, Rachid. Wenn wir es nicht gemeinsam schaffen, wer dann? Nun, was haben wir?«

Bouraada berichtete von den Gesprächen mit Maître Auguste Klein und Leon Daudet. »Beide haben viel zu verlieren, falls sie in einem Pädophilenring verkehren und auffliegen. Daudet strebt in der Politik höhere Sphären an. Er wird kräftig unterstützt von seiner Frau, die seine Ambitionen bis jetzt mit einer enormen Summe finanziert hat. Beide geben nicht eher Ruhe, bis er es zum *sous-préfet* und dann zum *préfet* geschafft hat. Wussten Sie übrigens, dass sein Vater im Algerienkrieg gefallen ist? Wie mir scheint, verklärt Daudet diese Zeit. Säbel an den Wänden, eine Fahne des 74. Algerienregiments, Kleinkram.«

Mathilde wusste, dass Bouraadas Großvater ein Harki gewesen war. Er hatte ihr nie etwas darüber erzählt, sie hatte es aus seiner Personalakte erfahren. Sie kehrte zum eigentlichen Thema zurück.

»Gut, der Besuch in Daudets Büro steht noch aus, und außer einem Bauchgefühl haben wir nichts. Schade, dass das Hausmädchen nichts beizusteuern hatte. Bleibt eine moderne Heizkörperverkleidung. Nicht sehr viel. Rachid, Sie wissen selbst, dass so etwas in jedem Büro, in jedem modernen Haus eingebaut sein kann. Wenn nicht noch Spuren zu finden sind, Blut, Gewebe, Haare, bringt uns das auch nicht weiter. Wie kommen Sie darauf, dass es überhaupt eine solche Verkleidung sein muss, die die Kopfwunde des Mädchens verursacht hat?«

»Das Metall hat eine hitzebeständige Beschichtung, die speziell für alles, was mit Heizkörpern zu tun hat, entwickelt worden ist.«

»Gut, damit können wir tatsächlich jedes andere Blech ausschließen. Und bei Maître Klein? Gibt es da ein wenig mehr als nur ein Bauchgefühl?«

»Allerdings. Abgesehen davon, dass ich es selten mit zwei so unappetitlichen Menschen zu tun hatte. Es läuft mir jetzt noch eiskalt den Rücken runter, wenn ich an die zwei nur denke. Ich bin im ehemaligen Zimmer des Mädchens, das vor einem Jahr aus dem zweiten Stockwerk des Hauses der Eheleute Klein gestürzt ist, auf etwas gestoßen. Das Zimmer ist die letzte Absteige. Billig und lieblos eingerichtet. Und das für ein Mädchen, das für die beiden angeblich wie eine Tochter war. Nun, interessant war der Inhalt des Kleiderschranks.«

»Man hat Sie also ohne großen Protest in das Zimmer gelassen?«

»Madame Klein hat zuerst interveniert. Aber der Maître meinte, sie hätten nichts zu verbergen. Also konnte ich den Raum einer kleinen Inspektion unterziehen.«

Bouraada nahm sich ein weiteres Stück Tarte und spülte die Bissen mit Saft hinunter.

»Rachid, jetzt machen Sie es nicht so spannend. Was hat Ihre Inspektion ergeben?«

»Sie erinnern sich an das Mädchen, das für die Kleins gearbeitet hat. Sie war sehr groß gewachsen. Die Kleidung, die im Schrank hing – es war nicht viel, ein paar weiße weite Kleider oder Hemden, so genau habe ich sie nicht inspiziert – gehörte einer kleinen Person. Zwei der Kleider hatten die Größe 152, Kindergröße, die Größe für ein dreizehnjähriges Mädchen, die Größe, die das Kind trug, das wir mit zerbrochenen Gliedern am Fuß des Pont du Gard gefunden haben. Es hat ein weißes Hemd getragen, ein Hemd in der Art, wie ich es in diesem Kleiderschrank gesehen habe.«

Er zog ein paar Fotos aus der gelben Originalakte, die er in der Tasche hatte. »Das hier ist ein Foto des Kindes mit Kleidung, hier noch ein Foto nur vom Hemd. Schauen Sie, Größe 152.«

Mathilde studierte das Foto des Kleidungsstücks genau.

»Rachid, das wäre der Durchbruch. Wir hätten zumindest einen Beleg dafür, dass ein zweites Mädchen dort oben untergebracht war. Lassen Sie sich das Hemd der Toten aus der Asservatenkammer kommen und vergleichen Sie die Kleider, lassen Sie alle Stücke untersuchen, es muss Spuren geben, die beweisen, dass die Hemden von ein- und demselben Mädchen getragen worden sind. Das Haus der Kleins muss offiziell durchsucht werden. Ich werde alles dafür so schnell wie möglich in die Wege leiten. Jetzt ist Eile geboten. Hoffen wir, dass die Kleins nicht ahnen, dass wir sie im Visier haben. Denn dann werden jetzt schon alle Spuren vernichtet sein. Und Tourrain soll so schnell wie möglich für einen Termin im Büro von Daudet sorgen. Es reicht vorerst, wenn er sich dort nur umschaut. Sollten die Heizkörperverkleidungen so beschaffen sein, wie wir es uns erhoffen, werden wir die Spurensicherung hinbeordern. Ich möchte nicht gleich mit einer Hausdurchsuchung dort ankommen. Wir machen uns lächerlich, wenn wir in die Büros spazieren und nach zwei Minuten unverrichteter Dinge wieder gehen, weil diese Heizkörper nicht unseren Vorstellungen entsprechen. Das möchte ich vorher abgeklärt wissen. Gut. Was haben wir sonst noch?«

»Tourrain war in Le Vigan. Dort lebt die Familie Resnais. Sie haben den Inhalt der Akte vom Pont du Gard gelesen. Jonathan Resnais ist der Vater von Emily. Er hat den Gendarmen damals vor Ort berichtet, dass seine Tochter gesehen haben will, dass ›der Teufel‹ das Mädchen von der Brücke gestoßen hat.«

»Ja, ich habe es gelesen. Im ersten Moment ist man natürlich geneigt, es wie die Kollegen als Auswuchs einer überbordenden Fantasie abzutun. Die Kleine war zu der Zeit sieben Jahre alt.«

»Tourrain hat mit Emily gesprochen. Ein aufgewecktes Mädchen. Sie hat darauf bestanden, dass dort auf der Brücke ein Teufel war. Damals hat der Vater sie in dem Glauben gelassen, dass ein Engel den Pont du Gard hinuntergeflogen ist. Daher war es für sie naheliegend, in der zweiten Person, die offenbar nur sie gesehen hat, den Teufel zu vermuten, der dem Engel Böses wollte.«

»Kein Vermerk in der Akte darüber, dass andere Zeugen zu dieser zweiten Person befragt worden sind. Das alles ist merkwürdig.«

»Es war ein heißer Tag, der vorletzte Ferientag, der Andrang an Touristen war nicht so groß wie mitten in der Ferienzeit. Wenn es eine zweite Person gegeben hat, war sie wahrscheinlich nur sehr kurz zu sehen. Und es war dann purer Zufall, dass Emily in diesem Moment gebannt nach oben geschaut hat.«

Mathilde blieb skeptisch. »Rachid, ein Teufel. Wie er wohl ausgesehen hat? Hat sich Emily daran erinnert?«

Der Commandant nahm die Aktentasche und zog vorsichtig eine Doppelseite des *Midi Libre* heraus. Dann entfaltete er die Zeitung. »Schauen Sie sich das an. Die Kleine hat eine große Karriere vor sich.«

Die Untersuchungsrichterin zog das DIN-A4 große Blatt heran. Mit Bleistift und Wasserfarben hatte Emily Resnais den Pont du Gard exakt wiedergegeben. Die Touristen waren bunte Punkte, in der Mitte des Bildes schwebte eine weiße Gestalt, vor einem Pfeiler, der die oberen Arkaden trug, stand die schwarze Gestalt, die für Emily der Teufel gewesen war.

»Wenn der Teufel so exakt gezeichnet ist wie die Brücke, dann wissen wir zumindest, wie er aussieht. Zwar keine Details, aber die Person ist sehr schlank, hochgewachsen und hat einen langen schmalen Hals. Kennen wir eine Person, auf die diese Beschreibung zutrifft, die körperlich dazu in der Lage ist, in die zweite Etage zu klettern und die ein Interesse hätte, das Kind hinunterzustoßen?«

»Sagt Ihnen der Name Eleonore Duprès etwas?«

Mathilde überlegte einen Moment. Dann nickte sie. »Ja. Ist zwar schon ein paar Jährchen her. Aber wenn mich nicht alles täuscht, war sie eine hervorragende Skiläuferin. Ich meine, sie war sogar für die Olympischen Spiele nominiert. Was hat es mit Madame Duprès auf sich?«

»Madame Duprès ist mittlerweile Madame Klein. Eine großgewachsene sportliche Frau, die zudem über den Hals einer Giraffe verfügt.«

Mathilde nickt langsam. »Das hat was. Wie hat sich das Ganze Ihrer Meinung nach zugetragen?«

»Das Mädchen konnte aus dem Haus der Kleins entkommen. Sie rannte in Richtung Pont du Gard. Keine Ahnung, wie sie auf das Gelände kam, aber irgendwie muss sie es geschafft haben. Sie hatte einen Vorsprung. Monsieur Klein ist körperlich nicht in der Lage, sie zu verfolgen, also übernimmt das Madame, die große Sportlerin. In seiner Panik wächst das Mädchen über sich hinaus, schafft es auf die mittlere Etage der Brücke. Doch auch der Verfolgerin gelingt dies. Ob das Kind gesprungen ist, um der Peinigerin endgültig zu entfliehen, oder ob es tatsächlich gestoßen wurde, das werden wir erst erfahren, wenn wir so weit sind, das Ehepaar Klein befragen zu können.«

Mathilde hatte mit Spannung den Ausführungen des Commandant gelauscht. »Für mich ergibt das alles endlich einen Sinn. Tourrain soll umgehend einen Blick in das Büro von Daudet werfen. Bis dahin habe ich den Durchsuchungsbeschluss für Kleins Haus veranlasst. Sobald wir ihn haben, werden wir das Haus auf den Kopf stellen. Keine Widerrede, Rachid. Das lasse ich mir nicht entgehen.«

»Und in der Zwischenzeit?«

»In der Zwischenzeit warten wir ab. Ich werde versuchen, eine Lösung für unsere Probleme hier zu finden. Ich kann nur hoffen, dass der Tod Guillaume Rossignols so schnell wie möglich geklärt wird, und das zugunsten von Monsieur Endress.«

Die Untersuchungsrichterin zog sich ihr Päckchen Zigaretten heran. »Unglaublich. Keine Zigarette in den letzten beiden Stunden. Sie haben eine sehr positive Wirkung auf mich, Rachid. Haben Sie nie geraucht?«

»Ich habe es aufgegeben, nachdem mein Großvater an Lungenkrebs gestorben ist, als ich zwanzig war. Und das, obwohl er nie im Leben auch nur eine einzige Zigarette geraucht hat.«

»Oh, das wusste ich nicht. Das tut mir leid.«

»Es ist ja schon ein paar Jahre her. Wir hatten keinen engen Kontakt. Aber nachdenklich hat es mich doch gemacht. Und für meine Lungen begann eine erholsame Zeit.«

Mathilde lächelte verschmitzt und sagte dann trocken: »Dann hoffen wir mal, dass auf Ihrem Totenschein nicht vermerkt wird ›Tod durch Leberzirrhose‹, und das, obwohl Sie nie einen Schluck Alkohol getrunken haben«.

Bouraada starrte sie für einen Moment verblüfft an. Dann brach er in schallendes Gelächter aus.

Aigues-Mortes – Büro von Leon Daudet – Sommer

Felix Tourrain wurde bereits vor der Zufahrt zu Leon Daudets Büro von der Polizei angehalten. Mehrere Einsatzfahrzeuge der Police Judiciaire, die Identification Criminelle und zwei Rettungswagen standen vor dem modernen Gebäude.

»Was ist hier los?«

»Tut mir leid. Sie können nicht weiterfahren. Bitte kehren Sie um.«

Tourrain kannte den Kollegen nicht. Und da er mit seinem Privatwagen vorgefahren war und Zivilkleidung trug, war es nur verständlich, dass man ihn aufgefordert hatte zu verschwinden. Er kramte seinen Dienstausweis hervor und hielt ihn aus dem Fenster. »Was ist denn hier los?«

»Ah, ein Kollege. Wir haben einen Toten. Hier, im zweiten Stock.« Er zeigte mit der Hand auf das Bürogebäude. »Politprominenz, Leon Daudet. Selbstmord, wahrscheinlich. Mehr weiß ich auch nicht. Es ist noch nichts zu mir durchgesickert.«

Tourrain verschlug es fast die Sprache. Verdammt. Was war hier passiert? Er musste unbedingt in Daudets Büro. »Oh là là! Ich hatte eine Verabredung mit ihm. Lass mich durch, vielleicht kann ich da oben ja weiterhelfen.«

Der Polizist fragte nicht, wobei. Er hob anstandslos das Absperrband. Tourrain fuhr darunter durch und parkte auf dem Mitarbeiterparkplatz neben dem Haus. Ein weiterer Polizist versperrte ihm den Zugang zum Gebäude.

»Wer hat Sie denn durchgelassen?«, fragte er verärgert.

»Nur mit der Ruhe. Ich bin ein Kollege, hatte mit dem Verstorbenen eine Verabredung. Ich möchte mit dem ermittelnden Beamten sprechen.«

Tourrain hatte seinen Dienstausweis in der Hand, auf den sein Gegenüber nur einen kurzen Blick warf.

»Von mir aus. Zweiter Stock. Pass aber auf. Die Spurensicherung ist zugange. War wohl ein großes Tier, der Tote. So einen Auftrieb hab ich selten gesehen.«

»Wäre vielleicht bald unser nächster Präsident geworden«, scherzte Tourrain. Doch der junge Polizist schaute ihn nur verständnislos an und zuckte mit den Schultern. »Der Präsident ist zurückgetreten? Wann?«

Tourrain schüttelte den Kopf und ging in das Bürogebäude. Heller Marmor auf dem Boden und an den Wänden, Sessel aus schwarzem Leder in Chromgestellen im Wartebereich, zwischen den Fahrstuhltüren ein Wasserspender. Der Lieutenant wurde nicht weiter aufgehalten. Er nahm die Treppe in den zweiten Stock. Im Treppenhaus und im Flur verrichtete das Team der Spurensicherung seine Arbeit, nicht ohne Tourrain zu ermahnen, sich vorsichtig nur dort zu bewegen, wo es erlaubt war. Dumpf drangen ihre Stimmen hinter dem weißen Mundschutz hervor.

Die Tür zu einem der Büros stand offen. Hier hatten die Kollegen ihre Arbeit bereits beendet. Karten mit Zahlen markierten jede gesicherte Spur. Aus den benachbarten Räumen waren unverständliches Gemurmel und scharrende Geräusche zu vernehmen. Auch hier war man bei der Arbeit. Gab es Zweifel an einem Suizid? Oder waren der Aufwand, der hier betrieben wurde, und die große Zahl an Ermittlern der Prominenz des Opfers geschuldet?

Tourrains Blick fiel auf den Mann, der zusammengesunken mit dem Oberkörper auf der Glasplatte seines Schreibtischs lag. Er war mit dem Gesicht frontal auf die Platte gefallen. Die Nasenspitze war hochgebogen, die Oberlippe dabei über die obere Zahnreihe gezogen worden. In den Mundwinkeln des Toten registrierte Tourrain eine weiße Kruste. Offenbar Speichel, vermischt mit einer weißen Substanz. Daudets Nase hatte geblutet, zwei fast ovale, nun getrocknete Blutlachen hatten sich links und rechts der Nase ausgebreitet. In Reichweite seines rechten Arms stand ein hellgrüner Keramikbecher. Noch hatte man die Leiche nicht abtransportiert. Der zweite Blick Tourrains fiel auf die Heizkörper. Genau das, was er erhofft hatte. Weiß beschichtete Alulochbleche als Verkleidung.

Kurz überlegte er, ob er einen der Kollegen von der Spurensicherung bitten sollte, die beiden Heizkörperverkleidungen in diesem Raum mit Luminol zu besprühen, in der Hoffnung, vielleicht noch Reste von Blut darauf zu entdecken. Ganz sicher waren die Metallverkleidungen gesäubert worden, aber mit Hilfe des Luminols würde man Blutspuren, die von der Kopfwunde der kleinen Rumänin herrührten, wieder sichtbar machen können. Vorausgesetzt, sie war in diesem Zimmer zu Tode gekommen. Doch Tourrain hatte keine Befugnis, er würde seine Kompetenzen mit einer solchen Bitte weit überschreiten. Commandant Bouraada musste umgehend darüber informiert werden, was hier passiert war. Er hatte zu entscheiden, wie man weiter verfahren würde.

»Tourrain, mein Kleiner, was machst du denn hier?«

Aus einem angrenzenden Raum trat eine Polizistin, die mit ihrer Leibesfülle fast die gesamte Türbreite einnahm. Capitaine Silvie Valcombe. Tourrain hatte im ersten Jahr nach seiner Ausbildung unter ihr gearbeitet. Er hatte während dieser Zeit Capitaine Valcombe als furchtlose und begnadete Ermittlerin kennengelernt. Sie hatte es sich zur Aufgabe gemacht, den Polizeinachwuchs nicht nur weiter auszubilden, sondern ihn auch zu bemuttern, was ihr den Spitzname *nourrice* – Amme – eingebracht hatte. Wie oft hatte sie Felix ermahnt, ein kräftiges Frühstück zu sich zu nehmen, ihn, dem eine Tasse Kaffee vollkommen reichte.

»Capitaine Valcombe. Schön, Sie wiederzusehen. Was haben wir denn hier? Hat sich Leon Daudet umgebracht?«

»Na, du fällst ja gleich mit der Tür ins Haus. Nach was sieht es denn aus?« Silvie Valcombe nickte in Richtung Schreibtisch.

»Nach einem toten Mann an einem Schreibtisch.«

Capitaine Valcombe lachte wiehernd.

»Sehr schön. Keine voreiligen Schlüsse. In der Tat, wir haben einen toten Mann an einem Schreibtisch. Aber du hast meine Frage noch nicht beantwortet. Was hast du hier zu suchen?«

»Ich bin zufällig hier. Hab im Vorbeifahren die ganze Armada an Fahrzeugen gesehen, haltgemacht und gefragt, was hier los ist. Ein Kollege sagte mir auf Nachfrage, dass Sie die Verantwortung hier tragen. Und da wollte ich meinem alten Chef Hallo sagen.«

Tourrain log, ohne rot zu werden.

»Aha, und das ist alles? Tourrain, heute ist nicht Silvies Märchenstunde.«

Er hätte es wissen müssen. Tourrain blickte ihr tief in die misstrauischen dunkelbraunen Augen. Doch noch ehe er sich herausreden konnte, drang aus dem Raum, in dessen Tür die Polizistin immer noch stand, eine Stimme.

»Capitaine Valcombe? Ich glaube, ich hab hier was. Steckten in der Verpackung von Aspirin, sind aber eindeutig Triazolam. Es fehlen mindestens ... Ach, Felix. Du hier?«

Tourrain stöhnte innerlich. Nicht nur seine ehemalige Chefin war vor Ort. Die Stimme entpuppte sich als die von Lucien Dupont. Er war mit viel Tamtam aus Paris angerückt, hatte sich sofort dazu auserkoren gefühlt, den gesamten Jahrgang anzuführen. Bei Valcombe hatte er sich eingeschleimt, und es war Felix bis heute ein Rätsel, warum sie auf diesen Widerling reingefallen war. Noch immer schien der Capitaine von diesem Angeber angetan zu sein.

»Salut, Lucien. Ich bin auch schon wieder weg. Will euch ja nicht im Weg rumstehen.«

Besser, er machte sich vom Acker, bevor Silvie noch weiter nachbohrte. Er hatte genug gehört. Triazolam. Das gleiche Zeug, das man Aminata eingeflößt hatte. Wenn sein Gefühl ihn nicht trog, hatte auch Daudet die Tabletten nicht freiwillig geschluckt.

Remoulins – Sommer

»Tourrain ist auf dem Weg. Und es gibt Neuigkeiten.«

Rachid Bouraada hatte seinen Wagen in einer ruhigen Seitenstraße geparkt. Er hatte die Untersuchungsrichterin abgeholt. Mathilde war noch immer mitgenommen von den Ereignissen der letzten Tage. Nun standen die beiden am Auto und warteten auf den Lieutenant. Den Durchsuchungsbeschluss hatte Mathilde in ihrer Umhängetasche. Nervös klopfte sie auf dem genarbten Leder herum.

»Ich brauche eine Zigarette, Rachid.«

Umständlich zog sie ihre Schachtel aus der Tasche, steckte sich eine Zigarette in den Mund. Ließ sie unangezündet. Sie schaute fragend zu Bouraada.

»Sie brauchen mich nicht um Erlaubnis zu fragen.«

»Das war keine Frage, das war eine Feststellung. Und außerdem gucke ich so, weil ich wissen will, welche Neuigkeiten es gibt.«

So nervös hatte Bouraada die Untersuchungsrichterin noch nie erlebt. Ihm ging es allerdings nicht anders. Auch er hoffte, dass diese Hausdurchsuchung sie endlich weiterbringen würde. Jalaberts hatten dichtgehalten, von dem sauberen Pärchen hatte es keine Hinweise auf Mittäter oder Mitwisser gegeben. Der Arzt Viroulet war mit seinem Motorrad in den Pyrenäen in einen Abgrund gefahren. Und nun war auch Leon Daudet tot.

»Daudet ist tot.«

»Was? Haben Sie das von Tourrain?«

Mathilde steckte sich die Zigarette an und inhalierte tief den Rauch. Sie hustete und erntete dafür einen strengen Blick von Bouraada. Er nickte.

»Was zahlt Ihnen Odile für diesen Blick? Nein, im Ernst. Was hatte Tourrain zu berichten?«

»Er konnte kaum in Daudets Büro vordringen, es wimmelte nur so von Polizei. Es sieht auf den ersten Blick nach Selbstmord aus, Tourrain hat die Leiche gesehen. Aber er hat seine Zweifel, anscheinend ist Triazolam im Spiel. Das gleiche Mittel, das Aminata mit Gewalt eingeflößt worden ist. Wir werden es wahrscheinlich nur niemals nachweisen können. Und die Heizkörperverkleidungen könnten ein Treffer sein.«

»Selbstmord, aha. Gibt es einen Abschiedsbrief?«

»Das weiß ich nicht. Vielleicht verrät Ihnen Juge Levant etwas. Das hat Tourrain noch herausbekommen, dass Levant die Untersuchungen leitet, die Ermittlungen obliegen übrigens Capitaine Valcombe.«

Mathilde zögerte keine Sekunde. Sie kannte Levant seit Jahren, ein kompromissloser, fähiger Untersuchungsrichter. Sie entfernte sich ein paar Schritte und kehrte nach zwei Minuten zu Bouraada zurück. »Es gibt tatsächlich eine Art Abschiedsbrief. Er lag noch im Drucker in Daudets Büro. Nur ein Satz. *Nun schweig ich für immer, verzeiht.*«

»Nun schweig ich für immer, verzeiht? Was soll das denn sein? Das kann doch alles und nichts bedeuten. Worüber schweigt er für immer? Warum schweigt er für immer? Hat er sich selbst zum Schweigen verurteilt? Oder hat ihn jemand zum Schweigen gebracht? Wen bittet er um Verzeihung? Seine Familie? Die Opfer? Lächerlich, das ist doch kein Abschiedsbrief. Das hat irgendjemand verfasst, aber nicht Daudet.«

Mathilde drückte ihre Zigarette auf dem Trottoir aus und schnippte den Stummel in die Kanalisation. »Haben Sie und Tourrain irgendetwas gesagt, als Sie bei Daudet waren, was ihn befürchten lassen musste, dass wir ihm auf der Spur sind? Hat er vielleicht deswegen diese Konsequenz gezogen?«

»Ganz sicher nicht. Dazu ist der Typ viel zu abgebrüht gewesen. Selbstmord wäre für so einen nie in Frage gekommen, da bin ich mir sicher. Eher lässt er andere über die Klinge springen. Vielleicht wollte er, wie Viroulet, aussteigen. Nur dass Viroulet es sauber selbst erledigt hat, und bei Daudet hat jemand nachgeholfen. Ahh, da kommt Tourrain. Es kann losgehen.«

Die Untersuchungsrichterin und die beiden Polizisten standen vor dem geschlossenen Eisentor. Noch bevor sie den Klingelknopf bedienen konnten, öffnete sich das Tor, als ob das Ehepaar Klein hinter der Tür gelauert hätte. Mathilde hatte den Durchsuchungsbeschluss bereits in der Hand und hielt ihn den verblüfften Kleins direkt vor die Nase.

»Monsieur und Madame Klein. Bitte verschaffen Sie uns zunächst Zugang zu allen Räumen. Commandant Bouraada und ich werden Sie begleiten. Anschließend bleiben Sie bitte mit Lieutenant Tourrain hier oder im Wohnzimmer, ganz wie es Ihnen beliebt.«

»Darf ich fragen, um was es geht?« Madame Klein warf Bouraada einen vernichtenden Blick zu, als wolle sie sagen: »Das haben wir nun von unserer Hilfsbereitschaft.«

»Wir gehen davon aus, dass Sie zumindest in einem Fall ein junges Mädchen gegen seinen Willen hier festgehalten haben.«

Maître Klein blies schnaubend die Luft aus der Nase. »Das haben wir bereits dem Commandant erklärt. Yasmina war bei uns angestellt, sie war wie eine Tochter für uns. Ein tragischer Unglücksfall hat sie aus unserer Mitte gerissen. Und sie war freiwillig hier. Mehr ist dazu nicht zu sagen.«

»Und das andere Mädchen, das Kind, das nach Yasmina in ihr Haus kam? Was ist mit ihr passiert?«

»Nach Yasmina gab es hier kein Mädchen mehr. Wenn es das ist, wovon Sie sich überzeugen wollen, dann nur zu.«

Auguste und Eleonore Klein gaben den Weg ins Haus frei. Die beiden Polizisten hatten bis jetzt geschwiegen. Bouraada machte eine auffordernde Geste in Richtung Eleonore Klein. »Madame, wenn Sie uns bitte begleiten würden. Schließen Sie alle Türen, die abgeschlossen sind, auf. Vom Erdgeschoss bis unters Dach.«

Wütend blickte die Hausherrin in die Runde. Dann zuckte sie mit den Schultern und ging in die Küche, um einen Augenblick später mit einem Schlüsselbund zurückzukehren. Schweigend ging sie mit dem Commandant und der Untersuchungsrichterin zu allen Zimmern, schloss die Türen auf oder drückte nur die Klinke herunter, um zu öffnen.

Auguste Klein hatte sich mittlerweile mit Tourrain in den Salon begeben, wo er mit steinerner Miene mit einem großen, bis oben hin gefüllten Cognacschwenker in einem Sessel versank.

»Auguste!«

Seine Frau war in den elegant eingerichteten Wohnraum getreten. Schuldbewusst stellte der Maître das Glas ab, ohne einen Schluck getrunken zu haben. Eleonore Klein stellte sich an das hohe Fenster und blickte in den Garten. Sie würdigte Tourrain keines Blickes.

»Sie werden nichts finden, Ihre Kollegen. Was werfen Sie uns überhaupt vor? Und wenn wir nochmals ein Mädchen beschäftigt hätten. Ich betone, hätten. Was wäre daran verwerflich? Yasmina hat sich hier wohlgefühlt. Sie wurde zu keiner Arbeit gezwungen, die sie nicht mit Freude und freiwillig erledigt hätte.«

»Auguste!«

Die schneidende Stimme seiner Gattin ließ den Notar zusammenzucken und schweigen.

Nach einer Dreiviertelstunde kehrten die Untersuchungsrichterin und der Commandant zurück ins Erdgeschoss.

»Wo ist die Kleidung, die noch vor Kurzem im Kleiderschrank in der Dachkammer hing? Die sogenannten Erinnerungsstücke an Yasmina?«

»Wir haben sie in eine Kleidersammelstelle gegeben. Es hingen zu viele schmerzliche Erinnerungen daran. Das ist uns bewusst geworden, als wir in ihrem Zimmer standen.« Eleonore Klein hatte sich umgewandt, und die Antwort auf Bouraadas Frage war von oben herab gekommen. »Nun, was haben Sie entdeckt? Eine Leiche unter dem Bett? Eine verzweifelte Nachricht in der Schublade ›Befreit mich aus diesem Haus des Grauens‹?«

Mathilde zog es vor zu schweigen.

»Lieutenant Tourrain, kommen Sie bitte mit nach oben. Wir

sind noch nicht fertig.« Zufrieden registrierte Bouraada, wie die blasierten Gesichtszüge von Eleonore Klein erstarrten. Tourrain folgte ihm auf den Fuß hinauf ins Dachgeschoss. Erst in Yasminas Zimmer stellte er die Frage, die ihm unter den Nägeln brannte.

»Ihr habt wirklich nichts gefunden?«

»Nein, nichts. Es sieht so aus, als hätte das Ehepaar Klein nach meinem Besuch das ganze Haus auf den Kopf gestellt, um jede noch so winzige Spur, die uns einen Hinweis auf ein weiteres Mädchen in diesem Haus geben könnte, zu vernichten. Die Kleidung, die in diesem Schrank hing ...«, er klopfte mit der flachen Hand so fest auf die Schranktür, dass diese aufsprang, »... ist komplett entsorgt worden. Und es waren niemals Stücke, die Yasmina hätte tragen können. Sie waren zu klein. Felix, in diesem Loch hat ein Kind sein Dasein gefristet, in diesem Haus hat es Entsetzliches durchgemacht. Und wir werden eine Spur von ihm finden. Fangen wir an.«

Die beiden Polizisten nahmen das ganze Zimmer samt Inhalt auseinander. Die Hitze raubte ihnen fast den Atem, und Tourrain öffnete das Dachfenster, um wenigstens frische Luft hereinzulassen. Er hielt inne. »Rachid, wie sagtest du, war die Farbe der Kleidung?«

»Ich sagte gar nichts, aber alles war weiß. Unschuldiges Weiß.«

»Schau mal. Im Scharnier des Fensters hängt ein kleines Stück Stoff, weiß. Es muss von einem Kleidungsstück herausgerissen worden sein, als sich jemand aus dem Fenster in Richtung Dach beugte und im Scharnier hängen blieb. Schieb mir mal bitte den Stuhl rüber.«

Bouraada trug den alten Holzstuhl zu Tourrain, der auf den Stuhl stieg und den rechten Arm, so weit es möglich war, durch die Luke schob. Das scharrende Geräusch, als er einen Ziegel verschob, war zu vernehmen.

»Ich hab da was, einen Moment.«

Der Lieutenant tauchte wieder vollständig auf, in seiner rechten Hand hielt er triumphierend ein Heft. »Es lag gut versteckt in einem Hohlraum unter dem ersten Ziegel, den man von der Luke aus erreichen kann.«

Er gab Bouraada das Heft, der es Seite für Seite durchblätterte. Dann nickte er.

»Felix, du hast dir einen Orden verdient. Bitte geh runter und sag Madame le Juge, sie soll einen vorläufigen Haftbefehl für Eleonore und Auguste Klein veranlassen. Ich brauche noch ein wenig Zeit, bevor ich den beiden gegenübertrete. Ich befürchte, ich vergesse sonst nämlich meine guten Manieren.«

Château de Boncourt – Sommer

Es war Mathilde de Boncourt, Rachid Bouraada und Felix Tourrain eine Genugtuung gewesen, als man Eleonore und Auguste Klein in das dunkelblaue Polizeifahrzeug mit den vergitterten Fenstern geschoben hatte. Nun wartete die Untersuchungsrichterin darauf, die ersten Befragungen durchführen zu können. Ein erstes Gespräch zwischen den Kleins und ihrem Anwalt, das Mathilde abwarten musste, stand aus, da Maître Juval noch im Flugzeug saß. Er hatte sich umgehend auf den Weg gemacht, als er in Kalifornien benachrichtigt worden war, dass seine Mandanten nach ihm verlangten. Es schien dringend gemacht worden zu sein, denn Juval hatte alles stehen und liegen lassen, um nach Frankreich zurückzukehren. Zu dem Heft, das Tourrain unter dem Dachziegel gefunden hatte, hatten sich die Kleins noch nicht geäußert. Bouraada hatte es mitgenommen, Mathilde war gespannt, was die Auswertung ergeben würde.

Jetzt war sie auf der Suche nach Martin. Sie fand ihn in der Bibliothek über einen alten Stich gebeugt, der Aigues-Mortes im Mittelalter zeigte.

»Martin, Jean-Baptiste ist auf dem Weg hierher. Er hat eben angerufen. Zuerst wollte er dich in sein Büro bestellen. Aber ich habe ihn überreden können, sich auf neutralem Boden mit dir zu unterhalten. Wir warten ab, was er zu sagen hat, und dann kannst du immer noch überlegen, ob du einen Anwalt hinzuziehen möchtest oder musst.«

Nachdem Mathilde Martin im Château einquartiert hatte, fasste er wieder Mut. Er vertraute ganz darauf, dass sie ihm zur Seite stehen würde. Bei seiner Ankunft hatte Odile ihm einen freundlichen Blick geschenkt – »Seien Sie zuversichtlich, junger Mann« –, Vivienne war ihm aus dem Weg gegangen. Sébastien hatte Martin, obwohl er nach ihm gefragt hatte, lediglich vor zwei Tagen beim Spiel mit den Hunden kurz im Park zu Gesicht bekommen. Dann war er auch schon wieder von seiner Mutter ins Schloss beordert worden.

»Docteur Maret kommt, Sébastien soll nun täglich eine Spritze bekommen. Keine Ahnung, für was die gut sein soll, aber Vivienne besteht darauf«, hatte ihm Odile flüsternd anvertraut.

Philippe und Lucette hatten kurz vorbeigeschaut und sich erkundigt, wie es Martin ginge. Sie beteuerten, auch sie könnten nicht glauben, dass er etwas mit Guillaumes Tod zu tun habe. Mittlerweile wusste offenbar ganz Saint-Gilles von dem Verdacht, der auf ihm lastete, und Martin war froh, dass er das Angebot Mathildes angenommen hatte.

Rémy hatte lediglich gebrummt »Das wird schon wieder«. Er hatte sich dann in sein Arbeitszimmer zurückgezogen, überließ die Weinreben seinem Neffen und streifte nur ab und zu mit seinem alten Hund Babou über die Felder.

Martin klappte das große Stichwerk zu und stellte es wieder an seinen Platz. »Wenn ich dich nicht hätte, Mathilde. Aber ich halte dich doch bestimmt von der Arbeit ab?«

»Mach dir über meine Arbeit keine Gedanken. Da geht alles seinen Weg. Ich glaube, Jean-Baptiste ist im Anmarsch, ich höre einen Wagen.«

Martin hoffte, dass mit dem Besuch des Polizisten aus Saint-Gilles endlich alles geklärt werden könnte. Tatsächlich fuhr Lieutenant Lemagne in diesem Moment in die Kieseinfahrt vor dem Château. Mathilde begrüßte ihn auf der Treppe und führte den Freund aus Kindertagen in die große Empfangshalle, wo Martin bereits auf sie wartete. Der Gendarm hob den Kopf und schaute sich um.

»Das muss ja Jahre her sein, als ich das letzte Mal hier war. Aber es ist alles noch genauso beeindruckend wie damals.«

Er schüttelte Martin, der versuchte, betont lässig auszusehen, die Hand. In Wahrheit schlug ihm das Herz bis zum Hals.

»Wir besprechen am besten alles im kleinen Arbeitszimmer.« Mathilde ging voraus und öffnete die geschnitzte Tür zu dem mit Seidentapeten bespannten fast quadratischen Raum, dem ehemaligen Boudoir, das allgemein nur das kleine Arbeitszimmer genannt wurde.

»Ah, Grand-père, ich dachte, du wärst mit Babou deine Runde drehen. Bitte entschuldige. Wir werden in die Bibliothek gehen.«

»Nein, kommt nur rein. Stört es euch, wenn ich hier bleibe?« Rémy de Boncourt saß hinter seinem Schreibtisch, der alte Hund lag auf einem der zahlreichen zerschlissenen Sessel, die im ganzen Château herumstanden und in denen Babou und Henri ihre häufigen Entspannungsschläfchen abhielten. Babou hatte Langeweile, seitdem Henri die meiste Zeit bei Sébastien verbrachte. Er öffnete kurz die Augen, dann schnaufte er, stand auf, drehte sich einmal um die eigene Achse und warf sich dann mit einem Plumps zurück auf die Sitzfläche des Sessels.

»Es geht immerhin um den Tod meines ältesten Freundes. Und Martin ist Gast in unserem Haus. Also, wenn niemand etwas dagegen hat?«

Mathilde und Martin schüttelten den Kopf.

»Es ist zwar ungewöhnlich, aber wenn Monsieur Endress Sie gerne, sozusagen als Beistand, dabeihat, werde ich mich nicht sperren.«

Der Lieutenant hatte bereits eine Mappe auf einem runden niedrigen Holztisch mit Intarsien in Form eines Fruchtkorbs abgelegt. Mathilde schob zierliche Stühle, die in der hohen Fensternische gestanden hatten, heran, auf denen die drei Platz nahmen. Sie hatte Martin bereits ermahnt, nicht zu voreilig zu reden, es zuerst ihr zu überlassen, die Lage zu sondieren.

Babou schnarchte nun laut, und Rémy beobachtete gespannt und aufmerksam die kleine Gruppe. Hinter ihm an der Wand hing eine große Uhr, die ihm sein Sohn, Mathildes Vater, vor mehr als vierzig Jahren geschenkt hatte. Ein Flohmarktfund, eine ehemalige Schiffsuhr. Das satte Geräusch der springenden Zeiger begleitete der alte Mann mit einem ebenso energischen Klopfen seines rechten Zeigefingers auf dem gemaserten Holz des Schreibtischs.

»Nun, wir haben nichts Konkretes. So viel vorweg. Thierry Marchand bleibt weiterhin bei seiner Aussage, Ihren Wagen auf dem Besitz von Rossignol gesehen zu haben. In der Tat ist es so, dass Sie auf den ersten Blick, Monsieur Endress, ein Motiv vermissen lassen. Ich betone, auf den ersten Blick.«

Martin rutschte unruhig auf dem filigranen Stühlchen herum. Was sollte das bedeuten, »auf den ersten Blick«? Und auf den zweiten? Aber er schwieg.

»In Ihren Unterlagen sind wir darauf gestoßen, dass Sie sich besonders intensiv mit dem Thema Stierkampf, Stierzucht, der Bedeutung der *manades* und der Züchter in unserer Gegend auseinandergesetzt haben.«

Der Lieutenant zog aus der Mappe einige Blätter. Martin erkannte seine handschriftlichen Notizen am Rand und die mit gelbem Marker unterstrichenen Passagen auf ein paar Kopien, die er sich aus dem Netz gezogen hatte.

»Hier und hier,« der Gendarm tippte mit ausgestrecktem Zeigefinger auf einige Textzeilen, die besonders hervorgehoben waren, »hier scheint Sie besonders die Reaktion des Stieres auf das Reizen des Toreros zu interessieren. An dieser Stelle schreiben Sie: ›Ist es tatsächlich die rote Farbe, die Körperbewegung, eine Kombination von allem? Das Gebrüll der Leute? Wird das Tier vorher scharfgemacht?‹ Woher rührt dieses starke Interesse, Monsieur Endress?«

Eine Woge der Erleichterung erfüllte Martin. Wenn das alles war!

»Diese Frage kann ich Ihnen leicht beantworten. In meinen Reisebeschreibungen wird ein kleines Kapitel zu finden sein, das sich alleine mit der Tradition des Stierkampfes, seinen Spielarten, seinen Arenen, aber auch den Züchtern und Stierkämpfern und letztendlich natürlich auch mit den Hauptakteuren, den Stieren, beschäftigt. Dazu diese Notizen. Das ist alles.«

Der Gendarm packte die Notizen wieder in seine Mappe. Er

streckte den Rücken durch, das Sitzen auf dem kleinen Stuhl war für den großgewachsenen Mann eindeutig zu unbequem. »Es ist eine plausible Erklärung. Allerdings ist sie uns nicht ausreichend. Denn mit dem, was wir in Ihren Unterlagen gefunden haben und mit der Ergänzung Marchands zu seiner Aussage, glauben wir, nun auf den zweiten Blick, im Moment genügend in der Hand zu haben, um Sie vorläufig festzunehmen, Monsieur Endress. Mein Kollege wartet unten im Wagen. Ich bitte Sie, mir in die Gendarmerie zu folgen. Mathilde, es tut mir leid. Ich hatte ursprünglich gehofft, dass Monsieur Endress dazu in der Lage ist, den Verdacht gegen ihn hier und jetzt zu entkräften. Aber das ist nicht der Fall. Dazu kommt, wie ich erwähnte, noch etwas, was Monsieur Marchand gesagt hat. Er ist der Meinung, dass Monsieur Endress an Guillaume Rossignol Rache geübt hat. Eine Geschichte, die, wie er sagte, lange zurückliegt, soll der Grund gewesen sein. Wir erhoffen uns, dass Monsieur Endress etwas Licht ins Dunkel bringt.«

Der Gendarm stand auf, und wie betäubt tat Martin es ihm gleich. Mathilde schaute ungläubig zu den beiden Männern hoch.

»Halt, bitte nehmt alle wieder Platz. Monsieur Endress hat mit dem Tod von Guillaume Rossignol nichts zu tun.«

Drei Köpfe fuhren herum, und drei Gesichter starrten Rémy de Boncourt überrascht und fassungslos an.

Château de Boncourt – Sommer

Obwohl Rémy nach wie vor aus tiefstem Herzen um seine alten Freunde trauerte, hatte er es sich nicht nehmen lassen, diesen Abend für eine, wie er sagte, bescheidene Wiedergutmachung zu nutzen. Vor dem Essen hatten sich die Hausbewohner zusammen mit Philippe und Lucette im Salon versammelt. Draußen waren dunkle Gewitterwolken aufgezogen. Odile hatte die dichten dunkelgrünen Vorhänge vor die Fenster gezogen, und der schwere Kronleuchter musste bereits um acht Uhr sein helles Licht verbreiten.

Was der alte Mann seiner Enkelin, Martin Endress, dem Lieutenant und dessen Kollegen, der im brütend heißen Wagen tapfer ausgeharrt hatte, zu berichten hatte, ließ bei allen Personen die unterschiedlichsten Gefühle zurück. Am glücklichsten war noch Martin. Nicht nur der Verdacht gegen ihn konnte entkräftet werden, auch das Schicksal seiner Großeltern Alfons und Sarah, und damit das seiner Mutter, wurde ihm nun endlich offenbart.

»Ob dein Großvater geschwiegen hätte, wenn es bei mir nicht um Kopf und Kragen gegangen wäre?«

Martin hatte sein Cognacglas mit einem Schluck geleert. Mathilde schenkte nach. Noch war die Anspannung nicht ganz von ihm gewichen. Irgendwo konnte er die Beweggründe für das lange Schweigen Rémys nachvollziehen, aber der alte Mann hatte einen Mörder gedeckt.

»Ich weiß es nicht. Vincent, Achille, Thierry, Guillaume, er, sie waren wie Brüder, die fünf Musketiere. Sie kennen sich von Kindesbeinen an, einer war für den anderen da. Ich weiß, was du jetzt sagen willst. Und trotzdem hat einer den anderen getötet. Wie verzweifelt muss er gewesen sein.«

Sie seufzte, trank ebenfalls ihr Glas leer, füllte es nach. »Gut, dass ich dich überreden konnte, heute Nacht, trotz allem, was geschehen ist, noch hier zu verbringen. Das bescheidene Fest ist für dich, er will sich auf diese Weise noch einmal bei dir entschuldigen.«

Mathildes Handy summte eine kleine Melodie. »Entschuldige, ich glaube, es ist wichtig. Jean-Baptiste.«

Sie verließ den Raum und kehrte ein paar Minuten später zurück. Sie hielt eine Zigarette zwischen den Fingern, war sichtlich aufgewühlt. Odile warf ihr einen erstaunten Blick zu, wollte eben ein mahnendes Wort an sie richten, doch Mathilde schüttelte den Kopf und ging zu ihrem Großvater. Sie zog ihn von Vivienne fort, die schon wieder laut geworden war und den alten Mann offenbar wieder mit seinem Vergehen, Sébastien mit zur Jagd genommen zu haben, konfrontiert hatte.

Mathilde wechselte ein paar Worte mit Rémy. Dieser drehte sich um und ging, wie es Martin schien, mit wankenden Schritten zu Sébastien, der mit Henri auf dem Sofa saß und den Hund mit Brotstückchen fütterte. Noch vor ein paar Tagen hätte ihr Großvater das nicht durchgehen lassen, ging es Mathilde durch den Kopf. Der Alte zog den Jungen vom Sofa hoch und schloss ihn in die Arme.

»Du konntest nichts dafür, mein Junge, du konntest nichts dafür.«

Odile, die in der Nähe stand, wagte in die Stille hinein, die sich im ganzen Raum breit gemacht hatte, zu fragen: »Wofür konnte er nichts?«

»Er hat Didier nicht erschossen, Guillaume hat ihn erschossen. Nicht mit Absicht. Der Schuss galt Martin, es war eine Verwechslung.«

Alle Augen ruhten auf Mathilde.

»Jean-Baptiste hat mich eben angerufen. Thérèse hat einen Abschiedsbrief gefunden. Einiges von dem, was darin steht, wissen wir schon Grand-père. Dass Guillaume derjenige war, der 1941 das Auto von Martins Großeltern manipuliert und so den

Unfall verursacht hat, an dessen Folgen Sarah, Martins Großmutter, verstorben ist. Als Martin dann hier ankam und angefangen hat, Fragen zu stellen, ahnte er nicht, in welches Wespennest er gestochen hat. Martin war davon ausgegangen, dass es ein, wie soll ich sagen, normaler Unfall war. Er hätte in dieser Richtung kaum weitergeforscht, wenn nicht Rose, die Haushälterin von Docteur Barbier eine Erinnerung an einen jungen Gast gehabt hätte, dessen Verhalten ihr mehr als siebzig Jahre später eigentümlich vorkam. Doch Martin hatte nie die Absicht, sich an jemandem zu rächen. Er wollte lediglich Klarheit. Guillaume bekam Angst, Angst, dass seine Tat aufgedeckt werden würde, dass sein Ansehen beschädigt werden würde, sein Lebenswerk zerstört. Und Vincent wusste von der Manipulation an dem Wagen von Martins Großeltern. Guillaume hat nicht immer schweigen können. Irgendwann, nachdem Barbier Guillaume, allerdings erst Jahre später, mit den Folgen seiner Tat konfrontiert hatte, hat er seinem ältesten Freund sein Geheimnis anvertraut. Nun, als Martin die Frage nach dem Wie und Warum zum ersten Mal stellte, verlangte Vincent von Guillaume, dass die Wahrheit ans Licht kommen müsse. Was dann passiert ist, wisst ihr alle. Vincent ist ertrunken, doch nicht durch einen Unfall. Guillaume hatte ihn ein letztes Mal gebeten, den Mund zu halten, doch Vincent hat sich geweigert. Es hat ihn das Leben gekostet. Immer dringender wurden dann Martins Fragen, alle sind ihm ausgewichen, auch du, Grand-père. Als Guillaume zu spüren glaubte, Martin wäre ganz dicht an der Wahrheit, fasste er den Entschluss, ihn zu töten. Martin und Didier tauschten die Kappen, der eine trug nun weiß, der andere blau. Guillaume schoss auf den Mann mit der weißen Kappe, er tötete seinen eigenen Enkel. Nun hatte er eine Schuld auf sich geladen, die er nicht mehr tragen konnte. Er hat sich selbst gerichtet. In seinem Abschiedsbrief hat er geschrieben, dass er es auf die Weise versuchen wird, die ihm dann auch gelungen ist. Wenn dies nicht funktioniert hätte, hätte er versucht sich zu erschießen. Er schrieb, dass er bewusst so sterben wolle, inmitten seiner geliebten Stiere, mit Qualen, die er in Kauf nehmen würde.

Er hat sich aufrecht dem wütenden Tier, das er mit der Mistgabel gereizt hatte, in den Weg gestellt. Und es hat funktioniert.«

Es war totenstill im Raum. Niemandem war zum Feiern zumute. Philippe füllte die Gläser. Jeder konnten einen kräftigen Schluck vertragen.

»Und wieso hat Thierry den Verdacht auf Martin lenken wollen, Guillaume getötet zu haben und dies aus Rache an ihm, wie Thierry selber sagte? Woher wusste er überhaupt von diesem Anschlag auf Martins Großeltern? Nur Guillaume und Vincent haben doch davon gewusst.«

Rémy de Boncourt ergriff das Wort. »Es kommt mir vor, als sei es schon ewig her. Aber erinnert euch, ich war bei Vincent, um ihn zu bitten, mir Wohnmöglichkeiten für die Erntehelfer im September zur Verfügung zu stellen. Ich weiß nicht, was ihn dazu bewogen hat, aber an diesem Tag hat er mir von Guillaumes Geheimnis erzählt. Wir alle sind alte Männer geworden. Vielleicht hat es ihm Erleichterung verschafft, auch mit mir darüber zu reden. Die Erwähnung, dass es viele junge Leute aus Deutschland sind, die wir erwarten, mag der Auslöser gewesen sein. Als Vincent dann tot war, wäre ich nie auf die Idee gekommen, dass Guillaume etwas damit zu tun hatte. Ich habe dann Thierry und Achille von Guillaumes Geständnis erzählt. Und wir haben beschlossen zu schweigen. Wofür sollte es gut sein, Guillaume zu verraten und ihn für seine Jugendsünde jetzt noch büßen zu lassen? Und dann kam Martin mit seinen Fragen. Zufall, Schicksal? Nennt es, wie ihr wollt. Ich glaube, es war einfach Fügung, kaum wussten wir, was Guillaume getan hatte, taucht der Enkel der beiden Flüchtlinge hier auf. Ja, es war Fügung.« Er hob in einer Geste der Ratlosigkeit die Hände. »Martin, es war einfach nur der Streich eines dummen Jungen, Guillaume wollte ihnen einen Schrecken einjagen. Nicht im Mindesten hatte er mit diesen Konsequenzen gerechnet.«

»Damit ist aber noch nicht die Frage beantwortet, was die Beschuldigung Thierrys sollte«, warf Vivienne ein.

»Das weiß ich seit ein paar Minuten.« Nun waren alle Blicke

wieder auf Mathilde gerichtet. Nur Sébastien saß regungslos auf dem Sofa und nahm es scheinbar gelassen hin, dass die Anschuldigung gegen ihn sich in Luft aufgelöst hatte.

»Thierry hat tatsächlich einen blauen Golf in der Nähe gesehen. Aber nicht auf dem Hof der Rossignols, sondern am Wäldchen daneben. Vielleicht ein Liebespaar. Und das Kennzeichen war nicht BN wie Bonn, sondern einfach nur unser französisches Zulassungszeichen BN. Als er am nächsten Tag von Guillaumes Tod erfuhr, wusste er natürlich nicht, dass dieser Selbstmord begangen hatte. Aber es hatte sich schnell herumgesprochen, dass jemand den Stier vorher gereizt hat und das Tier Guillaume dann mit seinen Hörnern durchbohrte. Dass dieser jemand Guillaume selbst war, auf diese Idee wäre Thierry in seinen kühnsten Träumen nicht gekommen. Aber er gab Martin die Schuld an allem, was passiert war, am Tod der alten Freunde. Nicht Martin hatte aus Rache getötet, Thierry wollte Martin aus Rache ins Gefängnis bringen. Nach dem Auftauchen des Abschiedsbriefs von Guillaume hat Jean-Baptiste ihn natürlich erneut befragt, und er hat gestanden, dass alles eine Lüge war. Er wird sich dafür zu verantworten haben.«

Alle Blicke wandten sich nun Martin zu, der bis jetzt geschwiegen hatte. Er fühlte sich einfach nur leer. Dankbar nahm er den Cognac, den Lucette ihm reichte.

Hôtel de police – Sommer

»Es liest sich wie ein ›Who is Who‹ der gehobenen Schicht. Schauen Sie, Rachid. Der letzte Name, den sie mit Datum eingetragen hat, war Ledoux. Zwar kein Vorname, aber die Kleine hat genau hingehört. Avocat Ledoux. Eine so exakte Angabe schränkt den Kreis der ›Ledoux‹ ein, wie sehen Sie das?«

»Tourrain ist schon bei der Arbeit. Mir wird übel, wenn ich mir vorstelle, dass all diese Personen, deren Namen sie notiert hat, die Kleine missbraucht haben. Was hat sie wohl mit Gewinner gemeint?«

»Können Sie sich das nicht denken, Rachid?«

Mathilde und Commandant Bouraada saßen in ihrem Büro. Die Zeit drängte. Zwar war das Ehepaar Klein in Untersuchungshaft, aber Maître Klein hatte nicht nur seinen Kollegen Juval einfliegen lassen, sondern alle sonstigen Hebel in Bewegung gesetzt, und nun war ein Heer von Juristen dabei, die beiden aus ihrer »absurden«, wie Auguste Klein es nannte, Lage zu befreien. Die beiden hatten jede Aussage und jegliche Form der Zusammenarbeit verweigert. Es gäbe nichts zu sagen, wozu also eine Zusammenarbeit? Das Heft stamme noch von Yasmina, sie habe sich darin die Gäste notiert, die besonders nett zu ihr gewesen waren. Zwar war ein Datum zu jeder Person notiert, aber keine Jahreszahl. Das Heft hätte also rein theoretisch der jungen Tunesierin gehört haben können. Doch dann hätte es, wie Felix Tourrain richtig erkannt hatte, nach so langer Zeit unter den Dachziegeln anders aussehen müssen, das Papier wäre erheblich trockener und spröder gewesen.

Das Telefon der Untersuchungsrichterin klingelte. Sie legte ihre Zigarette beiseite und hob stirnrunzelnd ab.

»Der Präfekt«, raunte sie Bouraada zu.

»Monsieur le Préfet. Danke der Nachfrage, ja, ich fühle mich gut. Commandant Bouraada sitzt hier, wir versuchen, den Namen Gesichter zuzuordnen. Ja, natürlich, es ist mühsam, wir haben nur die Nachnamen und ein Datum. Trotzdem glauben wir, drei Personen identifiziert zu haben. Mehr war leider nicht möglich.«

Mathilde machte eine kleine Pause und zog sich das Blatt heran, das Tourrain vor einer halben Stunde in ihr Büro gebracht hatte.

»Einen Moment. Wir haben am 14. Juli Avocat Ledoux, zugeordnet haben wir vorläufig Julien Ledoux, fünfundfünfzig, Teilhaber einer Kanzlei in Montpellier. Eine Woche zuvor, 7. Juli, ohne Berufsbezeichnung, Monsieur Saint Genez. Hier konnten wir insoweit eingrenzen, dass es diesen Namen nur drei Mal in unserer Region gibt, eine alte Dame von siebenundachtzig, sie wohnt in einem Dorf in den Cevennen, kinderlos, Frederic Saint Genez, Apotheker in Mauguio, einundsechzig, geschieden, und Isabelle Saint Genez. Sie lebt seit zwei Jahren in Montpellier, vierundzwanzig Jahre alt und Ballerina an der Opéra Nationale. Die beiden Frauen schließen wir aus, es bleibt der Apotheker. Eine dritte Person, die wir vielleicht einordnen können, notierte das Mädchen für den 26. Mai. Ebenfalls ein Name, der die Suche erleichtert hat, Laroche-Servain. Hier muss es sich um einen der Bewohner von Château Laroche-Servain handeln, entweder um den Comte persönlich, einundsiebzig, um seinen jüngeren Bruder, dreiundsechzig, oder um dessen Sohn Philibert, neunundddreißig. Commandant Bouraada und ich werden die genannten und in Frage kommen Personen heute noch befragen. Wenn es nur bei einem von ihnen einen Anhaltspunkt gibt, bleiben die Kleins in Haft. Ansonsten muss ich sie morgen wieder auf freien Fuß setzen.«

Mathilde wartete einen Moment, sie hörte wie ein Stift über Papier kratzte. Der Präfekt machte sich offensichtlich Notizen. Dann verabschiedete sie sich und wandte sich wieder dem Commandant zu. »Wir gehen zum Angriff über, Rachid. Tourrain soll weitersuchen, wir machen uns auf den Weg und konfrontieren

Ledoux, Saint Genez und die Laroche-Servain mit den jeweiligen Daten. Solche Leute führen einen Terminkalender. Ich bin gespannt, was sie uns zu sagen haben.«

*

Die Untersuchungsrichterin und der Commandant konnten ihre Enttäuschung nicht verbergen. Tourrain hatte keinen weiteren notierten Namen zuordnen können. Es waren insgesamt vierzehn Namen, elf davon so verbreitet, dass es keinen Sinn machte, die Personen ausfindig machen zu wollen.

»Und die Drei? Nichts, einfach nichts?« In Tourrains Stimme hatte sich ein fast verzweifelter Ton geschlichen. Er wirkte in diesem Moment jünger als seine dreißig Jahre. Auch die Untersuchungsrichterin konnte nur mühsam ihre Emotionen zurückhalten. Bouraada stand am Fenster und starrte auf die Arena.

»Aber wie ist das möglich? Wenigstens einer von ihnen muss doch zu greifen sein.«

»Ach, Felix. Wir haben nichts, *nichts*. Ein Heft mit Namen, geschrieben von einem Mädchen, das tot und begraben ist. Wir müssen die Kleins laufen lassen.«

Mathilde und Bouraada waren direkt nach dem Telefonat mit dem Präfekten aufgebrochen. Zuerst hatten sie dem Apotheker in Mauguio einen Besuch abgestattet. Ein jovialer rundlicher kleiner Mann mit weißem Haarkranz und Lachfältchen um die Augen. Er war über das Erscheinen der beiden Beamten erstaunt und noch mehr verblüfft, als er hörte, dass diese lediglich wissen wollten, wo er am 7. Juli gewesen sei. Diese Frage sei leicht zu beantworten, er habe einer Parteiveranstaltung seines Freundes, des Abgeordneten Jules Macon, beigewohnt. Dafür gäbe es sicherlich genügend Zeugen. Eine kurze Nachfrage bei Macon hatte seine Aussage bestätigt.

Ledoux, 14. Juli – auch er hatte für diesen Tag den Nachweis, nicht in der Nähe von Remoulins gewesen zu sein. Er hatte sich mit einem befreundeten Kollegen im dreihundertfünfzig Kilometer entfernten Montauban getroffen, wo sie zusammen den

Abend verbracht hatten und er auch im Hause des Freundes übernachtet hatte. Auch diese Aussage konnte von Maître Tressier aus Montauban bestätigt werden.

Weniger entgegenkommend hatten sich die Schlossherren Laroche-Servain gezeigt. Warum sie für den 26. Mai ein Alibi vorweisen sollten? Was denn überhaupt an diesem Tag passiert wäre? Schließlich hatten die Brüder Laroche-Servain nachgegeben. Der Sohn des jüngeren Bruders, Philibert, weile zurzeit in Südamerika und dies schon seit mehreren Wochen. Und sie beide hätten den Vortag und den besagten 26. Mai in Paris verbracht, seien erst am 27. wieder zurückgekehrt.

Mathilde warf einen Becher mit Büroklammern an die Wand, sodass die Klammern nur so durchs Zimmer flogen. »Und ich bin felsenfest davon überzeugt, dass jeder der Genannten, vielleicht bis auf den Sohn Laroche-Servain, sich im Haus der Kleins an diesem Kind vergangen hat, diese Dreckschweine. Wir können ihnen nichts nachweisen. Wie ist es möglich, dass die Männer uns derart schnell so hieb- und stichfeste Alibis vorweisen konnten?«

Bouraada löste seinen Blick von der Touristenschlange, die auf Einlass in die Arena wartete. »Wie das möglich ist? Mathilde! Sie alle sind gewarnt worden. Wir haben es mit einem gut organisierten engen Netzwerk zu tun. Kaum dass wir bei Saint Genez verschwunden waren, hat dieser die anderen informiert, oder sie waren es vorher schon. Man war auf uns vorbereitet.«

Tourrain hatte begonnen, die Büroklammern wieder einzusammeln. Er hob den Kopf. »Und woher wusste Saint Genez, dass Sie kommen? Wer hat ihn gewarnt? Wer außer uns wusste, welche Personen nach ihrem Alibi für einen ganz speziellen Zeitpunkt gefragt werden würden? Sie, Madame le Juge, Rachid und ich.«

»Und der Präfekt.«

»Madame le Juge, Sie glauben doch nicht …«

»Felix, Sie hat recht. Er ist der Einzige, der Namen und Daten kannte. Wie konnte ich nur so blind sein. Ich hätte mich nicht mit seiner billigen Antwort abspeisen lassen dürfen. Er war es doch, der den Personenschutz von Aminata vorzeitig beendet hat. Sie wusste mehr, sie war eine echte Gefahr.«

»Rachid, wir müssen doch etwas unternehmen!«

Mathilde und Bouraada sahen sich stumm an, beide schüttelten den Kopf.

»Felix, glaub mir, das wirst du im Laufe deines Berufslebens lernen. Es gibt einen Punkt, an dem du nicht weiterkommst. Du holst dir eine blutige Nase, du gibst nicht auf, du weißt, dass du alles richtig gemacht hast – und doch rennst du gegen eine Mauer, die du nicht zum Einstürzen bringen kannst. Und vor dieser Mauer stehen wir jetzt. Wir haben alles versucht, aber diese Mauer wird uneinnehmbar für uns sein.«

Lieutenant Tourrain starrte den Commandant und die Untersuchungsrichterin fassungslos an. Mathilde klappte das karierte Heft zu.

Les Milles – Sommer

Martin hatte seinen Besuch des Lagers von Les Milles vor sich hergeschoben. Er wusste selbst nicht so genau, warum. Nachdem er im Brief seines Großvaters an Anne den Namen des Lagers zum ersten Mal gelesen hatte, druckte er sich sämtliche Informationen zu dieser Stätte bei Aix-en-Provence aus, heftete sie ganz hinten in einem Ordner ab und holte sie nicht wieder hervor.

Auf dem Weg nach Aix-en-Provence schalt er sich einen Feigling. Oder war es einfach nur die Scheu, einen Ort aufzusuchen, dessen Vergangenheit nicht grausamer hätte sein können und dessen Geschichte so eng mit der seiner Großeltern verschmolzen war? Seine Eltern hatten jahrelang geschwiegen. Les Milles war nie ein Thema in der Familie gewesen. Hatte man die Vergangenheit abgehakt? Anne konnte er dazu nicht mehr befragen.

Martin straffte die Schultern, als er das Hinweisschild an der Straße zum ehemaligen Lager sah. Es war Zeit, sich dem Schicksal von Alfons und Sarah Reuter ganz und gar zu stellen.

Auf den ersten Blick hatte das riesige rote Ziegeleigebäude nichts Erschreckendes. Ein schlichter großer Fabrikbau. Martins Blick fiel auf einen Eisenbahnwaggon, der auf dem Außengelände stand. *Chevaux* – Pferde stand darauf. Ein Waggon, mit dem eigentlich Tiere transportiert werden sollten. Mit diesem und anderen waren die Insassen des Lagers weggeschafft worden. Martin bekam eine Gänsehaut. Erst jetzt, hier vor Ort, beim Anblick dieses einsamen Waggons, wurde ihm die ganze Tragik der Geschichte seiner Großeltern und seiner Mutter bewusst. Zum ersten Mal war der Süden Frankreichs für ihn nicht nur geliebtes

Reiseland, sondern ein Teil des Wahnsinns, den Deutschland in die Welt gesetzt hatte.

Im Inneren der Ziegelei hatte man eine Gedenkstätte eingerichtet. Die rohen Wände, zwischen denen Tafeln mit Informationen und Fotos gestellt worden waren, ließen ihn frösteln. Hier irgendwo innerhalb dieser Mauern hatte seine Familie um ihr Leben gebangt. Jetzt wusste er, warum er seine Reise in die Vergangenheit hinausgezögert hatte. Die direkte Konfrontation traf ihn wie ein Schlag in die Magengrube. Konzentriert schritt Martin von Tafel zu Tafel, saugte die Informationen in sich auf.

Anfang September 1939 wurden die ersten Internierten – Deutsche, Österreicher, aus dem Osten emigrierte Juden, die alle selbst vor dem NS-Regime geflüchtet waren, und nun als *étrangers indésirables* betrachtet wurden – in Les Milles weggeschlossen. Acht Wochen später waren es bereits fünfzehnhundert Gefangene im Lager, von denen bis auf hundertvierzig im März 1940 alle wieder entlassen worden waren. Im Juni 1940 marschierten die Deutschen in Frankreich ein, wieder wurden Deutsche und Österreicher, aber auch ehemalige Spanienkämpfer, interniert. Erstaunt las Martin, dass im März 1941 die jüdische Flüchtlingshilfsorganisation HICEM ein Büro in Les Milles eingerichtet hatte. Es war das einzige Lager in Frankreich, das als Transitlager anerkannt worden war, und man hatte als Internierter zumindest die vage Möglichkeit, sich um Ausreisepapiere zu kümmern. Ein unsicherer Weg, nur wenige erhielten die begehrten Auswanderungspapiere. Ein einzigartiges Glück, dass Großvater Benjamin Alfons, Sarah und Anne zur Flucht hatte verhelfen können. Martin durchströmte eine tiefe Dankbarkeit. Er würde sonst hier nicht stehen und auf die Infotafel blicken.

Nach der Wannseekonferenz im Januar 1942 wurden von Les Milles aus zweitausend Juden nach Auschwitz deportiert, in Viehwaggons, wie Martin einen draußen gesehen hatte. Vom Herbst 1943 bis zum Sommer 1944 unterhielt die Kriegsmarine im Ziegeleigebäude ein Marinelazarett, ab September 1945 wurde das Gelände von amerikanischen Truppen als Materiallager genutzt.

Nach der Übergabe an die ehemaligen Eigentümer 1946 wurden in Les Milles wieder Baumaterialien produziert.

Im Jahre 2002, eigentlich sollte das Ziegeleigebäude abgerissen werden, entschied der französische Staat, hier eine Gedenkstätte einzurichten. Zehn Jahre später war es so weit. Siebzig Jahre nachdem der letzte Zug nach Auschwitz abgefahren war, wurde der Gedenkort der Öffentlichkeit zugänglich gemacht.

Martin wanderte zu der Liste mit den Namen der Inhaftierten. Maler, Intellektuelle, einfache Menschen, deren Namen vielleicht irgendwann vergessen sein würden, Namen, die heute noch bekannt waren wie Lion Feuchtwanger, Walter Benjamin oder Golo Mann, Künstlernamen wie Max Ernst und Wols, die sich mit vielen anderen an den Wandmalereien von Les Milles beteiligt hatten.

Martin setzte seinen Rundgang fort, ließ die Wandbilder auf sich wirken. Mehr als fünfhundert große und kleine Graffitis waren geschaffen worden. Nachdenklich blieb er vor dem breiten Wandbild »Das Bankett der Nationen« in der ehemaligen Kantine des Wachpersonals stehen. Wie in Leonardo da Vincis »Abendmahl« saßen männliche Personen nebeneinander an einem Tisch bei einem Essen. Es waren Vertreter verschiedener Nationen – vom Inder über einen Cowboy und Eskimo bis hin zu einem Schwarzen mit einer Lanze. Zugeschrieben wurde das Bild Karl Bodek, der nach Auschwitz deportiert und dort ermordet worden war.

Martin zog sich einen Holzstuhl, auf dem normalerweise eine Aufsichtsperson saß, heran, schob ihn vor das Wandgemälde und stellte sich darauf. Die Farben wirkten verblasst, natürlich hatten die Künstler keine erstklassigen Materialien zur Hand gehabt. Martins Augen wanderten vom Speer des Schwarzen über das Hähnchen auf einem Teller in der Mitte des Bildes bis zum Colt des Cowboys auf der rechten Seite. Und da entdeckte er es. Unterhalb des Colts waren zwei Buchstaben zu erkennen. Noch jemand hatte an diesem Bild mitgearbeitet. S. R. – Sarah Reuter, seine Großmutter.

Château de Boncourt – Sommer

Martin hatte Mathilde noch nie so verloren gesehen. Sie saßen im Pavillon am Ende des Parks. Henri spürte, dass mit Mathilde etwas nicht stimmte. Er hatte seinen Kopf auf ihren Schoß gelegt und schaute sie mit seinen bernsteinfarbenen Augen an. Mechanisch fuhr ihre Hand durch das dichte Fell.

Martin hatte ihr von seinem Besuch des ehemaligen Lagers in Les Milles und seiner Suche nach dem Haus der Urgroßeltern berichtet. Es war ein Leichtes gewesen, die ehemalige Adresse herauszufinden. Schließlich war sein Urgroßvater in Montpellier ein bekannter Mann gewesen, Benjamin Leopold, Direktor der Opéra Nationale. Die Villa war heute verschwunden. Sie hatte in der Nähe der Zitadelle von Montpellier gestanden, dort, wo in der Nähe ab 1983 das neue Quartier Antigone von Ricardo Bofill angelegt worden war. Als Martin in der Opéra vorgesprochen hatte, wurde er überschwänglich begrüßt, nachdem er sich als Urenkel Benjamin Leopolds vorgestellt hatte. Eine ältere Sekretärin hatte ihn in ihrem Büro Platz nehmen lassen und mit geheimnisvoller Miene nach ein paar Minuten ein Fotoalbum gebracht, voll mit alten Aufnahmen. Leopold, seine Frau, die Mädchen, bei Premieren, bei Festen im Theater. Es war unglaublich, da hatte dieser Schatz, einer der Schlüssel zu seiner Vergangenheit, unmittelbar vor ihm gelegen. Man hatte versprochen, für ihn die alten Bilder einzuscannen und sie ihm zu mailen. Er war gespannt, was sein Vater und seine Schwestern dazu sagen würden. Ein Foto hatte er sich erbeten und auch bekommen. Das Foto lag nun auf dem Tisch vor ihnen. Mathilde hatte vorsichtig das Gesicht seiner Großmutter berührt, Tränen waren ihr in die Augen getreten.

»Sie war so hübsch.« Ihre Stimme versagte.

»Mathilde, was bedrückt dich? Wenn du reden möchtest. Ich bin ein guter Zuhörer.«

Neben dem Foto stand ein Eiskühler mit einer Flasche Weißwein. Es war bereits die zweite Flasche, die Mathilde für sie geöffnet hatte. »Ach, Martin. Die ganze Geschichte beginnt bereits im Frühjahr, als man auf mich geschossen hat. Und schon davor, und alles, was danach passiert ist, hängt damit zusammen.«

Mathilde begann zu erzählen. Lediglich das Ende, ihren Verdacht, dass auch der Präfekt in dieses widerwärtige Geschäft verwickelt sein musste, ließ sie aus.

Martin schluckte schwer. »Ich war in Psalmody, als man das Kind gefunden hat. Ich wusste nicht, dass du in diesen Fällen ermittelt hast, sonst hätte ich davon erzählt. Doch dann starben Didier und Guillaume, und die Welt stand plötzlich Kopf. Hätte es dir etwas genutzt, wenn ich davon berichtet hätte? Hätte es dir weitergeholfen?«

Mathilde schüttelte traurig den Kopf. »Mach dir keine Gedanken darüber, Martin. Ich möchte am liebsten laut schreien. Sie kommen alle ungeschoren davon. Keinem Einzigen kann ich seine Taten nachweisen. Die Untersuchung der Büros von Leon Daudet hat auch nichts erbracht. Wer weiß, wo das Kind gestorben ist. Auf jeden Fall nicht auf dem Gelände der alten Abtei. Auch der vermeintliche Selbstmord von Daudet gibt noch so viele Rätsel auf. Ein merkwürdiger Abschiedsbrief ist alles, was er hinterlassen hat. Und die Gerichtsmedizin schließt ein Fremdverschulden aus. Wie schon bei Aminata. Auch hier nichts, einfach nichts. Am Fundort der kleinen Rumänin, nichts, in seinem Haus, nichts, in seinem Büro, nichts.«

Martin starrte Mathilde einen Moment an. Dann sprang er auf und rannte los. Sie schaute ihm erstaunt nach. Drei Minuten später war er wieder im Pavillon, in der Hand eine Plastikdose mit Deckel. Er stellte sie auf dem Tisch ab und öffnete sie. Kurz schob er ein paar Stücke hin und her, dann legte er etwas einen kleinen Gegenstand, der in der Sonne glänzte, auf den Tisch.

»Das habe ich auf dem Weg zum Abteigelände unter einem Brombeerstrauch gefunden. Vielleicht ist es etwas Wichtiges. Es tut mir leid, aber ich habe dem Ding keine Bedeutung beigemessen.«

Mathilde legte sich Martins Fund auf die Handfläche, drehte ihn dann um.

»Es ist ein Militärabzeichen aus dem Algerienkrieg, 74. Infanterieregiment«, klärte Martin sie auf.

Die Untersuchungsrichterin sprang wie elektrisiert auf. Henri, der fast eingedöst war, hob vorwurfsvoll den Kopf und trollte sich unter den Tisch.

»Wir müssen das Abzeichen sofort auf hoffentlich noch vorhandene Spuren untersuchen lassen. Vielleicht können wir Leon Daudet wenigstens noch posthum zumindest eine Mittäterschaft nachweisen. Komm mit, Rachid wird Augen machen.«

Mit glänzenden Augen fasste sie Martin an der Hand und zog ihn übermütig mit sich.

Epilog

Saint-Laurent-d'Aigouze – Cimetière Communal – Sommer

Die Rue Robert Florentin war in ihrer gesamten Länge von parkenden Autos flankiert. Das ganze Dorf war auf den Beinen, und Politiker aller Parteien erwiesen Leon Daudet die letzte Ehre. Noch war nicht publik geworden, dass er schuld am Tod eines jungen Mädchens aus Rumänien war. Ein Mädchen, das voller Träume nach Frankreich gekommen und hier zerbrochen worden war. Ihr Tod und die Schuld Daudets würden morgen im *Midi Libre* die Hauptschlagzeile sein.

Es nieselte, das passende Wetter für diesen Anlass.

Mathilde de Boncourt, Rachid Bouraada und Felix Tourrain beobachteten die zahlreichen Trauergäste, die von Leon Daudet Abschied nahmen und der Familie kondolierten. Keiner der Männer, die sie im Notizheft gefunden und wieder verloren hatten, war zugegen. Sie hatten es auch nicht anders erwartet.

»Wie lange bleibt Ihr Freund aus Deutschland noch?«

»Martin wird noch ein paar Wochen hier arbeiten. Allerdings zieht er wieder in die Auberge. Da hat er mehr Ruhe. Sagt er. Zumindest er hat das Rätsel, das ihn so beschäftigt hat, gelöst. Sie würden ihn mögen. Wir können in den nächsten Tagen alle zusammen essen gehen, wie sieht es bei Ihnen beiden aus? Zeit und Lust?«

Die beiden Polizisten nickten.

»Gerne, ich freu mich, dann werde ich meine Deutschkenntnisse herauskramen. ›Gutten Tack‹ – Bonjour.«

Bouraada schmunzelte, typisch Felix, so ein Kindskopf.

Als einer der letzten Trauergäste näherte sich der Präfekt den Hinterbliebenen. Er drückte Madame Daudet an sich, küsste die Tochter auf die Wangen, klopfte dem Sohn auf die Schulter. Dann löste sich die Trauergemeinde auf.

Die Untersuchungsrichterin und ihre beiden Mitarbeiter wandten sich ebenfalls zum Ausgang. Sie schwiegen. Der Kies knirschte unnatürlich laut unter ihren Füßen. Vor ihnen ging der Präfekt mit langen Schritten, den Kragen seines dünnen schwarzen Mantels zum Schutz gegen den Regen hochgezogen. Plötzlich hielt er inne, drehte sich um und kam den Dreien entgegen. Er nickte Bouraada und Tourrain kurz zu, wandte sich dann an Mathilde.

Mit undurchdringlicher Miene stand sie dem Präfekten gegenüber. Mit ihren grünen Augen, die in ihrem sonnengebräunten Gesicht funkelten, und ihrer rotblonden Mähne erinnerte sie Bouraada an eine Rachegöttin. Es fehlte nur noch, dass sie ein flammendes Schwert zückte.

»Madame le Juge, ich danke Ihnen und Ihren Leuten für die hervorragende Arbeit. Es wird morgen einen Aufschrei geben, wenn der Name Leon Daudets im Zusammenhang mit einer jungen Toten fällt, aber heute haben wir ja alle noch nichts davon gewusst, nicht wahr? Und Mathilde … ich darf Sie doch Mathilde nennen? Seien Sie bitte vorsichtig. Ich sehe, Sie sind schon wieder gut zu Fuß. Wir wollen doch nicht, dass eine so engagierte und geschätzte Untersuchungsrichterin ein zweites Mal Opfer eines schändlichen Attentats wird.«

Der Präfekt drehte sich um und schritt durch das hohe schmiedeeiserne Tor, dessen Pfosten zwei Engel mit umgedrehten Fackeln schmückten. Fackeln, erloschen wie das Leben von Aminata, Yasmina, Arjona und so vieler anderer Kinder.

FIN

Ein tödlicher Fund in Südfrankreich

*Cover- und Preisänderungen vorbehalten

Liliane Fontaine

Die Richterin und die tote Archäologin

Ein Südfrankreich-Krimi

Piper Taschenbuch, 304 Seiten
€ 10,00 [D], € 10,30 [A]*
ISBN 978-3-492-31556-2

Auf dem Ausgrabungsgelände bei Villetelle wird die Leiche der leitenden Archäologin Flavia Leone gefunden. Sie ist erstickt worden, und ihr Gesicht wurde mit der Nachbildung einer antiken Totenmaske bedeckt. Untersuchungsrichterin Mathilde de Boncourt nimmt gemeinsam mit ihren Partnern der Police Judiciaire die Ermittlungen auf. Nur wenige Tage später wird im nicht weit entfernten Sète die Leiche von Flavia Leones Ehemann entdeckt. Und offenbar hat er nicht nur am selben Tag, sondern auch auf die gleiche Art den Tod gefunden …

Leseproben, E-Books und mehr unter **www.piper.de**

Mit jedem Tod schließt sich der Kreis

*Cover- und Preisänderungen vorbehalten

Liliane Fontaine

Die Richterin und der Kreis der Toten

Ein Südfrankreich-Krimi

Piper Taschenbuch, 352 Seiten
€ 10,00 [D], € 10,30 [A]*
ISBN 978-3-492-31557-9

Zwei verstorbene ältere Damen, ein toter Journalist, eine junge Frau, die Selbstmord begangen hat, ein ermordeter Student und ein erschlagener Apotheker – Untersuchungsrichterin Mathilde de Boncourt und ihre Kollegen stehen vor ihrem vielleicht verworrensten Fall. Auf den ersten Blick haben die Toten nichts miteinander zu tun, denn alle starben auf eine andere Weise; und doch sind ihre Schicksale eng verwoben. Schnell wird Mathilde klar: Sie muss diesen gefährlichen Kreislauf durchbrechen, bevor es noch weitere Opfer gibt …

Leseproben, E-Books und mehr unter **www.piper.de**

Eigentlich wollte Peter Smith nur seinen Ruhestand genießen …

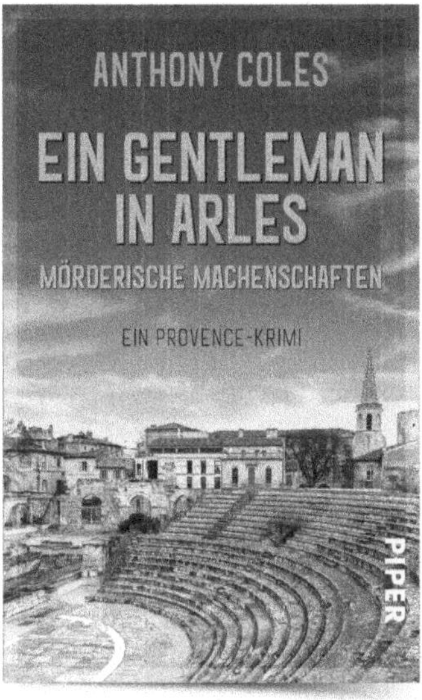

*Cover- und Preisänderungen vorbehalten

Anthony Coles

Ein Gentleman in Arles – Mörderische Machenschaften

Ein Provence-Krimi

Aus dem Englischen von Michael Windgassen

Piper Taschenbuch, 368 Seiten

€ 10,00 [D], € 10,30 [A]*

ISBN 978-3-492-23206-7

Peter Smith hat ein bewegtes Leben als Lehrer für Kunstgeschichte und britischer Geheimdienstler hinter sich. Nun kehrt er dem verregneten England den Rücken und setzt sich mit Windhund Arthur im schönen Arles zur Ruhe. Doch kaum hat er das berühmte Amphitheater nach einem Stierkampf verlassen, wird er niedergeschlagen. Als er wieder zu sich kommt, findet er sich unter einer auffallend gut gekleideten Leiche wieder. Ungewollt stolpert er mitten in einen mysteriösen Mordfall und ein Netz aus Intrigen …

Leseproben, E-Books und mehr unter www.piper.de

Wenn James Bond im Ruhestand wäre, wäre er wie Peter Smith

Anthony Coles
Ein Gentleman in Arles – Gefährliche Geschäfte
Ein Provence-Krimi
Aus dem Englischen von Michael Windgassen
Piper Taschenbuch, 368 Seiten
€ 10,00 [D], € 10,30 [A]*
ISBN 978-3-492-31640-8

Spaziergänge mit Windhund Arthur, genussvolle Speisen in pittoresk gelegenen Restaurants – so hat sich Peter Smith seinen Ruhestand vorgestellt. Aber die Provence ist mörderisch: Ein junger Polizist wird bei einer Observierung erschossen. Angeblich war es ein Unfall bei einer Übung, doch der Großvater des Getöteten glaubt dies nicht. Er bittet den ehemaligen Geheimdienstler Peter Smith um Hilfe. Schneller als ihm lieb ist, entdeckt Smith eine provenzalische Verschwörung.

Leseproben, E-Books und mehr unter **www.piper.de**

Mörderisches Elsass

*Cover- und Preisänderungen vorbehalten

Jean Jacques Laurent

Elsässer Erbschaften

Ein Fall für Major Jules Gabin

Piper Taschenbuch, 288 Seiten
€ 9,99 [D], € 10,30 [A]*
ISBN 978-3-492-31016-1

Bereits Major Jules Gabins erster Fall in dem Elsässer Städtchen Rebenheim bringt Unruhe in die sonst so verschlafenen Fachwerkgässchen. In einem brach liegenden Weinberg wurde eine junge Frau erschlagen. Was wollte die Lokalreporterin auf dem verwilderten Grundstück? War sie einer brisanten Story auf der Spur? Während seine Herbergsmutter noch versucht, ihn an Flammkuchen und Silvaner zu gewöhnen, hat Gabin schon bald einen ersten Verdächtigen ausgemacht…

Leseproben, E-Books und mehr unter **www.piper.de**

Das malerische Elsass: Nichts als Liebe, Leid und Laster!

*Cover- und Preisänderungen vorbehalten

Jean Jacques Laurent

Elsässer Sünden

Ein Fall für Major Jules Gabin

Piper Taschenbuch, 256 Seiten
€ 10,00 [D], € 10,30 [A]*
ISBN 978-3-492-31226-4

Ein Feuerteufel hält die Bewohner des sonst so beschaulichen Städtchens Rebenheim in Atem. Bisher fielen nur leer stehende Häuser den Flammen zum Opfer, nun jedoch auch ein Mensch. War das ein tragischer Unfall oder mörderische Absicht? Major Jules Gabin hat alle Hände voll zu tun, doch noch etwas anderes bereitet ihm Kopfschmerzen: Lilou, seine Freundin aus dem fernen Royan, hat ihren Besuch angekündigt. Was passiert, wenn sie auf die hübsche Untersuchungsrichterin trifft, die Gabin mehr als einmal geküsst hat?

Leseproben, E-Books und mehr unter **www.piper.de**